Margit
Einen Herbst un

Das Buch

Berlin, 1908. Nirgendwo sonst prallen die sozialen Gegensätze der Klassengesellschaft so aufeinander wie hier: Die Oberschicht feiert rauschende Feste, während die Arbeiterschaft in ärmlichen Verhältnissen ihr Leben fristet.

Nach einem Unfall des Vaters in der Maschinenfabrik Wittmann droht Isa und ihrer Familie das soziale Elend. Doch die kämpferische Isa gibt sich nicht geschlagen. Unter den wachen Augen des gewitzten Nachbarsjungen Viktor gehen sie und ihr kleiner Bruder Moritz zum Alexanderplatz, um zu betteln. Ein tragisches Ereignis führt Isa dort eines Tages mit dem zwei Jahre älteren Henning Wittmann zusammen. Sie ahnt nicht, dass auch das Leben des Industriellensohns seine Schattenseiten hat, und obwohl sie weiß, dass Welten zwischen ihr und dem hilfsbereiten Jungen liegen, hofft sie, ihn wiederzusehen.

Auch Henning, der sich gegen die Fesseln wehrt, die seine Familie ihm anlegt, kann die Bettelkinder vom Alexanderplatz nicht vergessen und macht sich auf die Suche nach ihnen.

Die Autorin

Margit Steinborn wurde 1964 geboren und ist in einem kleinen idyllischen Ort in Bayern aufgewachsen. Seit dem Abschluss ihres Fremdsprachenstudiums arbeitet sie als Übersetzerin und lebt mit ihrer Familie in der Nähe von Frankfurt am Main. In ihrer Freizeit begeistert sich die Autorin für Musik, Geschichte, Malerei und Literatur. Mit ihren historischen Reihen »Eine neue Hoffnung« und »Gut Benhaim« hat sie Tausende von Lesern begeistert. »Einen Herbst und einen Winter lang« ist der Auftakt zu ihrer neuen, bewegenden Familiensaga »Stadtlichter«.

MARGIT STEINBORN

Einen Herbst und einen Winter lang

STADTLICHTER

ROMAN

Deutsche Erstveröffentlichung bei
Tinte & Feder, Amazon Media EU S.à r.l.
38, avenue John F. Kennedy, L-1855 Luxembourg
Juni 2023

Umschlaggestaltung: zero-media.net, München
Umschlagmotiv: © pashabo/Shutterstock; © vvvita/Shutterstock;
© Jiri Hera/Shutterstock; © GCapture/Shutterstock; © clu/Getty Images;
© Tanya Gramatikova/ArcAngel
1. Lektorat: Ute Köhler
2. Lektorat und Korrektorat: VLG Verlag & Agentur, Haar bei München,
www.vlg.de
Gedruckt durch:
Amazon Distribution GmbH, Amazonstraße 1, 04347 Leipzig /
Canon Deutschland Business Services GmbH, Ferdinand-Jühlke-Straße 7,
99095 Erfurt /
CPI books GmbH, Birkstraße 10, 25917 Leck

ISBN 978-2-49671-429-6
e-ISBN 978-2-49671-428-9

www.tinte-feder.de

Prolog

Golden schimmernder Kerzenschein.
Silbernes Funkeln an grünen Zweigen.
Helles Kinderlachen.
Zwei starke Arme, die sie hielten.
Eine flüsternde Stimme an ihrem Ohr:
»Es war einmal ein kleines Mädchen,
und sie war eine Prinzessin …«
Ein kalter Windzug, der die Kerzen verlöschen ließ.
Eine Tür, die ins Schloss fiel.

Isa schreckte aus dem Schlaf auf und wusste sofort, dass das Erlebte ein Traum gewesen war. Sie war keine Prinzessin, sondern lebte im Berliner Scheunenviertel, und der, der sie immer so genannt hatte, war nicht mehr da.

1908–1910

Kapitel 1

Isa fröstelte unter der kratzigen Wolldecke, als sie erwachte. Am liebsten hätte sie sich noch einmal in ihren Traum geflüchtet, noch einmal in dieses Gefühl von Schutz und Geborgenheit fallen lassen und die Augen vor der Welt verschlossen, die sich vor wenigen Tagen so grundlegend geändert hatte. Doch selbst mit ihren zehn Jahren wusste sie, dass sie vor der Wahrheit nicht davonlaufen konnte.

Sie richtete sich auf und sah sich um. Es war noch dunkel in der Wohnung, nur ein fahler Lichtschein fiel durch das Fenster. Auch im Laufe des Tages würde es nicht viel heller werden, denn dafür standen hier im Berliner Scheunenviertel die ärmlichen Mietshäuser, in denen die Arbeiter aus den umliegenden Fabriken mit ihren Familien hausten, viel zu dicht. In den engen Gassen drängte sich Giebel an Giebel, und graue Häuserfassaden umschlossen die Hinterhöfe, sodass kaum Licht in die winzigen Arbeiterwohnungen gelangte.

Sie horchte hinüber in die kleine Kammer der Eltern, deren Tür offen stand, doch es war alles still. Mutter war also bereits zur Arbeit gegangen, und Vater … Er war nicht zurückgekommen. Ihr Mut sank, und wie so oft in den vergangenen Tagen schnürte ein Gefühl der Enge ihr die Kehle zu. Zwei Wochen war es nun her, seit Vater morgens mit einem kleinen geschnürten Bündel unter dem Arm das Zimmer verlassen hatte, als wollte er nur zu einem seiner Botengänge aufbrechen. In der Tür hatte er sich noch einmal umgedreht, und diesen letzten Eindruck von ihm versuchte Isa, sich ins Gedächtnis zurückzurufen, um keine Einzelheit davon zu vergessen. Er hatte seine braune Arbeitshose und ein Leinenhemd getragen, und die widerspenstige Strähne seines hellen Haares, die ihm immer in die Stirn fiel, zurückgestrichen. Sein wehmütiger Blick war ihr aufgefallen, mit dem er sie und ihren kleinen Bruder Moritz angesehen hatte. »Geh wieder zur Schule«, hatte er ihr zugeraunt, bevor er sich umgedreht hatte und gegangen war. Hätte sie damals geahnt, dass er nicht wiederkommen würde, wäre sie aus dem Bett gesprungen und hätte versucht, ihn festzuhalten. Doch erst am Abend, als er immer noch nicht zurückgekehrt war, hatte sich eine leise Ahnung in ihr geregt, dass Vater für immer gegangen war. Ob es an den vielen Streitigkeiten lag, die es seit seinem Unfall immer wieder zwischen ihm und Mutter gegeben hatte? Ihrer aller Leben hatte sich von einem auf den anderen Tag verändert, als Vater vor zwei Jahren bei einem Unglück in der Maschinenfabrik Wittmann schwer verletzt worden war – drüben im »Feuerland«, wie das Industriegebiet in der Oranienburger Vorstadt noch immer genannt wurde, obwohl der Rauch aus den Schornsteinen nicht mehr ganz so dicht über den Fabriken lag, da viele Werke bereits an den Stadtrand abgewandert waren. Eine der großen Maschinen hatte Vaters linke Hand zertrümmert. Nach seiner Entlassung aus dem Krankenhaus hatte Isa betroffen auf den Armstumpf geschaut, der ein Stück unterhalb des Ellenbogens geendet hatte – Vaters linke Hand war amputiert worden. Er hatte eine Klage gegen die Firma Wittmann eingereicht, weil die Maschine nach Aussage des Vorarbeiters nicht regelmäßig gewartet worden war, doch er war vor Gericht gescheitert. Er hatte seine Arbeit verloren, und damit seinen Traum von einem besseren Leben. Mutter verdiente nun den größten Teil des Lebensunterhalts. Sie arbeitete in einer Krankenhauswäscherei, und neuerdings bediente sie zusätzlich an den Wochenenden in einer Kneipe namens Metropol. Darüber war sie mit Vater in Streit geraten, und oft hatte Isa abends unter ihrer Bettdecke die Wortgefechte mit angehört. Vater wollte nicht, dass Mutter in diese »Spelunke« ging, wie er es nannte, doch Mutter hatte erwidert, dass seine Invalidenrente nicht zum Leben reichte, die viel zu geringe Abfindung, die Max Wittmann ihm gezahlt hatte, längst aufgebraucht war und er nur noch schlecht bezahlte Arbeit fand. War Vater deshalb gegangen? Weil Mutter in dieser Kneipe arbeitete?

Isa schlug die Decke zurück. Sie fröstelte in ihrem langen Nachthemd, schlüpfte in ein paar Pantoffeln, die ihr zu klein waren, und schlurfte zum Holzofen. Sie hatte Mühe, ein Feuer in Gang zu bringen. Mit dem Schüreisen stocherte sie in der Asche herum, schob Papier und Holzspäne in die Öffnung und verbrauchte zu ihrem Ärger drei Streichhölzer, bis endlich eine kleine Flamme in den dünnen Holzscheiten züngelte. Sie goss Wasser aus einem Krug in einen Topf und schüttete die restlichen Haferflocken aus der Tüte hinein. Mit Milch schmeckten sie besser, aber sie hatten schon seit zwei Tagen keine Milch mehr, also rührte sie sie mit warmem Wasser an. Sie setzte sich damit an den Tisch vor dem Fenster und begann, hungrig den Brei zu löffeln. Doch nach der Hälfte musste sie aufhören, denn der Rest war für Moritz, der noch immer selig in der oberen Etage des Stockbettes schlief.

Isa ließ den Blick durch das Zimmer gleiten, das wie bei den meisten Arbeiterwohnungen hier im Viertel Küche, Wohn- und Schlafraum in einem war. Neben dem Ofen und dem Tisch mit einer Holzbank und zwei Stühlen gab es einen Küchenschrank, einen Waschtisch und eine Kleidertruhe sowie die Betten für sie und Moritz, die Vater selbst gezimmert hatte. Die Eltern hatten ihr Bett in der fensterlosen Kammer nebenan.

Isa überlegte, was sie heute Mittag essen sollten. Sie hatte gestern schon die ganze Wohnung durchsucht und wusste, dass die Tontöpfe auf dem Küchenregal leer waren, ebenso das Brotfach und die beiden Blechdosen, in denen Mutter Zwieback und ab und zu Kekse aufbewahrte. Wenn sie Glück hatte, war unten in ihrem winzigen Kellerabteil, in dem sie im Winter die Kohle lagerten, noch ein kläglicher Rest Kartoffeln. Sie musste einkaufen gehen, doch sie hatte noch Mutters Worte im Ohr, die gestern Abend mahnend davon gesprochen hatte, dass erst die Miete gezahlt werden musste. Ein Dach über dem Kopf sei wichtiger als ein voller Bauch, hatte Mutter gesagt, als sie alle ohne Abendessen schlafen gegangen waren. Ja, ein Dach über dem Kopf hatten sie noch, doch die Wohnung, in der sie lebten, fühlte sich nicht mehr an wie ein Zuhause, seit Vater nicht mehr da war.

»Prinzessin« hatte er sie immer genannt, und in seiner Nähe hatte sie sich auch so gefühlt. Er hatte es fertiggebracht, dass sie ihre ärmlichen Verhältnisse gar nicht wahrgenommen hatte, dass diese Wohnung ihr kleines Königreich gewesen war, in dem sie nichts vermisst hatte. Dass sie arm waren, hatte Isa erst viel später verstanden, im letzten Winter, als das Geld nicht mehr für Kohlen zum Heizen gereicht hatte. In dem Winter, in dem ihre kleine Schwester Annelie an einer Lungenentzündung gestorben war.

Sie solle wieder in die Schule gehen, hatte Vater gesagt. Dabei wusste er doch selbst, dass sie von ihren ersten Schuljahren schon die meiste Zeit verpasst hatte, da sie seit seinem Unfall hier mit anpacken musste. Mutter hatte die Anstellung in der Wäscherei angenommen, und Isa war es gewesen, die Vater dabei geholfen hatte, die Geschwister zu versorgen. Moritz war damals erst drei Jahre alt gewesen, und Annelie ein Kind von einem halben Jahr. Wenn der Schullehrer gekommen war und nachgefragt hatte, wo sie denn blieb, hatte Vater sie die nächsten Tage wieder mit ihrem Tornister auf dem Rücken aus dem Haus geschickt, doch nie für lange, denn bald schon war sie wieder gebraucht worden, um sich um Moritz und Annelie zu kümmern. Und bei mehr als fünfzig Kindern, die der Lehrer in seinem Klassenzimmer sitzen hatte, war ihm erst Wochen später wieder aufgefallen, dass Isa fehlte. Kein Wunder, dass sie mit ihren zehn Jahren noch immer nicht lesen konnte, doch im Kopfrechnen, das sie immer mit Vater zu Hause geübt hatte, war sie so gut, dass es niemandem beim Einkaufen gelang, ihr auch nur einen Pfennig zu viel abzunehmen.

Einkaufen, dachte sie sehnsüchtig. Brot, Milch, vielleicht sogar ein Stück Käse. Allein bei dem Gedanken daran lief ihr das Wasser im Munde zusammen.

Vielleicht sollte sie es wirklich so machen, wie Viktor aus dem Nachbarhaus ihr seit Tagen zuflüsterte, wenn sie mit ihm zusammentraf. Beim Gedanken an den drei Jahre älteren Jungen, der auch nur dann die Schule besuchte, wenn die Behörden sich bei seiner Mutter meldeten, schweifte ihr Blick aus dem Fenster, das auf den Hinterhof hinausging. Dort auf dem Mauervorsprung des Nachbarhauses, direkt hinter den Wäschestangen, an denen bereits die ersten Wäschestücke im Wind flatterten, sah sie ihn sitzen. Es war Viktors Lieblingsplatz, wenn ihm in der winzigen Wohnung, die er mit seiner Mutter und seinen zwei kleinen Schwestern teilte, die Decke auf den Kopf fiel. Doch hier saß er zumeist nur morgens und abends, denn tagsüber war er unterwegs, um auf seine Weise zum Lebensunterhalt seiner Familie beizutragen.

»Du musst es nur geschickt anstellen«, hatte er ihr gestern zugeraunt, als sie sich neben ihn auf das Mäuerchen gesetzt hatte. Er hatte ein Taschenmesser und ein dürres Stöckchen aus der Jackentasche geholt und zu schnitzen begonnen. »Im dichten Gedränge ist es ein Kinderspiel. Und wenn die Leute merken, dass ihre Brieftasche fehlt, bist du bereits über alle Berge.«

»Stehlen?«, hatte Isa ungläubig gewispert und zugeschaut, wie Viktor geschickt das Holz bearbeitete.

Er hatte sie mit seinen dunklen Augen, die genauso schwarz waren wie seine Haare, nur herausfordernd angeblickt und dabei gegrinst. »Du kannst es ›stehlen‹ nennen. Ich bleibe lieber bei dem Ausdruck ›Umverteilung von Eigentum‹.«

»Und wenn dich jemand erwischt?«

Viktor hatte lachend die Arme gehoben. »Ich bin ein Kind. Denkst du, die stecken mich mit dreizehn Jahren ins Zuchthaus? Außerdem bin ich schnell. Mich hat noch keiner zu fassen bekommen.« Er hatte sein Taschenmesser sinken lassen und sie eingehend gemustert. »Weißt du, ich glaube nicht, dass du das Zeug zur Taschendiebin hast. Aber du und dein kleiner Bruder, ihr wärt das ideale Gespann, um betteln zu gehen. Das ist zwar nicht erlaubt, und oft wird man von Ladenbesitzern oder einem Polizisten verscheucht, aber dann geht man halt in die nächste Straße. Glaub mir, du und Moritz, ihr könntet an einem Tag mehr verdienen als ich. Mein Revier ist unten am Alexanderplatz. Da spazieren viele reiche Leute herum. Wenn du willst, nehm' ich euch mal mit.«

Isa hatte nur den Kopf geschüttelt und den Kindern zugeschaut, die im Hinterhof spielten.

Doch heute fragte sie sich, ob Viktor nicht doch recht hatte. Wie lange wollte sie noch darauf warten, dass Vater zurückkam? Sie hatte die Stube aufgeräumt und gefegt, die Wäsche unten in der Waschküche gewaschen und sogar ein paar Blumen in einem Wasserglas auf den Tisch gestellt, in der Hoffnung, ihn damit wieder herbeizuzaubern. Doch es war umsonst gewesen. Was sollte sie Moritz erzählen, der nach dem Aufstehen die restlichen Haferflocken verschlingen und spätestens zur Mittagszeit wieder hungrig sein würde? Und Mutter – würde sie sich nicht auch über ein warmes Abendessen freuen?

Wild entschlossen schoss Isa von ihrem Stuhl hoch. Schnell schlüpfte sie aus dem Nachthemd, zog ihr Leinenkleid und ihre Strumpfhose an und fuhr mit dem Kamm durch ihre schulterlangen hellblonden Haare.

»Moritz!«, rief sie.

Ein zerzauster Haarschopf kam unter der Decke hervor, und ihr Bruder blinzelte sie verschlafen an.

»Was ist los?«, fragte er.

»Steh auf! Beeil dich! Wir müssen zum Alexanderplatz!«

Gewissenhaft schloss Isa die Wohnungstür ab und zog Moritz mit sich durch den engen Flur, in dem es nach Essen, Abfall und Katzen roch, zu der knarzenden Holztür, die in den Hinterhof führte. Sie warf einen Blick auf das Mäuerchen hinter den Wäschestangen, in der Hoffnung, Viktor noch dort anzutreffen, doch sein Platz war leer. Als sie seine zwei kleinen Schwestern Paula und Tine, die mit Seilspringen beschäftigt waren, nach ihm fragte, zuckten sie nur die Schultern. Isa seufzte. Gut, dann mussten sie und Moritz eben allein gehen.

Ihr Weg führte sie durch eine Flucht von Hinterhöfen und Gassen, vorbei an Werkstätten, in denen gehämmert, gesägt und geschmiedet wurde, dem kleinen Krämerladen, an dessen Schaufenster sie sich die Nasen platt drückten, und dem roten Backsteingebäude, in dem Isa gelegentlich zur Schule ging. Aus einem Fenster drangen die Stimmen von Schülern, die gerade ein Lied sangen, und mit Wehmut dachte sie daran, dass sie schon wieder seit einigen Wochen fehlte. Sie hörte dem Lehrer immer gern zu, der ihnen auch erklärt hatte, wie das Scheunenviertel zu seinem Namen gekommen war. Vor über zweihundert Jahren hatte ein Kurfürst angeordnet, alle Scheunen und Schuppen, in denen die Landwirte und

Pferdehändler der Stadt ihr Heu und Stroh lagerten, wegen der hohen Brandgefahr nur noch am Stadtrand Berlins zu errichten. Von den Scheunen war heute nichts mehr zu sehen, denn sie waren hässlichen grauen Mietskasernen und verschachtelten Wohnhäusern mit dunklen Hinterhöfen gewichen, die billigen Wohnraum für Fabrikarbeiter boten. Doch der Name war geblieben.

Isa beschleunigte ihre Schritte und zog Moritz mit sich, doch als sie das Viertel hinter sich ließen, kam sie sich ganz verloren vor. Schüchtern fragte sie Passanten nach dem Weg zur Innenstadt. Je weiter sie liefen, desto mehr nahm der Straßenlärm zu, und als sie mit einem Mal den großen Platz erreichten, schwirrte ihr der Kopf, als sie auf das Verkehrsgetümmel vor sich blickte. Pferdegespanne und Kutschen fuhren klappernd die Straßen entlang, Automobile ratterten mit hoher Geschwindigkeit vorbei, und dazwischen bimmelte hektisch eine Straßenbahn. Isas Blick fiel auf die bunten Reklameschilder an den riesigen Gebäuden, die in den Himmel wuchsen, und die vielen Menschen, die auf den Bürgersteigen unterwegs waren.

»Isa, was machen wir hier?« Moritz' Stimme klang weinerlich.

»Du wirst schon sehen«, antwortete sie, und während sie ihm eine Strähne seines viel zu langen Haares aus dem Gesicht strich, versuchte sie zu verbergen, wie sehr der belebte Platz ihr Angst einflößte. Es war eine verrückte Idee gewesen, hierherzukommen, und sie wollte nicht bleiben, geschweige denn die Menschen, die alle so fremd waren, um Geld anbetteln. Sie wollte zum Scheunenviertel zurückkehren. Mochte es dort auch eng und dunkel sein, die Mülltonnen im Hinterhof überquellen und das Klohäuschen, das sie sich mit allen anderen Bewohnern des Mietshauses teilen mussten, ganz fürchterlich riechen, so war es dennoch ihr Zuhause. Doch vorher mussten sie sich ein bisschen ausruhen. Bloß wo?

Verängstigt schaute sie sich um und entdeckte in der Mitte des Platzes eine riesengroße Frauenstatue auf einem hohen Steinsockel, die eine Krone auf dem Kopf trug und gebieterisch einen Arm ausstreckte, als wollte sie all diesem Treiben unter sich Einhalt gebieten. Die Figur flößte Isa wieder etwas Mut ein. Sie fasste Moritz fester, bahnte sich einen Weg durch die Passanten und ließ sich mit ihm auf dem Pflaster am Fuß der Statue nieder.

* * *

In der Villa der Wittmanns saß Henning im Schulzimmer an seinem Pult und brütete über seinen Rechenaufgaben. Der Vormittag zog sich endlos hin, und sein Blick schweifte immer wieder zum Fenster. An den Zweigen der Linde hinter dem Haus sprießte nun im Frühling junges Grün, und nur eine Straße weiter lag der große Volkspark Friedrichshain, in dem Henning immer mit seinem Hund Koki herumsprang. Auch der Alexanderplatz war nicht weit, und er wäre jetzt lieber dort gewesen, anstatt hier zu sitzen und den Schulstoff zu büffeln.

In der Bank hinter sich hörte er den Griffel seines Bruders Roman, der eine Französischübersetzung anfertigte, über die Schiefertafel kratzen. Roman war fünf Jahre älter und bereitete sich bereits auf die Abiturprüfung vor, während er selbst mit seinen zwölf Jahren noch den Stoff der Unterstufe paukte. Am Tisch vor ihm saß der ernst dreinblickende Hauslehrer Doktor Schreiber, der gerade Hennings Test in Physik korrigierte. Henning seufzte leise vor sich hin, als er beobachtete, wie oft der Lehrer den Rotstift ansetzte. Das konnte heiter werden, wenn Vater davon erfuhr. Sicher würde der ihm wieder einen Vortrag über den Ernst des Lebens halten und ihm das Lesen seiner Abenteuerromane verbieten, weil er damit angeblich nur seine Zeit verschwendete.

Schnell wandte Henning sich wieder seiner Schiefertafel zu und versuchte, sich bei den Aufgaben besonders gut zu konzentrieren. Vielleicht konnte er die schlechte Note ja mit einer guten Rechenarbeit wieder wettmachen. Da sah er, wie sich vor der Tür, die einen Spalt offenstand, etwas bewegte. Kleine Finger schoben die Tür noch ein Stück weiter auf, und ein Gesicht, das von dunklen Locken umrahmt wurde, lugte vorsichtig herein. Es war die vierjährige Lotta. Henning zwinkerte seiner kleinen Schwester zu, die wieder einmal ihrem Kindermädchen, Mademoiselle Gisèle, entwischt war, um ihn vom Unterricht abzuholen. Schnell löste er noch die letzte Aufgabe und stand auf, um dem Lehrer die Tafel vorzulegen. Herr Schreiber nickte zufrieden.

»Gut, Henning, Sie dürfen für heute Schluss machen.«

Er ging zur Tür und wurde sofort von Lotta in Beschlag genommen.

»Henning, stell dir vor, was Mademoiselle mir verraten hat«, platzte Lotta heraus und trat vor Aufregung von einem Bein aufs andere. »Mama wird am Freitag mit mir in die Stadt fahren. In ein richtiges Geschäft für …« Sie verzog kurz das Gesicht. »… oh, ich weiß nicht mehr, wie Frauen heißen, die heiraten, aber da geht Mama mit mir hin, um mir ein Kleid zu kaufen.«

»Ein Geschäft für Brautmoden?«, fragte Henning, und Lottas Miene hellte sich auf.

»Ja, so heißt es. Weil ich Brautmädchen werde.«

»Das ist ja wunderbar!«, rief Henning, und als Lottas kleine Hand nach seiner fasste, ließ er sich von ihr Richtung Treppe ziehen.

»Ja! Wunderbar!«, plapperte Lotta ihm begeistert nach. Henning hielt ihre Hand noch fester, weil sie beim Treppenlaufen überhaupt nicht auf die Stufen achtete, sondern nur ihn anstrahlte.

»Ist das nicht furchtbar lieb von Mama?«, fragte sie.

Henning seufzte, denn Lotta lag mit dieser Annahme völlig falsch. Er wusste genau, dass es Silvia, der zweiten Frau seines Vaters, dabei nicht um Lotta ging. Nein, wichtig war seiner Stiefmutter in diesem Fall nur die Einladung zur Hochzeit der Bankierstochter Adriana Fairbanks und das damit verbundene gesellschaftliche Ansehen. Doch woher sollte Lotta das wissen, seine Schwester kannte ja keine andere Mutter als Silvia. Sie war erst ein Jahr alt gewesen, als Vater sich von seiner Frau Alice hatte scheiden lassen und die zehn Jahre jüngere Silvia geheiratet hatte. Sein Bruder Roman hatte die neue Frau an Vaters Seite akzeptiert, doch er selbst konnte Silvia bis heute nicht ausstehen. Er hatte sofort gespürt, dass sie sich mehr für das gesellschaftliche Leben an der Seite seines Vaters, des Unternehmers Max Wittmann, interessierte, der ihren exzentrischen Lebensstil finanzierte, als für dessen Kinder, denn sie überließ die kleine Lotta fast ausschließlich dem Kindermädchen. Doch Lotta war noch zu klein, um das alles zu begreifen, und sah in Silvia tatsächlich ihre Mutter. Henning brachte diese Bezeichnung Silvia gegenüber nur dann über die Lippen, wenn er bei offiziellen Anlässen dazu verpflichtet war und Vaters bohrenden Blick im Nacken spürte. Nein, er würde Silvia niemals akzeptieren, denn sie hatte seine Mutter Alice verdrängt, die nach der Scheidung zu ihrer Familie nach England zurückgekehrt war. Und in den drei Jahren, die seither vergangen waren, hatte Henning nichts mehr von ihr gehört, da Vater jeglichen Kontakt zu ihr verboten hatte.

Er nickte Lotta bestätigend zu, die noch immer zu ihm aufsah. »Ja, das ist ganz furchtbar lieb von Silvia«, antwortete er, denn er wollte dem kleinen Mädchen die Freude nicht verderben.

Ein breites Lächeln trat auf Lottas Gesicht. »Du kommst doch mit in die Stadt?«

»Sicher! Ich muss doch dabei sein, wenn du so ein schönes Kleid bekommst.«

»Ja, das musst du. Es wird rosa sein, mit Rüschen und Spitze.«

Sie erreichten das Speisezimmer. Henning begrüßte Silvia, eine schicke junge Frau mit hellblonder Hochsteckfrisur, die sich mit dem dunkelhaarigen französischen Kindermädchen unterhielt. Henning setzte sich, und Lotta kletterte auf einen Stuhl neben ihm. Er war überrascht, als sein Vater ins Zimmer trat – wie immer mit akkurat gescheitelten schwarzen Haaren und einem gezwirbelten Schnurrbart, wie er momentan in Mode war –, denn für gewöhnlich war er um diese Zeit im Verwaltungsgebäude der Firma. Als Roman und Herr Schreiber ebenfalls eintraten und sein Vater und der Hauslehrer ein paar Worte wechselten, schwante Henning Übles. Und richtig, schon traf ihn ein ernster Blick aus Vaters dunklen Augen, und er zuckte zusammen, als dieser lospolterte: »Henning, ist es denn zu fassen! Ein ›mangelhaft‹ in Physik! Das kommt davon, dass du nur so in den Tag hineinträumst oder mit dem Hund herumspringst.«

»Herr Wittmann, ich bin mir sicher, dass Ihr Sohn nur unachtsam war, er wird den Stoff schnell aufholen«, mischte sich der Hauslehrer ein, doch Max schnitt ihm das Wort ab.

»Herr Doktor Schreiber, Sie müssen Henning für seine schlechten Schulleistungen nicht auch noch in Schutz nehmen.«

Mit hochrotem Kopf setzte sich Max nun an den Tisch, und Silvia legte beruhigend ihre Hand auf den Arm ihres Mannes.

Doch Vater war noch nicht fertig mit Henning. »Wenn ich das jemals so gemacht hätte, wären wir nicht da, wo wir heute sind! Ich war ein Kind armer Leute und bin durch die harte Schule des Lebens gegangen. Heute besitze ich eine Maschinenfabrik und eine Gießerei, und unser Werk ist eines der führenden Unternehmen Berlins geworden …«

Henning hörte gar nicht mehr zu. Er kannte diese Reden seines Vaters, in denen der seine Verdienste als Unternehmer heraushob, doch er wusste ebenso gut, dass Max dabei immer ein wichtiges Detail ausließ, das Mutter ihm einmal anvertraut hatte: Es war ihr Geld gewesen, mit dem Max Wittmann den Grundstein für seine Firma gelegt hatte. Als Tochter eines englischen Textilunternehmers, die sein Vater als junger Ingenieur auf einer Studienreise in London kennengelernt und bald darauf geheiratet hatte, hatte Alice ihr Erbe mit in die Ehe gebracht. Und Max als ihr Ehemann hatte darüber nach seinen Vorstellungen verfügt. Doch davon sprach Vater nie, und Mutters Name wurde nicht mehr erwähnt.

Henning horchte erst wieder auf, als es um seinen Physiktest ging.

»Ich erwarte, dass du den Stoff in den nächsten Tagen nachlernst«, gebot Max mit strengem Ton. »Allerdings nicht am Freitag, da musst du mit Roman am Nachmittag ins Werk kommen. Wie ihr wisst, hat sich eine Delegation aus dem Handelsministerium zu einer Fabrikbesichtigung angemeldet. Bei der Gelegenheit will ich den Herren meine Söhne vorstellen.«

Seit Wochen redete Vater von diesem wichtigen Termin. Die Wittmann-Werke produzierten Lokomotiven für die Preußische Staatseisenbahn und Zulieferteile für den Flottenausbau der Marine, und bei dem Besuch der Ministerialbeamten ging es um Folgeaufträge im Wert von Hunderttausenden von Reichsmark. Henning sah, dass Roman zustimmend nickte, doch er selbst stöhnte innerlich auf. Wenn es einen Ort auf dieser Welt gab, an dem er nicht gern war, dann war es das Fabrikgelände. Er erinnerte sich nur zu gut an das laute Hämmern, Klopfen und Zischen der riesigen Maschinenungetüme in den Fertigungshallen und an die Gluthitze der Hochöfen in der Gießerei, in der die Arbeiter mit erschöpften, rußverschmierten

Gesichtern schufteten. Und dazu noch die Ministerialbeamten, denen er die ganze Zeit über höflich Rede und Antwort stehen sollte! Henning überlegte fieberhaft, welche Ausrede ihm einfallen könnte, um sich vor der Werksbesichtigung zu drücken, doch nach der missglückten Physikarbeit konnte er nicht damit rechnen, dass Vater ihn in dieser Sache so leicht vom Haken ließ.

Da kam von einer unerwarteten Seite Hilfe.

»Nein!«, rief Lotta durch den ganzen Raum. »Henning hat versprochen, dass er am Freitag mitkommt, wenn Mama mir ein Brautkleid kauft!«

Alle am Tisch lachten auf, und Henning sah erleichtert, dass selbst sein Vater von einem Ohr zum anderen grinste. Wie gut, dass Lotta Vaters Augenstern war und er dem kleinen Mädchen keinen Wunsch abschlagen konnte.

»Ein Brautkleid bekommst du, kleines Fräulein?«, fragte Max und lachte dröhnend. »So groß bist du schon mit deinen vier Jahren?«

»Ja!« Lotta zog die Stirn kraus, weil sie offensichtlich nicht verstand, was es da zu lachen gab. »Und Henning muss mitkommen.«

Ihr Vater hob ergeben die Hände. »Ja, wenn das so ist, dann wird Henning das kleine Fräulein wohl begleiten müssen, und nur Roman kommt mit mir in die Firma.«

Lotta nickte zufrieden, und ein Lächeln huschte über Hennings Gesicht. Gott sei Dank war er diesem Termin entgangen. Lieber durchstreifte er sämtliche Modeboutiquen Berlins auf der Suche nach einem rosafarbenen Kleid für Lotta, als dass er mit den Ministerialbeamten durch das Werk marschierte.

Der Hausdiener Hans, der bereits das Essen servierte, trat mit einem Tablett in der Hand näher. »Sie wünschen eine Vorspeise?«

Henning nickte Hans zu, der einen Teller vor ihn stellte. Da ihm jedoch nach der Standpauke seines Vaters der Appetit vergangen war, begann er, nur lustlos in seiner Suppe zu rühren.

* * *

Isa saß noch immer neben Moritz am Fuße der riesigen Frauenstatue auf dem Alexanderplatz, als ihr Magen anfing zu knurren. Es war eine dumme Idee gewesen, hierherzukommen, und sie sah den Passanten nach, die alle ihrer Wege gingen und nicht einmal ahnten, in welcher Situation sie und ihr kleiner Bruder sich befanden. Dass sie Hunger hatten, dass zu Hause nur leere Töpfe auf sie warteten, dass sie nicht mehr weiterwussten.

Sie war den Tränen nahe, als sie sich gerade erheben wollte. Da fiel etwas klimpernd neben ihr zu Boden. Ungläubig schaute sie auf die Münze, die auf den Pflastersteinen lag, und griff eilig danach. Du lieber Himmel, es war ein Fünfpfennigstück! Sie sah auf und erhaschte gerade noch den mitleidigen Blick einer gut gekleideten Dame mit einem großen Hut, die bereits wieder davoneilte. Eine zweite Frau war ebenfalls auf sie und Moritz aufmerksam geworden und blieb stehen.

»Wie heißt ihr zwei denn?«, fragte sie.

»Elisabeth und Moritz«, antwortete Isa schüchtern.

Die Frau kramte in ihrer Tasche und drückte Isa eine Münze in die Hand. »Hier, kauft euch was«, sagte sie und ging weiter.

Isa schaute Moritz verdutzt an. Konnte das denn wahr sein?

»Was hat sie dir gegeben?«, fragte Moritz aufgeregt.

»Zehn Pfennige!« Isa betrachtete andächtig die beiden Münzen in ihrer Hand. Sie bedeuteten so unendlich viel. Mit einem Mal kam ihr dieser belebte, laute Platz, an dem es nach den Abgasen der Automobile stank, gar nicht mehr so unfreundlich vor. Und tatsächlich blieb immer wieder jemand vor ihnen stehen und steckte ihnen ein paar Pfennige zu. Isa rechnete alles zusammen und ging im Geiste schon durch den Krämerladen in ihrer Straße und überlegte, was sie einkaufen würde. Grieß und eine Flasche Milch? Oder doch lieber Gemüse für eine Suppe?

»Ihr seid ja doch da«, vernahm sie plötzlich eine bekannte Stimme, doch sie schrak zusammen, als sich gleich darauf ein fremder Junge direkt neben sie setzte. Sie rückte zur Seite und starrte ihn an. Er war ein Stück größer als sie, trug eine Brille und unter seiner Schirmmütze schauten blonde Haare hervor. Sie konnte sich nicht erinnern, ihn schon einmal gesehen zu haben, doch als er ihr das Gesicht zuwandte und sie verschmitzt anlächelte, wusste sie plötzlich, wen sie vor sich hatte.

»Viktor!«, rief sie erleichtert. »Wie siehst du denn aus?«

»Alles nur Maskerade.« Er nahm die Brille ab und hob die Mütze. Seine kurzen dunklen Haare kamen darunter zum Vorschein, und Isa untersuchte lachend die Schirmmütze, in der eine blonde Perücke befestigt war.

»Ich habe viele Verkleidungen. Ist besser fürs Geschäft«, erklärte Viktor mit leiser Stimme und setzte Mütze und Brille wieder auf. »Aber sag, was führt euch hierher?«

Isa wusste nicht, was sie antworten sollte. Auch wenn das Betteln Viktors Idee gewesen war, so schämte sie sich dafür, dass es nun tatsächlich so weit gekommen war und sie keinen anderen Ausweg mehr wusste. Viktor fragte nicht weiter nach, sondern zog stattdessen eine in ein Papier eingeschlagene Räucherwurst und sein Taschenmesser aus der Jackentasche. Er schnitt die Wurst in dicke Scheiben und hielt sie Isa und Moritz hin. »Hier. Nehmt euch was.«

Sie griffen zu. Isa kaute genüsslich den ersten Bissen, und als sie das zufriedene Schmatzen ihres Bruders hörte, lächelte sie Viktor dankbar an. Nun machte es ihr auch nichts mehr aus, ihm vom Betteln zu erzählen.

»Wie viel habt ihr schon bekommen?«, fragte er.

Sie griff in ihre Rocktasche und zeigte ihm stolz ihre Münzen.

Viktor zählte. »Vierzig Pfennige. Nicht schlecht für einen Vormittag. Den Platz an der Berolina habt ihr gut gewählt, hier kommen viele Leute vorbei.«

»Berolina?«, fragte Isa.

Viktor deutete zu der Statue über ihnen. »Das ist die Dame aus Kupfer da oben auf dem Sockel, ein Wahrzeichen der Stadt. Es gibt noch andere gute Stellen zum Betteln. Gleich da vorn ist der Bahnhof, dort drüben das Rote Rathaus und direkt hinter uns das Warenhaus Tietz. Aber haltet euch von dem riesigen Gebäude mit dem Eckturm fern, das ist das Polizeipräsidium, und setzt euch nicht in die Nähe eines Straßencafés, da werdet ihr von den Kellnern verjagt.« Mit einer Handbewegung deutete er die Straße hinunter. »Wenn ihr Durst habt, findet ihr in dieser Richtung eine Wasserpumpe und noch ein Stück weiter ein öffentliches Klohäuschen. Aber ich warne euch. Dagegen ist unseres im Hinterhof der reinste Luxustempel.«

»Du kennst dich aber gut aus«, stellte Isa fest.

Viktor nickte kauend. Er machte eine ausladende Handbewegung. »Hier gibt es alles, was man braucht. Wenn du erst mal weißt, wie alles läuft, musst du in einer Stadt wie Berlin nicht mehr hungern.« Er reichte noch einmal das Papier mit der Wurst herum. »Wie lange wollt ihr heute bleiben?«

»Ein bisschen Geld könnten wir schon noch gebrauchen«, meinte Isa. »Und ich hoffe, wir finden auf Anhieb den Heimweg.«

Viktor erhob sich. »Keine Sorge. Ich komme später wieder vorbei und nehme euch mit zurück.« Bevor er ging, zauberte er noch zwei in buntes Stanniolpapier verpackte Bonbons aus seiner Tasche, die er ihnen in die Hand drückte.

Moritz riss die Augen auf. »Wo hast du die her?«

Viktor grinste. »Was glaubst du, was es hier in den Geschäften alles gibt! Da ist auch für den kleinen Viktor etwas dabei.« Mit einem Augenzwinkern schlenderte er davon.

Als er gegangen war, schaute Moritz erst auf das Bonbon in seiner Hand und dann zu Isa. »Denkst du, es ist in Ordnung, was Viktor macht? Darf ich das Bonbon essen?«

Isa zuckte die Schultern. Die Eltern hatten immer von einem »anständigen Lebenswandel« gesprochen, und der Pfarrer in der Sonntagsschule hatte von einem Mann aus der Bibel erzählt, der auf einen Berg gestiegen und mit Steintafeln heruntergekommen war, auf denen Gottes Gebote eingemeißelt waren. Und eines davon lautete, dass man nicht stehlen durfte. Aber was nützten ihr diese Erzählungen, wenn es zu Hause nichts mehr zu essen gab?

»Viktor geht es wie uns«, antwortete sie. »Sein Vater hat die Familie verlassen, als er noch klein war. Was bleibt ihm also übrig? Soll er warten, bis die Fürsorge ihn und seine Schwestern in ein Heim steckt? Ja, ich glaube, es ist in Ordnung, was er macht.«

Moritz nickte, wickelte zufrieden sein Bonbon aus und schob es sich genüsslich in den Mund.

Als Viktor wiederkam, machten sie sich auf den Heimweg. Isa steckte immer wieder die Hand in die Tasche ihres Kleides und ließ die Münzen durch die Finger gleiten. Fünfundachtzig Pfennige! Im Krämerladen kaufte sie nach langem Hin und Her eine Packung Haferflocken, eine Flasche Milch und ein Tütchen Zucker.

»Dann bis morgen?«, fragte Viktor, als sie im Schein der Abendsonne ihren Hinterhof erreicht hatten und er mit einem Satz auf das Mäuerchen sprang. Er sah sich um und ließ einen lauten Pfiff hören, woraufhin seine beiden Schwestern, die in einer Ecke des Hofs bei einer Schar Kinder saßen, die Köpfe hoben.

Isa blickte fragend zu Moritz, dann nickte sie zustimmend. »Ja, wir kommen morgen wieder mit.«

»Ist gut.« Viktor pfiff ein zweites Mal, und als Paula und Tine angelaufen kamen, hüpfte er von der Mauer und ging pfeifend mit ihnen davon.

Hätte sie das alles doch auch so leicht nehmen können wie Viktor, dachte Isa. Doch kaum war er außer Sichtweite, da stürmten Fragen auf sie ein, auf die sie keine Antworten wusste. Wie sollte sie Mutter die Einkäufe erklären, ohne das Betteln zu erwähnen? Was würde Mama sagen, wenn sie es dennoch erfuhr? Würde es sie noch mehr aufregen?

»Moritz«, sagte Isa, als sie durch die knarrende Hintertür den Flur des Mietshauses betraten und sie in ihrer Tasche nach dem Wohnungsschlüssel fischte. »Überlass es mir, mit Mama zu reden. Ich möchte nicht, dass sie sich Sorgen macht.«

Moritz nickte, dann rief er: »Da kommt sie ja schon!«

Ihre zierliche Mutter betrat durch die Vordertür das Haus, und Moritz sprang ihr entgegen und umarmte sie. Leni Berlinger waren die zehn Stunden Arbeit an den dampfenden Kesseln der Wäscherei anzusehen. Sie wirkte müde und erschöpft. Ihre Wangen waren blass, und die dunklen Ringe unter den Augen ließen sie älter aussehen, als sie war. Sie trug ein einfaches Kleid und eine Strickjacke, und aus dem Haarknoten hatten sich ein paar helle Strähnen gelöst. Isa fragte sich mit einem Mal erschrocken, wann sie Mutter zuletzt hatte lachen sehen.

Sie hatte bereits die Wohnungstür geöffnet und die Einkäufe auf der Anrichte abgestellt, als Mutter ihr einen flüchtigen Kuss auf die Wange gab.

»Ihr wart einkaufen?«, fragte sie. »Hat die Krämersfrau doch wieder angeschrieben?«

Isa brummte etwas Undeutliches vor sich hin und redete schnell von etwas anderem, und Mutter fragte nicht weiter, sondern holte den Topf aus dem Schrank, goss von der Milch hinein und gab Haferflocken dazu. Moritz kam mit der Zuckertüte, und bald füllten sie ihre Teller mit einem dicken Haferbrei und aßen sich zum ersten Mal an diesem Tag richtig satt.

Mutter war sichtlich gut gelaunt. »Stellt euch vor, was Martha, unserer Schichtführerin, heute in der Wäscherei passiert ist«, erzählte sie schmunzelnd. »Statt Bleichmittel hat sie Färbemittel in einen Waschkessel gefüllt.«

Moritz kicherte. »Und dann?«

»War die Wäsche blau statt weiß!«

Zum ersten Mal seit Tagen lachten sie alle.

»Und nun?«, wollte Isa wissen. »Was sagt das Krankenhaus dazu?«

Mutter zuckte mit den Achseln. »Martha hat sich die Haare gerauft und Zeter und Mordio geschrien. Wir müssen versuchen, die Wäsche wieder zu bleichen, aber zum Glück werden wir für diese Extraschicht ordentlich bezahlt.«

Es war schön, Mutter so vergnügt zu erleben, dachte Isa, und allein das war es wert, dass sie betteln gegangen waren und für ein warmes Abendessen gesorgt hatten. Warum auch nicht? Wenn Viktor dabei war, würde ihnen sicher nichts passieren.

Nach dem Abwasch stellte Mutter einen Korb mit Wäsche auf den Tisch, griff ihre Stopfnadel und begann, im Schein einer Petroleumlampe Kleidungsstücke auszubessern. Sie saß noch immer so gebeugt auf der Küchenbank und nähte, als Isa bereits ins Bett geschlüpft war und sich in ihre Decke wickelte. Das Bild von Mutter, die abends mit irgendeiner Arbeit am Tisch saß, war Isa seit jeher vertraut, und fast schon war sie versucht, sich einzureden, dass alles in Ordnung war. Doch das war es nicht. Mochten sie heute Abend auch ein warmes Essen gehabt haben, Moritz im Bett über ihr bereits schlafen und Mutter wie gewohnt am Tisch sitzen, so war dennoch nichts mehr, wie es gewesen war. Es war zu still im Raum. Die leise, tiefe Stimme, die um diese Zeit immer mit Mutter geredet hatte, fehlte. Isa vermisste es, wie ihre Eltern miteinander geflüstert hatten, doch sie erinnerte sich auch daran, dass sie in den vergangenen Wochen lauter geworden waren.

Der letzte Streit zwischen den beiden kam ihr wieder in den Sinn, als Vater Mutter Vorwürfe gemacht hatte: »Ich will nicht, dass du noch einmal ins Metropol gehst, Leni! Nicht in diese Absteige!«

»Und wovon sollen wir leben? Deine Invalidenrente reicht hinten und vorn nicht, und du weißt, was sie mir in der Wäscherei zahlen.«

»Ich finde wieder eine Arbeit.«

»Ach ja? Das ist dir seit zwei Jahren nicht gelungen. Die Kinder haben Hunger und nichts Anständiges zum Anziehen. Isa müsste wieder regelmäßig zur Schule gehen und nicht nur alle Schaltjahre einmal. Und denk bloß mal an den letzten Winter, als wir nicht genügend Geld für Kohlen hatten und tagelang gefroren haben. Vielleicht wäre Annelie nie so krank geworden, wenn das nicht passiert wäre!«

Darauf hatte Vater nichts mehr erwidert.

Isa wusste, wie nah ihm der Tod des kleinen Mädchens gegangen war und welche Vorwürfe er sich danach gemacht hatte, weil er die Familie nicht mehr richtig versorgen konnte. Sie schloss die Augen und drehte sich zur Wand. Auch ihr fehlte die kleine Schwester, die sie fast rund um die Uhr betreut hatte und die von einem auf den anderen Tag nicht mehr da gewesen war. Genau wie Vater, der ebenfalls nicht mehr kam. Tränen stahlen sich aus ihren Augen, als sie sich fest vornahm, alles zu tun, um den Rest ihrer Familie zusammenzuhalten. Nichts und niemand durfte sie, Mutter und Moritz trennen, kein Amt und keine Fürsorge, auch, wenn sie dafür betteln gehen musste. Sie dachte an den belebten, lauten Alexanderplatz, der ihr Angst eingeflößt hatte, die Pferdekutschen, Automobile und all die fremden Menschen, und die Bilder verfolgten sie bis in den Schlaf.

* * *

Am nächsten Morgen wirkte der Alexanderplatz schon nicht mehr so bedrohlich. Isa und Moritz folgten Viktor durch das Verkehrsgewühl, als er an der Berolina vorbeiging und ein riesiges Gebäude auf der anderen Straßenseite ansteuerte. »Das ist das Warenhaus Tietz«, erklärte er. »Das größte Kaufhaus der Stadt. Es hat sogar einen Globus auf dem Dach!«

»Was ist ein Globus?«, fragte Moritz.

»Eine Weltkugel. Schaut, da oben.«

Viktor deutete an dem mehrstöckigen Kaufhaus hinauf, und Isa musste den Kopf in den Nacken legen, um auf dem Turm, der sich über einem gewölbten Giebel erhob, die Kugel zu entdecken. Sie hatte noch nie ein so prächtiges Gebäude gesehen. »Wie groß es ist!«, brachte sie hervor. »Gibt es denn so viele Dinge zu verkaufen?«

Viktor lachte. »Natürlich. Im Warenhaus Tietz gibt es sogar Aufzüge, damit die Leute keine Treppen steigen müssen, einen Lichthof und riesige Verkaufsflächen. Tietz hat alles, was man sich nur wünschen kann.«

Sie gingen an den Schaufenstern vorbei und Isa betrachtete mit großen Augen die Auslagen. Ihr Blick blieb an den Kleidern hängen. Anzüge für die Herren, feine Kleider für die Damen und sogar Kinderkleidchen aus glänzenden Stoffen. Sie begann zu träumen und stellte sich vor, wie es sein musste, so ein schönes Kleid zu tragen. Vater fiel ihr ein, der sie immer »Prinzessin« genannt hatte, und in seiner Nähe hatte sie sich auch so gefühlt. Doch als sie ihr Spiegelbild in der Fensterscheibe erblickte, wurde sie wieder in die Realität zurückgeholt. Sie trug einen verwaschenen braunen Rock und einen von Mutter gestrickten Pullover, eine gestopfte braune Strumpfhose und ausgetretene Schuhe. Ihre blonden Haare umrahmten ihr schmales Gesicht. Sie war keine Prinzessin, sondern ein Bettelkind, das niemals ein solches Kleid tragen würde, sagte sie sich und wandte sich ab. Schnell eilte sie Viktor und Moritz hinterher, die schon am Ende des Gebäudes angelangt waren.

»Hier an der Kreuzung ist ein guter Platz zum Betteln«, meinte Viktor. »Er ist nicht zu nah am Eingang, sodass euch die Verkäufer nicht verscheuchen, und die Passanten kommen von zwei Seiten an euch vorbei. Wenn ihr einen Polizisten seht, dann versteckt euch, bis er weg ist. Viel Glück, ich komme später wieder vorbei.«

Und schon war er im Menschengetümmel verschwunden. Isa und Moritz setzten sich an die Hausfront und stellten das Körbchen, das sie heute mitgebracht hatten, vor sich hin. Sie beobachteten die Menschen, die an ihnen vorüberkamen, junge und alte Leute, fein gekleidet und zerlumpt, und immer wieder blieb jemand stehen und warf ihnen einen mitleidigen Blick und ein Geldstück zu. Der Platz erwies sich als wahre Goldgrube. Isa blickte auf zu der Berolina, die ihnen direkt gegenüberstand und die ihr so viel Zuversicht einflößte. Es schien ihr fast, als würde die Frauenstatue über sie wachen.

* * *

Henning trat durch die Hintertür der Villa hinaus in den Garten, vorbei an Blumenbeeten und Ziersträuchern, die sich nun, Ende Mai, in ihren schönsten Frühlingsfarben zeigten, und legte die Bücher, die er unter dem Arm trug, auf eine Bank. Seine Stiefmutter Silvia, die in einer Ecke des Gartens mit einem Pinsel in der Hand hinter einer Staffelei stand, beachtete er gar nicht. Wie immer, wenn sie malte, trug sie ein seltsames wallendes Kleid von der Art, wie Henning noch keines zuvor gesehen hatte, und er fragte sich, warum sie die Rosen so genau studierte, wenn ihr Bild zum Schluss doch nur aus wilden, bunten Strichen bestand. »Expressionismus« nannte Silvia diese Art zu malen, und da sie vor der Heirat mit Hennings Vater zwei Jahre lang in einer Künstlerkolonie an der Ostsee gelebt hatte, hielt sie sich in Sachen Kunst für eine Expertin. Doch Henning fragte nicht weiter nach, denn zum einen interessierte er sich nicht für Silvias Malerei, und zum anderen wollte er vermeiden, dass sie zu ausschweifenden Erklärungen ansetzte oder – was noch schlimmer war – ihn zur Teilnahme an einer ihrer Meditationen oder spiritistischen Sitzungen aufforderte.

»Humbug«, hatte Henning einmal den Hausdiener Hans zur Köchin Wally sagen hören, als die beiden nicht bemerkt hatten, dass Henning in der Tür stand. »Damit will sie sich nur wichtigmachen. Dabei weiß doch jeder, dass ihr Vater, ein Großunternehmer aus Potsdam, ihre Spinnereien satthatte und ihr die finanziellen Mittel gestrichen hat. Damals hat sie sich Herrn Wittmann geangelt, mit dessen Geld sie jetzt diesen Firlefanz und jede Menge brotlose Künstler finanziert.«

»Vielleicht würde sie mit dem Unsinn aufhören, wenn sie endlich ein eigenes Kind bekäme«, hatte die Köchin geantwortet. »Doch ich habe Herrn Wittmann einmal sagen hören, dass ihnen das Schicksal Kinder verwehre.« Henning hatte zwar nicht genau gewusst, was Wally damit gemeint hatte, doch er war heilfroh, keine Stiefgeschwister zu haben, und wenn es nach ihm ging, konnte das auch so bleiben.

Hinter Henning lief Koki, der kleine weiße Terrier, den seine Mutter Alice im Jahr vor der Scheidung als Welpen ins Haus geholt und so geliebt hatte. Der Hund fixierte erwartungsvoll den kleinen Ball, den Henning in der Hand hielt, und hetzte sofort über den Rasen, als er das Spielzeug warf. Er sah ihm nach. Seit Mutter nicht mehr da war, kümmerten sich nur noch er und der Hausdiener Hans um den Hund. Lotta war noch zu klein dafür, sein Bruder Roman interessierte sich nicht für das Tier und Vater schimpfte den kleinen Kerl nur einen Köter, den er am liebsten aus dem Haus schaffen wollte. Das versuchte Henning mit aller Macht zu verhindern, und zusammen mit Hans sorgte er dafür, dass Vater ihn so wenig wie möglich zu Gesicht bekam.

Nachdem er den Ball ein dutzend Mal geworfen hatte, setzte Henning sich auf die Bank zu seinen Büchern. Mit einem leisen Seufzen schob er den Abenteuerroman von Mark Twain zur Seite, den er jetzt zu gern gelesen hätte, und griff stattdessen nach seinem »Lehrbuch der Physik«. Als er gerade zu den Kapiteln über Elektrizitätslehre blätterte, flog die Hintertür der Villa auf, und eine Kinderstimme rief seinen Namen quer über den Rasen. Lotta hatte ihn entdeckt, und Henning war über die Ablenkung gar nicht so unglücklich. Er klappte sein Buch zu und drehte sich zu ihr um. Mit fliegenden Zöpfen, die von großen Schleifen gehalten wurden, rannte Lotta auf ihn zu.

»Henning, komm!«, rief sie. Sie fasste seine Hand, zog ihn hoch und führte ihn hinüber zur Schaukel. »Stoß mich an. Ganz, ganz fest.«

Er tat ihr den Gefallen, und Lotta kicherte. »Höher! Noch viel höher! Bis in den Himmel!«

»Weißt du was?«, meinte er nach einer Weile. »Du kannst das auch mal allein versuchen. Immerhin hast du zwei gesunde Beine.«

Sie sah zu ihm hoch. »Wie denn? Zeigst du es mir?«

Er erklärte es ihr, und bald schaffte sie es, die Schaukel ein Stück zu bewegen.

»Das ist schön!«, rief sie begeistert. »Aber du kannst es besser. Bitte, Henning, lass mich noch mal ganz hoch fliegen.«

Schmunzelnd gab er nach und stieß sie wieder an, bis sie vor Freude laut lachte. Und während seine Schwester so durch die Luft flog, wanderten seine Gedanken zu dem Buch, das ihn seit Tagen in seinen Bann zog. Es handelte von den beiden Jungen Tom Sawyer und Huckleberry Finn, die zusammen mit ihrer Freundin Becky Thatcher die haarsträubendsten Abenteuer erlebten. Was hätte er darum gegeben, auch solche Freunde zu haben, die mit ihm durch dick und dünn gegangen wären. Doch da war niemand. Es gab zwar ganz in der Nähe das Königstädtische Gymnasium, doch Vater wollte nicht, dass er eine öffentliche Schule besuchte. Roman, der immer nur um Vaters Gunst buhlte, behandelte ihn wie ein kleines Kind. Und Lotta? Sie war sein Schwesterchen, das schaukeln und mit Puppen spielen wollte. Nein, er hatte keine Freunde, und dem bedrückenden Gefühl der Einsamkeit konnte er nur entfliehen, wenn er eines seiner Bücher zur Hand nahm. Dann tauchte er ab in eine andere Welt.

»So, ich glaube, für heute reicht es, es gibt gleich Mittagessen«, sagte er, und Lotta hüpfte von der Schaukel.

»Und danach?«

»Muss ich Physik lernen. Sonst wird Vater ärgerlich und lässt mich morgen nicht mit in die Stadt gehen.«

Als er mit Lotta über den Rasen lief, sah er den Diener Hans, der aus dem Hintereingang trat und nach dem Hund pfiff. Augenblicklich verschlechterte sich Hennings gute Laune, denn das konnte nur bedeuten, dass Vater heute wieder zum Mittagessen nach Hause kam und Hans schnell noch den Hund in Hennings Zimmer verschwinden lassen wollte. Nun gut, sagte er sich, besser so, als dass Vater sich über Koki ärgerte und ihn womöglich weggab. Ihm fiel auf, dass auch Hans seine Stiefmutter Silvia hinter ihrer Staffelei keines Blickes würdigte. Wie anders war das Verhalten des Dieners Hennings Mutter gegenüber gewesen, als Alice noch die Hausherrin in der Villa gewesen war. Aufmerksam und zuvorkommend hatte Hans ihre Wünsche erfüllt, oft noch, bevor Alice sie überhaupt geäußert hatte. Damals hatte ein ganz anderer Ton im Haus geherrscht, denn Alice war niemand gewesen, der Befehle erteilte oder die Dienstboten herumscheuchte, und es versetzte Henning einen Stich, als er an diese Zeiten zurückdachte.

»Oh ja, das hätte ich fast vergessen«, rief Lotta unbekümmert und lief neben ihm her zum Haus. »Morgen bekomme ich ja mein neues Kleid.«

Während Hans Schmorbraten mit Kartoffelpüree servierte, besprachen Vater und Roman Einzelheiten des anstehenden Besuchs der Ministerialbeamten. Henning beobachtete sie verstohlen und stellte wieder einmal fest, wie sehr die beiden sich ähnelten. Roman mit seinen dunklen Haaren, der schlanken, aber muskulösen Statur und seiner Wortgewandtheit schien eine Kopie seines Vaters zu sein, während er selbst das genaue Gegenteil war – schmächtig und still, und mit seinen hellen Haaren äußerlich eher seiner Mutter ähnelnd.

Max erhob sein Weinglas. »Roman, du wirst sehen, morgen schließen wir einen dicken Vertrag ab.« Er prostete Silvia zu, dann wandte er sich an Lotta. »Und wenn wir nach Hause kommen, bin ich gespannt auf dein Brautkleid, kleines Fräulein!«

Lotta kicherte vor Vorfreude.

Sie waren gerade beim Nachtisch angelangt, als Hans ins Zimmer trat.

»Entschuldigen Sie, Herr Wittmann, Herr Linde ist da und lässt sich nicht abweisen. Er besteht darauf, mit Ihnen zu sprechen.«

»Herr Linde?«, brauste Max auf, und Henning wusste, dass er damit den Vorarbeiter aus der Gießerei meinte. »Hat das denn nicht Zeit bis nach dem Essen? Und was in drei Teufels Namen will er hier? Er müsste drüben im Werk sein!«

Es war Hans anzusehen, dass ihm die nächsten Worte unangenehm waren. »Er spricht von einem Streik der Arbeiter.«

Max wischte sich mit der Serviette über den Mund und warf sie ungehalten auf den Tisch. Wütend vor sich hin schimpfend ging er durch das Zimmer. »Streik? Denen werde ich Beine machen. Was erlauben die sich? Und gerade jetzt, wo doch morgen …«

Henning hörte seinen Vater durch die offene Tür mit dem Vorarbeiter diskutieren. Lautstark forderte Max eine Liste mit den Namen der betreffenden Arbeiter, die er sofort entlassen wollte, wobei er immer wieder durch die beschwichtigenden Worte Herrn Lindes unterbrochen wurde. Henning konnte den Vorarbeiter durch den Türspalt nicht sehen, doch er kannte den nicht sehr großen, aber kräftigen Mann, der oft mit Anliegen der Arbeiter kam, um sie mit Vater zu diskutieren.

Doch es war auch heute wieder Max, der die Oberhand behielt. »Herr Linde! Bei dem momentanen Stand an Krankmeldungen sind alle Überstunden gerechtfertigt! Denken Sie, die Reedereien warten bis zum Sankt-Nimmerleins-Tag auf die Zulieferteile für die Kanonenboote? Sagen Sie Ihren Leuten, ich mache kurzen Prozess. Die Stadt ist voll von arbeitssuchenden Männern, und wer nicht binnen zwei Stunden wieder an seinen Arbeitsplatz zurückkehrt, ist entlassen!«

»Herr Wittmann! Die Männer arbeiten zwölf, dreizehn Stunden am Tag! Dadurch wird es zu immer mehr Krankheitsfällen kommen …«

Max schnitt dem Vorarbeiter das Wort ab. »Sie kennen meinen Standpunkt, und nun noch einen schönen Tag!«

Er kehrte ins Speisezimmer zurück, schloss lautstark die Tür und setzte sich an den Tisch.

»Ärger in der Firma?«, fragte Silvia und fuhr ihm beschwichtigend über den Arm.

»Ärger?« Max lächelte sie an, und seine eben noch laut dröhnende Stimme wurde ganz sanft. »Aber nein, Liebes, das hat sich schon erledigt. Herr Linde ist einer, der mit den Gewerkschaften sympathisiert. Alle paar Wochen, wenn er auf einer Versammlung oder einer Kundgebung war, kommt er mit einer verrückten Idee angelaufen, aber er kennt mich und weiß, dass er mit diesen Spinnereien bei mir auf Granit beißt. In zwei Stunden läuft es in der Gießerei wieder wie gehabt. Und wenn nicht, ist er der Erste, der geht.«

Henning fühlte sich immer unwohl, wenn er Vater so reden hörte, und fragte sich, ob man eine Firma wirklich nur mit eiserner Faust leiten konnte.

* * *

Um die Mittagszeit kam Viktor mit einem großen Stück Käse, das sie sich teilten, dann verstaute Isa das Körbchen in ihrer Rocktasche und sie machten sich gemeinsam auf den Weg zur Wasserpumpe, weil sie durstig waren. Als Isa danach das grün gestrichene Klohäuschen aufsuchte, rümpfte sie die Nase. Viktor hatte recht gehabt.

»Was machen wir, wenn es regnet? Und im Winter?«, fragte sie, als sie zu dritt wieder zum Warenhaus zurückliefen und Isa in die Sonne blinzelte. Noch war Frühling, die Sonne schien warm vom Himmel und der Winter war weit, doch sie wusste, wie schnell das Wetter umschlagen konnte und scharfe Ostwinde durch die Straßen Berlins fegten.

»Regen ist kein Problem, der hört irgendwann wieder auf«, antwortete Viktor. »Aber der Winter ist eine ganz schlechte Zeit fürs Betteln. In der Kälte hält es niemand lange draußen aus, und die Leute bleiben nicht mehr stehen. Sie hasten an dir vorbei ins nächste Geschäft, nur um schnell ins Warme zu kommen. Im Winter bleibt euch nur meine Methode.«

Isa kniff die Lippen zusammen, denn sie wusste, was er meinte. Stehlen. Doch sie konnte sich nicht vorstellen, jemals etwas zu nehmen, was ihr nicht gehörte.

»Vater hat nach seinem Unfall einfache Arbeiten gefunden. Zeitungen austragen, Botengänge erledigen und so. Meinst du, die nehmen dafür auch Kinder?«, fragte sie Viktor.

»Wie alt bist du?«

»Zehn. Im Juli werde ich elf.«

Viktor zog die Augenbrauen hoch. »Siehst aber jünger aus. Ich glaube nicht, dass jemand so eine halbe Portion wie dich nimmt, aber ich kann mich mal umhören.«

Sie bezogen wieder ihre Stellung vor dem Warenhaus, und als sie sich nach einigen Stunden auf den Heimweg machten, hatten sie doppelt so viel Geld wie am Tag zuvor. Stolz kaufte Isa im Krämerladen ein Brot und Gemüse, und als Mutter an diesem Abend spät nach Hause kam, köchelte auf dem Herd eine Suppe.

Doch als Isa sich zu ihr umwandte, sah sie in Mutters Gesicht keine Freude, sondern Tränen. Sie hatte ihre Mutter nur selten weinen sehen und konnte sich kaum rühren vor Schreck, und auch Moritz neben ihr erstarrte. Hatten sie etwas falsch gemacht? Da platzte es aus Mutter heraus, die sich auf einen Stuhl fallen ließ und die Hände vors Gesicht schlug: »Verdammt sei dieser Wittmann! Der habgierige Schurke ist an allem schuld. Er schindet seine Arbeiter, zahlt ihnen einen Hungerlohn und lässt seine Maschinen nicht warten. Meine Kinder gehen betteln, während seine in ihrer schönen Stadtvilla sitzen und Lachs und Kaviar in sich hineinstopfen! Eine winzige Abfindung hat er nach dem Unfall eures Vaters gezahlt, die nur ein paar Monate gereicht hat, und Karl hat uns nur verlassen, weil ich auch noch diese zweite Arbeit angenommen habe. Annehmen musste!«

Isa stand da wie vom Donner gerührt. Sie verstand nicht alles, was sie gerade gehört hatte. Mutter hatte sich wohl zusammengereimt, dass sie und Moritz betteln gingen, vielleicht war sie auch im Krämerladen gewesen und hatte erfahren, dass sie gar nicht hatten anschreiben lassen. Doch was hatte es mit ihrer Arbeit in der Kneipe auf sich? Was war so schlimm daran, dass die Eltern sich deshalb wochenlang gestritten hatten und Vater auf und davon gegangen war? Da musste noch etwas anderes sein, doch eine innere Stimme sagte ihr, dass sie jetzt besser nicht weiter nachfragte. Zögerlich ging sie auf Mutter zu und strich ihr beruhigend über den Arm, bis ihr Weinen abebbte. Endlich wischte sie sich die Tränen vom Gesicht.

»Wo geht ihr hin zum Betteln?«, fragte Mutter ganz leise und zog Moritz auf ihren Schoß.

»Zum Alexanderplatz«, wisperte Isa und fügte noch schnell hinzu: »Viktor aus dem Nachbarhaus ist auch dabei.«

»Der Junge von Frida Jansen? Deren Mann sie mit drei kleinen Kindern hat sitzen lassen? Gut. Aber passt auf euch auf. Und nun lasst uns mal die Suppe essen, die so köstlich riecht.«

Sie füllten die Teller und schnitten den frischen Laib Brot an, doch obwohl sie sich alle beim Essen um einen fröhlichen Ton bemühten, spürte Isa, dass ihnen das nicht so richtig gelingen wollte. Denn derjenige, der immer Witze am Tisch gerissen und sie alle zum Lachen gebracht hatte, war nicht mehr da.

Kapitel 2

Die Kinderkonfektionsabteilung des Warenhauses Tietz am Alexanderplatz hatte alles, was man sich an Mode für die Kleinsten nur wünschen konnte. Auf lebensgroßen Holzpuppen waren die neuesten Modelle für Mädchen und Jungen drapiert, in Vitrinen fanden sich Diademe, Schleifen und Haarkränze, Fliegen und Krawatten. Henning saß in einem gepolsterten Sessel im Anprobebereich und hörte die aufgeregte Stimme seiner Schwester hinter dem Vorhang einer Kabine, in der Lotta sich mithilfe einer Verkäuferin umkleidete. Neben ihm saß Silvia, die mit einem kleinen Handspiegel ihre geschminkten Lippen und die Frisur überprüfte, und im Sessel gegenüber hatte das Kindermädchen Gisèle Platz genommen, das in einem Modejournal blätterte. Der Vorhang öffnete sich und Lotta kam mit glänzenden Wangen heraus. Sie trug ein rosafarbenes Kleidchen mit Spitzenbordüren am Saum und sah einfach hinreißend aus.

»Oh, wie schön!«, rief Silvia entzückt. »Das steht dir aber gut! Es passt zu deiner Aura!«

Lotta strahlte und warf Henning einen Blick zu, und als er anerkennend nickte, rief sie: »Das nehmen wir!«

»Aber Schatz!« Silvia schüttelte tadelnd den Kopf. »Man nimmt doch nicht das erstbeste Kleid. Probiere doch gleich das nächste an.«

Lotta drehte sich um und verschwand wieder hinter dem Vorhang.

»Was ist mit dir, Henning? Du brauchst auch einen neuen Anzug«, stellte Silvia mit einem kritischen Blick auf seine Hose und Jacke fest.

Henning schaute an sich hinab. Der helle Anzug, den er trug, passte ihm gut, und von dieser Art hatte er noch so viele andere in unterschiedlichen Farben im Schrank. »Wozu?«

Silvia wandte sich pikiert an Gisèle. »Ist das nicht wieder typisch für den Jungen? Wir sind bei einer der einflussreichsten Familien der Stadt eingeladen. Alles, was in Berlin Rang und Namen hat, ob in Politik, Wirtschaft oder Kunst, wird anwesend sein, und er will zu diesem Anlass einen alten Anzug tragen!«

»Man blamiert sich ja mit ihm«, stimmte das Kindermädchen zu.

Als Lotta wieder zum Vorschein kam und ein noch schöneres Kleid trug, ließ Silvia auch Anzüge für Henning bringen. Widerwillig fügte er sich und schlüpfte in Hosen und Jacketts, und als er sich dabei im Spiegel betrachtete, konnte er beim besten Willen nicht erkennen, was daran anders war als an den Anzügen, die in seinem Schrank hingen. Aber er machte gute Miene zum bösen Spiel, um Lotta ihren Einkaufsbummel nicht zu verderben, und war erleichtert, als Silvia und Gisèle endlich zu einem dunklen Anzug und passender Fliege nickten.

»Lassen Sie uns die Sachen bitte liefern«, sagte Silvia, als auch eine Entscheidung bezüglich Lottas Kleid und Kopfschmuck gefallen war. Sie verließen die Kinderabteilung und begaben sich Richtung Ausgang. Als die aufgeregte Lotta dabei immer wieder lachend zwischen den Kleiderständern verschwand, nahm Henning sie irgendwann an der Hand und führte sie durch die Gänge.

Isa saß neben Moritz an der Fassade des Kaufhauses und konnte ihr Glück nicht fassen. Immer wieder griff sie in ihre Rocktasche, zog die silberne Münze hervor und betrachtete sie, um sich zu vergewissern, dass sie nicht träumte. Es war tatsächlich ein Markstück, das der Junge in dem hellen Anzug ihnen vor einer Stunde in ihr Körbchen geworfen hatte, bevor er zusammen mit einem kleinen Mädchen und zwei Frauen ins Warenhaus gegangen war. Eine Mark! Wer hatte denn so viel Geld zu verschenken? Die vier waren so gut gekleidet gewesen, dass sie sicher sehr reich waren. Viktor hätte gesagt, sie hatten Geld wie Heu. Was würde der für Augen machen, wenn er nachher kam!

Vor ihnen füllte sich der Gehsteig, denn ein Straßenverkäufer hatte einen Verkaufsstand mitten auf dem Trottoir aufgebaut und war gerade dabei, ein großes Holzgestell mit Spielwaren zu bestücken. Isa trat näher und schaute ihm fasziniert zu. So schöne Spielsachen hatte sie noch nie gesehen. Eine Puppe hatte es ihr besonders angetan, denn mit ihrem lächelnden Gesicht und den hellen Löckchen ähnelte sie der kleinen Annelie. Obwohl Isa wusste, dass sie sie nicht kaufen konnte, deutete sie auch schon darauf und fragte den Verkäufer: »Was kostet die Puppe?«

»Drei Mark«, erhielt sie zur Antwort, und Isas Mut sank. Sie schüttelte den Kopf und trat einen Schritt zurück. Nie im Leben würde sie sich ein so teures Spielzeug kaufen können. Da bemerkte sie neben sich den Jungen, der ihr das Markstück geschenkt hatte und der ebenfalls das Spielwarengestell betrachtete. Als eine Kinderstimme rief: »Mama, schau doch nur, die Puppen!«, erkannte Isa das kleine Mädchen in dem blauen Matrosenkleidchen, das mit dem Jungen gekommen war.

Doch die Dame, die die Hand des Mädchens hielt und wahrscheinlich seine Mutter war, unterhielt sich angeregt mit einer anderen Frau und achtete nicht auf ihre Tochter. Isa hörte, wie das Mädchen rief: »Da sind ja noch mehr!« Schon ließ das Kind die Hand der Frau los, die das nicht zu bemerken schien, lief um das Holzgestell herum und geriet dabei auf die viel befahrene Straße.

Mit schreckgeweiteten Augen erblickte Isa eine herannahende Kutsche samt Pferd, das nun laut wieherte und hochstieg, sah Hufe, die durch die Luft wirbelten und sich gefährlich auf das Mädchen zubewegten, sah den erstarrten Blick des Kindes, das bewegungslos vor dem scheuenden Tier stand. Ohne nachzudenken, lief sie los. Sie packte das Kind, spürte den Stoß, den ein Pferdehuf dem Mädchen versetzte, und hörte dessen gellenden Schrei. Sie riss das Kind mit sich herum, um es vor weiteren Hufschlägen zu schützen, und hörte Moritz, der aus Leibeskräften ihren Namen schrie. Dann spürte sie den harten Aufprall im Rücken, als sie über den Bordstein stolperte und auf den Gehsteig stürzte, in den Armen das Kind haltend, das auf ihr landete. Sofort waren da Hände, die nach ihr griffen, und sie blickte in das bestürzte Gesicht des Jungen in dem hellen Anzug, der sich über sie und das Mädchen beugte und wie unter Schock immer wieder etwas murmelte, was sie nicht verstand. Er hob das schreiende Mädchen hoch und nahm es auf den Arm, und plötzlich waren da Viktor und Moritz, die Isa wieder auf die Beine halfen. Ihr Knöchel schmerzte so sehr, dass sie sich auf Viktor stützen musste.

»Dein Arm ist aufgeschlagen!«, rief Viktor, doch Isa hörte ihm gar nicht zu. Sie konnte den Blick nicht von dem schreienden Kind in den Armen des Jungen wenden, der mittlerweile von Menschen umringt war. Das Pferd schien das Mädchen schlimm am Bein erwischt zu haben, denn das Knie blutete so stark, dass sich der Anzugärmel des Jungen rot färbte. Die

Mutter des Kindes redete wie wild auf den Jungen ein; die zweite Frau rief immer wieder nach einem Arzt; ein Passant hielt eine Droschke an und diskutierte mit dem Kutscher. Isa hörte mehrfach das Wort »Krankenhaus« und beobachtete, wie der Junge mit dem Mädchen und den beiden Frauen in die Kutsche stieg und davonfuhr.

Erst dann begann sie, am ganzen Leib zu zittern. Sie blickte an sich hinunter, nahm die zerrissene Strumpfhose über dem Knöchel wahr, hob den Arm und betrachtete das Loch in ihrem Ärmel und den aufgeschlagenen Ellenbogen.

»Komm, ich bring euch nach Hause«, sagte Viktor, der kreidebleich neben ihr stand, und fasste Isa unter dem Arm. Sie versuchte ein paar zaghafte Schritte. Es tat weh, doch sie konnte laufen. Viktor schimpfte. »Das ist wieder typisch für solche Leute, die sich für etwas Besseres halten. Sie kümmern sich nur um sich. Niemand fragt danach, wie es dir geht, dabei hast du diesem Kind gerade das Leben gerettet. Das Pferd hätte das Mädchen totgetreten, wenn du es nicht weggerissen hättest. Reiches Pack!«

»Viktor, das kannst du doch nicht sagen«, entgegnete Isa. »Hast du das Mädchen nicht schreien hören? Hast du ihr Bein nicht gesehen? Sie ist schwer verletzt, und ihre Familie hatte genug damit zu tun, sie ins Krankenhaus zu bringen. Wer weiß, was da jetzt mit ihr geschieht. Ich dagegen habe doch nur ein paar Kratzer, die nicht der Rede wert sind.«

»Nicht der Rede wert!«, schnaubte Viktor. »Eine Belohnung hättest du verdient. Aber niemand hat sich auch nur nach dir umgedreht.«

Isa schüttelte den Kopf und humpelte schweigend weiter.

Henning saß auf einem Stuhl im Wartebereich des Krankenhauses und knetete aufgeregt seine Hände. Hinter einer dieser Türen waren die Ärzte mit Lotta verschwunden, und er fragte sich, wie es ihr gerade erging. Wurde sie operiert? Was war mit ihrem Knie? Der Pferdehuf hatte sie schlimm getroffen, denn ihm war übel geworden, als er einen Blick auf die klaffende Wunde an ihrem Knie gewagt hatte. Seine Anzugjacke war blutverschmiert. Gott, hoffentlich wurde alles wieder gut! Nicht auszudenken, wenn Lotta nicht mehr würde laufen können!

Silvia und Gisèle saßen neben ihm und unterhielten sich, doch er hatte bisher kaum auf ihre Worte geachtet. Ein Satz von seiner Stiefmutter ließ ihn jedoch zusammenzucken.

»Das ist allein Hennings Schuld! Er hat nicht auf Lotta aufgepasst, obwohl ich es ihm gesagt hatte!«

Henning wandte sich zu ihr um. »Das stimmt doch gar nicht. Du hast nichts zu mir gesagt. Im Gegenteil. Als wir das Kaufhaus verließen, meintest du noch, dass es an der Straße zu gefährlich sei und du Lotta an die Hand nehmen wollest.«

»Also, das ist doch allerhand!«, ereiferte sich Silvia. »Aber so bist du ja immer. Nie gestehst du deine Fehler ein. Gisèle kann bezeugen, dass du auf Lotta aufpassen solltest, wenn Max kommt und danach fragt.«

Henning starrte sie wie vom Donner gerührt an. Das war doch alles gelogen, er erinnerte sich genau, dass es ganz anders gewesen war! Doch er kam nicht mehr dazu, sich zu rechtfertigen, denn in diesem Moment stürzte sein Vater mit rotem Gesicht ins Wartezimmer. »Wo ist sie? Was ist passiert? Wie geht es ihr?«

Silvia eilte auf ihn zu und fasste ihn am Arm. »Beruhige dich. Sie wird gerade behandelt. Sicher wird alles wieder gut.«

»Wie konnte so etwas passieren?«, polterte Max los, und alle Leute im Wartezimmer wandten sich zu ihm um.

»Es war ein Unfall«, begann Silvia, und mit der zarten Stimme, die Henning so gut von den Gelegenheiten kannte, in denen Silvia die besorgte Mutter hervorzukehren versuchte, setzte sie bedeutungsschwer hinzu: »Und Henning, nun ja, er hat die Situation wohl falsch eingeschätzt. Bitte schimpf nicht mit ihm.«

Henning war platt. Silvia schob ihm tatsächlich vor Vater die ganze Verantwortung für den Unfall in die Schuhe und gab dabei noch vor, ihn in Schutz nehmen zu wollen!

Sein Vater fuhr zu ihm herum. »Henning? Das war ja klar! Nicht einen Moment kannst du auf deine Schwester aufpassen!«

»Ich habe gar nichts …«, versuchte Henning, sich zu verteidigen, doch sein Vater schnitt ihm das Wort ab.

»Schweig, ich will nichts hören. Jetzt ist nur wichtig, wie es Lotta geht.«

Max ließ sich neben Silvia auf einen Stuhl sinken und fuhr sich mit beiden Händen durch die Haare. »Gerade heute muss so etwas passieren! Ich werde dringend in der Firma gebraucht, müsste einen wichtigen Vertrag unterzeichnen, stattdessen sitze ich hier im Krankenhaus! Zum Glück führt Roman die Ministerialbeamten durch das Werk.« Er warf Henning einen vernichtenden Blick zu. »Wenigstens auf diesen Sohn ist Verlass.«

Henning zuckte zusammen, als hätte sein Vater ihn geohrfeigt. In seinem Inneren formte sich eine Mischung aus Verzweiflung und Wut, doch er saß nur stumm da. Er dachte an Lotta. Wie ging es ihr? Würde ihr Bein wieder heilen?

Das Warten war zermürbend, und der Raum war bereits leer, als ein Arzt in einem weißen Kittel kam und sich zu ihnen setzte.

»Lottas Knie wurde von dem Pferdehuf schwer getroffen«, begann er. »Wir haben sie operiert und gehen davon aus, dass sie wieder laufen kann, wenn die Wunde ausgeheilt ist. Aber ich kann nicht garantieren, dass das Knie danach noch voll beweglich sein wird.«

»Nicht?«, entfuhr es Max mit einem Stöhnen. »Ihr Knie kann steif bleiben?«

Der Arzt blickte ihn ernst an. »Herr Wittmann, dieser Unfall hätte noch ganz anders ausgehen können. Lotta hat großes Glück gehabt, denn das Pferd hätte sie tottreten können. Sie hat wohl einen Schutzengel gehabt.« Er stand auf und reichte Silvia und Max die Hand. »Lotta schläft jetzt. Fahren Sie nach Hause, Sie können morgen wiederkommen.«

Sie atmeten alle auf, und Henning schickte ein Dankgebet zum Himmel. Als sie vor dem Krankenhaus in Vaters Auto stiegen und durch die Stadt nach Hause fuhren, dachte er über das Mädchen nach, das so beherzt gehandelt und Lotta vor weiteren Huftritten beschützt hatte. Himmel, er wusste gar nicht, ob sie auch verletzt worden war. Nachdem sie mit Lotta auf den Gehweg gestürzt war und er seine Schwester hochgehoben hatte, hatte er sich nicht mehr nach ihr umgesehen. Alles war so schnell gegangen. Lotta hatte geschrien, Silvia und Gisèle hatten geschimpft, Leute hatten auf ihn eingeredet, dann waren sie mit der Kutsche ins Krankenhaus gefahren. Vielleicht konnte er sich nach dem Mädchen erkundigen, doch er wusste ja nicht einmal, wer sie war. Hatte sie nicht zuvor neben einem kleinen Jungen vor dem Kaufhaus gesessen und gebettelt? Er meinte sich zu erinnern, ihr eine Münze geschenkt zu haben. Und später hatte er sie bei den Spielsachen stehen sehen, als sie sich nach einem Preis erkundigt hatte. Was hatte sie kaufen wollen? Diese Puppe in dem weißen Kleid? Hätte er sich doch bei ihr bedanken können! Er schloss die Augen und fühlte sich völlig zerrissen. Und in diesem Moment wünschte er sich nichts sehnlicher auf der Welt, als bei seiner Mutter sein zu können.

Zu Hause schlich Henning hinauf in sein Zimmer. Koki, den Hans immer zur Abendessenszeit hier oben einsperrte, sprang ihm schon entgegen. Er kniete sich zu dem Hund hinunter und begann, ihn geistesabwesend hinter den Ohren zu streicheln, als sich die Tür öffnete und Vater hereinstürmte. Henning rutschte das Herz in die Hose, als er seinen zornigen Blick auffing. Er bedeutete nichts Gutes. Langsam erhob er sich.

»Wir beide haben noch ein Hühnchen miteinander zu rupfen«, fuhr Max ihn an. »Dir ist hoffentlich bewusst, was du dir da heute geleistet hast. Nie hörst du auf das, was Silvia sagt. Die ganze Zeit habe ich mir das angesehen, aber nun ist Schluss. Du wirst ab heute akzeptieren, dass Silvia eure Mutter ist, ob dir das nun passt oder nicht. Denn du siehst ja, wohin dein Starrsinn uns bringt. Lotta ist verunglückt, weil du nicht aufgepasst hast.«

»Nein, das stimmt doch gar nicht, ich …« Henning kam nicht mehr dazu, den Satz zu Ende zu bringen, denn in diesem Moment traf ihn die Hand seines Vaters im Gesicht. Sein Kopf flog herum und er hob seine Finger an die schmerzende Stelle auf seiner Wange, wo Vater ihn getroffen hatte. Er schmeckte Blut im Mund, weil er sich auf die Lippe gebissen hatte. Tränen schossen ihm in die Augen. Doch es war nicht der Schlag, der am meisten wehtat, es war die Demütigung, die damit verbunden war. Vater hatte ihn schon öfter geschlagen, wenn er sich im Gegensatz zu seinem Bruder erdreistet hatte, Widerworte zu geben; es war also heute bei Weitem nicht das erste Mal. Und doch traf es ihn jedes Mal wie ein Blitz aus heiterem Himmel. Wie konnte er nur! Ganz langsam wandte Henning den Kopf, und wie in Zeitlupe sah er, dass sein Vater sich zu dem Hund hinunterbeugte, das winselnde Tier packte und mit ihm zur Tür lief.

»Koki!« Ein gepresster Laut kam aus Hennings Mund. Er rannte seinem Vater nach, der bereits die Treppe hinuntereilte und nach Hans rief. Henning blieb auf dem obersten Treppenabsatz stehen. Mit wild klopfendem Herzen beobachtete er, wie Vater auf den Diener einredete und ihm den zappelnden kleinen Hund in die Arme drückte. Er sah, wie Hans die Stirn runzelte und mehrmals den Kopf schüttelte, dann jedoch nickte und mit dem Tier auf dem Arm durch die Eingangshalle ging. In der Haustür drehte der Hausdiener sich noch einmal um und warf Henning einen Blick zu, in dem Bedauern lag.

Hennings Beine fühlten sich bleischwer an, als er in sein Zimmer zurückschlich und sich auf den Stuhl vor seinem Schreibtisch fallen ließ. Ein heiseres Schluchzen löste sich aus seiner Kehle. Wo brachte Hans Koki hin? Würde Vater ihm nun den Hund wegnehmen? Für wie lange? Ein paar Tage? Für immer?

* * *

Roman bestieg vor dem Firmengebäude in der Chausseestraße eine Droschke und nannte dem Kutscher die Adresse in der Fliederstraße. Seufzend ließ er sich ins Polster fallen. Was für ein Nachmittag! Die Ministerialbeamten waren zum vereinbarten Zeitpunkt gekommen und alles war bestens gelaufen, bis der Vorarbeiter des Werks angerannt gekommen war und seinen Vater zur Seite genommen hatte, um ihm etwas zuzuflüstern. Der war blass geworden, hatte eine Entschuldigung gestammelt, Roman noch einige Anweisungen gegeben und war davongeeilt.

Und dann war er allein mit den Beamten gewesen, die ihn erwartungsvoll angeschaut hatten. Es war ihm gelungen, seine eigene Verblüffung zu überspielen, die Männer mit fachkundigen Erklärungen durch die Werkshallen zu führen und auch bei den weiteren Verhandlungen die Firmenposition zu vertreten. Doch die Frage, was denn eigentlich passiert war, hatte ihn nicht losgelassen und geisterte noch immer durch seinen Kopf, als er vor der Villa aus der Droschke stieg. Dabei stieß er fast mit Hans zusammen, der mit dem Hund unter dem Arm im Eilschritt aus dem Haus gestürmt kam und versuchte, den Kutscher aufzuhalten.

»Warten Sie! Nehmen Sie mich mit!«, rief der Hausdiener, und der Kutscher hielt noch einmal sein Gespann an.

Roman packte Hans am Arm. »Was ist denn eigentlich passiert? Warum musste Vater das Werk so plötzlich verlassen?« Er warf einen verdutzten Blick auf Koki, den Hans dicht an sich gepresst hielt, ging aber nicht weiter darauf ein.

»Lotta ist vor eine Pferdekutsche gelaufen«, antwortete der Diener kurz angebunden.

»Lotta? Und? Ist es schlimm?«

»Fragen Sie bitte Ihren Vater«, antwortete Hans und bestieg die Kutsche. Er schien über irgendetwas völlig verärgert zu sein.

Roman sah ihm kopfschüttelnd nach. War die ganze Welt heute verrückt geworden? Erst ließ Vater ihn beim wichtigsten Termin des Jahres allein, und dann ignorierte ihn der Hausdiener, erteilte ihm nicht einmal die erbetene Auskunft und fuhr mit dem Hund davon.

Stirnrunzelnd betrat er das Haus. Im Salon traf er auf Silvia, die am Tisch saß und ihre Tarotkarten mischte.

»Wie geht es Lotta?«, fragte er besorgt und setzte sich zu ihr.

Silvia sah auf und seufzte theatralisch. »Ach, du ahnst es nicht, Roman. Lotta hatte einen Unfall, weil Henning nicht auf sie geachtet hat. Um ein Haar … ach, ich kann es gar nicht aussprechen. Das arme Ding ist im Krankenhaus.«

Also Henning mal wieder, dachte Roman und schaute Silvia zu, die einige Karten verdeckt auf den Tisch legte. Warum war sein Bruder nur immer so verschlossen und störrisch? Silvia gegenüber reagierte Henning völlig ablehnend, gab kaum Antworten und sprach sie nie an. Als ob sie für ihn gar nicht existierte. Hatte er es heute tatsächlich so weit getrieben, dass Lotta in Gefahr gekommen war? Nein, das konnte nicht sein. Auf Lotta hatte Henning schon immer achtgegeben.

»Was sagen die Ärzte?«, fragte er.

Silvia drehte eine Karte um, und ihr Gesicht erhellte sich.

»Die Ärzte? Die befürchten, dass Lottas Knie nie mehr ganz heilen wird, doch siehst du – das Schicksal sagt etwas anderes.« Sie hielt eine der bunten Karten hoch. »Die Sonne! Sie steht für Energie und Lebenskraft. Lotta wird wieder völlig gesund.«

Roman fühlte sich mit seinen siebzehn Jahren für diesen Hokuspokus eigentlich zu alt, doch er wollte Silvia nicht vor den Kopf stoßen. Er nickte nur. »Wo ist Vater?«

»Er war oben bei Henning und ist danach in sein Büro gestürmt.«

»Und was ist mit Koki? Warum hat Hans mit ihm die Villa verlassen?«

Silvia zuckte die Schultern. »Max kam vorhin mit dem Hund die Treppe herunter. Wahrscheinlich hat er Henning das Tier weggenommen, weil er sich so über den Jungen geärgert hat.«

»Das habe ich allerdings«, war eine dunkle Stimme von der Tür her zu hören, und Max kam ins Zimmer. »Aber das ist jetzt nicht so wichtig. Wie ist der Termin in der Firma gelaufen?«

Roman runzelte die Stirn über den Themenwechsel. Er wusste, wie Auseinandersetzungen zwischen Henning und Vater in der Regel endeten, und eine nagende Stimme in ihm mahnte ihn, seinem Bruder in diesem Fall beizustehen. Es konnte einfach nicht wahr sein, dass Henning Lotta in Gefahr gebracht hatte. Niemals! Doch die Worte wollten Roman nicht über die Lippen kommen.

»Hervorragend«, antwortete er stattdessen und fühlte sich dabei unwohl. »Nächste Woche werden die Beamten kommen, um den Vertrag abzuschließen.«

Max klopfte ihm anerkennend auf die Schulter. »Da hast du ganze Arbeit geleistet. Gut, dass ich mich wenigstens auf dich verlassen kann. Und nun kommt zum Abendessen.«

»Soll ich Henning holen?«, fragte Roman, den sein schlechtes Gewissen plagte.

Max schüttelte den Kopf. »Der soll mir heute nicht mehr unter die Augen kommen und lieber darüber nachdenken, was er angestellt hat.«

* * *

Henning wusste nicht, wie lange er so dagesessen und geweint hatte, doch als er sich endlich mit dem Handrücken die Tränen vom Gesicht wischte, war es im Haus bereits still. Durch das Fenster sah er den Mond am Himmel, es war bereits Nacht. Niemand hatte mehr nach ihm gesehen oder ihn zum Abendessen geholt, und er fühlte sich grenzenlos allein. Schon oft hatte Vater ihn zurechtgewiesen und auch geschlagen, doch dass er ihm Koki weggenommen hatte, war unfassbar. Es war doch Mutters Hund! Eine kalte Leere hatte sich in ihm ausgebreitet, als wäre es plötzlich mitten im Frühling Winter geworden.

Sein Blick fiel auf sein Buch, das vor ihm auf dem Tisch lag, und der Gedanke an die drei Freunde, die unglaubliche Abenteuer bestanden, brach den Kokon auf, in den er sich zurückgezogen hatte. Nein, er würde Vaters Zurechtweisung nicht einfach hinnehmen. Er trug keine Schuld an Lottas Unfall. Und wenn Koki nicht mehr da war, wollte er auch nicht bleiben. Es gab nur einen Menschen, nach dessen Nähe er sich sehnte – seine Mutter. Vage erinnerte er sich an die Reise nach London, auf der er als kleiner Junge Mutter begleitet hatte. Sie waren mit dem Zug nach Hamburg gefahren und mit dem Schiff weiter nach England gereist. Ja, da wollte er hin, deshalb musste er zum Bahnhof am Alexanderplatz, denn dort fuhren die Fernzüge ab. Er ging zum Schrank, holte seinen Wanderrucksack heraus und stopfte wahllos ein paar Kleidungsstücke hinein. Dann sah er sich um. Was brauchte er noch? Er tauschte das blutverschmierte Jackett, das er noch immer trug, gegen ein sauberes, holte aus seinem Schreibtisch seinen Geldbeutel und ein Taschenmesser. Dann griff er zu seinem Buch, ohne das er unmöglich gehen konnte, packte es ebenfalls in den Rucksack und schnallte eine kleine Wolldecke quer darüber fest. Leise schlüpfte er aus dem Zimmer, huschte den dunklen, nur durch eine Petroleumlampe erleuchteten Flur entlang und schlich die Dienstbotentreppe hinunter zur Hintertür. Sie war noch nicht abgeschlossen, also war Hans noch nicht zurück. Henning trat in die Dunkelheit hinaus. Ziellos und noch halb blind von den vielen Tränen stolperte er los. Die Straße mit den vornehmen Villen, in der er wohnte, lag in nächtlicher Stille, die Laternen brannten in den Vorgärten und hier und da war auch hinter den dicken Gardinen noch Licht zu sehen. Es war ruhig; nur ab und zu flatterte ein Vogel auf oder eine Katze huschte über die Straße. Als nach einer Weile der Verkehrslärm zunahm und ihm mehr Passanten begegneten, stellte Henning fest, dass er schon fast den Alexanderplatz erreicht hatte, wo auch um diese Zeit noch immer etwas los war. Trotz seiner vom vielen Weinen abgestumpften Sinne spürte er nun die kühle Nachtluft und begann zu frösteln. Er schlug den Kragen seiner Jacke hoch und steckte die Hände in die Hosentaschen. Sein Magen knurrte, und Durst hatte er auch. Wann hatte er heute zuletzt etwas gegessen oder getrunken? Nur der kurze Imbiss in einer der Modeboutiquen, in der man während Lottas Anprobe Häppchen serviert hatte, fiel ihm ein, doch das war lange her. Er erreichte die große Straßenkreuzung. Noch immer waren hier Droschken und Automobile unterwegs, kamen Menschen laut lachend aus Gaststätten und Bars und torkelten Betrunkene an Häuserfassaden entlang. Der Platz sah im Licht der Straßenlaternen so anders aus als am Tag. Die Bäume am Straßenrand warfen lange Schatten, dunkel erhob sich die Berolina in den nächtlichen Himmel, dahinter erkannte er die Umrisse des Kaufhauses Tietz. Vor wenigen Stunden hatte er da drinnen noch Anzüge anprobiert, kurz bevor Lotta verunglückt war, und Henning schauderte angesichts der Wendung, die dieser Tag genommen hatte.

Er hatte den Bahnhof erreicht und betrat die Wartehalle, wo auch zu dieser Stunde noch Betrieb herrschte. Sogleich ging er zu der großen Anschlagtafel, auf der die Abfahrten der Züge standen, und erschrak, denn der nächste Zug Richtung Hamburg fuhr erst am nächsten Morgen. Wo sollte er so lange warten? Etwa hier in der Halle? Er sah sich um und bemerkte, dass der Bahnhofsvorsteher, der hinter seinem Schalter saß, ihn misstrauisch beäugte. Als der Mann aufstand und in seine Richtung kam, verließ Henning eilig das Gebäude. Doch wo sollte er jetzt hin? Es war Nacht, er fror und hatte Hunger. Unschlüssig ging er die Königskolonnaden vor dem Bahnhofsgebäude entlang, und als er deren Ende erreicht hatte, blieb er zögerlich stehen. Er war erschöpft und wollte sich ein bisschen ausruhen, deshalb schnallte er die kleine Wolldecke von seinem Rucksack und kauerte sich fröstelnd hinter einer der hohen Säulen auf den kalten Boden.

Lange hielt es Henning nicht hinter der kalten Steinsäule aus, die Kälte trieb ihn wieder auf die Beine. Wo sollte er hin? Wie die Stunden bis zum Morgen verbringen? Und dann? Würde sein Geld überhaupt für die Fahrkarte reichen, für das Schiff? Er hätte geweint, wenn er noch Tränen gehabt hätte, doch in ihm war alles stumpf und leer. Er hatte das Gefühl, nie mehr im Leben etwas empfinden zu können.

Ziellos lief er die Königstraße entlang. Da hörte er plötzlich Geflüster, und grobe Hände packten ihn von hinten und zogen ihn in den Schatten eines Baumes.

»Na, Kleiner, allein unterwegs?«, zischte eine raue Stimme dicht an seinem Ohr.

Ein erschreckter Laut löste sich aus Hennings Kehle, denn er sah sich zwei dunklen Gestalten gegenüber, von denen eine ihn am Arm festhielt. Als er schreien wollte, legte sich eine zweite, vor Schmutz starrende Hand fest über seinen Mund. Hennings aufgeplatzte Lippe begann von Neuem zu bluten.

»Feine Sachen trägt er, der Kleine!« Der Mann befingerte den Stoff von Hennings Jacke. »Bringt gutes Geld ein.«

Henning wollte sich losreißen, doch die Hände um seinen Mund und seinen Arm hielten ihn wie in einem Schraubstock. »Ruhig, Kleiner, wir wollen dir doch nicht unnötig wehtun.« Ein schiefes Grinsen trat auf das Gesicht des Mannes, dessen dunkler Blick Henning lähmte. Der andere zerrte ihm den Rucksack vom Rücken und wühlte darin herum.

Henning schaute sich hektisch um. Er war nicht allein auf der Straße. Eine Kutsche näherte sich, in einiger Entfernung sah er ein Pärchen, das sich lautstark unterhielt, und ein älterer Herr trat mit einem Dackel an der Leine aus einem Hauseingang. Bemerkte denn niemand, was gerade mit ihm geschah?

Henning begann, aus Leibeskräften zu wimmern und wild um sich zu treten. Als der Mann, der ihn kaum mehr halten konnte, für einen Moment die Hand von seinem Mund löste, schrie er, so laut er konnte, um Hilfe. Doch schon wurde er wieder grob im Genick gepackt, und die schmutzige Hand erstickte seinen Schrei.

»Klappe, Bürschchen!«, fuhr der zweite Mann ihn an und zückte ein Messer. »Ich habe gesagt, du sollst ruhig sein!«

Doch da war plötzlich noch eine andere Stimme zu hören, ruhig und fest. »Und ich sage, ihr lasst sofort den Jungen los und seht zu, dass ihr Land gewinnt. Ich warne euch nur ein einziges Mal.«

Hennings Herz machte vor Freude einen Satz, denn auch wenn er sich in dem Griff des Mannes nicht umwenden konnte, wusste er doch, wer da gerade gekommen war. Hans, der Hausdiener der Familie.

Ab diesem Moment ging alles blitzschnell. Henning hörte, wie einer der Männer einen Schmerzensschrei ausstieß, das Messer fallen ließ und sich davonmachte. Dann spürte er, wie der Griff in seinem Nacken gelöst wurde und Hans ihn am Arm fasste und hinter sich schob.

»Lauf zur Kutsche!«, wies ihn der Hausdiener an, der Fausthiebe austeilte. Der Mann, der Henning festgehalten hatte, ging mit einem Aufschrei in die Knie, raffte sich jedoch schnell wieder auf und rannte ebenfalls in die Nacht davon. Hans setzte ihm noch ein Stück nach.

»Feiglinge!«, brüllte er. »Zu zweit einen kleinen Jungen überfallen! Das solltet ihr euch in Zukunft zweimal überlegen, denn ich habe mir eure Gesichter gemerkt! Das nächste Mal kommt ihr mir nicht so davon!«

Hans kehrte zurück, blieb vor Henning stehen und strich sich die zerzausten Haare zurecht. Er warf einen langen Blick auf den Rucksack, der am Boden lag. »Henning, Sie kommen heute nicht mehr nach London«, sagte er schließlich mit ruhiger Stimme.

Henning riss überrascht die Augen auf. »Woher wissen Sie, wo ich hinwill?«

Hans zuckte mit den Achseln. »Ich an Ihrer Stelle würde zu ihr fahren wollen. Aber das ist zu weit für einen Jungen in Ihrem Alter.«

Hans bückte sich, hob Hennings Rucksack vom Boden auf und griff ihn am Arm. Er deutete mit einer Kopfbewegung zu der Kutsche, die einige Meter entfernt am Straßenrand stand. »Kommen Sie, wir fahren nach Hause.«

Henning riss sich los. »Nein! Ich will nicht mehr zurück zu ihm! Ich bin so wütend!«

Wieder sah Hans ihn an. »Und wenn ich Ihnen verspreche, dass wir etwas gegen Ihre Wut unternehmen?«

»Ha! Was sollte das denn sein?«

»Das werden Sie sehen, wenn Sie mitkommen. Und unterwegs erklären Sie mir, was heute alles passiert ist, ja? Ich kann mir auf einiges noch keinen Reim machen.«

Henning spürte, wie Hans ihn sanft Richtung Kutsche schob, und widerwillig stieg er ein. Mit stockenden Worten begann er, dem Diener sein Herz auszuschütten. Er sprach über seine Angst um Lotta, über Silvia, die ihm die Schuld an dem Unfall in die Schuhe geschoben hatte, über seine Trauer, dass Koki nicht mehr da war. Dass Vater ihn geschlagen hatte, erwähnte er nicht, denn die Scham darüber saß zu tief. Noch immer spürte er die Stelle, an der seine Hand ihn getroffen hatte. Hans hörte ihm schweigend zu.

Vor der Villa bezahlte der Diener den Kutscher, dann folgte Henning ihm durch den Hintereingang in das Gebäude, wo Hans die Tür zur großen Küche öffnete und den Lichtschalter betätigte.

Henning ließ sich auf einen Stuhl fallen, während Hans sich an den Schränken zu schaffen machte und bald einen Teller mit Butterbroten und ein Glas Milch vor ihn stellte.

»Danke«, sagte Henning und griff hungrig zu. »Wo ist Koki?«

Hans zog sich einen Stuhl heran und setzte sich zu ihm.

»Es tut mir leid, Henning. Ich habe ihn zu meiner Schwester Edna gebracht. Sie lebt mit ihrer Familie auf einem kleinen Hof in Mariendorf. Ich war auf dem Rückweg, als ich aus der Kutsche heraus beobachtete, wie zwei Schurken einen Jungen überfielen. Dass Sie der Junge waren, erkannte ich erst, als ich näher kam.«

»Danke.« Henning kaute eine Weile stumm auf dem Brot herum. »Was hat Vater von Ihnen verlangt, als er Ihnen Koki gab und Sie mehrmals den Kopf geschüttelt haben?«

Hans hob abwehrend die Hände. »Reden wir nicht davon. Glauben Sie mir, es geht Koki gut. Meine Nichten und mein Neffe haben ihn sofort ins Herz geschlossen.« Er seufzte. »Wir mögen einfache Leute sein, aber wir jagen keinen Hund vor die Tür. Und wir schlagen keine Kinder.«

Henning senkte beschämt den Blick. Hans wusste davon?

»Als Hausdiener bekommt man so etwas mit«, sprach Hans weiter. »Herr Wittmann sollte das nicht tun.«

Henning schluckte. Erinnerungsfetzen an zurückliegende unschöne Szenen mit Vater stiegen in ihm auf, und oft war da Hans gewesen, der in dem Moment, in dem Vater handgreiflich geworden war, das Zimmer betreten hatte, um die Post zu bringen, Blumen zu gießen oder Kissen auf einem Sofa zu richten. Vater war dann sogleich davongestürmt. Jetzt fiel es Henning wie Schuppen von den Augen – das war kein Zufall gewesen! Hans hatte unauffällig eingegriffen, um ihn vor seinem Vater zu beschützen!

»Sie sind nicht schuld am Unfall der kleinen Lotta«, erklärte Hans. »Sie sind selbst noch ein Kind. Und nun essen Sie noch ein paar Bissen, Sie müssen hungrig sein. Danach können wir etwas gegen Ihre Wut machen.«

Henning sah ihn fragend an. Was meinte Hans? Was konnte man denn gegen Wut unternehmen? Schnell stopfte er sich den Rest seines Brotes in den Mund und leerte das Glas Milch. Dann folgte er dem Diener durch den dunklen Gang des Untergeschosses. Die Zimmer der Köchin und der Dienstmädchen lagen oben unter dem Dach, nur Hans hatte sich hier unten einquartiert, und als der Diener die letzte Tür des Ganges öffnete und das Licht anschaltete, traute Henning seinen Augen nicht. Er hatte sich die ganze Zeit gefragt, wie es Hans gelungen war, mit zwei Faustschlägen einen Mann, der wesentlich größer und kräftiger als er gewesen war, zu Boden zu schlagen, und hier hatte er seine Antwort. In der Mitte des

Zimmers hing ein lederner Boxsack von der Decke und auf dem Boden lagen schwere Hanteln.

Hans schien sich über seinen überraschten Gesichtsausdruck zu amüsieren, denn er wandte sich mit einem Lächeln zu ihm um. »Willkommen im Athletikclub. Hier kannst du dich in Zukunft abreagieren, wenn du wütend bist.«

»Sie boxen?« Auch wenn diese Frage völlig überflüssig war, brauchte Henning einen Moment, um das alles zu begreifen.

Hans nickte. »Ja, schon seit zehn Jahren. Mit Anfang zwanzig habe ich damit begonnen.«

»Darf ich es gleich einmal ausprobieren?«

Hans nickte und reichte ihm ein Paar Boxhandschuhe. »Gut. Aber nenn mich hier unten nicht ›Sie‹. Beim Boxen gibt es keine Standesunterschiede. Hier bist du Henning, und ich bin Hans.«

Henning streifte seine Jacke ab, krempelte seine Hemdsärmel hoch und versuchte umständlich, die Boxhandschuhe anzuziehen.

»Aber ist das Boxen in Deutschland nicht verboten?«, fragte er.

Hans grinste. »Das war es, deshalb haben wir uns auch jahrelang nicht ›Boxclub‹ genannt. Doch seit diesem Jahr sind Wettkämpfe offiziell wieder erlaubt. Aber keine Angst, dein Vater weiß nicht, welchen Sport ich betreibe, und ich werde dich sicher nicht zu einem Boxkampf mitnehmen. Und nun lass mich dir mit den Handschuhen helfen.«

Henning streckte Hans die Hände entgegen, und der schnürte die Bänder fest.

»Nun leg mal los«, forderte Hans ihn auf.

Henning holte aus und schlug mit der rechten Faust auf den Boxsack, der leicht hin- und herschwankte.

»Kannst du das noch fester?«, fragte Hans.

Henning schlug mehrmals hintereinander zu. Doch seine Bewegungen waren steif und ungelenk. Hans trat näher und hielt den Ledersack fest. »Was ging dir durch den Kopf, als ich mit Koki das Haus verlassen habe?«

Henning spürte, wie unterdrückte Wut in ihm aufstieg. Koki war nicht mehr da, er spielte jetzt mit anderen Kindern und würde sich heute Nacht vor ihrem Bett zusammenrollen statt vor seinem. Auf einmal löste sich etwas in ihm. Er begann, mit beiden Fäusten auf den Boxsack einzudreschen, schlug immer fester zu und malträtierte ihn, bis ihm der Schweiß über das Gesicht lief und er erschöpft die Arme sinken ließ. »Das ging mir durch den Kopf«, sagte er mit einem erschöpften Lächeln.

»Das war gut«, sagte Hans. »Und für heute reicht das. Wenn du willst, kann ich dir ab morgen zeigen, wie man es richtig macht.«

Henning war noch völlig aufgewühlt, als er in sein Zimmer zurückging und dort ins Bett schlüpfte. Er hätte die Erlebnisse des Tages gern noch mit jemandem geteilt, und so begann er, im Geiste einen Brief an seine Mutter zu formulieren, in dem er sich sein ganzes Leid seit ihrem Weggang vor drei Jahren von der Seele schreiben wollte. Er hatte ihre Adresse, und gleich morgen vor dem Frühstück würde er alles, was ihm gerade durch den Kopf gegangen war, zu Papier bringen und Mutter zum ersten Mal nach drei Jahren einen Brief schicken. Schon einmal hatte er einen Versuch gewagt, doch Vater hatte ihn erwischt und den Papierbogen vor seinen Augen zerrissen. Ob Mutter wohl nach ihrer Abreise Briefe geschickt hatte, die ebenfalls von Vater vernichtet worden waren? Dieses Mal würde er vorsichtiger sein. Mutter würde den Brief bekommen, und allein der Gedanke, dass da jemand war, der seine Zeilen lesen und mit ihm fühlen würde, tat ihm unendlich gut. Doch plötzlich kam ihm ein beunruhigender Gedanke. Seine Mutter würde ihm antworten wollen, doch wohin? Einen Brief von ihr würde Vater sofort in den Kamin werfen, dessen war er sich sicher. Und er selbst hatte keine Bekannten, an die sie die Briefe hätte richten können. Da fiel ihm Luise ein, mit der Mutter früher eng befreundet gewesen war und die auch während der Scheidung zu ihr gehalten hatte. Sie war die Gattin des Diplomaten Richard Hartmann, der viele Monate im Jahr in London weilte und dort in der deutschen Botschaft arbeitete. Luise wohnte gar nicht weit von hier und würde sicher Mutters Briefe entgegennehmen. Todmüde, doch irgendwie erleichtert, machte Henning nun doch die Augen zu und sank in einen traumlosen Schlaf.

Kapitel 3

Wie sie es ihrer Mutter versprochen hatte, ging Isa am nächsten Tag nicht zum Alexanderplatz, doch eine schreckliche Unruhe hatte sie erfasst. Wie ging es dem kleinen Mädchen? Konnte sie nicht irgendetwas für die Kleine tun? Vielleicht ein Gebet sprechen? Die Gottesdienste in der nahe gelegenen Marienkapelle kamen ihr in den Sinn, die sie früher oft an Sonntagen besucht hatten, als Vater noch da gewesen war und Mutter noch nicht an den Wochenenden gearbeitet hatte. In diese Kirche wollte sie gehen. Nachdem sie in ihr Kleid geschlüpft war, machte sie sich mit Moritz auf den Weg. Es war nicht weit bis zu dem prächtigen Gebäude mit seinem Turm und den spitzen Giebeln, das zum St.-Hedwig-Krankenhaus gehörte, doch Isa konnte heute nicht so schnell laufen und musste unterwegs immer wieder stehen bleiben. Das Bein und ihre linke Seite taten ihr weh.

Als sich die schwere Holztür des Kirchengebäudes hinter ihnen schloss, war es Isa, als befände sie sich in einer anderen Welt. Der Straßenlärm drang nur noch gedämpft durch die dicken Mauern; bunte Lichtstreifen, die durch die hohen, spitz zulaufenden Kirchenfenster fielen, ließen den Altar und die Wandbilder in allen Farben erstrahlen; Weihrauch lag in der Luft. Die Gottesdienste an Weihnachten kamen ihr in den Sinn, aus der Zeit, als sie noch klein gewesen war. Im Altarraum hatte ein geschmückter Weihnachtsbaum gestanden – golden schimmernder Kerzenschein, silbernes Funkeln an grünen Zweigen, Vaters starke Arme, die sie hochgehalten hatten, damit sie den Lichterglanz bewundern konnte.

Andächtig bekreuzigte sich Isa und stieß Moritz an, damit er es ihr nachmachte. Sie ging mit ihm zur Marienstatue und betrachtete nachdenklich die Kerzen auf dem Opferstock. Es kostete Geld, eine solche Kerze aufzustellen, doch beim Gedanken an das blutende Knie des Mädchens zögerte sie nicht lange, sondern holte eine Münze aus der Tasche ihres Kleids.

»Isa!«, zischte Moritz. »Zehn Pfennige! Das ist zu viel!«

»Es ist für das kleine Mädchen«, gab sie zurück. »Hast du nicht gehört, wie sie geschrien hat?« Dann warf sie kurz entschlossen das Geldstück in den Schlitz des kleinen Holzkastens.

Moritz nickte und half ihr, die Kerze an einer anderen zu entzünden.

»Nun müssen wir beten«, sagte Isa, kniete auf einem der Bänkchen nieder und faltete die Hände.

Moritz tat es ihr nach. »Und wie?«, flüsterte er. »Wie betet man?«

Isa sah ihn an. Im Januar, bei der Beerdigung der kleinen Annelie, waren sie zuletzt in der Kirche gewesen. War es da ein Wunder, dass Moritz noch kein Gebet sprechen konnte? Sie atmete tief ein, dann begann sie, halblaut ein Ave Maria aufzusagen. Als sie es zum dritten Mal wiederholte, betete Moritz mit.

Isas Gedanken wanderten zum vergangenen Abend. Mutter hatte sie in den Arm genommen, hatte sich die ganze Geschichte angehört und liebevoll ihre Wunden versorgt. Ihr war zum Glück nicht viel geschehen, doch das Mädchen war ihr nicht mehr aus dem Kopf gegangen. Und der Junge, der so verzweifelt gewesen war. Das waren also Kinder aus gutem Hause, die Viktor als »reiches Pack« bezeichnete? Wie die Kinder der Wittmanns, von denen Mutter behauptete, sie lebten in Saus und Braus? Doch mochten Mutter und Viktor auch noch so sehr über diese Leute schimpfen, so hätte Isa doch gern gewusst, wer die beiden Kinder waren und wie es dem Mädchen ging. Ob sie sie jemals wiedersehen würde? Insgeheim hoffte sie es. Sie machte ein Kreuzzeichen, erhob sich und verließ mit Moritz die Kirche.

Als es am späten Nachmittag an der Wohnungstür klopfte, humpelte Isa überrascht zur Tür. Moritz konnte es nicht sein, der war noch bei den anderen Kindern im Hinterhof, und außerdem hätte er nicht angeklopft, sondern wäre einfach hereinspaziert. Sie öffnete, und Viktor stand vor ihr. Als sie ihn hereinbat, holte er etwas hinter seinem Rücken hervor. Es war die Puppe mit dem weißen Kleid, die aussah wie die kleine Annelie.

Isa riss die Augen auf. »Viktor! Hast du die etwa …«

Viktor schüttelte den Kopf. »Nein. Ich weiß doch, dass du dich niemals über eine geklaute Puppe freuen würdest, und, ehrlich gesagt, drei Mark hab' ich auch nicht mal eben so. Der Junge von gestern war da. Er heißt übrigens Henning.«

Isa schaute ihn entgeistert an. »Er war da? Wo denn? Etwa im Scheunenviertel?« Die Vorstellung, dieser gut gekleidete Junge könnte durch die schmutzigen Gassen und engen Hinterhöfe ihres Viertels gelaufen sein, fand sie unerträglich. Sie hinkte zu einem Stuhl.

»Er war nicht hier bei uns, davon konnte ich ihn abhalten, obwohl ich natürlich bemerkt habe, dass er mir vorhin gefolgt ist«, antwortete Viktor und setzte sich ebenfalls. »Aber nach zwei Straßenecken hatte ich ihn abgehängt.«

»Und wo hast du ihn getroffen?«

»Er saß vor dem Warenhaus Tietz, genau an der Stelle, an der du und Moritz gestern gebettelt habt. Den ganzen

Nachmittag über, mit der Puppe in der Hand, die er bei dem fahrenden Händler gekauft hat, der heute noch einmal mit seinem Stand am Alexanderplatz war. Hat gewartet und gewartet und sich nicht vom Fleck gerührt. Ich wollte ja gar nicht mit ihm reden, weil ich mich mit diesen Leuten nicht einlasse, aber irgendwann tat er mir leid, wie er so dasaß und nur vor sich hin starrte. Außerdem …«

»Was?«

Viktor zuckte die Schultern. »Er hatte eine blutige Lippe und einen dunklen Fleck im Gesicht, als wäre er geschlagen worden.«

Isa riss die Augen auf. »Geschlagen? Aber von wem denn?«

»Ich weiß nicht. Als ich ihn darauf angesprochen habe, hat er etwas von einem Sturz gesagt, aber das habe ich ihm nicht abgekauft. Weißt du, bevor mein Alter uns verlassen hat, hat er mich täglich verdroschen. Mir kann dieser Henning nichts vormachen, ich weiß, wie man da am nächsten Tag aussieht.«

Isa runzelte nachdenklich die Stirn. Das konnte sie nicht glauben. Reiche Kinder wurden doch nicht verprügelt, nicht einmal auf dem Schulhof. »Und das Mädchen? Wie geht es der Kleinen?«

»Sie ist seine Schwester Lotta. Sie wurde im Krankenhaus operiert und wird wahrscheinlich wieder laufen können.«

Dann hatte der Junge wohl immer wieder den Namen seiner Schwester vor sich hin gemurmelt, als er sich über sie gebeugt hatte, ging es Isa durch den Kopf. Gebannt hörte sie Viktor weiter zu.

»Er ist gekommen, um sich bei dir zu bedanken. Mit einem Geschenk. Er wollte unbedingt mitkommen, um es dir selbst zu geben, aber so ein Risiko kann ich nicht eingehen. Niemand darf wissen, wo ich wohne. Die Umwege, um ihn abzuschütteln, waren es mir wert.«

Isa konnte kaum glauben, was sie hörte. Dann musste dieser Junge gestern mitbekommen haben, dass ihr die Puppe so gut gefallen hatte. Und heute schenkte er sie ihr! Vorsichtig griff sie danach und fuhr mit den Fingern über das weiche Haar und den zarten Stoff des Kleides. So etwas Schönes hatte sie noch nie besessen!

»Meinst du, ich kann ihm irgendwann mal dafür Danke sagen? Denkst du, er kommt wieder?«

Doch Viktor schüttelte nur den Kopf. »Mach dir keine Hoffnungen. Ich weiß, wie diese Reichen ticken. Morgen hat er dich vergessen.«

Viktors Worte schmerzten, und als er aufstand und zur Tür ging, brachte sie nur mit Mühe einige Worte des Dankes über die Lippen. Nachdem er gegangen war, humpelte sie ans offene Fenster und presste die Puppe an sich, so, wie sie früher die kleine Annelie gehalten hatte. Und als sie hinausschaute, kam ihr der Hinterhof gar nicht mehr so grau und hässlich vor. Ein Frühlingsregen hatte eingesetzt, Kinder sprangen kreischend durch Pfützen, Frau Meyerling aus der Nachbarwohnung kam angerannt und zerrte die Wäsche von der Leine, und eine Katze verkroch sich in einer alten Holzkiste neben den Mülltonnen. Isa betrachtete das alles, strich mit den Fingern über das kurze, gelockte Haar der Puppe und fragte sich, wie man gleichzeitig froh und traurig sein konnte. Froh, dass der Junge an sie gedacht und ihr die Puppe gekauft hatte, und traurig, weil er nicht mehr wiederkommen würde.

Stolz zeigte sie am Abend ihrer Mutter die Puppe und erzählte ihr von Henning, dem Bruder des verunglückten Mädchens. Mutter zog Isa an sich und streichelte ihr übers Haar. »Was für ein schönes Geschenk! Du hast recht, die Puppe sieht tatsächlich ein bisschen aus wie Annelie.«

Henning kam wieder, doch Isa bekam ihn nicht zu Gesicht. Er suchte den Alexanderplatz oft auf und beobachtete sie, kam aber immer nur dann zu der Stelle, an der sie und Moritz bettelten, wenn Isa kurz nicht da war. Erst dann warf er eine Münze in den Korb – vielleicht, weil er fürchtete, das Betteln könne ihr peinlich sein. Moritz hielt Isa jedes Mal das Geldstück hin, wenn sie zurückkam. Sprachlos betrachtete sie dann das Fünfmarkstück, das für sie eine ungeheure Menge Geld darstellte, doch es war nicht nur die Münze, über die sie sich freute, sondern auch die Tatsache, dass Viktor in diesem Fall nicht recht behalten hatte. Der Junge hatte sie nicht vergessen.

Kapitel 4

Aufgeregt stand Henning vor der Stadtvilla, in der Luise wohnte, die Gattin des Militärattachés Richard Hartmann. Er hoffte, dass seine Mutter einen Antwortbrief für ihn geschickt hatte. Als er Luise nach Lottas Unfalls diesbezüglich um Hilfe gebeten hatte, war die ältere Dame sofort Feuer und Flamme gewesen. Natürlich würde sie Briefe seiner Mutter für ihn annehmen, das war sie ihrer Freundin Alice doch schuldig.

»Wie geht es dir, Henning?«, fragte Luise, als sie ihm in ihrem Salon Tee und Gebäck vorsetzte und sich zu ihm an den runden Tisch setzte.

»Es geht schon, Frau Hartmann.«

»Aber, Henning«, antwortete sie. »Seit wann sind wir denn wieder so förmlich miteinander? Ich kenne dich seit deiner Geburt und war immer nur Luise für dich, und daran hat sich auch durch die Scheidung deiner Eltern nichts geändert.« Sie warf ihm einen verschwörerischen Blick zu und deutete auf das Kuvert auf dem Tisch. »Und nun, da wir ja sowieso Komplizen sind, hoffe ich erst recht, dass du mich weiterhin beim Vornamen nennst.«

Henning atmete erleichtert auf, und so langsam stellte sich die alte Vertrautheit wieder ein. Er erinnerte sich an viele schöne

Ausflüge mit seiner Mutter und Luise in den Park, in den Zoo und in den Zirkus. Sogar nach London waren sie einmal zusammen gereist, als Mutter ihre Familie und Luise ihren Mann dort besucht hatte, und für Henning und Roman, damals fünf und zehn Jahre alt, war die weite Fahrt mit der Bahn und dem Schiff einer Weltreise gleichgekommen.

»Das mache ich gern, Luise«, antwortete er. »Wann ist der Brief denn angekommen?«

»Vor drei Tagen. Ich freue mich riesig, dass du wieder Kontakt zu deiner Mutter hast, und Alice war wohl auch ganz aus dem Häuschen, wie sie mir in ihrem Begleitbrief mitgeteilt hat.«

Henning warf einen sehnsüchtigen Blick auf das Kuvert. Es trug die Handschrift seiner Mutter, und er konnte es gar nicht abwarten, den Brief später zu lesen.

»Erzähl mir von Lotta«, bat Luise und füllte Hennings Tasse.

»Sie ist wieder zu Hause, aber sie hinkt noch mit dem linken Bein. Vater lässt mehrmals die Woche einen Arzt kommen, der Übungen mit ihr macht. Hoffentlich heilt es noch.«

»Ja, hoffen wir das Beste.«

Henning nippte an seiner Teetasse. Seit Lottas Unfall gab es etwas, was ihn sehr beschäftigte. Isa, das Mädchen, das Lotta gerettet hatte, ihr Bruder Moritz und Viktor. Er hatte sie in den vergangenen Wochen öfter am Alexanderplatz gesucht, wusste nun, wo sie sich vorwiegend aufhielten, und hatte jedes Mal Geld in ihr Körbchen geworfen. Manchmal hatte er eine Weile unbemerkt ganz in ihrer Nähe gestanden und dabei Gesprächsfetzen aufgeschnappt, die ihn beschämt hatten. Diese Kinder hatten nichts und lebten offensichtlich von der Hand in den Mund, während er nie materielle Not kennengelernt hatte. Und wenn er die drei von Pfennigbeträgen sprechen hörte, von den Preisen der Lebensmittel, über die er sich im Leben noch nie Gedanken gemacht hatte, kamen ihm die Gespräche zwischen Vater und Roman über Firmengeschäfte in den Sinn, die sich oft um Summen in schwindelerregender Höhe drehten. Er wusste, was es für Isa bedeutete, am Ende eines Tages eine Mark erbettelt zu haben, und er hatte mehrmals ihr glückliches Lächeln angesichts des Fünfmarkstücks gesehen, das er in ihr Körbchen geworfen hatte.

»Luise«, begann er zögerlich. »Wie kann man Kindern helfen, die aufs Betteln angewiesen sind? Ich meine, außer ihnen etwas Geld zu schenken?«

Luise machte ein nachdenkliches Gesicht. »Du meinst, Hilfe, die länger wirkt als nur für den einen Tag? Das kommt ganz darauf an. Es gibt Wohlfahrtseinrichtungen wie die Armenspeisung und die Volksküchen, und natürlich Obdachlosenhäuser. Auch Kirchen und Privatleute engagieren sich sozial – ich kenne einen Unternehmer, der ein Kindererholungsheim auf dem Land finanziert.«

Henning horchte auf. Ein Unternehmer? Warum konnte nicht sein Vater auf eine solche Idee kommen? Er wäre so stolz gewesen, wenn Max eine soziale Einrichtung ins Leben gerufen hätte! Doch daran war gar nicht zu denken.

»Aber am besten wären Kinder, die betteln gehen müssen, wohl in einem Kinderheim aufgehoben«, fuhr Luise fort. »Dann würden sie wenigstens regelmäßig zur Schule gehen.«

Henning wurde das Herz schwer. Das hörte sich alles schrecklich an. Er wusste zwar nicht, wo die Kinder vom Alexanderplatz wohnten, doch in einem Obdachlosenhaus oder einem Kinderheim wollte er sie sich nicht vorstellen.

Luise beugte sich zu ihm. »Du siehst nicht begeistert aus, und ich kann dich verstehen. Ich bin der Ansicht, dass in unserem Land für Kinder aus armen Verhältnissen viel zu wenig getan wird. Es reicht nicht, Schulen einzurichten, wenn man nicht dafür sorgt, dass alle Kinder sie besuchen können. Statt auf der Schulbank zu sitzen, gehen viele von ihnen betteln, arbeiten in Fabriken und in der Landwirtschaft oder hüten jüngere Geschwister. Natürlich versendet die Schulbehörde Briefe an die Eltern, dass sie ihre Kinder zur Schule schicken sollen, doch oft reicht das nicht. Für die Rechte dieser Kinder sollte der Kaiser sich einsetzen, und nicht nur für sein Militär. Das sage ich auch immer wieder zu Richard!«

»Kennst du denn die Adresse einer solchen Volksküche?«

Luise sah ihn forschend an. »Willst du mir nicht sagen, warum dich das so interessiert?«

Da konnte Henning nicht mehr an sich halten und erzählte der älteren Dame mit dem freundlichen Gesicht die ganze Geschichte. Von Isa und Moritz, die bettelnd vor dem Warenhaus gesessen hatten, von Isa, die Lotta gerettet hatte, von Viktor, der sich geweigert hatte, ihn mit zu Isas Haus zu nehmen.

»Ich weiß nicht viel von ihnen«, endete er.

»Und wenn du sie einfach mal ansprichst?«

Henning zuckte mit den Schultern. »Ich glaube, Isa schämt sich für ihre Armut. Und wenn ich ihr lediglich sage, wie leid sie mir tut, ist ihr auch nicht geholfen. Ich möchte sie erst ansprechen, wenn ich ihr auch Hilfe anbieten kann.«

»Das ist eine gute Einstellung, mein Junge. Ich werde mich erkundigen. Schreib deiner Mutter einen Antwortbrief und komm mich wieder besuchen, dann weiß ich vielleicht mehr.«

Im Pavillon hinter der väterlichen Villa öffnete Henning wenig später vorsichtig das Kuvert mit seinem Taschenmesser und faltete die Blätter auseinander. Als er die ersten Worte seiner Mutter las, war ihm, als hörte er ihre Stimme, die zu ihm sprach, und er musste die aufsteigenden Tränen wegblinzeln. Es war so lange her! Drei Jahre!

Mein geliebter Henning. Du kannst dir gar nicht vorstellen, was es für mich bedeutet, deinen Brief in den Händen zu halten. Es ist Max also nicht gelungen, mir alle meine Kinder zu nehmen, du zumindest hast mich nicht vergessen. Es vergeht kein Tag und keine Stunde, in der ich nicht an euch drei denke. Lottas Unfall bricht mir das Herz, und genauso weh tut es mir, dass man dich dafür verantwortlich macht. Immerhin waren Silvia und das Kindermädchen bei Lotta, und ich frage mich, wie sie das Kind an einer belebten Straße von der Hand lassen konnten. Ich bitte dich inständig, dir keine Vorwürfe zu machen. Lass dir nichts einreden, denn du bist selbst noch ein Kind und man kann dir keine so große Verantwortung übertragen. Dass Max dich geschlagen und dir Koki weggenommen hat, schmerzt mich zutiefst. Ich wünschte, ich könnte jetzt bei dir sein, dich in die Arme schließen und trösten. Mir ist fast das Herz stehen geblieben, als ich gelesen habe, dass du ausgerissen bist, und ich bitte dich, Hans meinen innigsten Dank zu bestellen, dass er dich vor diesen Dieben gerettet hat.

Henning las weiter, saugte jedes Wort in sich auf, das seine Mutter über die Großeltern und ihr Leben in London schrieb.

Ich kümmere mich viel um Waisenkinder, und wir laden sie regelmäßig zur Erholung auf unseren Landsitz ein. Dort dürfen sie spielen und toben, Großvater Andrew unternimmt mit ihnen Ausflüge in die Umgebung, und deine

Großmutter Vivian macht mit ihnen Picknick am See. Die Arbeit mit den Kindern tröstet mich, aber sie können niemals euch drei ersetzen.

Mutters Worte taten so gut! Als die Hintertür der Villa laut zuklappte, versteckte Henning hastig den Brief in seinem Buch und wandte sich um. Es war Lotta, und als er sie über den Rasen humpeln sah, schnitt ihm der Anblick ins Herz.

»Henning!«, rief sie. »Lässt du mich wieder fliegen? Bis ganz hoch in den Himmel?«

»Na klar«, antwortete er.

Er hob sie auf die Schaukel und stieß sie fest an, bis sie lachte. Doch dieses Mal sagte er nichts davon, dass sie es selbst probieren sollte. Er wusste nicht, ob Lotta jemals wieder dazu in der Lage sein würde, denn sie konnte das eine Bein nicht mehr ganz anwinkeln.

Er spielte so lange mit ihr, bis Gisèle kam und sie zum Ausruhen ins Haus holte. Henning warf einen Blick auf seine Taschenuhr. Seine Hausaufgaben waren erledigt und Vater war noch für Stunden in der Firma. Die Gelegenheit war günstig, sich noch einmal davonzuschleichen. Schnell sprang er hinauf in sein Zimmer, verstaute sein Buch mit dem Brief sicher unter seinem Bett und holte ein Fünfmarkstück aus seinem Geldbeutel. Dann machte er sich auf den Weg zum Alexanderplatz.

Heute sah er sie an der Ecke des Roten Rathauses sitzen. Der Anblick von Isa mit den hellen Haaren, die sie oft zu zwei Zöpfen geflochten hatte, ihres kleinen Bruders Moritz und ihres ständigen Begleiters Viktor war ihm bereits so vertraut, als handelte es sich bei den dreien um seine besten Freunde. Und wenn Henning ehrlich war, wünschte er sich nichts mehr, als einer von ihnen zu sein. Sie saßen beisammen, teilten ihr Essen untereinander auf und sprachen über ihre Sorgen. Und wenn er sich nicht weit von ihnen an der Fassade des Gebäudes niederließ, ihre Stimmen vernahm und die Augen schloss, stellte er sich vor, er würde zu ihnen gehören. Er liebte diese Stunden, in denen er sich in ein anderes Leben träumen konnte, in dem er nicht Henning Wittmann war, sondern einfach nur Henning. Doch sie gingen viel zu schnell vorbei, und als die Kinder sich auf den Heimweg machten, musste auch er sich sputen, um zu Hause zu sein, wenn Vater kam.

Nach dem Abendessen schlich Henning in Sporthose und Turnschuhen zu Hans ins Untergeschoss und schlug auf den Boxsack ein. Seit Wochen trainierten er und der Hausdiener nun regelmäßig, und Henning spürte, dass seine Schläge immer kraftvoller wurden.

»Pass auf deine Beinarbeit auf«, mahnte ihn Hans, als Henning gerade gestolpert war. »Der Erfolg beim Boxen hängt nicht allein von einem harten Faustschlag ab. Der Gegner holt dich sofort von den Füßen, wenn du keinen festen Stand hast. Geh ein bisschen in die Knie, so wie ich.«

Henning nickte und probierte es erneut. Während er auf den Ledersack einschlug, bewegte er sich mit tänzelnden Schritten darum herum. Hans hatte recht. Es reichte nicht, nur auf seine Fäuste zu achten, er musste auch aufpassen, nicht die Balance zu verlieren.

»Gut. Und tief in den Bauch atmen. Du bist zu hektisch. Boxen erfordert Konzentration und Besonnenheit. Nichts ist einfacher zu besiegen als ein Gegner, der wie eine wilde Hummel um dich herumspringt. Er passt nicht auf, und du kannst ihn mit einem einzigen Schlag zu Boden werfen.«

»Dann ist Boxen also hauptsächlich eine Kopfsache?« Henning blieb stehen, wischte sich mit dem Ellenbogen den Schweiß von der Stirn und löste mit den Zähnen die Bänder der Boxhandschuhe.

Hans ging zur Kommode, füllte zwei Gläser mit Wasser, von denen er eines Henning reichte. »So ist es. Erinnerst du dich an den ersten Abend? Dein unkoordiniertes Gezappel hat nur dazu geführt, dass du schon nach kurzer Zeit völlig erledigt warst. Aber beim Boxen darfst du nicht einfach wild um dich schlagen. Du musst zu jedem Zeitpunkt wissen, was du tust.«

»Da habe ich wohl noch einiges vor mir.«

»Ach was, du lernst schnell.«

Henning leerte sein Glas. »Was macht Koki? Hast du ihn wieder einmal gesehen?«

Hans lehnte sich an die Kommode. »Letzten Sonntag hatte ich frei, da war ich bei meiner Schwester Edna in Mariendorf. Koki geht es gut.«

»Könntest du mich einmal mitnehmen?«

»Warum nicht. Wir müssten es nur geschickt anstellen und ein Wochenende abwarten, an dem dein Vater verreist ist. Steht nicht demnächst eine Geschäftsreise an?«

Henning riss die Augen auf. Er würde Koki wieder sehen! »Ja, in zwei Wochen. Und du würdest mich mitnehmen?«

»Klar. Es wäre gut für dich zu sehen, wie es Koki geht. Es gefällt ihm auf dem Hof. Und Edna und die Kinder würden sich freuen, dich kennenzulernen.«

Henning war ganz aus dem Häuschen. Noch am selben Abend fragte er Roman nach dem genauen Termin von Vaters Geschäftsreise, dann suchte er im letzten Licht des Tages den Garten nach Kokis Ball ab. Der Hund fehlte ihm. Er war oft mit ihm durch den Volkspark getobt, doch allein ging er kaum mehr dorthin. Dafür zog es ihn fast täglich zum Alexanderplatz.

Unter einem der Sträucher fand er den Ball. Den wollte er Koki mitbringen. Aber würde der Hund sich an ihn erinnern? Und Edna und ihre Familie, wie waren die so?

Er hatte sich schon lange nicht mehr auf etwas so gefreut wie auf den bevorstehenden Ausflug mit Hans, und er konnte es kaum erwarten, bis Vater seine Koffer packte und zu seiner Reise aufbrach.

Es war der Sonntag zwei Wochen später, als Hans und Henning an der kleinen Bahnstation Mariendorf aus dem Zug stiegen und den Weg zu Ednas Hof einschlugen.

»Ich habe deinen Besuch gar nicht erst angekündigt, denn ich weiß, was für einen Aufstand meine Schwester dann veranstaltet hätte«, erklärte Hans, als sie am Ende der Dorfstraße durch einen Torbogen den Bauernhof mit dem Wohnhaus, den Stallungen und den Scheunen betraten. »Du wirst sie lieben, und den Kuchen, den sie backt, noch dazu.«

Hans sollte Recht behalten. Die Bäuerin Edna, die Hans sehr ähnlich sah, machte einen netten Eindruck auf Henning, als sie ihn herzlich auf dem Hof begrüßte. Sie rief Koki herbei, der ihnen laut bellend entgegengerannt kam, und Henning fing das Tier auf und streichelte sein weiches Fell.

»Er kennt mich noch«, stellte er überglücklich fest, als Kokis Zunge ihm über die Nase fuhr. »Siehst du, Hans, er freut sich, mich zu sehen.«

»Natürlich. Denkst du, Hunde vergessen einen Menschen, der sie liebt?«

Zwei Mädchen und ein Junge kamen herbeigelaufen. Sie beäugten kurz Hennings guten Anzug, doch als er sein Jackett ablegte, seine Hemdsärmel hochkrempelte und in die Gummistiefel stieg, die Edna ihm geholt hatte, nahmen sie ihn in die Mitte und rannten mit ihm über den Hof. Stolz zeigten sie ihm ihre Ziegen, Schafe und Kühe und drückten ihm einen Eimer mit Körnern in die Hand, die er den Hühnern hinstreuen durfte.

»Spielst du gern Verstecken?«, fragte Emma. Sie war das älteste von Ednas Kindern, und Henning schätzte sie auf acht oder neun Jahre.

»Ja, klar!« Früher hatten er und Roman oft zusammen gespielt.

»Fein! Ich suche als Erster!«, rief Fritz, das mittlere Kind, stellte sich mit dem Gesicht zur Scheunenwand und begann laut zu zählen.

Emma und die kleine Suse rannten los, und Henning folgte ihnen. Es gab unendlich viele Möglichkeiten, sich auf einem Bauernhof zu verstecken, und Henning wurde nicht müde, sich hinter Holzfässer zu ducken, unter die Plane eines Leiterwagens zu kriechen oder auf den Heuboden zu klettern.

Als er später in Ednas guter Stube im Kreise der Familie am Tisch saß und ihren Streuselkuchen aß, fühlte er sich so glücklich wie schon lange nicht mehr.

Irgendwann warf Hans einen Blick zur Standuhr und mahnte zum Aufbruch.

Henning nickte und stand auf. Edna schien ihm anzumerken, wie schwer ihm der Abschied von den Kindern und von Koki fiel, und als sie ihm seine Anzugjacke holte, sagte sie: »Du bist uns jederzeit willkommen.«

»Ja, Onkel, bring Henning doch einfach immer mit, wenn du uns besuchen kommst«, wurde Hans von den Kindern bestürmt.

»Versprochen«, antwortete er.

»Darf ich wirklich öfter mitkommen?«, fragte Henning, als sie sich auf den Weg zum Bahnhof machten.

Hans nickte. »Warum nicht? Immer, wenn dein Vater nicht zu Hause ist.«

Kapitel 5

Als der Sommer ging, schien Mutter jede Hoffnung aufgegeben zu haben, dass Vater zurückkommen könnte. Wehmütig sah Isa zu, wie sie alle Dinge, die noch an Karl erinnerten, in eine Kiste packte. Isa schaute hinein und erblickte die Pfeife, die er sich oft abends gestopft hatte, den ellenlangen Winterschal aus grauer Wolle, seine Pantoffeln und sein Rasiermesser.

»Wo bringst du die Sachen hin?«, fragte Isa. »In den Keller?«

Mutter schüttelte den Kopf. »Die bringen noch was ein.«

Isa riss vor Schreck die Augen auf. »Du willst sie verkaufen?« Blitzschnell griff sie nach dem Schal. »Den werde ich tragen.«

»Ach, Kindchen, der ist dir doch viel zu lang.« Mutter wollte ihn ihr wieder abnehmen, doch Isa wickelte sich das kratzige Ungetüm demonstrativ so oft um den Hals, bis sie kaum noch herausschauen konnte. »Ist er nicht!«

Isa sah sich um. Sie brachte schnell noch einige Dinge, die Vater gehörten, vor Mutters Zugriff in Sicherheit: ein Kartenspiel, mit dem er ihnen Zaubertricks vorgeführt hatte, den kleinen Engel, den er einmal geschnitzt hatte, und das einzige Foto ihrer Familie. Es war im Herbst des letzten Jahres bei einer Kirmes aufgenommen worden und zeigte sie alle fünf. Als Isa es betrachtete, musste sie gegen einen Kloß im Hals ankämpfen. Zwei von ihnen waren nicht mehr da. Annelie, die auf dem Foto eineinhalb Jahre alt war, würde nie mehr kommen. Und Vater? Wo war er? Würde sie ihn jemals wiedersehen?

Mit dem Ende des Sommers ging auch ihre Zeit auf dem Alexanderplatz vorbei. Eine Bande von Kaufhausdieben hatte begonnen, dort ihr Unwesen zu treiben, und rief verstärkt Polizeikontrollen auf den Plan. Die Diebesbande kam auch Viktor in die Quere, der zunächst nicht aus seinem Revier weichen wollte. Doch als sich die Kerle, die älter und stärker waren, immer öfter mit ihm anlegten und ihn eines Tages grün und blau schlugen, warf er das Handtuch. Drei Tage lang lag er stöhnend im Bett, und Isa und Moritz saßen bei ihm und legten ihm kühle Umschläge auf sein zugeschwollenes Gesicht. Von da an mieden sie den Alexanderplatz. Sie wichen in die Geschäftsstraßen rund um den Schloßplatz aus, bis sie sich immer weiter auf den Boulevard Unter den Linden vorwagten, und wenn sie Glück hatten, nahmen die Schaffner der Straßenbahnen und Autobusse sie auf dem Weg dorthin sogar ein Stück kostenlos mit. Als Isa zum ersten Mal die Allee mit ihren prächtigen Gebäuden, unzähligen Geschäften und gemütlichen Straßencafés entlanglief und an ihrem Ende das majestätische Brandenburger Tor erblickte, bekam sie eine Ahnung davon, wie groß Berlin überhaupt war. Sie kam sich ähnlich verloren vor wie an dem Tag, als sie ihr Scheunenviertel verlassen hatte. Und mochten sich auch bald der Berliner Dom, das berühmte Café Viktoria und die Friedrich-Wilhelms-Universität als ebenso geeignete Plätze zum Betteln erweisen wie früher das Warenhaus Tietz am Alexanderplatz, so vermisste Isa doch die Statue der Berolina, die ihr so vertraut geworden war, und den Jungen in dem hellen Anzug, der nun am Alexanderplatz vergeblich nach ihr Ausschau halten würde.

* * *

Nach einem schier endlos langen Sommer war es Herbst geworden, und Henning fröstelte in seiner Anzugjacke. Im Blätterdach der Bäume am Alexanderplatz zeigten sich immer mehr bunte Tupfer in herbstlichen Farben, und Straßenkehrer fegten das Laub von den Bürgersteigen. Henning stand am Fuße der Berolina und sah sich suchend um. Sein Blick schweifte an der Fassade des großen Warenhauses entlang und dann hinüber zu den Geschäften auf der anderen Straßenseite, doch er konnte nichts entdecken. Wo waren die drei? Seit Tagen irrte er hier herum, doch Isa, Moritz und Viktor waren wie vom Erdboden verschluckt. Dabei hatte er doch einen Zettel in der Hosentasche, auf dem Luise mehrere Anlaufstellen notiert hatte, wohin die Kinder sich wenden konnten, wenn der Winter kam. Die Adresse einer Notunterkunft stand darauf sowie die einer Suppenküche und einiger kirchlicher Einrichtungen. Jetzt, da es kälter wurde, musste er Isa diesen Vorschlag machen, denn bald konnte sich niemand mehr den ganzen Tag im Freien aufhalten und betteln. Wo war sie? War sie vielleicht krank? Aber dann hätten doch Moritz und Viktor hier irgendwo stecken müssen. Waren sie am Ende von der Fürsorge aufgegriffen und in ein Heim gebracht worden? Bei diesem Gedanken verspürte er einen Kloß im Hals. Ihm war, als hätte er seine Freunde verloren. Dabei hatte er doch nie zu ihnen gehört, hatte sie nur aus der Ferne beobachtet und ab und zu einige Gesprächsfetzen aufgeschnappt. Nein, sie konnten nicht weg sein. Er lief weiter bis zum Bahnhof und zum Rathaus, dann hastete er die Königstraße bis zu ihrem Ende entlang. Nichts. Entmutigt gab er irgendwann auf und machte sich auf den Heimweg. Leichter Nieselregen setzte ein, und als er halb blind vor sich hin stolperte, wusste er nicht, ob es der Regen oder die aufsteigenden Tränen waren, die ihm die Sicht nahmen. Er fragte sich, wann er sich zuletzt so verloren gefühlt hatte wie heute, und zwei Ereignisse kamen ihm in den Sinn. Er sah sich am Fenster, den Blick auf den Hof vor der Villa gerichtet, wo Mutter mit einem Koffer in der Hand einen letzten wehmütigen Blick zu ihm herauf warf, bevor sie zu Hans in die Kutsche stieg, der mit ihr davonfuhr. Dann sah er Vater, der Hans den zappelnden Koki in die Arme drückte. Das ungute Gefühl, dass er immer all das verlor, was ihm wichtig war, beschlich ihn. Erst war es Mutter gewesen, dann sein Hund, und nun die Kinder, die er als seine Freunde betrachtete.

»Gib niemals zu früh auf. Du darfst dich erst geschlagen geben, wenn du am Boden liegst«, vernahm er mit einem Mal Hans' Stimme in seinem Kopf, und ihm war, als spürte er die Boxhandschuhe an den Fäusten und hätte den Ledersack vor Augen. Entschlossen straffte er seine Schultern. Nein, er würde sich nicht geschlagen geben, weil er Isa, Moritz und Viktor heute nicht angetroffen hatte. Er würde wiederkommen. Wieder und wieder und immer wieder. Bis er sie gefunden hatte.

Kapitel 6

Es war Ende November. Seit Tagen fegte ein bitterkalter Ostwind durch die Straßen Berlins und trieb Regen und Schneegestöber vor sich her. Isa zog ihre Wollmütze über die Ohren und vergrub ihr Gesicht tief in Vaters Schal, als sie unweit des Berliner Schlosses an der Fassade eines Geschäfts stand und den wenigen Passanten, die bei diesem Wetter vorbeihasteten, ihr Körbchen hinhielt. Doch niemand wollte stehen bleiben, dabei brauchte sie gerade jetzt so dringend Geld. Mutter und Moritz lagen seit Tagen krank in der klammen Wohnung, die sie nur notdürftig heizen konnten. Die Kohlevorräte im Keller waren fast gänzlich aufgebraucht, die Medizin, die Isa aus der Apotheke holte, war teuer, und die Miete war fällig. Das Geld von Mutters Krankenversicherung reichte hinten und vorne nicht, und ihr zweiter Verdienst als Bedienung im Metropol fiel momentan weg. Der Winter stand vor der Tür, und allein schon der Gedanke daran jagte Isa einen Schauer über den Rücken, denn sie verband ihn unweigerlich mit Kälte, Krankheit und Annelie. Nein, das Drama des letzten Winters durfte sich nicht wiederholen!

»Bitte!«, flehte Isa, als sie eine ältere Dame auf sich zukommen sah. Es war ihr noch immer peinlich, Menschen direkt anzubetteln, doch nun blieb ihr nichts anderes mehr übrig.

Die Frau blieb tatsächlich stehen, kramte in ihrer Tasche und warf eine Münze in Isas Körbchen.

»Danke!«, rief Isa. »Vielen Dank!«

Als die Frau an ihr vorüber war, griff sie nach dem Geldstück. Zehn Pfennige. Immerhin.

Sie trat von einem Bein aufs andere. Trotz des Mantels und der zwei Strumpfhosen, die sie unter ihrem Rock trug, begann die Kälte, unter ihre Kleidung zu kriechen. Lange konnte sie hier nicht mehr stehen bleiben. Doch wenn sie in ein Geschäft ging, ohne dort etwas zu kaufen, wurde sie nach kurzer Zeit wieder vertrieben. Sie überlegte sogar, wieder an den Alexanderplatz zu gehen. Vielleicht würde der Junge noch einmal kommen, dieser Henning, der Moritz immer Geld gegeben hatte. Fünf Mark! Damit hätte sie Essen für eine ganze Woche kaufen können. Doch Viktor würde sie nicht begleiten, und wenn sie daran dachte, wie er damals ausgesehen hatte, nachdem diese Bande ihn verprügelt hatte, verstand sie ihn auch. Sehnsüchtig dachte sie zurück an den Sommer. Nie hätte sie sich träumen lassen, dass das Betteln im Winter so hart werden würde, und wenn sie gewusst hätte, wo dieser Henning und seine Schwester wohnten, wäre sie womöglich noch in dieser Stunde zu deren Haus gelaufen, um dort zu betteln. Doch mittlerweile hatte sie eine Vorstellung davon, wie groß Berlin war, und rechnete nicht mehr damit, den Jungen jemals wiederzusehen.

»Na, läuft es nicht?«, vernahm sie eine bekannte Stimme, und da stand auch schon Viktor mit besorgtem Gesicht neben ihr.

Sie hielt ihm enttäuscht ihre Hand mit dem Zehnpfennigstück hin.

»Damit kommst du nicht weit. Und sag mal, hast du keine Handschuhe? Willst du dir den Tod holen? Reicht es nicht, dass deine Mutter und Moritz krank sind? Los, komm mit.«

Sie folgte ihm bis zu einem Gemischtwarenladen, dessen Türglocke bimmelte, als sie eintraten. Drinnen war es warm, und Isa rieb ihre steifen Finger. Sie beobachtete Viktor, der zu der jungen Verkäuferin hinter der Theke trat und ein freundliches Gespräch mit ihr begann. Seine Augen wanderten unauffällig durch den Laden. Von den Backwaren vorn an der Theke, den Lebensmitteln in den Regalen bis zu den Kleidungsstücken in einer der hinteren Ecken. Viktor ließ sich zwei Semmeln einpacken, holte noch einige Dinge aus den Regalen, die er zur Theke brachte, und ließ dabei das Gespräch mit der Verkäuferin nie abbrechen. Er scherzte und lachte mit ihr und zahlte zum Schluss seinen Einkauf.

Wieder auf der Straße drängte er Isa zum Weitergehen, und erst als sie mehrfach abgebogen waren, deutete er mit dem Kopf in eine Toreinfahrt. In einer windgeschützten Ecke des Hinterhofs setzte er sich auf eine Holzkiste und holte die Semmeln und eine kleine Milchflasche aus der braunen Papiertüte. »Unser Mittagessen«, sagte er. Mit einem Grinsen im Gesicht fasste er in seine Manteltasche und zog noch etwas Wollenes heraus. »Und die sind für dich.«

Ungläubig blickte Isa auf die nagelneuen Handschuhe, die er ihr hinhielt.

»Wo hast du die her?«

Er lachte. »Du warst doch gerade dabei. Hast du es nicht mitbekommen?«

Sie schüttelte den Kopf.

»Gut.« Er sah sie ernst an und schien mit sich selbst etwas auszufechten. Schließlich sagte er: »Soll ich es dir beibringen?«

Hinter ihrem dicken Schal biss sich Isa auf die Unterlippe. Was sollte sie ihm antworten? Allein der Gedanke, sie könnte etwas stehlen, widerstrebte ihr. Das hatte es in ihrer Familie nie gegeben! Doch in ihrem Leben war nichts mehr, wie es einmal gewesen war. Isa sah Viktor an, dachte an Mutter, Moritz und den kleinen Grabhügel auf dem Friedhof der Pfarrei Sankt Hedwig und nickte.

* * *

»Vater, es geht doch nicht um Unsummen«, brachte Henning mit fast flehender Stimme vor, als er sich endlich ein Herz gefasst und Max in seinem Büro aufgesucht hatte, um mit ihm über eine Idee zu sprechen, die schon so lange in seinem Kopf herumspukte. »Es geht doch nur um einen warmen Raum, in dem die Menschen mittags eine Mahlzeit und ein bisschen Zuspruch erhalten.«

Er war gerade wieder am Alexanderplatz gewesen und hatte in der eisigen Novemberkälte nach Isa und ihren beiden Begleitern gesucht. Vergeblich. Seit er die drei nicht mehr finden konnte, sann er über eine Möglichkeit nach, ihnen trotzdem noch zu helfen. Und in seiner Fantasie malte er sich aus, sie könnten eines Tages in eine Einrichtung kommen, die sein Vater ins Leben gerufen hatte, könnten sich aufwärmen, ein warmes Essen zu sich nehmen, wieder Hoffnung schöpfen für den nächsten Tag. Das war sein Wunsch, und er wollte Vater jede Ohrfeige und jedes böse Wort verzeihen, wenn er ihn nur für ein solches Vorhaben gewinnen konnte.

Max hob kurz die Augen von seinen Unterlagen. »Henning, bitte, ich habe jetzt wirklich keine Zeit für deine verrückten Ideen. Ich habe ein großes Werk zu führen und plane den Erweiterungsbau draußen in Moabit – glaubst du wirklich, ich kann mich noch mit Erbsensuppen und Gulaschkanonen für Obdachlose befassen? Wer in unserem Land arbeitet, braucht auch nicht zu hungern.«

Henning stöhnte innerlich auf, denn er sah seinen Traum bereits zerplatzen. Doch er hob noch einmal an. »Das müsstest du doch gar nicht selbst organisieren, Vater. Letzte Woche beim

Betriebsfest habe ich den freundlichen Herrn Schröder aus der Verwaltung darauf angesprochen, und der meinte …«

»Was? Du hast Schröder mit diesem Unsinn in den Ohren gelegen? Was erlaubst du dir! Mein Hauptbuchhalter hat wahrlich anderes zu tun, als eine Armenspeisung einzurichten.«

»Aber er sagte, es wäre gar kein großer Aufwand. Und ich könnte mich doch auch nützlich machen, ich habe jeden Nachmittag mehrere Stunden Zeit.«

Max schüttelte entnervt den Kopf. »Kümmere du dich mal um deinen Schulstoff, schließlich wirst du später mit Roman das Unternehmen leiten.«

Henning spürte, wie sich alles in ihm versteifte. Wut stieg in ihm auf, doch er wollte nicht so schnell aufgeben. »Und der gute Ruf, den dir diese Sache einbringen würde, ist der denn nichts wert?«

»Guter Ruf! Was habe ich denn davon? Der Name Wittmann zählt auch so schon genug in dieser Stadt, da muss ich mich nicht noch mit einer Suppenküche für zweifelhafte Objekte schmücken. Und denk nur mal an die Kosten! Aber die sind dir ja anscheinend völlig egal. Wir wären nicht da, wo wir heute sind, wenn ich das Geld mit beiden Händen zum Fenster hinausgeschmissen hätte.«

»Es wäre nicht hinausgeschmissen.« Henning ärgerte sich, dass seine Stimme so weinerlich klang. »Und für Silvias Spinnereien hast du auch Geld übrig.«

Das hätte er nicht sagen sollen, denn Vaters Gesicht lief nun gefährlich rot an. »Lass Silvia aus dem Spiel«, donnerte er los. »Und geh mir jetzt aus den Augen, bevor ich mich vergesse.«

Henning war schon bei der Tür, denn er kannte diesen irren Blick in Vaters Augen und wusste, dass Max beim nächsten Widerwort die Hand gegen ihn erhoben hätte. Als er die Treppe zu seinem Zimmer hinaufstürmte, ballte er vor Wut und Enttäuschung die Hände zu Fäusten. Er fühlte sich so hilflos seinem übermächtigen Vater ausgeliefert und musste sich Luft verschaffen, musste jemandem sein Leid klagen. Und dafür kam nur ein Mensch infrage.

Er holte Papier und Füller hervor und begann seinen Brief.

> *Liebe Mutter! Vater hat soeben meine letzte Hoffnung zerstört, wieder mit den Bettelkindern, die ich seit Ende des Sommers suche, in Verbindung zu treten. Dabei war mein Wunsch doch gar nicht so groß. Es wäre ihm ein Leichtes, einen Ort einzurichten, an dem Menschen Essen bekommen und Wärme finden könnten, doch er bleibt bei seinem Nein. Ich werde Isa, Moritz und Viktor nun bestimmt nie mehr wiedersehen.*

Er atmete auf. Wie immer wirkte es beruhigend auf ihn, Mutter zu schreiben. Es war beinahe so, als würde er mit ihr reden. Er lehnte sich zurück und ließ den Blick aus dem Fenster schweifen. Wenn sie doch noch da gewesen wäre!

* * *

Das Herz schlug Isa bis zum Hals, als sie zum ersten Mal in einem Geschäft die Hand nach etwas ausstreckte, das sie nicht bezahlen würde, und es blitzschnell in ihrer Manteltasche verschwinden ließ. Sie machte alles genau so, wie Viktor es ihr gezeigt hatte, doch noch brauchte sie ihn, damit er die Verkäufer ablenkte. Mit seiner charmanten Art verwickelte er die Angestellten in ein Gespräch, und wenn sie beide den Laden verließen, schöpfte niemand Verdacht. Viktor half ihrer Familie über diesen ersten Winter ohne Vater. Er besorgte Heizmaterial und Lebensmittel, wenn sie es allein nicht schafften, und brachte Isa alle Tricks bei, die für ihre Diebestouren hilfreich waren. Sie lernte, sich zu verkleiden, Verkäufer abzulenken und unbemerkt Brieftaschen aus Mänteln oder Taschen zu stehlen. Und während die Monate vergingen und das alte Jahr in das neue überging, wurde Isa immer besser.

Unter Viktors Anleitung verwandelte sie sich im nächsten Jahr in eine geschickte Taschendiebin. Ob Mutter ahnte, dass sie längst nicht mehr nur bettelte, wusste sie nicht, denn sie fragte Gott sei Dank nicht nach. Seit Vaters Weggang war Mutter sehr still geworden. Sie schien in ihren eigenen Sorgen aufzugehen.

1911–1913

Kapitel 7

Isa, Moritz und Viktor erreichten das westliche Ende des Kurfürstendamms und passierten in einem Strom von Besuchern den Torbogen am Eingang des Lunaparks, der direkt am Berliner Halensee gelegen war. Es war ein Sonntag im Mai, in der warmen Luft lag bereits das Versprechen des Sommers, und es schien, als hätte sich ganz Berlin hier im Vergnügungspark versammelt. Isa folgte Moritz und Viktor einen Säulengang entlang, dann blieb sie stehen und ließ den Blick über die weitläufige Anlage schweifen. Vor ihr erhob sich ein Märchenschloss mit Türmen, Skulpturen und einer breiten Freitreppe, die an den gut besuchten Terrassen eines Restaurants vorbeiführte, auf denen die Gäste an kleinen Tischen saßen. Unten lag der See, in dem die Hauptattraktion des Parks in Form einer haushohen Wasserrutsche endete. Auf Schienen rollten kleine, mit laut kreischenden Besuchern besetzte Wagen hinunter ins Wasser, das bei ihrem Aufprall nach allen Seiten spritzte.

Sie gingen weiter, und Isa war sprachlos, denn die Rummelplatzattraktionen, an denen sie vorbeikamen, schienen kein Ende zu nehmen. Sie blieben an Karussellen stehen, lachten über die Scherze eines Kasperletheaters und beobachteten Gäste, die an Wurfbuden ihr Glück versuchten. Vor einem

Zaun, hinter dem man eigenartige Gebäude und dunkelhäutige Menschen in exotischen Kleidern erkannte, stand ein Mann mit einem Megafon in der Hand, der lautstark für eine Völkerschau warb.

»Meine Damen und Herren! Die Straße von Kairo!«, rief er. »Kommen Sie und erleben Sie Eingeborene aus dem Nillande! Hier gibt es eine Moschee, einen Derwischtempel und sogar einen Harem.«

»Was ist ein Harem?«, rief der achtjährige Moritz aufgeregt. Isa zuckte mit den Schultern, und Viktor schmunzelte nur.

»Schauen wir uns das an?«, bettelte Moritz, doch Isa zog ihn zurück. Das war ihr nicht geheuer, und mit ihren mittlerweile dreizehn Jahren hatte sie die Verantwortung für ihren kleinen Bruder. Und wenn Viktor so seltsam schaute, war es sicher etwas, was sie nicht billigte. Dass er drei Jahre älter war als sie, ließ er sie in letzter Zeit immer öfter spüren, und oft war sie von seiner Besserwisserei genervt. Bei einigen Themen wollte er gar nicht mehr aufhören, mit seinem Wissen zu prahlen, bei anderen lachte er nur kurz auf und verstummte. Wie gerade jetzt. Sie hätte ihn nur zu gern gefragt, was es mit diesem Harem auf sich hatte, doch wenn er von sich aus nichts sagte, würde sie ihre Unwissenheit nicht zugeben.

Viktor grinste nur wegen ihrer Zaghaftigkeit, dann gingen sie weiter. Sie kamen an einem Podest mit einem Jongleur vorbei, und gleich daneben warb jemand für die Vorführung eines Feuerschluckers.

Moritz zerrte sie am Arm. »Isa! Bitte!« Doch sie schüttelte den Kopf. Ein Feuerschlucker war ihr definitiv zu gefährlich!

An einem Verkaufsstand holten sie sich Zuckerwatte.

»Wenn ich groß bin, will ich hier arbeiten«, erklärte Moritz mit seligem Blick auf die Süßigkeit in seiner Hand. »Dann hätte ich jeden Tag Jahrmarkt.«

Viktor winkte ab. »Stell dir das nicht so toll vor. Als Schausteller oder Verkäufer verdienst du so wenig, dass es kaum zum Leben reicht.«

Als sie weiterschlenderten, deutete Moritz auf ein Fahrgeschäft, in dem Besucher in kleinen Wagen fuhren und es dabei offensichtlich darauf anlegten, sich gegenseitig anzurempeln.

»Da will ich hin!«, rief er und rannte schon davon.

»Na gut.« Isa kramte ein Geldstück aus ihrer Tasche. Sie konnte Moritz ja nicht alles verbieten. »Aber fahr mit Viktor, hörst du? Nicht, dass du noch aus einem der Wagen fällst!«, rief sie und schleckte weiter an der Zuckerwatte. Während die beiden Jungen sich in der Schlange vor dem Fahrkartenhäuschen anstellten, ging sie weiter und schaute sich die umliegenden Attraktionen an. Plötzlich stutzte sie. Den Mann in der Losbude, die wenige Meter entfernt stand, hätte sie unter Tausenden wiedererkannt – seine schlanke Statur, seine hellen, gewellten Haare mit der einen widerspenstigen Strähne, die ihm immer in die Stirn fiel, und die Art, wie er seinen linken Arm hielt, der ein Stück unter dem Ellenbogen endete – der Losbudenverkäufer dort drüben war ihr Vater! Isa vergaß die Zuckerwatte in ihrer Hand und starrte ihn an. Widersprüchliche Gefühle stiegen in ihr auf – unbändige Freude, ihn endlich wiederzusehen, Wut, dass er gegangen war, Angst, ihn anzusprechen. Wortfetzen von dem, was er zu den Leuten vor seinem Stand sagte, drangen zu ihr herüber, doch das war nicht mehr Vaters fröhliche, unbeschwerte Stimme, die sie so geliebt hatte. Nein, in ihr schwang eine tiefe Traurigkeit mit. Und auch das Lächeln, das er den Kindern schenkte, die bei ihm ein Los kauften, war aufgesetzt, denn es erreichte nicht seine Augen. Es schmerzte Isa, ihren Vater so zu sehen. Was hatte das Leben aus ihm gemacht! Er hatte es einmal fast zum Vorarbeiter gebracht, und nun arbeitete er für einen Hungerlohn, wie Viktor gerade gesagt hatte. Kein Wunder, dass er nie gekommen war, um seine Familie wieder zu unterstützen. Mutter hatte also recht gehabt, er fand tatsächlich keine gut bezahlte Arbeit mehr. Fieberhaft überlegte sie, was sie tun sollte. Es drängte sie, einfach zu ihm zu gehen und ihm um den Hals zu fallen, aber würde er das wollen? Eine Stimme in ihr flüsterte ihr zu, dass das nicht der Fall war.

Schweren Herzens wandte sie sich ab und beschloss, auch Moritz und Viktor gegenüber Stillschweigen zu bewahren. Geschickt lenkte sie die beiden nach ihrer ausgelassenen Fahrt in eine andere Richtung.

»Nur hereinspaziert, gleich beginnt die weltbeste Magierschau«, rief soeben ein Mann vor einer Schaubude, an der sie vorbeikamen. Moritz blieb stehen und hörte ihm interessiert zu. »Wir lassen sogar einen Menschen verschwinden! Vor Ihren Augen!«

Moritz warf Isa einen bittenden Blick zu, doch sie wehrte ab. »Zwanzig Pfennig, Moritz! Das ist zu teuer!«

Doch Viktor zog ihn mit sich. »Ach, Isa, wir sind doch hier, um Spaß zu haben. Komm schon, diese Runde spendiere ich.«

Isa schüttelte den Kopf. Sie war noch viel zu verwirrt. Und sie wollte nicht sehen, wie ein Mensch verschwand, denn sie hatte das Gefühl, genau das gerade eben erlebt zu haben.

Als Viktor und Moritz auf die Bude zusteuerten, schlenderte sie weiter. Sie wunderte sich über den Andrang vor einem bunten Zelt und versuchte, aus dem Plakat davor schlau zu werden. Hätte sie nur lesen können!

»Ich kann nicht glauben, dass ich das tue«, vernahm sie hinter sich eine männliche Stimme. Sie warf einen Blick über die Schulter und entdeckte einen Mann mit hellen Haaren, der ebenfalls das Plakat betrachtete. Neben ihm machte Isa einen Jugendlichen aus, der ihr den Rücken zukehrte.

»Dein Vater würde mich sofort entlassen, wenn er wüsste, dass ich dich zu einem Boxkampf mitnehme«, sprach der Mann weiter.

Nun wusste Isa, was all die Menschen hier sehen wollten. Hier wurde geboxt. Das war auch nichts für sie; besser, sie suchte sich etwas anderes.

»Mein Vater ist Gott sei Dank nicht da«, antwortete der Jüngere. »Wie du weißt, dauert seine Geschäftsreise nach München noch bis Mittwoch, also wird er nichts von unserem Ausflug erfahren. Er hat ja auch noch nie etwas davon mitbekommen, dass wir jede Woche unten in deinem Zimmer trainieren. Und die Truppe aus den Staaten ist nur für ein paar Tage in Berlin. Denkst du, ich lasse mir den Kampf von Wayne Snider entgehen?«

Isa blickte nochmals zurück, und ihr stockte der Atem. Der Junge in dem braunen Anzug, der da so interessiert das Plakat betrachtete, hatte sich umgewandt und sie sah ihn nun im Profil. Er war niemand anderes als der Bruder des Mädchens, das sie von dem Pferd weggezerrt hatte. Henning. Der Unfall mochte zwar schon drei Jahre her sein, doch abgesehen davon, dass er größer geworden war, hatte er sich kaum verändert. Sie hätte dieses ovale Gesicht und die dunklen Augen, die einen eigentümlichen Kontrast zu seinen hellen Haaren bildeten, überall sofort erkannt. Sie überlegte, ob sie es wagen konnte, ihn anzusprechen und nach seiner Schwester zu fragen, doch da waren Henning und sein Begleiter bereits an ihr vorbeigegangen. Isa sah, wie sie am Zelteingang ihren Eintritt bezahlten, und ohne groß zu überlegen, lief sie hinterher.

»He, Fräulein, bist noch ein bisschen klein für einen Boxkampf, hm?«, fragte der Mann an der Kasse.

Doch Isa hatte in den letzten Jahren viel von Viktor gelernt. »Meine Eltern und meine Brüder sind schon drinnen«, erwiderte sie mit fester Stimme. »Sie müssen sie doch gesehen haben. Vater trägt einen braunen Anzug, Mutter ein grünes Kleid und einen riesigen Hut. Den Hut müssen Sie doch gesehen haben!« Isa machte eine ausladende Bewegung mit den Armen. »So groß. Mit Federn dran und …«

Der Mann wehrte ab. »Schon gut, ich glaub's dir ja. Kannst reingehen. Kostet fünfzig Pfennig.«

Isa stellte sich dumm. »Aber Vater hat doch sicher schon für mich gezahlt. Oder Mutter. Die Frau mit dem riesigen Hut, wissen Sie? Mit den Federn und …«

Der Mann seufzte genervt. »Dann geh schon rein, du halbe Portion.«

Im Zelt war es dunkel, stickig und laut. Isa erkannte eine mit Seilen umspannte Bühne, vor der in mehreren Reihen Besucher standen, doch Henning konnte sie nirgends entdecken. Sie schlüpfte durch die Umstehenden nach vorn, und da erspähte sie ihn ganz in ihrer Nähe. Sein Blick war auf die Arena gerichtet, wo gerade zwei muskulöse Männer in kurzen Hosen und Sporthemden erschienen und von den Umstehenden mit lauten Rufen und Pfiffen begrüßt wurden. Nachdem der Ringrichter den Kampf freigegeben hatte, gingen die beiden unter dem Jubel der Zuschauer aufeinander los. Doch Isa interessierte sich nicht für das Boxen, sondern schaute fasziniert in Hennings Gesicht, der wie gebannt den Kampf verfolgte. Ab und zu wechselte er eine Bemerkung mit seinem älteren Begleiter, und Isa schnappte Ausdrücke wie Haken, Clinch, Doppeldeckung und Kopfstoß auf. Henning schien sich im Boxsport auszukennen. Er hatte die Hände zu Fäusten geballt, und mit leichten Bewegungen seines Körpers schien er die Schläge und Schritte des einen Boxers zu imitieren. Ob Henning sich gerade vorstellte, dieser Kämpfer zu sein, fragte sie sich.

Die Spannung im Zelt stieg, und auch Henning feuerte den Boxer immer lauter an, als sowohl die erste als auch die zweite Runde an ihn gingen. Er jubelte auf, als am Ende des Kampfes der Ringrichter den Mann am Boden auszählte und einen Arm des anderen Boxers – offensichtlich dieser Wayne Snider aus den Staaten, dessen Namen das Publikum immer wieder lautstark rief – zur Siegerpose nach oben riss. Henning und sein Begleiter unterhielten sich, dann wandten sie sich um und verließen mit den übrigen Besuchern das Zelt. Isa stolperte ihnen hinterher. Sie focht ihren eigenen Kampf aus. Es drängte sie, Henning anzusprechen, ihn nach Lotta zu fragen, ihm für das Geschenk zu danken, doch irgendwie wollte kein Laut über ihre Lippen kommen. Als sie sah, wie die beiden über den Rummelplatz davongingen, ohne nach weiteren Attraktionen zu schauen, nahm sie ihren ganzen Mut zusammen.

»Henning!«

Sie rief mehrmals seinen Namen, doch er hörte sie nicht. Er ging einfach weiter. Völlig verloren stand sie da und sah ihm nach, bis er die große Freitreppe erreichte, die zum Ausgang führte, und dort in der Menschenmenge verschwand. Isa rollte eine Träne über die Wange. Zum ersten Mal im Leben stach ihr Herz auf eigentümliche Weise, und es kam ihr vor, als hätte Henning, als er eben gegangen war, ein Stück davon mitgenommen. Der Tag, der so verheißungsvoll begonnen hatte, endete so traurig für sie, denn sie hatte das Gefühl, zwei Menschen erneut verloren zu haben. Henning und ihren Vater. Und sie wusste im Moment nicht, was mehr wehtat.

In den nächsten Wochen sah Isa Henning überall. Auf dem Boulevard Unter den Linden, in einer Buchhandlung, vor einem Zeitschriftenstand. Einmal rannte sie ihm sogar bis zu einer Straßenbahnstation nach und ein anderes Mal folgte sie ihm bis zu einem Wohnhaus. Doch wann immer sich der gut gekleidete Junge mit den hellblonden Haaren, dem sie nachgegangen war, umdrehte, blickte sie in das Gesicht eines Fremden. Irgendwann gab sie die Suche nach ihm auf. Sie fragte sich sogar, ob sie sich die Begegnung im Lunapark nur eingebildet hatte.

Um den Vergnügungspark machte sie einen großen Bogen. Sie wollte Vater nicht mehr begegnen, denn es schmerzte zu sehr, ihn zu sehen.

Kapitel 8

Breuers Tanzhaus war die erste Adresse der Stadt, wenn es um Tanzunterricht für die Söhne und Töchter aus gutem Hause ging. Das waren zumindest Vaters Worte gewesen, als Henning ihn gefragt hatte, warum er diese Tanzschule besuchen musste, und das Einzige, was ihm hier gefiel, waren die meterhohen Spiegel an den Wänden, die den Saal, in dem Frau Clementine Breuer wöchentlich den Unterricht abhielt, noch einmal so groß erscheinen ließen. In zwei langen Reihen standen sich die Paare gegenüber, und dieses Bild schien sich in den Wandspiegeln endlos fortzusetzen. Die Tanzschüler hatten eine straffe Haltung angenommen, denn in Clementine Breuers Stunden gab es kein Getuschel oder Gekicher. Niemand konnte die Aufgabe, junge Menschen zu formen, ernster nehmen als die ältere Dame in dem langen, dunklen Kleid, die gerade wie ein Feldwebel zwischen den Schülern einherschritt, als nähme sie eine Militärparade ab.

Sie wandte sich um. »Konzentration, meine Damen und Herren, wir beginnen mit der Quadrille.«

Henning ergriff die Hand der Dame zu seiner Rechten und wartete darauf, dass der ältere Herr, der in seinem dunklen Frack am Klavier saß, die ersten Takte des Liedes anschlug.

»Paarweise vier Schritte nach vorn, und wieder zurück«, rief Frau Breuer und klatschte im Takt in die Hände. »Wiederholen, und nun schräg nach rechts, vor und zurück, der Mann geht vor, die Frau folgt …«

Henning hörte gar nicht mehr zu, denn er kannte die Schrittfolgen, die sie seit mehreren Wochen einstudierten, bereits auswendig. Und er wusste schon jetzt, dass sein Nebenmann Wilhelm bei der nächsten Drehung wieder die falsche Richtung einschlagen und die gesamte Formation durcheinanderbringen würde. Und richtig. Wilhelm lief nach links, und alle anderen nach rechts.

»Nein, nein, nein, Herr Burgstetter, wo wollen Sie denn schon wieder hin?«, rief Clementine Breuer entnervt und gab dem Klavierspieler ein Zeichen, das Lied abzubrechen. »Rechts herum, Herr Burgstetter. Und machen Sie doch um Himmels willen kleinere Schritte. Sie sollen sich grazil bewegen und nicht aufstampfen wie ein Brauereipferd. Schauen Sie auf Ihren Nachbarn, den Herrn Wittmann. Der kann es doch auch.«

Frau Breuer griff sich theatralisch an die Brust und atmete hörbar aus, dann klatschte sie erneut in die Hände. »Also bitte, nehmen Sie alle wieder die Ausgangsposition ein, und wenn Herr Burgstetter dieses Mal die Güte hat, nach rechts zu laufen, kommen wir sogar ein paar Tanzschritte weiter.«

Das Klavierspiel begann von Neuem, und Henning gab Wilhelm, der bis zu den Haarwurzeln rot angelaufen war, bei den Richtungswechseln einen kleinen Wink mit dem Kopf. Sie kamen tatsächlich bis zur Hälfte des Lieds, ehe die Aufstellung erneut durcheinandergeriet, dieses Mal wegen einer jungen Dame. Das Klavier verstummte, und umso lauter wurde Clementine Breuer.

»Fräulein Schickelberger«, ermahnte sie das dunkelhaarige junge Mädchen, das Henning schräg gegenüberstand und verlegen zu Boden blickte. »Wollen Sie vielleicht mit Herrn

Burgstetter einen neuen Tanz kreieren? Sie beide scheinen sehr kreativ zu sein.«

Verhaltenes Gelächter war zu hören.

»Das ist nicht zum Lachen!«, rief Frau Breuer und blickte mahnend in die Runde. »Ihre Eltern schicken Sie hierher, damit ich Sie auf die nächste Ballsaison vorbereite. Was denken Sie, was da auf Sie zukommt? Ein paar fröhliche Stunden? Ein bisschen Musik und Tanz? Oh nein, weit gefehlt. In den Ballsälen der Stadt wartet der Ernst des Lebens auf Sie. Dort wird man Sie begutachten und bewerten, dort werden Ehen angebahnt und Lebensschicksale entschieden. Und dort wird auch über meinen Unterricht hier im Tanzhaus gesprochen, also reißen Sie sich jetzt mal am Riemen!«

Der Tanz begann erneut, und abgesehen davon, dass er Wilhelm geschickt immer wieder in die richtige Drehung dirigierte, passte Henning nicht mehr auf. Er fand die Schrittfolgen steif und langweilig, was wohl daran lag, dass er schon vor Jahren bei seinen Besuchen in Mariendorf eine andere Art des Tanzens kennengelernt hatte. Er dachte an die vielen Male, als er in Scheunen, auf Wiesen oder auf dem Marktplatz Polka, Mazurka oder Polonaise getanzt hatte. Dort brauchte niemand eine Frau Breuer und ihren Spiegelsaal, um tanzen zu lernen, sondern Ednas Mann hatte nach einem langen Arbeitstag einfach in der Stube, auf den Stufen vor dem Haus oder auf einer Bank neben dem Feld seine Mundharmonika aus der Hosentasche geholt, und Edna und die Kinder hatten Henning die Tanzschritte beigebracht. Dann hatten sie getanzt und gelacht, bis die Sonne untergegangen war und Hans ihn an die Rückfahrt erinnert hatte. Das Heimkommen nach diesen Besuchen bei Edna, den Kindern und Koki fiel ihm bis heute schwer.

»Nein, nein, nein!«, ließ Frau Clementines Stimme Hennings Erinnerungen jäh abbrechen. Er stellte fest, dass er einen Moment lang nicht auf Wilhelm aufgepasst hatte, der nun auf der falschen Seite stand. Wie war er bloß dort hingekommen?

Clementine fuhr sich über die Stirn und rang sichtbar um Fassung. »Herr Burgstetter und Fräulein Schickelberger kommen bitte morgen zu einer Einzelstunde. Machen wir Schluss für heute, der Unterricht ist beendet.«

Henning atmete auf und versuchte, sich an den aufgeregt tuschelnden jungen Tanzschülern vorbei einen Weg aus dem Saal und zum Foyer zu bahnen, ohne sich auf irgendwelche Gespräche einzulassen. Er wusste, dass bereits hier erste Einladungen zu Teestunden und Feierlichkeiten in den väterlichen Salons erfolgten, auf die er überhaupt keine Lust hatte.

Vor dem Tanzhaus wartete Hans in dem neuen Wagen, den Vater jüngst gekauft hatte, weil es mittlerweile als schick galt, ein Automobil zu besitzen. Hans faltete seine Zeitung zusammen und stieg aus. Er ging nach vorn zur Kühlerhaube, warf mit einer Kurbel den Motor an und nahm dann hinter dem Steuer Platz.

»Und, wie war es?«, fragte er, als sich Henning neben ihm ins Polster sinken ließ und sie losfuhren.

»Furchtbar.«

»Warum?« Hans hatte den Blick auf die Straße gerichtet. Er beherrschte das Fahren erst seit einigen Wochen und wirkte noch etwas unbeholfen. Hektisch betätigte er beim Abbiegen den langen Hebel der Gangschaltung, schlug dabei das Steuer jedoch zu weit ein und rumpelte ein Stück über den Bordstein.

Henning grinste ihn an. »Ich dachte, der Gehsteig sei für Fußgänger.«

»Willst du laufen?«

»Wenn du weiterhin so fährst, denke ich ernsthaft darüber nach.«

Hans lenkte den Wagen wieder zurück auf die Fahrbahn. Er warf Henning einen Seitenblick zu. »Also, warum war es furchtbar? Wolltest du nicht immer gleichaltrige Freunde finden?«

»Ja, ich wollte Freunde finden, aber nicht, um mit ihnen eine Quadrille zu tanzen und steife Konversation über das Wetter und den neuesten Klatsch und Tratsch zu betreiben. Ich wollte Freunde, mit denen man etwas erleben kann. Das hier ist sterbenslangweilig.«

»Dann warte erst mal die Bälle ab, die dir demnächst bevorstehen. Du wirst im September siebzehn, und wenn du Pech hast, schleppt dich dein Vater dieses Jahr schon jedes Wochenende von einer Veranstaltung zur nächsten.«

Henning stöhnte auf. »Ist das dein Ernst? Warum denn? Soll ich etwa jetzt schon auf Brautschau gehen?«

»Natürlich. Diese Feste sind ein einziger Heiratsmarkt. Bei Roman war das nicht anders. Der war kaum älter, als du jetzt bist, als dein Vater bereits nach guten Partien für ihn Ausschau hielt.«

»Ach du Schreck! Na, da kann er so lange Ausschau halten, bis ihm die Augen rausfallen. Ich werde nicht heiraten. Und überhaupt – wenn ich zu solch öden Bällen gehen muss, wann soll ich dann Koki besuchen? Und lesen und boxen und Briefe an Mutter schreiben?«

Hans grinste. »Boxen kannst du jeden Tag. Du weißt, wo mein Zimmer ist.«

»Gott sei Dank!«

Nachdem Hans wütend gehupt hatte, weil ein Fußgänger im letzten Moment vor ihm die Straße überqueren wollte, griff er mit einer Hand in seine Jacke und zog einen Umschlag hervor. »Ich musste heute bei den Hartmanns etwas vorbeibringen, und bei der Gelegenheit hat Luise mir einen Brief für dich mitgegeben. Von deiner Mutter.« Hans war längst in das kleine Geheimnis zwischen Henning und Luise eingeweiht und zum Briefkurier avanciert, und in Hans' Zimmer, in der untersten

Kommodenschublade, durfte Henning auch die Briefe seiner Mutter deponieren, die mittlerweile zu einem beträchtlichen Stapel angewachsen waren. Mit Hans besprach Henning auch seine Pläne, Mutter einmal in London zu besuchen. Mit jedem neuen Brief von ihr wuchs seine Sehnsucht, sie, seine Großeltern und seinen Onkel wiederzusehen, und dieser Wunsch spornte ihn an, so viel wie möglich über die Heimat seiner Verwandten zu erfahren. Im Englischunterricht erzielte er immer Bestnoten, befragte bei jeder sich bietenden Gelegenheit Richard Hartmann zu den englischen Sitten und Gebräuchen und las alle Berichte in den Zeitungen, die das Land betrafen. Seine schulischen Leistungen hatten sich enorm verbessert, und Vater hatte kaum mehr Grund, ihn zu schimpfen.

Er riss Hans das Kuvert förmlich aus der Hand und öffnete es sogleich. Was er las, ließ ihn schmunzeln.

»Stell dir vor, Hans, Großvater Andrew hat sich jetzt ganz aus den Firmengeschäften zurückgezogen und auf dem Landsitz nördlich von London zwei Reitpferde angeschafft. Er will Großmutter Vivian auch das Reiten beibringen, aber die weigert sich beharrlich.« Er lachte. »Da wäre ich so gern dabei! Mutter schreibt weiter, dass sie Waisenkinder betreut und auf ihren Landsitz einlädt, damit sie dort spielen und sich erholen dürfen. Ist das nicht toll, Hans? Und Onkel Jack leitet nun die Firma allein. Er ist wieder Vater geworden, ich habe eine Cousine bekommen, sie heißt Daisy.« Er warf Hans einen Blick zu. »Das ist Englisch für Gänseblümchen. Bestimmt ist sie genauso süß. O Mann, ich würde sie so gern sehen!«

»Das wirst du eines Tages.«

Henning stöhnte. »Ja, wenn ich einundzwanzig bin. Ich kann es kaum erwarten. Dann kann mir Vater nichts mehr verbieten und ich fahre sie alle besuchen. Und du kommst mit.«

Ein Lächeln spielte um Hans' Züge. »Abgemacht.«

Sie fuhren die Königstraße entlang Richtung Alexanderplatz, und Henning ließ den Brief sinken. Wie immer, wenn er hier vorbeikam, suchten seine Augen die vertrauten Stellen ab – den Gehsteig vor dem Roten Rathaus, den Eingang des Bahnhofs, den Platz um die Berolina und das Warenhaus Tietz. Auch wenn er kaum noch Hoffnung hatte, Isa jemals wiederzufinden, so musste er doch nach ihr Ausschau halten. Lottas Unfall war nun vier Jahre her und er fragte sich, ob er Isa überhaupt noch erkennen würde?

* * *

Isa saß am Ufer des Flusses und blickte den Dampfschiffen nach, die die Sonntagsausflügler auf einer Spreefahrt durch die Stadt und ins Berliner Umland brachten. Sie sah die Menschen in ihren besten Kleidern und Anzügen an Deck sitzen, und wenn das Schiff auf ihrer Höhe war, drangen lautes Reden und Lachen zu ihr herüber, wurde kurz darauf schwächer, bis es verklang und nur noch das Stampfen der Maschinen zu hören war. Neben ihr im Gras saß Viktor, und Moritz stand vorn am Ufer und sammelte flache Steine, die er über die Wasseroberfläche flitzen ließ. Zum Glück war heute schönes Wetter und sie konnten den Nachmittag draußen verbringen, denn in der Wohnung schlief Mutter, und Isa wollte sie nicht wecken. Sie war neuerdings nur noch erschöpft.

»Mutter scheint die Arbeit im Metropol immer schwerer zu fallen«, sprach sie den Gedanken aus, der sie seit einiger Zeit beschäftigte. »Die Zehnstundenschichten in der Wäscherei strengen sie längst nicht so an wie die beiden Abende in der Kneipe.«

»Hm«, machte Viktor nur und zupfte wortlos an ein paar Grashalmen. Isa warf ihm einen Seitenblick zu. Warum war er so schweigsam? Sonst wusste er doch auch zu allem etwas?

»Vielleicht sollte sie sich eine andere Arbeit suchen«, überlegte Isa weiter laut. »Aber sie sagt, sie würde nirgends sonst so gut bezahlt. Ich wusste gar nicht, dass man beim Bedienen in einer Kneipe so viel verdient. Ob ich so etwas auch machen sollte? Da würde ich mehr bekommen als auf meinen Botengängen.«

»Das kommt überhaupt nicht infrage!«, brauste Viktor auf, und Isa sah ihn irritiert an. Er schien zu spüren, dass er sich gerade im Ton vergriffen hatte, und fuhr mit ruhigerer Stimme fort. »Ich meine, äh, du bist noch viel zu jung, um eine Arbeit am Abend anzunehmen. Und das ist auch viel zu gefährlich. Was denkst du, welches Gesindel sich nachts da draußen rumtreibt? An welche Kerle du geraten könntest? In einer Stadt wie Berlin lauern doch an allen Ecken Gefahren für ein junges Mädchen wie dich.«

Isa hatte Viktor selten so bestimmend erlebt wie in diesem Moment. Doch bei all der Sorge um ihre Sicherheit, die sie aus seinen Worten vernahm, schwang in seiner Stimme noch etwas mit, was sie stutzig machte. Viktor verschwieg ihr etwas. Und sie musste herausfinden, was es war.

Als es Zeit war, den Heimweg anzutreten, rief sie nach Moritz, und sie gingen zu dritt am Spreeufer entlang. Sie erreichten die Oberbaumbrücke, die sich in weiten Bögen über den Fluss spannte. Der Fußgängerüberweg auf der Brücke erinnerte an den Kreuzgang eines mittelalterlichen Klosters, und Tauben flogen auf, als Isa an einem der Arkadenbögen stehen blieb, auf das dahinfließende Wasser hinunterblickte und ihre Gedanken mit ihm ziehen ließ. Wie weit war ihre Familie, an der sie so krampfhaft festhielt, in den vergangenen Jahren auseinandergedriftet! Annelie war nicht mehr bei ihnen, Vater hatte die Familie verlassen, und sie hatte es noch nicht fertiggebracht, noch einmal in den Lunapark zu gehen und nach ihm zu schauen. Und Mutter zog sich immer mehr in ihr eigenes

Schneckenhaus zurück. Würden sie sich irgendwann alle verlieren?

Als Isa sich umdrehte und ihr Blick auf Viktor fiel, der wenige Schritte vor ihr ging und mit Moritz scherzte, kam ihr zum ersten Mal der Gedanke, dass Viktor der zuverlässigste Mensch in ihrem Leben war. Und er wurde noch wichtiger, als sie kurz vor ihrem fünfzehnten Geburtstag den Grund erfuhr, warum Vater gegangen war.

Kapitel 9

»Wir haben es bald geschafft«, stellte Isa mit einem Blick in ihren Korb fest, als sie mit Viktor die Friedrichstraße entlangging und Päckchen für die Feinkosthandlung Habermann austrug. Es war schon später Nachmittag, doch heute, am Samstag, mussten die Pakete mit den Lebensmitteln bis zum Abend abgegeben werden; Frau Habermann hatte Isa dafür extra einen Bonus versprochen. Sie ließen sich von einem Passanten den Weg zu der letzten Adresse in der Luisenallee erklären. Es war weiter, als Isa gedacht hatte, und sie kamen in eine Gegend, die ihr unbekannt war. Die Sonne war bereits gesunken und abendliche Kühle machte sich breit, als sie das Haus fanden und auch das letzte Paket an den Mann brachten.

»Ich habe Hunger«, meinte Viktor, als sie sich auf den Rückweg machten. »In einer der Querstraßen sind wir an einem Kiosk vorbeigekommen, lass uns dort etwas zu essen holen.«

Isa nickte. »Das war gleich da vorn rechts«, entgegnete sie. Sie wollte in die nächste Nebenstraße einbiegen, doch Viktor schüttelte den Kopf. »Nein, war es nicht. Ich kenn mich hier ein bisschen aus. Wir müssen noch ein Stück weiter.«

»Ich bin mir aber sicher.« Isa bog in die Straße ab, doch Viktor kam ihr nach und hielt sie am Arm fest. »Nein, hier war es nicht.«

Etwas an seinem Blick und dem seltsamen Ton in seiner Stimme machte sie misstrauisch. Warum führte er sich so auf? Es kam ihr fast so vor, als wollte er nicht, dass sie diese Straße entlangging. Sah er denn immer noch das kleine Mädchen in ihr, auf das er aufpassen musste?

»Viktor, lass mich los!« Sie funkelte ihn so böse an, dass er ihren Arm freigab, und lief weiter. Was hatte er bloß? Hier gab es doch nur Wohnhäuser und einige Kneipen. Sie erreichte ein Gasthaus, aus dem Musik drang, und plötzlich stutzte sie. Den Schriftzug auf dem Schild über dem Eingang hatte sie schon gesehen, er stand auch auf den Streichholzschachteln, die Mutter oft nach der Arbeit im Metropol mit nach Hause brachte. Hier arbeitete Mutter also am Wochenende? Ob sie hineingehen und sie überraschen sollte? In diesem Moment kamen ein paar fein gekleidete Herren aus dem Gebäude. Lautes Lachen drang aus der Gaststube, und Isa warf einen Blick durch die offen stehende Tür. In der rauchgeschwängerten Luft sah sie einen Tresen, auf den Barhockern davor machte sie Frauen in ungewöhnlich freizügigen Kleidern aus, umringt von Männern, mit denen sie lachten und sich amüsierten. Seltsam. Sie musste sich getäuscht haben, dachte Isa, hier arbeitete Mutter sicher nicht. Doch in diesem Moment sah sie die blonde Frau im glänzenden roten Kleid neben einem Mann, der seine Hand besitzergreifend auf ihren Rücken gelegt hatte und ihr mit einem Sektglas zuprostete. Die Frau sah aus wie ihre Mutter. Und auch der letzte Zweifel wurde ausgeräumt, als Isas Blick auf den Schaukasten neben der Tür fiel, in dem Fotos mit den Gesichtern der Frauen hingen, die hier arbeiteten. Eines der Bilder zeigte eindeutig Leni Berlinger.

Die Erkenntnis traf Isa wie ein Blitz aus heiterem Himmel. Fassungslos starrte sie auf die Tür, die langsam wieder zufiel, und wünschte, sie wäre nie hier vorbeigekommen. Ihre Mutter arbeitete in einem Nachtclub! Der letzte Streit ihrer Eltern war ihr plötzlich wieder gegenwärtig, und sie verstand die Forderung ihres Vaters: »Ich will nicht, dass du in diese Spelunke gehst!«

»Was für eine Wahl habe ich denn? Du kannst die Familie nicht mehr ernähren. Willst du, dass wir im Armenhaus landen? Reicht ein Kindergrab auf dem Friedhof nicht?«

Isa war starr vor Schreck. Langsam wandte sie sich zu Viktor um, der rot angelaufen war und schuldbewusst zu Boden sah.

»Wie lange weißt du das schon?«, fragte sie leise, ohne ihn direkt anzusehen.

Er atmete hörbar aus, gab ein ausweichendes »Puh, weiß nicht so genau« von sich und kratzte sich am Kopf.

Isa blickte ihn ungläubig an. Er hatte es gewusst! Die ganze Zeit! Deshalb hatte er so überreagiert, als sie von einer Arbeit als Bedienung gesprochen hatte! Er hatte ihr all die Jahre verschwiegen, dass Mutter in einem Nachtclub arbeitete!

Sie stampfte an ihm vorbei und lief blindlings durch die Straßen. So viele Gefühle kämpften in ihr. Zorn auf Direktor Wittmann, der Vater keine angemessene Entschädigung gezahlt hatte, Wut auf die Regierung, die so wenig Invalidenrente zahlte, Mitleid mit Vater, der das alles nicht mehr ertragen hatte. Nur was sie für Mutter empfinden sollte, das wusste sie im Moment nicht. Sie hatte Angst davor, die Gedanken an Mutters Arbeit zuzulassen, und es war wieder einmal Viktor, der ihr half, auf ihre Fragen eine Antwort zu finden. Als sie irgendwann stehen blieb und sich weinend an einen Laternenpfahl lehnte, spürte sie eine Hand, die zaghaft nach ihr fasste, und hörte Viktors Stimme, die ihr zuflüsterte: »Du darfst nicht schlecht über sie denken, Isa. Sie tut es für euch, für dich und Moritz.«

Sie blickte zu ihm auf, in seine pechschwarzen Augen, die so oft schelmisch lachten, nun aber völlig ernst blickten, und war noch nie so dankbar für seine Worte gewesen wie in diesem Moment. Er verurteilte Mutter nicht, und sie würde es auch nicht tun. Und sie fragte sich wie so oft schon, wie ihr Leben in den letzten fünf Jahren wohl ohne Viktor verlaufen wäre.

* * *

An der Fassade des roten Backsteinhauses in der Prenzlauer Allee, das Henning zusammen mit Hans betrat, prangte auf einem bunten Schild der Schriftzug »Athletikclub«.

Hans wandte sich an der Tür noch einmal zu Henning um. »Wenn dein Vater davon erfährt, kann ich meine Koffer packen und gehen.«

»Ach was!« Henning folgte Hans ins Gebäude. »Er ist mit Silvia auf einem Ball, Roman macht gerade seine Ausbildung zum Offizier und ist in der Kaserne, Lotta sitzt mit ihrem Buch im Wohnzimmer und wird bald schlafen gehen, und ich liege mit verdorbenem Magen im Bett. Er wird nichts erfahren.«

Am Ende des Flurs betraten sie die Sporthalle. Überall sah Henning Männer unterschiedlichen Alters, die schwere Gewichte hoben, an Boxsäcken trainierten oder sich einen Zweikampf im Ring lieferten. Es war laut, und in der Luft lag der Geruch von Schweiß. Einige Sportler standen beieinander und redeten, und aus einer dieser Gruppen löste sich ein kräftiger, breitschultriger Mann und kam auf sie zu.

»Grüß dich, Hans, lange nicht gesehen. Wen bringst du denn da mit?«

»Hallo, Eddi. Das ist ein Bekannter, er heißt Henning. Will sich den Club hier nur mal anschauen.«

Eddi warf Henning einen prüfenden Blick zu. »Klar, kann er machen. Hat Henning auch einen Nachnamen?«

»Tut im Moment nichts zur Sache«, antwortete Hans.

Eddi nickte. »Klar. Dann bis später.«

Hans ging Henning voran in einen Nebenraum, in dem die Spinde standen, und sie wechselten aus Anzughose und Hemd in Sportkleidung. Dann begannen sie mit Aufwärmübungen und einer Trainingsrunde an den Boxsäcken.

»Hans!«, rief plötzlich ein Mann, der bis eben Hanteln gestemmt hatte. »Lust auf eine Runde?«

Hans nickte. »Warum nicht?«

»Wer ist das?«, fragte Henning und musterte den Fremden eingehend.

»Das ist Paul. Der Beste hier im Club. Wurde seit zwei Jahren nicht mehr geschlagen. Ist allerdings eine andere Gewichtsklasse als ich.«

Henning blickte Hans nach, der hinter Paul in den Ring stieg. Die beiden mochten etwa gleich alt sein, waren ansonsten jedoch völlig verschieden. Im Vergleich zu dem muskulösen, aber schlanken Hans war der dunkelhaarige Paul ein Koloss von einem Mann. Eddi gab den Ring frei, der Kampf begann, und Henning erlebte Hans zum ersten Mal nicht als seinen Lehrer, sondern als Boxer. Fasziniert beobachtete er seine geschickten Bewegungen, die gezielten Schläge, das taktische Zurückweichen und Vorpreschen. Hans war gut, sehr gut sogar. Dass der weitaus kräftigere Paul in diesem ungleichen Kampf nicht an sein Äußerstes ging, tat dem Ganzen keinen Abbruch. Dies war ein Trainingskampf, ein Austesten des Gegners, hier ging es nicht um einen Sieg.

Am Ende der Runde klopfte Hans seinem Kontrahenten anerkennend auf die Schulter und verließ den Ring, doch Paul blieb stehen und deutete auf Henning. Dem verschlug es die Sprache, als der Hüne sagte: »Und nun du.«

Hans fuhr zu Henning herum. »Auf keinen Fall!«

»Bitte, Hans!«

»Willst du, dass ich meine Arbeit verliere?«

»Nein, natürlich nicht. Aber es erfährt doch niemand.«

Eddi trat hinzu. »Was ist das Problem? Warum soll der Junge nicht boxen?«

Hans stöhnte pathetisch auf. »Weil ich für ihn verantwortlich bin und ihm kein Haar gekrümmt werden darf.«

Eddi schmunzelte und wandte sich an den Boxer, der noch immer wartete. »Paul, ich schicke dir jetzt Henning ohne Nachnamen in den Ring, pass auf, dass ihm nichts passiert.«

»Geht klar, Chef«, antwortete Paul.

Henning blickte triumphierend zu Hans, dann ging er auf den Ring zu, schlüpfte unter den Seilen hindurch und richtete sich auf. Und in diesem Moment wurde er ein anderer. Er war nicht mehr Henning, der bei jedem Widerwort von seinem Vater zurechtgewiesen wurde, der das Leben in seiner Familie hasste und es weit hinter sich lassen wollte, der sich herumstoßen ließ. Nein. Er war Henning, der zum ersten Mal im Ring stand. Er sah nur noch Paul, nahm jede seiner Regungen wahr und parierte, so gut er konnte, dessen Angriffe. Er wandte alles an, was Hans ihm beigebracht hatte, bewegte sich mit lockeren Schritten um den Gegner, legte Finten, duckte sich, achtete trotz blitzschneller Angriffe immer auf seine Deckung. Er war viel jünger und schwächer als Paul, und dennoch versuchte er, seine Stärken auszuspielen.

»Ein Gegner ist dir erst dann überlegen, wenn er deine Schwachpunkte kennt«, hatte Hans ihm immer wieder gepredigt. Und das versuchte er heute umzusetzen. Er fixierte Paul, als wollte er mit ihm verschmelzen, und nahm auf diese Weise auch noch die kleinste Bewegung des anderen wahr, um dann so schnell zu reagieren, dass es den Hünen verblüffte.

Henning bekam von den umstehenden Männern, die immer mehr wurden, kaum etwas mit, hörte nur deren gelegentliche Kommentare und Anfeuerungspfiffe. Erst als Paul irgendwann seine Faustschläge auffing und mit einem anerkennenden Lachen die Runde beendete, wurde Henning sich seiner Umgebung wieder bewusst. Er schüttelte sich den Schweiß von der Stirn und kletterte unter den Seilen hindurch aus dem Ring. Hans kam ihm mit einem breiten Grinsen im Gesicht entgegen und klopfte ihm auf die Schulter. »Gut gemacht, Junge!«

Eddi kam herbei. »Hans, was hast du uns denn da für ein Talent angeschleppt? Den Jungen will ich hier im Club haben. Also mach nicht so ein Geheimnis um ihn; er wird ja wohl nicht der Neffe des Kaisers sein, oder? Wie heißt er, wie alt ist er, seit wann boxt er?«

»Das kommt überhaupt nicht infrage, Eddi«, wehrte Hans ab, doch Henning fiel ihm ins Wort.

»Wagner. Ich heiße Henning Wagner, bin siebzehn Jahre alt, boxe seit fünf Jahren und ich bin nicht der Neffe des Kaisers, sondern der Neffe von Hans.« Er sah, wie Hans' Kopf zu ihm herumschoss, doch er ließ ihn nicht zu Wort kommen und setzte noch hinzu: »Ich würde gern in Ihrem Club boxen.«

Hans nahm ihn beiseite. »Bist du von allen guten Geistern verlassen?«

»Warum? Überleg doch mal, es ist wirklich kein Problem«, entgegnete Henning. »Seit Vater diese zweite Fabrikhalle draußen in Moabit baut, ist er ständig abends unterwegs. Und sonst bekommt es auch niemand mit. Ich gebe mich als dein Neffe aus, also wird niemand erfahren, dass der Sohn von Max Wittmann Mitglied in einem Boxclub ist.«

Als Hans noch immer skeptisch dreinblickte, fügte er hinzu: »So gut wie heute Abend habe ich mich noch nie gefühlt.«

»Hat man gemerkt. So habe ich dich noch nie erlebt. Du warst völlig in deiner eigenen Welt. Aber ich muss sagen – ich war mächtig stolz auf dich.«

Zu Eddi gewandt, rief er: »Geht in Ordnung. Mein Neffe wird hier boxen.«

Eddi schmunzelte zufrieden.

* * *

»Abtreten! Ausgang bis zum Morgenappell!«

Ein Raunen ging durch die Reihen der angehenden Offiziere des Königin Augusta Garde-Grenadier-Regiments, die auf dem Exerzierplatz der Kaserne Aufstellung genommen hatten. Ihr Hauptmann musste heute besonders guter Laune sein, wenn er der Einheit so unerwartet bis zum nächsten Morgen frei gab.

»Na, das ist doch mal eine willkommene Überraschung«, meinte der Uniformierte neben Roman lachend, als sie auf das Mannschaftsgebäude zugingen.

»Wo gehen wir hin zum Feiern?«, fragte ein anderer.

»Wo wir immer hingehen!«, antwortete der Soldat, der vor ihnen lief.

Eine rege Diskussion entstand, während sie die Stube aufsuchten, um ihre Taschen zu packen.

»Du kommst doch auch mit, Roman?«, fragte der junge Mann, der das Etagenbett über ihm hatte.

Roman, der sich bis jetzt aus der Unterhaltung herausgehalten hatte, zögerte mit der Antwort, denn er wusste, wie solche Zechgelage in der Regel endeten. Noch dazu, wenn sie bereits am späten Nachmittag begannen.

»Ich werde nachkommen«, antwortete er ausweichend, schnappte seine Tasche und verließ grüßend die Stube.

In der Droschke nach Hause ging er im Geiste die Firmenangelegenheiten durch, die er mit Vater besprechen musste, und suchte nach einer Ausrede, falls der ihn wieder dazu drängen sollte, der Industriellentochter Therese Naumann, einer der begehrtesten Debütantinnen des Jahres, seine Aufwartung zu machen. Natürlich war Therese eine gute Partie, das stand außer Frage, aber er konnte sich nicht richtig für die junge Frau erwärmen. Hatte er mit einundzwanzig Jahren nicht noch ein bisschen Zeit, bevor er sich in dieser Sache festlegen musste? Vater sah das anders. Er wartete schon längst darauf, dass Roman sich endlich für eine Frau entschied. Nun denn, irgendwann musste er wohl in den sauren Apfel beißen.

Vor der Villa stieg er aus, bezahlte den Kutscher und betrat das Haus. Als er durch den Flur ging, vernahm er laute Stimmen aus dem Speisezimmer und blieb vor der offenen Tür stehen. Er sah seinen Bruder mit dem Rücken zu ihm am Tisch sitzen, daneben stand Max, der aufgeregt auf Henning einredete.

»Ich sage dir, ich dulde diese Aufsässigkeit nicht länger«, schimpfte Max. »Silvia hat sich beschwert, dass du dich ihr gegenüber respektlos verhalten hast.«

»Ich habe überhaupt nicht mit ihr gesprochen«, entgegnete Henning, ohne von seiner Zeitung aufzuschauen.

Gott, die beiden schon wieder, ging es Roman durch den Kopf. Am liebsten wäre er wieder gegangen, doch etwas an Hennings Haltung machte ihn stutzig. Roman hatte Max und seinen Bruder schon oft streiten sehen, doch heute wirkte Henning völlig unbeeindruckt von den Schimpftiraden seines Vaters.

Max echauffierte sich immer mehr. »Sie saß mit ihrem spiritistischen Zirkel in der Bibliothek und du hast sie unterbrochen. Dann bist du gegangen, ohne dich zu entschuldigen.«

Henning sah kurz auf. »Ich brauchte ein Buch. Konnte ich ahnen, dass da eine Gruppe Frauen im Halbkreis auf dem Boden sitzt, die mit einer brennenden Kerze die Geister beschwören? Ich wundere mich, dass du diesen Unsinn in deinem Haus überhaupt duldest.«

»Sie beschwören nicht … ach, was solls«, ereiferte sich Max. »Was ich unterstütze und was nicht, ist meine Sache.«

»Das ist richtig. Und trotzdem solltest du dir einmal Gedanken machen, wofür Silvia dein Geld ausgibt. Wie oft habe ich dir schon vorgerechnet, wie viele Suppenküchen und Armenspeisungen man mit den Summen finanzieren könnte, die sie in völlig untalentierte Künstler steckt, aber du willst ja nichts davon hören!«

Roman hielt die Luft an. Wie konnte Henning dieses heikle Thema aufbringen?

»Silvia hat einen guten Kunstgeschmack und malt sehr … ausdrucksstark«, konterte Max auch schon.

Henning ließ ein hartes Lachen hören. »Deshalb trägst du alle ihre Bilder in den Keller? Warum hängen sie denn nicht in deinem Schlafzimmer? Weil du davon Albträume bekommst?«

Roman schüttelte den Kopf. Sein Bruder war in letzter Zeit noch aufmüpfiger geworden und trieb es gerade auf die Spitze. Das Gesicht seines Vaters, das er im Halbprofil sah, lief gefährlich rot an.

»Ich habe dir schon mehrmals gesagt, dass du Silvia zu respektieren hast«, brauste Max auf.

»Und ich habe dir schon mehrmals gesagt, dass ich das nicht tun werde«, konterte Henning, und Roman sah, wie Max die Hand ausfuhr. Doch in einer einzigen fließenden Bewegung fing Henning sie auf, stand im selben Moment neben Max und hatte ihn auch schon an der Vorderseite seines Anzugs gepackt und gegen die nächste Zimmerwand gedrängt. Henning blickte Max mit zusammengekniffenen Augen an und sagte in eiskaltem Ton: »Fass mich nie wieder an!«

Roman erstarrte. Er sah, wie sein Vater unter Hennings Worten zusammenzuckte. Und da war etwas, womit er nie gerechnet hätte. In den Augen seines Vaters lag Angst.

Roman wandte sich ab und verließ mit schnellen Schritten die Villa. Vor dem Haus zog er seine Zigarettenschachtel aus der Jackentasche, fischte nach seinem Feuerzeug und nahm gleich darauf einen tiefen Zug. Dann ging er die Straße entlang. Verdammt, er fühlte sich immer schlecht, wenn Vater und Henning aneinandergerieten, denn er wusste, dass Max zumeist überreagierte und seine Wut unkontrolliert an Henning ausließ, und er ergriff in diesen Situationen regelmäßig die Flucht. Wie bei der Scheidung der Eltern. Schon damals war er geflohen, war in die Firma gegangen und hatte begonnen, sich in die Geschäfte einzuarbeiten. Vierzehn Jahre war er alt gewesen, zu jung, um viel von den Vorgängen zu verstehen, doch alt genug, um sie zu erlernen. Und damals wie heute wollte er einfach nur seine Ruhe haben.

Roman hatte nicht darauf geachtet, welchen Weg er eingeschlagen hatte, doch er wusste, dass es nur eine Möglichkeit gab, um diesen gefährlichen Gefühlscocktail in seinem Inneren, vor dem er davonlief, zu betäuben. Das Berliner Nachtleben. Er hielt ein Taxi an, nannte dem Fahrer eine Adresse und stieg kurz darauf vor einer Bar aus dem Wagen, in der er öfter verkehrte. Und richtig, als er eintrat, sah er schon die Kameraden aus seiner Kasernenstube am Tresen sitzen, die ihm zuwinkten und gleich einen Cognac für ihn bestellten. Roman schloss die Augen, als ihm der erste Schluck Weinbrand durch die Kehle rann. Er leerte das Glas, doch dieses Mal wollte sich die betäubende Wirkung nicht sogleich einstellen. Etwas an der Szene, die er gerade beobachtet hatte, ließ ihn nicht los. Er hatte heute einen Henning erlebt, den er nicht kannte, in dessen blitzschnellen Bewegungen eine Kraft gelegen hatte, die er seinem Bruder nie zugetraut hätte. Und zum ersten Mal im Leben beneidete er ihn. Henning mochte wie der Schwächere wirken, der die Prügel einsteckte, und doch war er der Stärkere von ihnen beiden – war es immer gewesen. Henning war vor

Mutters Tränen nicht davongelaufen, er hatte Silvia die Stirn geboten und würde sich Vaters Willen niemals beugen.

Die Erkenntnis wütete in ihm. Roman sah sich nach der Bedienung um. Er brauchte dringend noch einen Drink und konnte es kaum erwarten, bis sie ein neues Glas vor ihn hinstellte.

»Auf uns, Roman!«, rief ein Soldat in Uniform und prostete ihm zu. »Die Nacht ist noch jung. Morgen warten wieder die grauen Kasernenmauern auf uns, aber heute geht's noch in die Havanna Bar.«

»Oder ins Metropol«, kam es aus einer anderen Richtung.

Für einen flüchtigen Moment stand Roman das Bild von Therese Naumann vor Augen, doch er schob die Erinnerung an die junge Frau, für die er nichts empfand und der er nur den Hof machte, weil Vater ihn dazu drängte, zur Seite. Es war ihm egal, wie betrunken er morgen früh war oder in wessen Bett er aufwachte, Hauptsache, er konnte diese widersprüchlichen Gefühle in seinem Inneren zum Schweigen bringen. Er nickte und hob sein Glas. »Dann lasst uns feiern bis zum Morgenappell!«

1914

Kapitel 10

Auf dem Pariser Platz vor dem Brandenburger Tor stand Isa am Kiosk des alten Herrn Magnusson und blickte völlig entmutigt auf die Tasse Tee in ihrer Hand. Sie war auf Arbeitssuche, doch auch dieser Vormittag war nicht von Erfolg gekrönt gewesen. Dabei brauchte sie dringend eine neue Stelle. Fast ein halbes Jahr lang hatte sie im Lager eines Warenhauses Regale eingeräumt, doch das Geschäft war bankrottgegangen. Danach hatte sie ein paar Monate lang einer älteren Dame den Haushalt geführt, aber Frau Moser war vor zwei Wochen verstorben. Und seitdem hatte sie sich in unzähligen Geschäften, Gasthäusern, Handwerksbetrieben und an Marktständen nach einer Stelle als Hilfskraft erkundigt, jedoch nur Absagen erhalten. Sie kniff die Lippen zusammen. Nein. Sie würde nicht aufgeben, Mutter und Moritz brauchten sie. Es waren bereits sechs Jahre vergangen, seit Vater die Familie verlassen hatte und sie sich ohne ihn durchs Leben schlagen mussten – wie konnte sie da das Handtuch werfen?

»Na, Isa, was schaust du denn wie drei Tage Regenwetter?«, fragte der alte Herr Magnusson, der den Kopf zur Verkaufsluke seines Kiosks herausstreckte. Es war gerade ruhig, der erste Kundenansturm war abgefertigt, und der alte Herr war wie so oft in Plauderstimmung. Er zählte Isa zu seinen Stammkunden, weil sie immer die Zeitungen und Hustenbonbons für Frau Moser bei ihm gekauft hatte. »Hast du Hunger?«

Natürlich hatte sie Hunger, aber das Geld hatte nur noch für den Tee gereicht, und sie schüttelte den Kopf.

Der alte Mann verschwand im Innern des Kiosks, dann erschien sein Kopf mit den sorgfältig nach hinten gekämmten grauen Haaren wieder in der Luke und er stellte einen Teller mit einem belegten Brötchen vor sie hin. »Hier iss, Mädchen. Bist doch halb verhungert. Sie fehlt dir wohl, die Frau Moser, nicht wahr?«

Isa nickte, warf dem alten Mann einen dankbaren Blick zu und griff nach dem Brötchen. Es schmeckte köstlich.

»Ich sehe dich oft hier herumlaufen, seit sie gestorben ist«, fuhr Herr Magnusson fort, als sie fertig war und die Tasse und den Teller auf den Tresen zurückstellte. »Findest wohl keine neue Arbeit, hm?«

Isa schüttelte den Kopf und musste schlucken, weil ihr fast die Tränen kamen. Ohne Schulbildung hatte sie schlechte Aussichten auf dem Arbeitsmarkt. Blieb ihr nun wirklich nur noch die Fabrik? Alt genug dafür war sie, immerhin wurde sie im Sommer schon siebzehn. Doch Viktor sprach immer nur davon, dass sie dort für einen Hungerlohn bis zum Umfallen würde arbeiten müssen, dazu unter oftmals gefährlichen Bedingungen. Und wenn sie daran dachte, wie es ihrem Vater ergangen war, musste sie ihm recht geben.

Isa versuchte, die Tränen wegzublinzeln. Doch als sie in das Gesicht des alten Mannes blickte, der sie so mitfühlend ansah, platzte alles aus ihr heraus. »Es ist wie verhext. Wo ich auch nachfrage, wurde gerade erst jemand Neues eingestellt oder es gibt nicht genügend Arbeit. Aber langsam wird es eng zu Hause.« Ja, das wurde es. Ihr Verdienst fehlte, und sie spürte, wie sehr Mutter das belastete. Und Moritz? Mit seinen elf Jahren schwänzte er viel zu oft die Schule.

»Hm, hm«, brummte Herr Magnusson. »Eine Ganztagskraft kann ich nicht bezahlen, aber an zwei, drei Tagen die Woche könnte ich ein zusätzliches Paar Hände gebrauchen. Sollen wir es probieren?«

Isa sah ihn perplex an. »Ist das wahr?«

Ohne viele Worte öffnete Herr Magnusson die Tür zu seinem Kiosk, und als Isa den Holzpavillon betrat, begann er, ihr in seiner ruhigen Art alles zu erklären. Er zeigte ihr die Nische, in der die Kisten und Kartons mit den Waren lagerten, den Ofen mit dem Wasserkessel, die Anrichte, auf der er den Kaffee aufbrühte, und den kleinen Schrank mit den Tassen und Tellern.

»Du kannst schon mal die Zeitungsständer auffüllen; nach dem ersten Ansturm sind einige schon fast vergriffen«, meinte er und deutete auf die zusammengeschnürten Bündel auf dem Boden. Isa wurde es heiß. Wie sollte sie die Zeitungen richtig einsortieren, wenn sie nicht lesen konnte? Doch dann bemerkte sie, dass sie sich nur an den Schriftzügen orientieren musste, und füllte zielstrebig die Fächer wieder auf. Auch Zigarettenschachteln, Bonbondosen und Kekse räumte sie in die Regale, und als die ersten Kunden kamen, bediente sie sie freundlich. Wenn sie dabei nach der falschen Ware griff, tat sie es lächelnd als Versehen ab und versuchte, sich die Namen und Marken einzuprägen, auf die die Kunden dann zeigten. In Windeseile rechnete sie im Kopf die Preise zusammen. Rechnen hatte sie schon immer gut gekonnt, und sie dachte wehmütig an die Stunden mit Vater, in denen sie ihm bei einer Heimarbeit zur Hand gegangen war und er sie das Einmaleins abgefragt hatte.

Sie stellte fest, dass der Kiosk den ganzen Tag über gut besucht war. Er war der Treffpunkt für die Anwohner, die an den beiden Tischen vor dem Holzhäuschen einen Kaffee oder ein Bier tranken, er war Anlaufstelle für Passanten, die eine Zeitung kauften, sowie für Fremde, die sich den Weg erklären ließen. Isa hatte den ganzen Tag alle Hände voll zu tun, und als der alte Herr am Abend die Luke des Kiosks verschloss, das Geld in seiner Kasse nachzählte und die Scheine und Münzen in eine Ledertasche steckte, schaute sie ihn erwartungsvoll an.

»Hm«, sagte er. »Lesen kannst du nicht.«

Isas Mut sank. Natürlich hatte er das herausgefunden. Würde er ihr nun erklären, dass sie nicht bei ihm arbeiten konnte?

Da trat ein Lächeln auf sein Gesicht. »Aber du bist tüchtig, freundlich zu den Kunden und die Kasse stimmt auf Heller und Pfennig. Von Donnerstag bis Samstag kannst du in Zukunft für mich arbeiten. Und die Brötchen, die abends übrig sind, darfst du mit nach Hause nehmen.«

Isa lachte vor Freude. Sie wäre dem alten Mann am liebsten um den Hals gefallen, so erleichtert fühlte sie sich. »Aber brauchen Sie die nicht selbst?«

Herr Magnusson wehrte ab. »Meine Frau Mathilde wartet dann schon auf mich und wir essen zusammen. Und Marlies, meine Tochter, ist schon lange aus dem Haus.«

Er steckte Isa fünf Mark zu, und sie atmete erleichtert auf.

»Ich weiß gar nicht, was ich sagen soll«, begann sie verlegen, doch der alte Mann lächelte nur und winkte ab. »Ist schon gut.«

* * *

Schwer bepackt mit den Einkäufen aus dem Krämerladen öffnete Isa wenig später die Tür der kleinen Wohnung im Scheunenviertel. Sie war überrascht, ihre Mutter um diese Uhrzeit schon am Tisch sitzen zu sehen, und erhaschte gerade noch einen Blick auf die Weinflasche, die sie bei ihrem Eintreten unter dem Tisch verschwinden ließ. Isas Herz krampfte sich zusammen, doch sie ließ sich nichts anmerken. Es war nicht das erste Mal, dass Mutter trank.

»Du bist schon da?«, fragte sie so beiläufig wie möglich, ging mit ihrem Einkaufskorb zum Küchenschrank und verstaute darin Brot, Mehl und Grieß. Dadurch verschaffte sie Mutter die Gelegenheit, alle verräterischen Spuren zu beseitigen. Sie kannte diese Phasen, in denen Mutter mehr trank, als gut für sie war, und seit sie wusste, wo Mutter an den Wochenenden arbeitete, konnte sie sich auch zusammenreimen, warum. Mit einem Lächeln auf den Lippen drehte Isa sich wieder um, und nun war auch das Glas auf dem Tisch verschwunden. Die dunklen Ringe unter Mutters Augen fielen ihr auf und die einzelnen grauen Strähnen, die sich in ihr blondes Haar gestohlen hatten – sie sah älter aus, als sie war. Während Isa das Gemüse aus dem Korb holte sowie ein Schneidebrett und ein Messer bereitlegte, begann sie, zu erzählen. »Stell dir vor, ich habe eine neue Arbeit gefunden. Du kennst doch den Kiosk am Pariser Platz? Dort arbeite ich nun drei Tage in der Woche.«

»Das ist ja eine gute Nachricht.« Isa hörte am Klang von Mutters Stimme, dass sie noch nicht allzu viel getrunken haben konnte. Vielleicht wurde alles gut, nun, da sie auch wieder regelmäßig Geld nach Hause bringen würde. »Ich versuche, noch eine zweite Arbeit zu finden, dann kannst du kürzertreten. Was meinst du? Dann reicht sicher dein Verdienst aus der Krankenhauswäscherei und du kannst dich am Wochenende ausruhen.«

»Eine zweite Arbeit?« Mutter klang alarmiert. »Was meinst du damit?«

Isa zuckte die Schultern. »Vielleicht kann ich irgendwo putzen oder auf Kinder aufpassen oder in einem Lager Regale einräumen – irgendetwas werde ich schon finden. Ganz bestimmt. Dann machen wir es uns hier gemütlich. Vielleicht kaufen wir eine neue Tischdecke und ein schönes Kleid für dich, was meinst du? Und Moritz schicken wir jeden Tag zur Schule.«

Ihre Mutter sah sie mit einem beschwörenden Blick an. »Isa, das wäre schön, aber versprich mir, dass du keine Arbeit annimmst, bei der du ausgebeutet wirst. Lass dich nie auf Männergeschichten ein. Sie meinen es nicht ernst, weißt du? Wir Frauen aus dem Scheunenviertel bedeuten niemandem etwas.«

Isa sah verlegen zu Boden. Sie wusste, worauf ihre Mutter anspielte. Ihre Arbeit im Nachtclub Metropol.

»Mach dir keine Sorgen, Mutter. Ich passe auf. Und Viktor würde nie zulassen, dass mir jemand etwas tut.«

Mutter nickte. »Ja, er achtet schon immer auf dich und wird dir einmal ein guter Ehemann sein, wenn er eine ehrliche Arbeit gefunden hat.«

Isa hielt mit dem Gemüseschneiden inne und schloss für einen Moment die Augen. Sie wusste, dass Mutter sich an den Gedanken klammerte, Viktor werde sie eines Tages heiraten, irgendwo eine Stelle annehmen und sie wäre dann versorgt. Doch das würde nie geschehen. Sie und Viktor kannten sich viel zu gut, aus ihnen würde nie ein Liebespaar werden. Fast musste sie lachen bei dem Gedanken, den Mann zu heiraten, der ihr einmal das Stehlen beigebracht hatte! Außerdem würde Viktor seine Art zu leben nie mehr aufgeben. Er war seine Freiheit gewohnt, war sein eigener Herr und würde in keiner Fabrik malochen oder vor einem Vorarbeiter zu Kreuze kriechen. Auch wenn er jederzeit damit rechnen musste, bei seinen Diebestouren ertappt und eingebuchtet zu werden. Doch Isa konnte Mutter diese Hoffnung nicht nehmen – nicht jetzt, da sie alles daransetzen wollte, dass sie wieder aufhörte, zu trinken. »Aber natürlich wird er das, Mutter. Er wird mir einmal ein guter Ehemann sein.«

Ihr Blick fiel auf die Puppe in dem weißen Kleid, die noch immer auf ihrem Kopfkissen lag. Hennings Geschenk. Mittlerweile wusste selbst der Pfandleiher, wie viel sie Isa bedeutete, denn sie hatte sie ihm in den vergangenen Wintern mehrmals gebracht. Zusammen mit den Schmuckstücken, die Mutter gelegentlich geschenkt bekam. Von Verehrern aus dem Nachtclub, wie Isa annahm. Doch während sie die Armbänder, Ringe und Goldkettchen einfach nur zu einem möglichst hohen Preis loswerden wollte, beschwor sie den Mann, die Puppe nicht zu verkaufen, bis sie sie wieder auslösen würde. Und sie hatte jedes Mal wieder das Geld zusammengebracht, um die Puppe zurückzuholen, denn sie erinnerte sie an den Jungen, der sie ihr geschenkt hatte.

Kapitel 11

Auf dem Boulevard Unter den Linden herrschte Hochbetrieb. Isa stand vor dem Kiosk und blinzelte in die Morgensonne, die das Brandenburger Tor im Hintergrund in helles Licht tauchte. Sie war froh, wieder eine Arbeit zu haben, und summte leise vor sich hin, während sie Zeitungen in das Gestell vor dem Verkaufspavillon steckte. Sie holte die Klappstühle und die Tischchen herbei und gruppierte sie vor dem Kiosk, dann ging sie hinein und stellte den Wasserkessel auf den Ofen, um frischen Kaffee aufzubrühen.

»Einmal Karamellbonbons bitte«, vernahm sie eine wohlbekannte Stimme und drehte sich um. Viktor stand vor der offenen Luke und grinste sie an. »Führst du den Kiosk heute schon ganz allein?«

»Nein, Herr Magnusson ist schnell zum Postamt gegangen, er kommt gleich wieder.« Sie reichte ihm die Bonbons. »Die sind hoffentlich für mich?«

Viktor schüttelte den Kopf. »Nein, dieses Mal nicht, aber dafür bekommst du heute Abend etwas viel Besseres.« Viktor holte seinen Geldbeutel hervor und zählte Isa das Geld für die Bonbons auf den Tresen.

»Etwas Besseres als Karamellbonbons? Was soll das sein?«

Viktor lächelte wissend und zog eine Schachtel Zigaretten und ein Feuerzeug aus der Hosentasche. Ohne zu antworten, zündete er sich in aller Seelenruhe eine Zigarette an und nahm genüsslich einen Zug. Isa hasste es, dass er sich neuerdings so bitten ließ. Er war jetzt neunzehn, einen halben Kopf größer als sie und trug einen Oberlippenbart, der ihm ausgesprochen gut stand.

»Nun verrate es mir schon!«

Er blies den Rauch in die Luft, sah sie an und sagte nur ein Wort: »Champagner.«

»Ha! Wo willst du den denn hernehmen? So eine Flasche ist doch viel zu groß, um sie unter der Jacke aus einem Kaufhaus zu schmuggeln, oder?«

Viktor schüttelte den Kopf. »Kein Kaufhaus. Bei den Fairbanks steigt heute eine große Fete. Wohltätigkeitsball nennen es die Reichen, wenn sie sich mit Hummer, Austern und Sachertorte vollstopfen und für die Armen dieser Welt eine Spende abdrücken.« Er nahm wieder einen Zug von seiner Zigarette. »Da dachte ich mir, wir sollten auch ein paar Wohltätigkeiten abbekommen, schließlich gehören wir auch zu den Bedürftigen, stimmts? Ich kenne Lina, die als Küchenmädchen bei den Fairbanks arbeitet. Die wird uns etwas zukommen lassen. Um neun Uhr heute Abend sollen wir am Hintereingang der Villa sein.«

»Und diese Lina macht das einfach so?« Isa hob skeptisch die Augenbrauen.

Viktor schmunzelte. »Sie bekommt die Karamellbonbons und ein paar Schmeicheleien à la Viktor. Wer kann da schon Nein sagen?«

Isa lachte. Viktor hatte sich zu einem Charmeur entwickelt, der die Frauen um den kleinen Finger wickelte. Er legte ihnen mit Worten die Welt zu Füßen, doch auf etwas Festes ließ er sich nicht ein.

»Mach also pünktlich Feierabend.« Viktor steckte die Bonbons, seine Zigaretten und das Feuerzeug ein. »Wir treffen uns um acht am Alex und ziehen zusammen los zum Palais der Fairbanks. Moritz weiß schon Bescheid.«

»Wo ist das?«

»Na, wo wohl. In der Villenkolonie in der Friedrichsvorstadt.«

»Gut. Dann bis heute Abend.«

* * *

In seinem dunklen Abendanzug stand Henning am Fenster des Kinderzimmers und blickte hinaus auf den Vorplatz der Villa. Hinter sich hörte er Lotta, die ein Buch in ihrem Regal suchte. Er wollte ihr noch Gute Nacht sagen, bevor er sich Vater und Silvia anschloss, um einen Ball zu besuchen. Dabei war ihm überhaupt nicht nach einer Feierlichkeit zumute.

»Liest du mir noch etwas vor? Ich habe auch unser Lieblingsbuch ausgesucht«, vernahm er Lottas Stimme und wandte sich zu ihr um. Ihm lag eine Absage auf der Zunge, denn Vater legte großen Wert auf pünktliches Erscheinen, doch als er Lotta so durchs Zimmer laufen sah und feststellte, dass auch das lange Nachthemd ihren hinkenden Gang nicht ganz verbergen konnte, brachte er einfach kein Nein über die Lippen. Er lächelte sie an. »Na gut. Zwei Seiten lese ich dir noch vor, auch wenn mir Silvia für den Rest des Abends Vorhaltungen machen wird, weil wir zu spät kommen.«

»Das macht sie doch sowieso.« Lotta kicherte und krabbelte umständlich ins Bett, klopfte auf den Platz neben sich, und er setzte sich zu ihr. Er schlug den Gesellschaftsroman von Charles Dickens auf, den Lotta ausgesucht hatte, und begann mit dem Vorlesen. Obwohl Lotta die Geschichte schon mehrere Male gehört hatte, lauschte sie wieder mit großen Augen der Erzählung um den Waisenjungen Oliver Twist, der in einem Armenhaus in einer englischen Kleinstadt aufwuchs. Als Henning die zweite Seite beendet hatte, hielt er inne.

»So, Lotta, das war's für heute, ich muss jetzt los.« Er drückte seiner Schwester das Buch in die Hand. »Aber du kannst ja selbst schon sehr gut lesen.« Sein Blick fiel auf das Regal, in dem sich Lottas Bücher stapelten, und bei einigen, die noch aus seiner eigenen Büchersammlung stammten, war er nicht ganz sicher, ob sie überhaupt schon für sie geeignet waren. Waren »Die Schatzinsel«, »Robinson Crusoe« und »Der Graf von Monte Christo« wirklich die richtige Literatur für ein zehnjähriges Mädchen? Lasen Mädchen in diesem Alter nicht eher »Nesthäkchen und ihre Puppen«?

»Wo geht ihr hin?«, wollte Lotta wissen.

»Auf einen Wohltätigkeitsball in der Villa der Fairbanks.«

»Wirst du tanzen?«

»Vermutlich.«

»Mit wem? Mit dieser eingebildeten Valerie? Oder der aufgeblasenen Felizitas?«

Henning lachte. Er kannte Lottas Abneigung gegenüber seinen Verehrerinnen. »Wahrscheinlich mit beiden. Das ist nun mal neben dem Essen die Hauptbeschäftigung auf diesen langweiligen Bällen.«

»Aber du wirst keine von beiden heiraten?«

»Gott bewahre, nein, keine von beiden. Außerdem – wer denkt denn mit achtzehn Jahren schon ans Heiraten? Ich sicher nicht!«

»Du wirst im Sommer neunzehn«, belehrte ihn Lotta.

Henning stupste sie an die Nase. »Auch dann nicht, Fräulein Neunmalklug.«

O nein, sich bald zu binden, eine Familie zu gründen und in die Firma einzusteigen wäre ganz nach Vaters Geschmack gewesen, und diesen Gefallen wollte Henning ihm sicher nicht tun. Er verfolgte einen ganz anderen Plan, der ihm Zeit verschaffen sollte, bis er mit einundzwanzig Jahren volljährig war. Dann würde er seine eigenen Entscheidungen treffen, und wenn es nach ihm ging, würden sie ihn weit, weit weg von seiner Familie und Deutschland führen. Deshalb wollte er alles daransetzen, dass nichts und niemand ihn hier festhielt – auch keine Frau, und mochte sie ihm noch so schöne Augen machen. »Nein, Lotta, ich habe nicht vor, mich zu binden.«

Lotta machte ein zufriedenes Gesicht. »Das ist gut, denn ich kann die beiden nicht leiden.« Dann zog sie die Stirn kraus. »Henning, wenn ich später nicht tanzen kann, was mache ich denn dann auf einem Ball? Kann ich dann überhaupt hingehen?«

Lottas Worte versetzten ihm einen Stich, denn diese Frage hatte er sich auch schon gestellt. Ihr Knie war seit dem Unfall vor sechs Jahren nicht mehr voll beweglich, und ob sie jemals würde tanzen können, stand in den Sternen. Er strich ihr eine ihrer dunklen Locken aus dem Gesicht. »Natürlich wirst du auf Bälle gehen, Lotta. Es gibt viele Menschen, denen Tanzen nicht so wichtig ist. Schau mich an. Ich würde mich viel lieber einen ganzen Abend lang mit einer netten jungen Dame unterhalten, die so ein volles Bücherregal besitzt wie du, als mit Valerie und Felizitas langweilige Kontratänze zu tanzen. Also mach dir darüber keine Sorgen und lies noch ein bisschen. Aber nicht zu lang, hörst du? Sonst schimpft Mademoiselle mit dir.«

»Ach die«, brummte Lotta. »Die schaut doch abends gar nicht mehr nach mir.«

»Auch gut«, erwiderte Henning und wollte sich erheben, doch Lotta fasste ihn am Ärmel.

»Warte. Zeigst du mir noch einmal das Bild?«

Er nickte, denn er wusste sofort, was Lotta meinte, holte seine Brieftasche aus der Jackentasche und zog ein Foto hervor. Es zeigte ihn und Mutter, die die einjährige Lotta auf dem

Arm hielt. Es war das einzige Foto, das Vater entgangen war, als er alle Erinnerungen an Mutter aus dem Haus geschafft hatte. Lotta betrachtete es eingehend.

»Ich kann mich nicht an sie erinnern.«

»Du warst zu klein.«

»Sie wohnt jetzt in London. Denkt sie noch an uns?«

Henning nickte. »O ja, sehr viel. Jeden Tag.«

Lotta zog skeptisch die Augenbrauen hoch. »Woher willst du das wissen?«

»Ich kannte sie neun Jahre lang und weiß, wie sehr sie uns geliebt hat.« Außerdem schrieb er Mutter noch immer regelmäßig, doch das durfte er niemandem sagen. Nicht einmal Lotta, denn er fürchtete, sie könnte sich verplappern. Er steckte das Foto wieder ein und erhob sich.

»Kommst du nach dem Ball noch mal in mein Zimmer?«, fragte sie, als er zur Tür ging. »Vielleicht bin ich ja noch wach, dann kannst du mir alles erzählen.«

Er schüttelte den Kopf. »Nein, Fräulein Naseweis, das wird viel zu spät. Du musst dich schon bis morgen gedulden, dann erfährst du den neuesten Klatsch und Tratsch.«

»Fein«, sagte Lotta kichernd, und er verließ das Zimmer.

Unter dem Portal der klassizistischen Stadtvilla trat Henning auf den Vorplatz hinaus, wo bereits Vaters Wagen stand. Er setzte sich auf die Rückbank neben Silvia; hinter dem Steuer saß Hans, neben ihm Vater. Roman würde direkt von der Kaserne kommen. Silvia, die ein silbern durchwirktes Brokatkleid trug und gerade eine prüfende Hand an ihre Hochsteckfrisur legte, wandte sich ihm zu.

»Dass du auch noch kommst.«

Vater brummte nur etwas Missbilligendes, während Hans den Wagen startete.

»Habt ihr Angst, die Lachshäppchen und der Kaviar könnten uns davonlaufen?«, fragte Henning. »Oder der Champagner ist leer, bis wir kommen?«

Silvia überging seine flapsige Antwort. »Warum bist du so spät? Hat Lotta dich wieder rumgekriegt? Das kann sie gut, das kleine Fräulein.«

Henning verdrehte genervt die Augen und fing einen Blick von Hans auf, der ihn im Rückspiegel beobachtete. »Hat sie nicht. Aber Gisèle schaut abends nicht mehr nach ihr, und Lotta ist so oft allein. Soll ich ihr da den Wunsch abschlagen, ihr zwei Seiten vorzulesen? Ich überlasse diese Aufgabe aber gern dir, wenn du sie übernehmen möchtest, *Mutter*!« Er hatte das letzte Wort mit einer Spur Verachtung ausgesprochen, von der er wusste, dass sie seinen Vater auf die Palme bringen würde. Doch außer ihn wütend anzuherrschen, erlaubte Max sich nichts mehr, seit Henning sich im letzten Jahr zum ersten Mal gegen ihn gewehrt hatte.

»Wir bräuchten eine Gesellschafterin für Lotta«, fuhr Henning unbeirrt fort. »Gisèle mag begabt darin sein, sich um Lottas Kleidung und ihren Französischunterricht zu kümmern, aber mit ihr spielen und sie unterhalten, das liegt ihr wirklich nicht.«

»Eine Gesellschafterin?« Max klang nicht uninteressiert.

»Ja, Lotta ist zu viel allein.«

»Also dafür extra noch jemanden ins Haus zu holen, finde ich unangebracht«, meinte nun Silvia. »Das Kind hat alles, was es braucht.«

Henning verkniff sich eine Antwort, denn sie hatten das Stadtpalais der Fairbanks im noblen Villenviertel im Südwesten Berlins erreicht. Gäste in feiner Abendgarderobe schritten durch den Vorgarten auf das imposante Gebäude zu, aus dessen weit geöffnetem Portal Stimmengewirr und Musik drangen.

Henning betrat die herrschaftliche Villa. Schon die Eingangshalle funkelte im Glanz eines riesigen Kronleuchters und gab den Blick in den Tanzsaal frei. Henning sah sich um. Die in rauschende Ballkleider, dunkle Anzüge und preußische Ausgehuniformen gekleideten Gäste erkannte er als Vertreter der Berliner Oberschicht. Was sie alle verband, war ihr ungeheurer Reichtum, doch im Gegensatz zu ihnen, den Wittmanns, stammten viele der Anwesenden aus alteingesessenen Adelsfamilien – eine Tatsache, die seinen Vater wurmte. Denn mochte es Max Wittmann auch als Unternehmer weit gebracht haben, so konnte er seine kleinbürgerliche Herkunft doch niemals ausradieren. Romans Karriere beim Militär sollte auch diesen Makel wettmachen, denn neben einem Adelstitel zählte in Preußen kaum etwas mehr als ein Offizierspatent.

Als Henning eintrat, schien man sich bereits angeregt zu unterhalten. Von allen Seiten drangen Wortfetzen und schrilles Lachen an sein Ohr, als er sich neben Silvia durch die Menge bewegte.

»Wusste ich doch, dass wir zu spät kommen«, zischte sie ihm ungehalten zu.

»Zu spät für was?«, fragte er zynisch. »Dass jemand deine neue Perlenkette bewundert?«

»Du bist nur so frech, wenn Max dich nicht hört«, fauchte sie ihn böse an.

»Ich bin noch frecher, wenn Max mich hört«, gab er sarkastisch zurück.

Silvia warf ihm einen vernichtenden Blick zu, eilte Max hinterher und flanierte an seiner Seite Richtung Salon.

»Henning! Da bist du ja endlich! Wie konntest du mich so lange warten lassen?«, vernahm er hinter sich eine aufgeregte Stimme, die er sehr gut kannte. Er drehte sich zu Felizitas Pringelheim um und zog für einen Moment die Stirn kraus. Ärger stieg in ihm hoch über ihr kokettes Lächeln, ihr aufdringliches Parfüm, in dem sie anscheinend gebadet hatte, und die Tatsache, dass sie ihn so vertraut ansprach, als stünden sie bereits vor dem Traualtar. Seit wann waren sie per Du? Er hatte lediglich auf zwei, drei Bällen mit ihr getanzt. Doch sofort hatte er sich wieder im Griff.

»Felizitas Pringelheim, welche Freude, Sie zu sehen!« Er deutete eine Verbeugung an und griff nach der behandschuhten Hand, die die junge Frau in dem eng geschnürten Kleid mit der modernen Hochsteckfrisur ihm huldvoll reichte. Er hauchte formvollendet einen Kuss darauf. »Ich bin untröstlich, dass ich so spät komme, aber meine Schwester und Oliver Twist ließen mich nicht früher gehen.«

»Oliver Twist?« Felizitas wurde sofort hellhörig. »Ihr habt Besuch? Etwa ein Verwandter? Ich kann mich nicht an diesen Namen erinnern.«

Henning konnte sich ein Schmunzeln nicht verkneifen. So viel zur Bildung der höheren Töchter! »Sagen Sie bloß, Fräulein Pringelheim, Sie kennen Oliver nicht? Das wundert mich, wo doch die ganze Welt von ihm spricht. Und ja, er unterhält gerade zu Hause meine kleine Schwester.«

Felizitas machte große Augen. »Und ich wurde ihm nicht vorgestellt? Warum ist er denn so berühmt?«

Henning blickte sie verschwörerisch an. »Nun ja, er ist als Waisenkind in einer Kleinstadt in England in bitterster Armut aufgewachsen, hat danach bei einer Räuberbande gelebt und später eine große Erbschaft gemacht.« Er neigte theatralisch den Kopf an ihr Ohr und flüsterte: »Dieser Oliver Twist ist reich. Steinreich.«

Die Dame schlug sich erstaunt die Hand vor den Mund. »Ist das denn zu fassen? Und er ist jetzt zu Hause bei deiner kleinen Schwester? Warum ist er denn nicht mitgekommen zum Ball?«

Henning hätte sich schütteln können vor Lachen, doch er machte ein todernstes Gesicht. »Er ist schüchtern, Fräulein Pringelheim. Sehr schüchtern.«

Felizitas schnappte nach Luft. »Mein Gott, das muss ich sogleich Valerie erzählen. Ich bin gespannt, ob sie diesen Oliver Twist kennt.«

Henning sah ihr schmunzelnd nach, als sie davoneilte, griff sich ein Glas Champagner und sah sich um.

Er entdeckte seinen Vater im Gespräch mit dem Militärattaché Richard Hartmann, neben dem dessen Frau Luise stand. Erst vor wenigen Tagen hatte Henning einen Brief seiner Mutter bei ihr abgeholt, und als er sich der kleinen Gruppe näherte, sah er das leise Lächeln, das die ältere Dame ihm zuwarf.

»Guten Abend«, grüßte er höflich und fing den überraschten Blick des Militärattachés auf.

»Du lieber Himmel, Henning, was bist du erwachsen geworden!« Richard schüttelte ihm mit einem breiten Grinsen die Hand. »Offensichtlich haben wir uns länger nicht gesehen. Ich bin einfach zu viel in London.«

Henning erwiderte den Händedruck. »Ja, ich denke, unser letztes Zusammentreffen liegt schon eine Weile zurück. War es nicht im letzten Herbst bei der Premiere von ›Aida‹ im Opernhaus?«

Richard lächelte amüsiert. »Tatsächlich? Ich war in der ›Aida‹?« Er warf seiner Frau Luise einen schelmischen Blick zu. »Vermutlich bin ich kurz nach der Ouvertüre wieder einmal eingeschlafen.« Alle lachten, und Richard wandte sich Henning zu. »Wie ich höre, hast du gerade dein Abitur mit sehr guten Noten abgelegt. Was sind deine Pläne?«

Henning warf seinem Vater einen Blick zu, denn er wusste, dass sie in diesem Punkt völlig unterschiedliche Standpunkte vertraten. »Ich habe mich für den Herbst hier in Berlin für ein Studium in Völkerrecht und Geschichtswissenschaft eingeschrieben.«

Richard nickte anerkennend. »Interessant. Die beste Grundlage für eine politische Karriere, würde ich meinen.« Mit einem Lachen wandte er sich an Hennings Vater. »Max, ich sehe deinen Sohn bereits bei uns in London in der deutschen Botschaft in Carlton House Terrace.«

Max hob abwehrend die Hände. »Nichts da, setz dem Jungen keine Flausen in den Kopf. Keiner meiner Söhne geht in die Politik. Ich brauche sie in meiner Firma.«

»Alle beide? Was hast du vor, Max? Bist du noch immer nicht mit dem zufrieden, was du erreicht hast? Du hast doch erst ein neues Werk errichtet, draußen in Moabit, belieferst die Staatseisenbahn und das Militär. Willst du etwa noch weiter expandieren?«

»Wer will das nicht?«, konterte der Vater, und sein Ton ließ offen, ob die Antwort scherzhaft oder ernst gemeint war. Henning wusste es. Seinem Vater war es ernst.

Richard wandte sich an Henning. »Dein Studium fängt im Herbst an, nicht wahr? Das ist erst in ein paar Monaten. Hättest du da nicht Zeit und Lust, meine Frau demnächst für ein paar Wochen nach London zu begleiten? Sie möchte mich dort besuchen, und du wärst der ideale Reisegesellschafter. Wir würden die Gästezimmer in unserer Wohnung in London herrichten und ich könnte dich mit nach Carlton House Terrace nehmen, damit du schon mal Botschaftsluft schnuppern kannst. Eine bessere Einführung in dein Studium gäbe es wohl kaum.«

Henning blickte überrascht zu Luise. Er sah ihr Lächeln und verstand. Luise hatte sich einen raffinierten Plan ausgedacht, um ihm eine Gelegenheit zu verschaffen, seine Mutter zu besuchen, ohne Vaters Argwohn zu erregen. Sein Herz klopfte wie wild vor Freude. Er würde Mutter wiedersehen? Bald schon? Er versuchte, sich die Aufregung über diese Neuigkeit nicht allzu sehr anmerken zu lassen.

Ein kurzer Blick in Vaters Gesicht zeigte ihm, wie gern Max Einwände erhoben hätte, doch ihm waren die Hände gebunden. Es kam schließlich keinesfalls infrage, dem Militärattaché, der direkt mit dem Kaiser und den Generälen der Obersten Heeresleitung in Verbindung stand, eine Bitte abzuschlagen. Henning kostete diesen Moment aus, indem er antwortete: »Es wäre mir eine Ehre, Luise. Sicher wird Vater für diese Zeit auch unseren Hausdiener Hans freistellen, damit er uns begleitet und unterwegs mit dem Gepäck behilflich ist. Für wann ist die Reise denn geplant?«

»Ich wollte in zwei Wochen fahren und einen Monat in London bleiben«, antwortete sie. »Passt dir das, Henning?«

»Sehr gut sogar.« Ob ihm das passte? Er hätte am liebsten noch in dieser Stunde die Koffer gepackt, um nach London zu fahren.

Aus dem Saal nebenan erklang wieder Orchestermusik, und Henning bat Luise mit einer höflichen Verbeugung um den nächsten Tanz. Er führte sie durch die Gäste zur Tanzfläche, und als sie sich zur Quadrille aufstellten, raunte er ihr zu: »Was für ein brillanter Plan!«

»Es wird Zeit, dass du deine Mutter wiedersiehst«, antwortete sie ebenso leise, und sie machten die ersten Tanzschritte.

»O ja, es wird Zeit. Es werden nun bald zehn Jahre, seit sie weggegangen ist.«

Hennings Blick fiel auf seinen Bruder Roman am Rande der Tanzfläche, der in seiner tiefblauen Gardeuniform mit den Abzeichen eines Offiziers eine gute Figur abgab. Mit einem Champagnerglas in der Hand unterhielt er eine Schar junger Damen, von denen ihn eine mehr anhimmelte als die andere. Doch wenn seine Aufmerksamkeit auch einzig und allein der jungen Frau im samtblauen Kleid zu gelten schien, der Industriellentochter Therese Naumann, der er seit einigen Wochen den Hof machte, so fragte sich Henning doch, ob sein Bruder tatsächlich viel für diese Frau empfand. Romans Lächeln wirkte dafür viel zu aufgesetzt.

Die Musik endete, und Henning führte Luise zurück in den Salon zu ihrem Mann. Als er hinter sich Felizitas bemerkte, die ihn offensichtlich suchte, zog er es vor, flugs durch die offene Verandatür in den Garten zu verschwinden. Er wollte jetzt einen Moment allein sein und hatte absolut keine Lust auf eine Unterhaltung mit Fräulein Pringelheim.

Für Ende Mai war die Nacht sehr mild. Sein Weg über den Rasen führte ihn weg von den Stimmen und der Musik. Unter einer Ulme blieb er stehen, lehnte sich an den Stamm und blickte hinauf zu dem fast runden Mond am Himmel. Würde er tatsächlich schon bald seine Mutter wiedersehen? Sollte er ihr vor seiner Reise schreiben oder sie mit seinem Besuch überraschen? Am besten, er suchte in den nächsten Tagen Luise auf, um es mit ihr zu besprechen.

Leise Stimmen holten ihn aus seinen Gedanken in die Gegenwart zurück. Er drehte den Kopf ein Stück zur Seite und konnte so den Hintereingang der Villa überblicken, wo er an der Tür eine Küchenmagd stehen sah, die drei Gestalten – zwei Erwachsenen und einem Kind – etwas in einen Korb packte und sich dabei immer wieder suchend umsah.

»Komm schon, Lina, rück noch ein paar Pasteten raus«, vernahm Henning eine männliche Stimme.

»Und ein Weißbrot«, bat das Kind. Die dritte Person – ein junges Mädchen, wie Henning an den langen, hellen Haaren erkannte – sagte nichts. Henning grinste. Ein Küchenmädchen war offensichtlich gerade dabei, die Delikatessen, die für das Büfett gedacht waren, zu verschenken. Amüsiert beobachtete er weiter das kleine Intermezzo.

»Mehr geht nicht. Es fällt sonst auf«, wisperte das Küchenmädchen.

»Ach komm schon, Lina, das merkt doch keiner. Hol uns noch eine Flasche Schampus. Dafür kriegst du auch einen Kuss von mir«, schmeichelte die tiefe Stimme, und ein Kichern war zu hören. Das Küchenmädchen verschwand für einen Moment, und als sie wiederkam, legte sie noch etwas in den Korb, dann sagte sie in energischem Ton. »Nun ist aber Schluss. Und deinen Kuss kannst du behalten, Viktor.« Und schon fiel die Tür ins Schloss. Der Mann lachte laut auf, hielt eine Sektflasche wie eine Trophäe hoch und blickte das junge Mädchen an. »Heute wird gefeiert, Isa!«

Henning zuckte zusammen. *Isa?* Sofort stieg eine Erinnerung in ihm hoch. Er sah Pferdehufe, die durch die Luft wirbelten, ein Mädchen, das die kleine Lotta von der Straße wegriss, und einen kleinen Jungen, der den Namen »Isa« schrie. Eine Szene, die sich für alle Ewigkeit in sein Gedächtnis eingebrannt hatte. War das Zufall? Wie hatte das Küchenmädchen den jungen Mann genannt? Viktor? Konnte es denn wahr sein, dass die Fremden dort die Kinder vom Alexanderplatz waren? Viktor, Isa und ihr Bruder – wie hieß er noch gleich? Moritz?

»He!«, rief er und eilte auf die drei zu, die sich erschrocken zu ihm umdrehten.

Viktor zischte: »Nichts wie weg!«

Sie rannten los und waren auch schon durch einen Spalt in der Hecke auf die Straße gelangt, als Henning sie erreichte. Viktor und der Junge verschwanden in der Dunkelheit, nur das Mädchen blieb stehen und wandte sich noch einmal um. Eine Straßenlaterne beleuchtete ihr Gesicht. Ihre Blicke trafen sich, und er war sich sicher. Sie war es. Isa. Das Mädchen, das er so lange gesucht hatte. Mochte es auch Jahre her sein, seit er sich an jenem Unglückstag über sie gebeugt hatte, um ihr die schreiende Lotta abzunehmen, so würde er diese Augen doch niemals vergessen. Augen von einer seltsamen hellen Farbe, irgendetwas zwischen grau und blau, die tief in ihm etwas in Aufruhr versetzten. Doch all die tausend Worte, die er sich im Laufe der Zeit zurechtgelegt hatte, falls er ihr jemals wieder begegnen sollte, waren nicht greifbar. Henning war selten im Leben sprachlos, doch dies war ein solcher Moment.

Isa schaute ihn unverwandt an. Er sah auf den ersten Blick, dass sie nicht mehr das ängstliche kleine Mädchen war, das damals so oft an der Fassade des Warenhauses Tietz gesessen und gebettelt hatte. Nein, sie hatte sich verändert. Sie hatte gelernt, die Widrigkeiten des Lebens zu meistern, und diese Stärke fand er in ihrem wilden, wachsamen Blick, der für einen Moment auf ihn gerichtet war, bevor sie sich abwandte und davonlief.

»Warten Sie!«, rief er, doch sie drehte sich nicht mehr um.

Henning schlug sich mit der Hand vor die Stirn. »Verdammt!« Wie hatte er sich denn so idiotisch anstellen können! Hatte er erwartet, dass sich die drei, die sich mit Betteln und Stehlen durchs Leben schlugen, mit Diebesgut in der Hand auf einen netten Plausch mit ihm einlassen würden? Wer war er denn in ihren Augen? Ein Emporkömmling, ein Neureicher, einer, der auf der Sonnenseite des Lebens stand. Am liebsten wäre er ihnen nachgelaufen, doch er wusste, er hatte keine Chance, sie aufzuspüren. Schon einmal war er diesem Viktor gefolgt, doch der hatte ihn schon nach wenigen Straßenecken abgehängt. Er war sich sicher, dass die drei schon längst irgendwo ihren Erfolg mit Champagner begossen. So ein Mist!

»Henning Wittmann!«

Er drehte sich um und sah sich Felizitas in ihrer eleganten Aufmachung gegenüber, und der Gegensatz zu Isa in ihrem ausgewaschenen Leinenkleid hätte nicht größer sein können.

Felizitas klappte den kleinen Spitzenfächer, mit dem sie sich Luft zufächelte, zusammen und richtete ihn anklagend auf Henning. »Du hast mich angeschwindelt mit deinem Oliver

Twist! Den gibt es nur in einem Buch. Das kannst du höchstens wiedergutmachen, indem du mit mir tanzt.«

Ergeben hob er die Hände und folgte ihr über den Gartenweg zurück zum Haus, wobei er sich noch mehrmals nach der Straße umschaute.

»Wie dunkel es hier ist«, flüsterte Felizitas mit einem vielsagenden Lächeln. »Was da alles passieren könnte!«

Henning schwante Übles und er beschleunigte seinen Schritt, denn auf Felizitas' Spielchen wollte er sich nicht einlassen. Er wäre nicht der erste Mann gewesen, der durch ein geschicktes weibliches Manöver in eine Verbindung gezwungen worden wäre. Felizitas bemühte sich, mit ihm mitzuhalten, doch als sie bereits in Sichtweite der Terrassentür waren, gab sie vor zu straucheln und fiel mit einem kleinen Schrei in seine Richtung. Reflexartig fing er sie auf. Dieses kleine Biest, ging es ihm durch den Kopf.

»Huch, wie ungeschickt«, hauchte sie in seinen Armen und warf ihm einen unschuldigen Blick zu.

Gott, wie er diese Spielchen hasste! Doch mit einem aufgesetzten Lächeln richtete er sie wieder auf und führte sie nun zielstrebig in den Tanzsaal.

Für den Rest des Abends konnte er nur noch daran denken, dass er Isa, Moritz und Viktor gefunden und abermals verloren hatte. Und dass er sein Bild von Isa, die für ihn all die Jahre das kleine Mädchen mit den hellblonden Zöpfen geblieben war, revidieren musste. Isa war eine hübsche junge Frau geworden. Ach was, hübsch! Sie war eine Schönheit. Und ihre blaugrauen Augen hatten ihn verzaubert.

* * *

Isa fühlte sich seltsam frei und unbeschwert, als sie neben Moritz auf einer Bank in einer Grünanlage saß und Viktor, der vor ihnen stand, dabei zusah, wie er den Sektkorken knallen ließ und den herausschäumenden Champagner mit dem Mund auffing.

»Mhm! Köstlich!«

Er reichte die Flasche an Isa weiter, die die leicht säuerliche, prickelnde Flüssigkeit kostete. Moritz griff auch nach der Flasche, doch Isa zögerte. »Nur einen einzigen Schluck, ja? Du bist erst elf.«

»Die leben nicht schlecht, diese reichen Bonzen«, stellte Viktor fest. Sie angelten in dem Korb nach Wildpasteten, Käsehäppchen und kalten Bratenscheiben und brachen das Weißbrot in Stücke. Isa aß Dinge, die sie noch nie im Leben gekostet hatte, und von einigen war sie sich nicht einmal sicher, ob sie ihr schmeckten. Je öfter Viktor ihr die Champagnerflasche reichte und sie einen Schluck davon nahm, desto beschwingter fühlte sie sich. Das Gespräch zwischen Viktor und Moritz bekam sie nur noch am Rande mit, denn ihre Gedanken drifteten ab. Ihre Sorgen, ob Mutter wirklich wieder aufhören würde zu trinken und Moritz sich dazu überreden lassen würde, nicht so oft die Schule zu schwänzen, waren mit einem Mal ganz weit weg. Sie legte den Kopf in den Nacken und blickte hinauf zu den Abermillionen Sternen am Himmel, die heller funkelten als der Kronleuchter in der Villa der Fairbanks, den sie durch die offene Tür erspäht hatte. Sie fragte sich, wer der junge Mann gewesen war, der ihnen im Garten nachgeeilt war. Sie hatte ihn im Dunkeln schlecht erkennen können, doch etwas an ihm war ihr vertraut vorgekommen. Er hatte sie an Henning erinnert, doch diesem Eindruck traute sie nicht mehr, denn viel zu oft hatte sie bereits irgendwelche Fremden für ihn gehalten. Warum hatte er sie so fragend angesehen? Hatte er mitbekommen, dass Lina ihnen Essen zugesteckt hatte? »Warten Sie!«, hatte er gerufen. Und dieser Blick, mit dem er sie angesehen hatte – als hätte er in ihr eine Prinzessin gesehen! Und genauso hatte sie sich in diesem Moment gefühlt. Doch nicht lange, denn als sie weggerannt war und sich im Dunkeln noch einmal nach ihm umgedreht hatte, hatte sie eine junge Frau wahrgenommen, die auf ihn zugegangen war und mit der er danach in der Villa verschwunden war. Auf dem Weg dorthin hatte er sie sogar umarmt, das hatte Isa deutlich gesehen. Zwei Schemen in der Dunkelheit, die stehen geblieben und zu einem verschmolzen waren. War es seine Verlobte gewesen? Oder gar seine Frau?

»Darf ich bitten?«, riss Viktors Stimme sie aus ihren Gedanken. Er stand vor ihr, machte eine kleine Verbeugung und hielt ihr auffordernd seine Hand hin.

»Was?«

Viktor schmunzelte. »Ein Tanz. Ich habe dich gefragt, ob du mit mir tanzt.«

»Etwa hier?«

»Wo denn sonst? Wir können natürlich auch bei den Fairbanks anklopfen und fragen, ob wir ein bisschen mitfeiern dürfen, nachdem wir schon ihr Büfett geplündert haben.«

Isa prustete los vor Lachen, erhob sich und machte ein paar unsichere Schritte auf Viktor zu, der sie um die Taille fasste.

»Hoppla! Ist Madame am Ende zu betrunken?«, zog er sie auf.

Isa schüttelte den Kopf. »Von wegen! Aber ich kann gar nicht tanzen.«

»Aber ich. Beweg dich einfach mit mir.«

Viktor legte seinen Arm um sie, und als er sich vor und zurück bewegte, stolperte sie ihm hinterher. Irgendwann hatte sie die Schrittfolge verstanden, und sie drehten sich auf der Wiese, während Viktor eine Melodie vor sich hin summte. Isa lachte. »Was tanzen wir da?«

»Das, was momentan alle tanzen, Isa. Walzer. Die ganze Welt tanzt Walzer.«

Kapitel 12

In der Buchhandlung Ebenstätter neben der Friedrich-Wilhelms-Universität auf dem Boulevard Unter den Linden holte Henning seine Brieftasche hervor, zog die Liste mit den Fachbüchern heraus, die er in einigen Wochen für sein Studium brauchte, und reichte sie dem Buchhändler über den Verkaufstresen. Das Studium begann zwar erst im Herbst, doch er wollte sich vor der Englandreise schon um die Bücher kümmern, die ihm bei der Studienanmeldung genannt worden waren.

»Können Sie mir diese Titel bestellen?«

Herr Ebenstätter setzte seine Brille auf und studierte den Zettel. »Natürlich, Herr Wittmann. Einen Teil davon habe ich sogar da«, sagte er. »Kommen Sie mit.«

Als Henning ihm in eine Ecke seines Ladens folgte, bimmelte die Glocke und ein junger Mann mit Schirmmütze trat ein.

»Komme gleich!«, rief der Buchhändler ihm zu und führte Henning zu einem Regal mit Lehrbüchern. Er zog einen dicken Band heraus.

»Schauen Sie, hier ist das Kompendium zum Völkerrecht, daneben stehen noch weitere Bände.«

Die Glocke bimmelte erneut. Henning drehte sich um, doch es war nur der junge Mann gewesen, der den Laden wieder verlassen hatte. Anscheinend hatte er es eilig gehabt. Er wandte sich an den Verkäufer. »Danke, dann such ich mal alles zusammen.«

Er ging die Regale ab, las die Buchtitel und zog die Bände, die er brauchte, heraus. Als er fertig war, trug er einen ganzen Stoß Bücher zur Theke. »Könnten Sie mir das alles bitte liefern lassen? Ich zahle sie allerdings gleich, weil ich demnächst für vier Wochen verreise.« Er griff in sein Jackett, um seine Brieftasche zu holen. Doch die Tasche war leer. Verdutzt klopfte er die andere Jackenseite ab und fasste sogar in seine Hosentaschen, obwohl er seine Brieftasche nie dort hineinsteckte. Doch er fand sie nicht.

»Das gibt es doch gar nicht«, murmelte er.

»Was ist denn, Herr Wittmann? Finden Sie Ihren Geldbeutel nicht?«, fragte Herr Ebenstätter.

Henning schüttelte den Kopf. »Nein, dabei war ich sicher, dass ich ihn eingesteckt hatte.«

»Aber ja, Sie haben doch noch die Liste mit den Büchern herausgeholt, als Sie in den Laden kamen«, bestätigte der Buchhändler.

Henning sah ihn nachdenklich an. »Stimmt! Und dann habe ich ihn … wo habe ich ihn dann hingetan?«

Der Buchhändler zuckte ratlos die Schultern. »Vielleicht hier irgendwo hingelegt?«

Sie suchten gemeinsam die Theke und Buchtische ab, doch die Brieftasche blieb verschwunden.

»Der junge Mann!«, rief Herr Ebenstätter plötzlich. »Er hat sich nur hier vorn aufgehalten. Wahrscheinlich hat er sich die Brieftasche gegriffen.«

Henning schnaubte ärgerlich. »Deshalb hatte er es auch so eilig!«

»War viel Geld darin?«

»Mindestens fünfzig Mark, ich wollte ja heute die Bücher kaufen. Aber das wäre nicht das Schlimmste. Es ist ein Foto darin, das mir viel bedeutet.«

Der Buchhändler raufte sich die Haare. »Und so etwas muss ausgerechnet in meinem Laden passieren! Wenn ich den Kerl erwische!«

»Nun, es ist, wie es ist. Legen Sie mir die Bücher bitte zur Seite, ich komme morgen wieder vorbei und bezahle sie.«

»Ach was, Herr Wittmann, Sie müssen nicht gleich morgen kommen. Ich lasse Ihnen die Bücher liefern und Sie bezahlen sie, sobald Sie wieder hier sind. Auch wenn das erst in ein paar Wochen ist.«

Henning bedankte sich und verließ zerknirscht den Laden. Ausgerechnet das einzige Foto von Mutter musste ihm heute gestohlen werden. Und der Zettel mit den Zugverbindungen nach Hamburg, die er heute am Bahnhof notiert hatte, um sie mit Luise zu besprechen, war auch weg. Wie hatte er nur so leichtsinnig sein können? Gerade er hätte doch wissen müssen, dass die Stadt voller Taschendiebe war, und einen davon kannte er sogar. Viktor. Er hatte in jenem Sommer, in dem er die Kinder am Alexanderplatz beobachtet hatte, schon bald erkannt, dass nur die beiden Geschwister bettelten und Viktor ein Langfinger war. Mehr als einmal hatte er gesehen, wie etwas blitzschnell in dessen Jackentasche verschwunden war. Doch der junge Mann heute war nicht Viktor gewesen, den er am Wochenende vor der Villa der Fairbanks erkannt hatte. Er war zierlicher gewesen, und unter seiner Schirmmütze hatte Henning blondes Haar ausgemacht. Doch für Moritz war er zu groß gewesen. Wer also war er?

Missmutig rief er sich eine Droschke und machte sich auf den Heimweg. Das passte ja zu seiner Stimmung, denn seit dem Abend bei den Fairbanks vor wenigen Tagen war er ärgerlich über sich selbst. Er hatte Isa, von der er jahrelang gehofft hatte, sie einmal wiederzusehen, direkt gegenübergestanden und hatte keinen Ton herausgebracht. Nun war sie wieder verschwunden. Vielleicht für immer. Was war er nur für ein Idiot!

* * *

Eilig schloss Isa die Wohnungstür auf und schlüpfte ins Zimmer. Ihr Herz klopfte noch immer aufgeregt in ihrer Brust, und sie musste ein paar Mal tief durchatmen, bis sie wieder etwas ruhiger wurde. Etwas zu stehlen, versetzte sie immer noch in Panik, und sie würde wohl nie so gelassen werden wie Viktor und Moritz. Und eigentlich wollte sie das auch nicht. Es fühlte sich verboten und falsch an, auch wenn sie darauf achtete, dass sie nur Menschen, die wohlhabend aussahen, etwas wegnahm. Wie dem jungen Mann heute, der seinen Geldbeutel so leichtsinnig in der Buchhandlung abgelegt hatte.

Aber sie brauchte doch das Geld, wenn sie erreichen wollte, dass Mutter die Arbeit im Metropol aufgab! Sie zog die Schirmmütze vom Kopf und schüttelte ihre Haare aus, dann setzte sie sich an den Tisch und holte die Brieftasche hervor. Sie traute sich kaum, sie zu öffnen, denn sie gehörte dem Fremden. Dann fasste sie sich doch ein Herz und schaute in das Geldfach.

»Ach du lieber Himmel!«, entfuhr es ihr. Ein Fünfzigmarkschein kam zum Vorschein. So viel Geld! Auch das Münzfach war gut gefüllt, und als Isa alles zusammengezählt hatte, kam sie auf dreiundsechzig Mark. Sie biss sich auf die Lippe, denn ihr schlechtes Gewissen meldete sich.

Wie konnte er denn auch so achtlos mit seinem Geld umgehen! Eine Brieftasche mit dreiundsechzig Mark einfach so zur Seite zu legen! War er denn verrückt?

Doch richtig schlecht fühlte sie sich, als sie das Seitenfach öffnete und ein paar handbeschriebene Zettel und eine

Fotografie herausfielen. Ein Foto war sicher auch für einen Reichen etwas sehr Kostbares, noch dazu, wenn er es mit sich herumtrug. Sie musste nur an das Bild denken, das sie von ihrer Familie besaß, die einzige Erinnerung an Vater und Annelie, um zu wissen, was sie da gestohlen hatte. Sie nahm das Foto in die Hand und betrachtete es. Eine freundlich aussehende Frau mit einem kleinen Kind auf dem Arm, daneben stand ein Junge. Er erinnerte sie ein bisschen an Henning, aber der Junge auf dem Foto war viel jünger. Und Henning würde wohl bis zum Rest ihres Lebens ein Phantom bleiben.

Isa schoss von ihrem Stuhl auf. Nein, sie konnte dieses Foto auf keinen Fall behalten, und das Geld wollte sie auch nicht mehr haben. Sie wollte zurückgehen zum Buchhändler und behaupten, die Brieftasche gefunden zu haben. Schnell holte sie ihr Kleid, das auf der Wäschetruhe lag, und zog sich um. Dann verließ sie die Wohnung.

Als sie in der Gasse stand, kamen ihr Bedenken. Was, wenn der Ladenbesitzer ihr nicht glaubte und die Polizei holte? Gab es nicht noch eine andere Lösung? Die alte Frau Simonis im Nachbarhaus, die lesen konnte, fiel ihr ein. Vielleicht stand auf den Papieren eine Adresse?

Frau Simonis trat mit den Zetteln ans Fenster, kniff die Augen zusammen und begann, die Schrift zu studieren.

»Hier sind nur Zugverbindungen notiert, von Berlin bis Hamburg, vielleicht will der Besitzer ja verreisen.« Sie nahm sich den nächsten Zettel vor. »Eine Adresse in London, da wird er ja wohl nicht wohnen. Aber hier hat er etwas unterschrieben. Der Name ist schlecht zu lesen, aber darunter steht ›Berlin Friedrichshain, Fliederstraße Ecke Barnimstraße‹.«

Isa war erleichtert und nahm die Brieftasche wieder an sich. »Danke, Frau Simonis. Das könnte die Wohngegend in der Nähe des Volksparks sein, wo ich schon Botengänge verrichtet habe, das ist gut zu Fuß zu erreichen. Da kann ich die Brieftasche gleich zurückbringen. Ich muss mich dann nur zur Fliederstraße durchfragen.« Sie wandte sich zum Gehen, denn sie wollte diese unangenehme Sache so schnell wie möglich hinter sich bringen. »Danke, Frau Simonis.«

»Lass dir einen guten Finderlohn geben«, vernahm sie noch die Stimme der alten Frau, als sie das Haus verließ.

* * *

Es waren schmucke Stadtvillen, an denen Isa wenig später vorbeikam, und vor dem letzten Anwesen in der Straße blieb sie stehen. Hier musste es sein. Ein von Blumenrabatten gesäumter Kiesweg führte zu einem imposanten Gebäude mit Erkern und einem stuckverzierten Eingangsportal. Suchend sah sie sich um. Wo hatten diese vornehmen Leute ihren Briefkasten? Wurde die Post am Ende beim Hausdiener abgegeben? Es musste doch noch einen Seiteneingang geben, oder? Vielleicht traf sie dort auf ein Dienstmädchen, dem sie die Brieftasche übergeben konnte. Aber würde sie der Besitzer dann auch wirklich erhalten? Ihr Herz pochte wild vor Aufregung. In so eine verzwickte Situation wollte sie nicht noch einmal geraten! Sie hatte ja nie vorgehabt zu stehlen, und nun hatte sie den Salat!

Unschlüssig ging sie weiter bis zu einer kleinen schmiedeeisernen Pforte, die in den Garten hinter dem Haus führte. Da entdeckte sie ein Kind auf einer Schaukel. Isa atmete auf. Dem feinen Kleid nach zu schließen, das das etwa zehnjährige Mädchen trug, gehörte es zur Familie und würde die Brieftasche sicher zuverlässig abgeben. Doch warum schaukelte das Kind so langsam und hielt das linke Bein so seltsam steif? Isa öffnete die quietschende Pforte und betrat den Garten. In diesem Moment wandte die Kleine den Kopf zur Seite und blickte Isa lächelnd an. »Wer bist du?«

Isa lächelte zurück. »Entschuldigung, dass ich einfach so hereinkomme, aber ich möchte etwas abgeben.«

»Was denn?«, fragte das Mädchen neugierig.

»Eine Brieftasche, die ich gefunden habe.« Isas Herz klopfte dumpf bei dieser Lüge. »In der Nähe einer Buchhandlung am Pariser Platz, ich arbeite dort in einem Kiosk.« Sie ärgerte sich, dass sie vor lauter Aufregung einfach drauflos geplappert und so viel über sich preisgegeben hatte. Sie zog das Ledereetui aus der Tasche ihres Kleids und zeigte es dem Mädchen. »Die Adresse dieses Hauses war darin.«

»Das ist die Brieftasche meines Bruders!«, rief die Kleine überrascht. »Sicher hat er sie schon gesucht. Er verlegt ständig etwas!«

»Dann kannst du sie ihm ja wiedergeben.« Isa war glücklich, das Ganze so schnell geklärt zu haben. Ohne nachzudenken, griff sie an die Kette der Schaukel und stieß das Mädchen an.

Die Kleine lachte. »Höher. Noch viel höher!«

Es war schön, die Freude des Mädchens zu beobachten, und Isa kam ihrem Wunsch gern nach. Da nahm sie aus dem Augenwinkel eine Bewegung am hinteren Hauseingang wahr und wandte den Kopf zur Seite. Sie sah einen jungen Mann über den Rasen näher kommen. Auf seinem Gesicht lag Verwunderung und er starrte sie an, als wäre sie eine Fata Morgana. Herr im Himmel, das war doch der Mann, den sie wenige Tage zuvor im Garten der Fairbanks gesehen hatte! Der sie an Henning erinnert hatte. Würde er sie wegen der Lebensmittel und der Flasche Champagner zur Rede stellen? War es am Ende seine Brieftasche gewesen? O Gott, bitte nicht!

Schnell wollte sie gehen, doch da sprach auch schon das Mädchen den jungen Mann an: »Stell dir mal vor, deine Brieftasche ist gefunden worden. In der Nähe der Buchhandlung.«

Nun runzelte der Mann kurz die Stirn, doch er schien sich schnell wieder zu fangen und sagte leichthin: »Ach ja, die Brieftasche. Sie muss mir wohl aus der Tasche gerutscht sein.«

Isa musterte ihn skeptisch. Warum sagte er das? Er wusste doch sicher, dass er die Brieftasche abgelegt und nicht verloren hatte.

»Ich hoffe, es ist alles noch drin«, sagte sie schnell und reichte ihm das Etui. »Also, dann auf Wiedersehen.«

Sie wollte sich zum Gehen wenden, doch da hörte sie ihn rufen: »Warten Sie!«

Es waren seine Worte vom Abend des Wohltätigkeitsballs. Ob er sich auch an das Zusammentreffen erinnerte?

»Einem Finder steht immer ein Finderlohn zu. Und in der Brieftasche ist ein Foto, das mir sehr viel bedeutet. Es wäre mit Geld nicht zu ersetzen. Deshalb vielen Dank.« Er reichte ihr den Fünfzigmarkschein.

Das war doch viel zu viel! Ein Vermögen! Isa schüttelte den Kopf.

»Glauben Sie mir, es steht Ihnen zu.« Er drückte ihr den Geldschein einfach in die Hand und schloss ihre Finger darum. Dabei lächelte er sie an. »Im Grunde schulden wir Ihnen noch viel, viel mehr. Ich wollte schon neulich mit Ihnen reden, als ich Sie im Garten der Fairbanks gesehen habe, aber Sie waren so schnell verschwunden.« Er wandte sich dem kleinen Mädchen zu. »Willst du der jungen Dame kurz erklären, warum du nicht mehr allein so hoch schaukeln kannst wie früher?«

Isa verstand nicht, was er meinte. Da begann das Kind auch schon zu erzählen. »Weißt du, ich hatte einen Unfall. Als ich noch klein war. Ich bin auf die Straße gelaufen, als gerade eine Kutsche kam.«

Der junge Mann, der sie noch immer ansah, berichtete weiter: »Ein kleines Mädchen hat meine Schwester damals zurück auf den Gehsteig gezerrt und sie damit vor Schlimmerem bewahrt. Und ich glaube, Sie kennen die Geschichte.«

Isa blickte ihn ungläubig an. Die Szene von damals stand ihr wieder deutlich vor Augen. »Ja, ich kenne sie. Es war vor dem Warenhaus Tietz. Das Kind trug ein hellblaues Matrosenkleidchen. Es wollte sich die Puppen an einem Verkaufsstand näher betrachten und geriet dabei auf die Straße.« Sie schaute verblüfft auf das Mädchen. »Dann bist du Lotta?«

Isas Blick wanderte weiter zu dem jungen Mann.

Der reichte ihr mit einem Lächeln die Hand. »Ich bin Henning. Und ich freue mich, dass wir Ihnen endlich danken können, Isa.«

Er kannte noch ihren Namen! Und so, wie er ihn aussprach, klang es, als wäre er ihm nicht gerade eben wieder eingefallen, sondern als hätte er ihn schon lange parat gehabt. Sie sah in seine dunklen Augen, die sie angeschaut hatten, als er sich damals über sie gebeugt hatte, und die sechs Jahre, die seither vergangen waren, waren wie ausgelöscht. Henning, den sie an allen Straßenecken gesehen haben wollte, war wieder da. Sie hatte ihn wiedergefunden.

Isa stellte mit einem Mal fest, dass sie noch immer seine Hand hielt, und ließ sie los. Herrje, was tat sie denn da? Er war ein junger Mann aus reichem Hause, und außerdem war er an dem Abend des Balls in weiblicher Begleitung gewesen. »Dann kann ich mich endlich für die Puppe bedanken«, sagte sie, da ihr gerade nichts anderes einfiel. Dabei wäre da so viel gewesen, was sie hätte wissen wollen. Warum war er damals so oft an den Alexanderplatz gekommen und hatte ihr und Moritz Geld geschenkt? War er der Junge im Lunapark bei dem Boxkampf gewesen? Wie hatte er sie im Garten der Fairbanks erkannt?

Henning machte eine abwehrende Handbewegung. »Die Puppe – das war nur eine kleine Geste. Wir hätten viel mehr tun müssen, um uns bei Ihnen zu bedanken, doch – wir standen damals unter Schock und haben nicht richtig reagiert. Können wir vielleicht jetzt irgendetwas für Sie tun?«

Isa konnte noch immer nicht klar denken. Das ging alles zu schnell. Von einer Sekunde auf die andere war sie zurück in die Vergangenheit katapultiert worden und stand Lotta und ihrem Bruder gegenüber, da kam ihr Gehirn nicht ganz mit.

Sie schüttelte den Kopf. »Danke, ich komme zurecht.«

Henning schien mit der Antwort nicht zufrieden zu sein, denn er runzelte die Stirn. »Sie kommen zurecht?«

»Ich habe eine Arbeit. An drei Tagen in der Woche.«

»Nur an drei Tagen? Reicht das denn?«

Die Antwort blieb Isa erspart, denn da rief Lotta: »Dann hast du ja Zeit, ab und zu mal vorbeizukommen, oder? Vielleicht morgen schon?«

Isa lächelte sie an. »Ich komme bestimmt einmal wieder. Aber dass es morgen schon möglich sein wird, kann ich nicht versprechen.«

»Doch, bitte«, bettelte Lotta.

Isa lächelte, dann wandte sie sich zum Gehen.

»Wo müssen Sie hin?« Henning lief ihr nach. »Haben Sie einen weiten Weg? Soll ich Sie nach Hause bringen?«

Das war völlig unmöglich, sagte sich Isa. Henning im Scheunenviertel, das ging nicht. Sie lief kopfschüttelnd weiter. »Nein, danke.«

Er ließ nicht locker. »Aber Sie können doch nicht einfach so gehen! Wo kann ich Sie denn finden? Wie heißen Sie eigentlich richtig, Isa?«

»Elisabeth. Elisabeth Berlinger.«

Ohne sich noch einmal umzudrehen, eilte sie zur Gartenpforte und verließ das Anwesen.

Henning wollte ihr nachlaufen, sie festhalten und wenigstens fragen, wo sie wohnte. Doch sie hatte es abgelehnt, nach

Hause gebracht zu werden, was hätte er da noch sagen können? Wieso kam diese Isa immer so unerwartet in sein Leben, nur um kurz darauf wieder zu verschwinden? Er hatte seinen Augen nicht getraut, als er zuvor aus dem Fenster geschaut und sie neben der Schaukel entdeckt hatte, und hätte fast Hans über den Haufen gerannt, so schnell war er losgelaufen, damit sie ihm nicht entwischte. Er hatte sich gefragt, was sie wohl hierhergeführt hatte, und die Sache mit der Brieftasche hatte ihn dann doch überrascht. Es war also kein junger Mann gewesen, der sie in der Buchhandlung an sich genommen hatte, sondern Isa in Verkleidung! Er lachte in sich hinein. Sie hatte ihn ausgetrickst und sich dabei sehr geschickt angestellt. Nun ja, sie hatte ja auch einen guten Lehrer gehabt. Und doch hatte sie das Gestohlene zurückgebracht. Komplett. Es hatte kein Pfennig gefehlt. Wieso?

»Denkst du, sie kommt wieder?«, fragte er Lotta. Er schaute noch immer auf die Gartenpforte, hinter der Isa verschwunden war.

»Klar, sie hat genickt, also wird sie kommen«, antwortete Lotta zuversichtlich.

Und wenn nicht? Wenn er nur gewusst hätte, wie er sie erreichen konnte! Da sprach Lotta, die neben ihm schaukelte, die erlösenden Worte: »Sie hat gesagt, dass sie in einem Kiosk nahe der Buchhandlung am Pariser Platz arbeitet.«

Er sah sie an. »Du bist einfach fabelhaft, Lotta.« Nachdenklich fuhr er sich durch die Haare. »Ich glaube, ich muss jetzt mal mit Vater sprechen.«

Er traf Vater an seinem Schreibtisch in dessen Büro an, neben ihm stand Roman, und beide schauten bei seinem Eintreten von ihren Unterlagen auf.

»Vater, ich muss dringend mit dir reden. Passt es dir gerade?«, fragte Henning.

Max lehnte sich in seinem Stuhl zurück und machte eine Handbewegung zu dem Sessel vor seinem Schreibtisch. »Setz dich. Es trifft sich gut, dass du kommst, denn Roman und ich haben gerade über dich und diese Londonreise mit Luise Hartmann gesprochen.«

Henning schwante Übles. Was hatten die beiden nun wieder ausgeheckt? »Was gibt es da noch viel zu besprechen? Ich werde wie verabredet am Freitag in einer Woche Luise nach London begleiten. Hans kommt mit, um sich um das Gepäck zu kümmern; er hat bereits für adäquaten Ersatz hier im Haus gesorgt.«

Max massierte seinen Nasenrücken. »Du weißt, dass ich diese Reise als reine Zeitverschwendung ansehe. Doch ich habe erkannt, dass es durchaus von Vorteil sein könnte, wenn durch dich unsere Verbindung zu Richard Hartmann intensiviert wird. Schließlich steht er als Militärattaché in direkter Verbindung mit den Generälen der Obersten Heeresleitung und kann uns womöglich bei lukrativen Aufträgen für die Reichswehr ins Gespräch bringen.«

Aha, von daher wehte also der Wind, dachte Henning bitter. Es ging um wirtschaftliche Vorteile, und nicht um ihn.

»Aber wir beliefern das Militär doch bereits«, wandte er ein.

Max nickte. »Der Kaiser hat vor Jahren die Aufrüstung der Marine angeordnet, dabei sind gute Aufträge für uns herausgesprungen. Aber dieses Projekt ist nahezu abgeschlossen, da kommt nicht mehr viel nach.« Max stand auf, ging zum Vertiko, nahm ein Glas und goss sich aus einer Kristallflasche einen Schluck Whisky ein. Kurz schwenkte er die bernsteinfarbene Flüssigkeit, dann drehte er sich um. »Der Lokomotivbau ist zu einseitig, und es gibt auf diesem Gebiet zu viel Konkurrenz. Ein neuer Großauftrag für das Militär würde uns auf Jahre – ach, was sage ich, Jahrzehnte! – absichern. Wir müssen ganz groß in die Waffenproduktion einsteigen. Die Lage auf dem Balkan ist brenzlig genug, dort reicht schon ein Funke, um das Pulverfass zu entzünden.«

Henning verschlug es die Sprache. »Du hoffst auf einen Krieg? Damit du daran verdienen kannst?«

Max nahm einen Schluck, dann deutete er mit dem Glas auf Henning. »Was denkst du denn, wozu Kriege gut sind? Man will immer etwas gewinnen. Macht, Einfluss, Territorien, Geld. Natürlich will ich ein Stück vom Kuchen abhaben! Und Roman sieht das genauso.«

Henning blickte zu seinem Bruder, der mit verschränkten Armen und ausdrucksloser Miene an einem Aktenschrank lehnte. Henning wollte Einwände erheben, wusste jedoch, dass es zwecklos war. Er war noch nicht einmal volljährig und hatte kein Mitspracherecht in der Firma, und wenn er Vater für seinen anderen Plan gewinnen wollte, dessentwegen er gekommen war, durfte er ihn jetzt nicht verärgern. Er beschloss, seine Meinung zur Firmenpolitik erst einmal für sich zu behalten.

»Das heißt also, ich werde mit Luise für vier Wochen nach England reisen«, brachte er das Gespräch wieder auf den Ausgangspunkt zurück.

»Sieh nur zu, dass du bis zum achtzehnten Juli zurück bist«, warf Roman ein. »Da werde ich meine Verlobung mit Therese bekannt geben. Wir werden einen Ball veranstalten.«

Henning wandte sich überrascht zu ihm um. »Du verlobst dich? Davon wusste ich ja gar nichts.« Wieder regten sich Zweifel in ihm, ob Roman diese Therese überhaupt liebte. Er hatte gerade über seine Verlobung gesprochen, als handelte es sich um einen Geschäftstermin. Und warum verzog Roman keine Miene bei diesem Thema? Hätte er nicht glücklicher aussehen müssen?

Max lachte. »Ach, Henning, die Spatzen pfeifen es bereits von den Dächern, nur du bekommst mal wieder nichts mit.«

Henning hob entschuldigend die Hände. »Tut mir leid, aber das kommt wirklich etwas überraschend. Luise wollte vier Wochen bleiben, aber ich plane die Rückreise so, dass wir rechtzeitig zum Ball zurück sind.«

Max nahm noch einen Schluck von seinem Whisky. »Weshalb wolltest du mich eigentlich sprechen?«

»Wegen Lotta.«

Wie immer, wenn es um seine Schwester ging, hatte Henning sofort Vaters volle Aufmerksamkeit. »Wieso? Was ist mit ihr?«

»Nun ja, wir sprachen doch neulich über eine Gesellschafterin für Lotta, weil sie so oft allein ist.«

Max nickte. »Ja. Und ich habe mir schon darüber Gedanken gemacht. Was Gisèle betrifft, muss ich dir recht geben. Ich habe sie beobachtet und mich regelrecht über ihr Verhalten geärgert; sie kümmert sich viel zu wenig um Lotta. Ich spiele sogar mit dem Gedanken, sie zu entlassen.«

Das wäre in der Tat kein Verlust, dachte Henning. »Du teilst also meine Meinung bezüglich einer Gesellschafterin?«

»Ja, durchaus. Die Frage ist nur, wo wir eine geeignete Person finden.«

»Ich wüsste da jemanden«, mischte Roman sich ein. »Eine gute Bekannte von Therese sucht gerade so eine Anstellung und wäre dafür bestens geeignet. Gutbürgerliche Herkunft, nette Erscheinung, tadelloses Verhalten.«

Verdammt! Romans Vorschlag war wie aus dem Nichts gekommen und hatte Henning kalt erwischt. Nun musste er kontern, mit allem, was er hatte.

»Ich glaube, Lotta hat ihre Wahl bereits getroffen«, erwiderte er in ruhigem Ton. »Es war gerade eine junge Frau hier, die meine Brieftasche zurückgebracht hat, die ich verloren hatte. Lotta hat sich sogleich mit ihr angefreundet, und stellt euch vor, es hat sich herausgestellt, dass wir die junge Frau kennen.«

»Wir kennen sie?« Max klang überrascht.

»Ja, es ist Isa, das Mädchen, das Lotta damals bei ihrem Unfall von dem scheuenden Pferd weggerissen hat.«

Max blickte ihn verdutzt an. »Und diese Isa war gerade hier bei uns? Bist du dir sicher?«

»Ja. Daran besteht kein Zweifel. Sie wusste Einzelheiten des Vorfalls, die nur jemand kennen konnte, der dabei war.«

Max hob die Brauen. »Und Lotta mochte sie? Dann spricht doch einiges dafür, dass wir es mit diesem Mädchen versuchen, schließlich müssen wir uns für das, was sie für Lotta getan hat, erkenntlich zeigen.«

Henning wollte schon erleichtert aufatmen, da fuhr Roman dazwischen. »Langsam, langsam. Um uns erkenntlich zu zeigen, wird ja wohl auch eine finanzielle Zuwendung ausreichen. Und sprichst du etwa von der jungen Frau, die ich vorhin im Garten gesehen habe? In dem abgetragenen Kleid? Das kann nicht dein Ernst sein, Henning! Willst du Lotta so einer Person anvertrauen?«

Henning war völlig überrumpelt. Seit wann lag Roman so viel an Lotta? Ging es hier nicht eher darum, seiner künftigen Verlobten einen Gefallen zu erweisen und deren Bekannte zu engagieren? Doch noch gab er diese Runde nicht verloren und setzte zum Gegenschlag an.

»Das sind doch nur Äußerlichkeiten! Isa hat Lotta das Leben gerettet, und sie hat meine Brieftasche mit ziemlich viel Geld zurückgebracht, ohne dass ein Pfennig gefehlt hätte. Das sagt doch wohl mehr über sie aus als das Kleid, das sie trägt!« Er wandte sich jetzt direkt an Max, denn er kannte dessen Schwachstelle. »Vater, es geht hier um Lotta! Und Lotta hat heute sofort Vertrauen zu Isa gefasst. Sie hat sie sogar gefragt, ob sie morgen wiederkommt. Das sagt doch schon alles, oder?«

»Henning hat recht«, erwiderte nun Max. »Lotta sollte selbst entscheiden. Die Kleiderfrage ist ja nun wirklich nebensächlich, denn als Angestellte des Hauses erhält diese Isa ein Kleid, wie es die Dienstmädchen bei uns tragen. Wo kommt sie her?«

Henning zögerte. Er wusste, dass Isa bettelte, und seit heute war ihm auch klar, dass sie eine geschickte Diebin war. Würde er ein hohes Risiko eingehen, wenn er sie ins Haus holte? War sie vertrauenswürdig?

»Sie ist arm. Sehr arm sogar«, antwortete er wahrheitsgemäß. »Aber sagst du nicht selbst immer, durch ehrliche Arbeit kann man es zu etwas bringen?«

»Da hörst du es, Vater«, ereiferte sich Roman. »Solches Gesindel will er uns ins Haus holen! Ein Mädchen aus der untersten Gesellschaftsschicht! Willst du das wirklich dulden?«

Max sah unschlüssig aus. Sein Blick wanderte zwischen Henning und Roman hin und her. Er leerte sein Glas, setzte es ab und sagte: »Roman, dieses Mal muss ich Henning recht geben. Armut spricht nicht gegen einen Menschen; ich wurde auch nicht mit einem goldenen Löffel im Mund geboren. Geben wir dieser Isa eine Chance.«

Henning fing den zornigen Blick auf, mit dem Roman ihn strafte, und erhob sich. Diese Runde ging an ihn. »Du wirst es nicht bereuen, Vater!«

* * *

Den ganzen Weg nach Hause erlebte Isa wie im Traum. Sie war Henning und Lotta wieder begegnet, obwohl sie geglaubt hatte, die beiden im Leben nie mehr zu sehen. Es schmerzte sie, dass Lotta durch den Unfall noch immer beeinträchtigt war, doch sie war ein fröhliches kleines Mädchen. Und wie überrascht Henning sie heute angesehen hatte, ähnlich wie im Garten der Fairbanks. Wie hatte er sie an jenem Abend nur erkannt? Woher hatte er ihren Vornamen gewusst? Sollte sie dem kleinen Mädchen den Wunsch erfüllen und noch einmal kommen? Fragen über Fragen, auf die sie keine Antworten wusste. Dieser Garten, in dem das Mädchen spielte, war so wunderschön, und erst die Villa – doch wenn sie Lotta noch einmal besuchte, würde es dann nicht so aussehen, als erwartete sie eine Belohnung für das, was sie damals für sie getan hatte? Nein, das wollte sie nicht. Selbst der Finderlohn, den Henning ihr aufgedrängt hatte, war schon zu viel. Sie würde nicht noch einmal zur Villa gehen; dieser Vormittag sollte als das in ihrer Erinnerung bleiben, was er war – ein Blick in eine andere Welt.

Isa lächelte noch immer verzaubert vor sich hin, als sie das Mietshaus im Scheunenviertel erreichte. Die Wohnung war leer, Mutter war also noch auf der Arbeit, und als Isa den Blick durch das Zimmer gleiten ließ, waren auch keine neuen Weinflaschen zu sehen. Erleichtert lehnte sie sich an den Schrank und atmete tief durch. Würde jetzt vielleicht alles gut werden? War der heutige Tag nicht ein gutes Vorzeichen? Sie fischte nach dem Geldschein in ihrem Kleid und betrachtete ihn verträumt. Im Geiste rechnete sie bereits durch, wie lang ihnen das Geld eine sorgenfreie Zeit bescheren würde.

Da wurde mit einem Mal die Tür aufgerissen und Moritz stürmte herein, als wäre der Teufel hinter ihm her.

»Was ist los?«, fragte Isa ihren Bruder, der sich atemlos auf einen Stuhl fallen ließ. »Ich denke, du bist in der Schule?«

»Ach, Schule!«, erwiderte er keuchend. »Da war ich nicht. War mit Viktor unterwegs. Aber heute war es knapp. Ich wäre fast erwischt worden.«

»Moritz!« Isa sackte das Herz in die Hose. »Was hast du getan?«

»Was wohl! So einem reichen Schnösel die Taschenuhr geklaut. Aber der hat mich festgehalten und wollte die Polizei holen. Ich konnte mich losreißen und bin weggerannt.«

»Gott sei Dank!« Isa atmete erleichtert auf und strich ihm beschwichtigend durch die Haare. »Du musst damit aufhören, Moritz. Du darfst dir Viktor nicht zum Vorbild nehmen. Irgendwann geht es schief, und dann? Willst du etwa im Gefängnis landen? Du musst wieder zur Schule gehen, hörst du?«

Moritz riss sich von ihr los und blickte sie zornig an. »Damit mich alle auslachen, weil ich mit elf Jahren noch nicht lesen kann? Die machen im Unterricht gerade etwas, das sich Bruchrechnen nennt – keine Ahnung, wie das gehen soll. Und außerdem – stiehlst du etwa nicht?«

Isa schloss einen Moment betroffen die Augen. »Doch. Aber ich habe mir vorgenommen, endgültig damit aufzuhören. Ich habe heute einen großen Finderlohn bekommen. Damit kommen wir fürs Erste über die Runden. Deshalb will ich, dass du ab morgen wieder zur Schule gehst.«

»Und für wie lange? Eine Woche oder einen Monat? Und dann fehlt wieder Geld und ich muss mit Viktor losziehen? Nein, ich gehe nicht zur Schule!« Er rannte aus der Wohnung, und krachend fiel die Tür ins Schloss.

Wütend sah sie Moritz nach. Wie sollte sie ihm bloß klarmachen, wie wichtig Schulbildung war? Er hörte doch gar nicht auf sie. Wenn nur Vater noch hier gewesen wäre!

Vielleicht konnte sie heute Abend das Thema noch einmal ansprechen, sagte sie sich und ging zum Küchenschrank, um die Zutaten für das Essen herauszuholen. Da sah sie die Weinflasche. Leer.

Isa schossen Tränen in die Augen. Sie war an diesem Vormittag so glücklich gewesen, hatte von einer besseren Zukunft geträumt, einen Blick in eine Traumwelt geworfen, doch die Wirklichkeit hatte sie wieder eingeholt. Ihr Bruder war beim Stehlen erwischt worden und Mutter trank immer noch.

»Können wir vielleicht jetzt irgendetwas für Sie tun?«, vernahm sie wieder Hennings Worte. Sie schüttelte den Kopf. Nein, das konnte er nicht. Er hatte ja keine Ahnung von ihrem

Leben. Selbst eine finanzielle Anerkennung für ihr beherztes Eingreifen bei Lottas Unfall wäre nur ein kleiner Aufschub gewesen, ein Tropfen auf den heißen Stein. In wenigen Wochen wäre auch dieses Geld aufgebraucht, und an ihrer Situation hätte sich nichts geändert. Wenn sie für Mutter, Moritz und sich selbst eine bessere Zukunft wollte, hatte sie jetzt nur noch eine Chance. Sie musste sich eine Arbeit in einer Fabrik suchen.

Kapitel 13

»Diese Idee gefällt mir gar nicht, Isa!«

Herr Magnusson sah bekümmert aus, als er am nächsten Morgen die Klapptische vor dem Kiosk aufstellte. »Ich glaube nicht, dass sie dich in einer Fabrik für zwei, drei Tage in der Woche nehmen. Dann musst du bei mir aufhören, dabei läuft es doch gerade so gut.«

»Was bleibt mir denn anderes übrig?« Isa gruppierte die Stühle vor den Tischen und breitete die Tischdecken aus. »Ich fände es ja auch jammerschade.«

»Hm, ich muss noch mal durchrechnen, ob ich dich nicht doch für mehr Tage anstellen kann«, brummte der alte Mann und verschwand im Kiosk. Isa sah durch die Luke, dass er sein Kassenbuch aus der Schublade holte und sich mit gerunzelter Stirn darin vertiefte. Sie schnappte sich ein Bündel Zeitungen, steckte sie in die Ständer und warf dabei immer wieder einen Blick auf den alten Mann. Doch die Sorgenfalte auf seiner Stirn schien eher größer zu werden als kleiner. Sie wusste, was das bedeutete. Ihre Zeit hier im Kiosk vor dem Brandenburger Tor, auf dem wunderschönen Pariser Platz, in der prächtigsten Straße mitten im Herzen Berlins, würde genau dann enden, wenn sie in irgendeiner düsteren Fabrikhalle beginnen würde, zehn Stunden am Tag Tabakblätter zu rollen, eine Nähmaschine zu bedienen oder einen Webstuhl zu betätigen. Wehmut stieg in ihr auf und sie griff gleich nach dem nächsten Stoß Zeitungen, um sich mit Arbeit abzulenken.

Sie erlebte diesen Tag so intensiv, als wäre es bereits ihr letzter hier. Als sie Frau Sandholz mit ihrem Dackel um die Ecke kommen sah, griff sie schon zu der Schachtel mit den Zitronenkeksen, die die Dame immer kaufte; sie unterhielt sich lange mit Herrn Behrens, dessen Frau vor Kurzem verstorben war, und kochte Tee für Frau Lilienthal, Kamille, wie immer mit viel Zucker. Dazwischen verkaufte sie Zeitungen, Zigaretten, Brötchen und Bonbons.

Doch ihr Herz setzte einen Schlag aus, als am Nachmittag plötzlich Henning vor dem Kiosk stand. Er trug einen hellen Anzug, und mit dem ernsten Zug um seine Lippen erinnerte er sie an den Jungen, den sie an jenem schicksalsschweren Tag vor dem Warenhaus Tietz am Alexanderplatz zum ersten Mal gesehen hatte.

Ihr schlechtes Gewissen wegen der Brieftasche meldete sich. Hatte er doch bemerkt, dass sie sie nicht einfach gefunden hatte?

»Ein Berliner Tageblatt bitte«, sagte er. Da sie mittlerweile die Schriftzüge auf den Zeitungen genau kannte, griff sie zielsicher danach. Dabei überlegte sie fieberhaft, was sie mit ihm reden sollte, doch ihr Kopf war vollkommen leer.

»Lotta wusste, wo Sie arbeiten«, überbrückte Henning die Stille zwischen ihnen, als er ihr das Geld auf den Tresen legte. »Da Sie heute nicht gekommen sind und ich gern etwas mit Ihnen besprechen wollte, dachte ich, ich schau mal vorbei. Haben Sie einen Moment Zeit?«

Henning deutete auf die Tische und Stühle vor dem Kiosk, und nachdem ihr Herr Magnusson aufmunternd zugenickt hatte, setzte Isa sich zu ihm. Henning holte ein Kuvert aus der Jackentasche, öffnete es und legte ein wichtig aussehendes Formular vor sie hin.

»Was ist das?«, fragte Isa, die ihre Sprache wiedergefunden hatte.

»Das ist ein Anstellungsvertrag für eine Stelle als Gesellschafterin für Lotta«, erklärte er. »Meine Schwester ist oft allein, und wir suchen händeringend nach einer jungen Dame, die sie ein bisschen unterhalten könnte. Lotta liebt Bücher, spielt im Garten, geht gern in den Volkspark, um dort die Enten zu füttern. Sie mag allerdings nicht jeden, doch seit dem gestrigen Zusammentreffen wünscht sie sich, dass Sie die Stelle annehmen. Selbst wenn es nur an zwei oder drei Tagen in der Woche wäre, da Sie ja die restliche Zeit hier arbeiten, wenn ich das richtig verstanden habe.«

Isa sah ihn sprachlos an. Konnte es denn wahr sein, dass er ihr genau die Stelle anbot, die sie so dringend brauchte? War das Hennings Art, ihr zu danken? Doch da gab es etwas, was sie zuvor noch klarstellen musste.

»Dieses Angebot kommt zwar wie ein Geschenk des Himmels, aber vermutlich bin ich dafür nicht die Richtige.«

Er runzelte die Stirn. »Warum?«

Sie blickte verlegen zur Seite. »Ich bin nicht regelmäßig zur Schule gegangen. Ich könnte Lotta nie ein Buch vorlesen.«

Henning nickte ernst. »Das weiß ich, und das werden Sie auch nicht müssen. Im Gegenteil, Lotta wird Ihnen vorlesen, denn das macht sie für ihr Leben gern, und niemand kommt um ihren heiß geliebten Oliver Twist oder Tom Sawyer herum.«

Er nahm den Vertrag in die Hand und begann, ihn ihr vorzulesen. Isa konnte nicht glauben, was sie hörte. Das musste ein Traum sein, eine Wunschvorstellung, oder die Sache hatte einen Haken. Als Henning weiterlas und die Vergütung erwähnte, zog sie scharf die Luft ein, als sie den hohen Betrag hörte, und warf einen Blick zu Herrn Magnusson, der die ganze Zeit zur Luke herausschaute und zustimmend nickte.

Henning hatte geendet und legte das Papier vor sie hin. »Sie können es sich gern noch überlegen, oder, was mir noch lieber wäre, auch gleich zusagen. Der Vertrag beinhaltet die übliche Probezeit von drei Monaten und ist bereits von meinem Vater unterschrieben, sehen Sie, hier unten steht ›Max Wittmann‹.«

Der Name traf Isa wie ein Blitz aus heiterem Himmel. Sie fuhr zurück und blickte Henning entsetzt an. »Wie heißen Sie?«

Er stutzte. »Aber das wissen Sie doch. Mein Name ist Henning. Henning Wittmann.«

Um alle Irrtümer auszuschließen, fragte Isa: »Ihre Familie besitzt eine Maschinenfabrik drüben im Feuerland? Die Wittmann-Werke?«

Henning nickte.

»Verdammt sei dieser Wittmann!«, vernahm Isa die Stimme ihrer Mutter. Sie hatte das Gefühl, dass alles um sie herum verschwamm, und ihr war mit einem Mal, als stünde sie neben sich und sähe sich selbst dabei zu, wie sie nach dem Formular griff und es ganz langsam zerriss. Es fühlte sich an, als wäre es ihr eigenes Herz, das da gerade in Stücke ging. Henning hatte ihr ein wunderbares Angebot gemacht, einen Blick in ein sorgenfreies Leben ermöglicht – dabei war er ein Wittmann! Nie im Leben konnte sie für diese Familie arbeiten.

»Bitte gehen Sie und kommen Sie nie, nie wieder«, sagte sie mit einer Stimme, in der Tränen mitschwangen, zu dem fassungslos dreinschauenden Henning.

»Warum?«, stammelte er und erhob sich ebenfalls. »Was habe ich denn falsch gemacht?«

Doch Isa wusste, dass sie jetzt kein weiteres Wort sagen konnte, ohne sogleich in Tränen auszubrechen. Sie eilte in den Kiosk, wo sie mit einem Topflappen den heißen

Wasserkessel vom Ofen nahm und begann, frischen Kaffee aufzubrühen.

»Bist du verrückt geworden?«, fuhr Herr Magnusson sie an. »Wenn ich das richtig mitbekommen habe, hat dir dieser junge Mann soeben eine Lösung für all deine Probleme angeboten. Wie konntest du den Vertrag zerreißen? Wenn ich das heute Abend meiner Mathilde erzähle, wird sie entsetzt sein!«

»Ich habe meine Gründe«, war alles, was Isa zwischen den Zähnen hervorpressen konnte, ohne anzufangen zu weinen. Als sie aus der Luke schielte, stellte sie fest, dass Henning gegangen war.

* * *

Wie betäubt schlug Henning den Weg zu Luise Hartmann ein, mit der er an diesem Tag noch verabredet war, um die Reise nach London zu besprechen, doch seine Gedanken kreisten unablässig um Isa. Er konnte sich keinen Reim darauf machen, warum sie ihn gerade so angefahren hatte. Noch immer hielt er die Papierfetzen des Vertrags in der Hand, als er den Boulevard entlangging. Was war nur in sie gefahren? Er hatte doch das Aufleuchten in ihren Augen gesehen, als er ihr das Formular vorgelesen hatte, ihre Erleichterung gespürt, als er gesagt hatte, dass es keine Rolle spielte, dass sie kein passendes Schulzeugnis vorweisen konnte – doch dann war die Stimmung ganz plötzlich gekippt. Er überlegte, wann genau das gewesen war. Er hatte ihr seinen Namen genannt und sie hatte sich nach der Fabrik seiner Familie erkundigt. Dann war sie zurückgeschreckt, als hätte sie gerade erfahren, dass er an der Pest erkrankt war, und hatte den Vertrag zerrissen. Einfach so, ohne jegliche Erklärung. Was hatte er falsch gemacht? Warum hatten ihre letzten Worte geklungen, als wollte sie sofort loswelnen?

Verflixt! Er hätte nicht einfach gehen dürfen, sondern mit ihr sprechen müssen!

Er stellte fest, dass er am Haus der Hartmanns längst vorbeigelaufen war. Himmel, er musste seine Gedanken zusammennehmen. Es waren nur noch wenige Tage bis zum Beginn seiner Reise, und er musste dringende Fragen mit Luise besprechen. Er lief den Weg zurück, steckte die Papierschnipsel in die Jackentasche, gab sich einen Ruck und betätigte den Türklopfer. Das Dienstmädchen führte ihn in den Salon, wo Luise bereits auf ihn wartete.

»Mein lieber Henning.« Sie kam ihm mit einem Lächeln entgegen, und er gab ihr mit einer leichten Verbeugung einen Kuss auf die Hand.

»Komm, setzen wir uns«, lud sie ihn an den gedeckten Teetisch ein.

»Ich hatte noch gar keine Gelegenheit, mich für deinen genialen Schachzug zu bedanken«, begann Henning das Gespräch, nachdem Luise ihm eine Tasse Tee gereicht hatte. »Eine Reise nach England! Ich kann endlich Mutter besuchen. Ich habe immer gedacht, das wäre mir erst möglich, wenn ich volljährig bin, umso besser also, dass es früher geschehen kann.«

»Ja, die Gelegenheit ist günstig. Richard ist momentan ständig zu diplomatischen Verhandlungen in der deutschen Botschaft in London – du weißt ja, wie angespannt die Lage auf dem Balkan ist. Er befürchtet, es könnte dort wieder zu einem Krieg kommen, wie in den vergangenen zwei Jahren, als der Balkanbund seine Unabhängigkeit vom Osmanischen Reich anstrebte. Dabei ist es natürlich wichtig, welche Position das Deutsche Kaiserreich einnimmt.«

»Du meinst wegen der Bündnispolitik?«, fragte Henning, der sich nur halb auf das Gespräch konzentrieren konnte, und griff nach einem Keks.

»Genau. Russland und Österreich-Ungarn streiten sich um die Vormachtstellung auf dem Balkan. Mit der Donaumonarchie sind wir seit Jahrzehnten verbündet, und dem gegenüber steht die Entente aus dem Zarenreich, Großbritannien und Frankreich.«

Henning nickte. »Ein kompliziertes Geflecht der Machtverhältnisse. Kein Wunder, dass Richard da im Moment schwer beschäftigt ist.«

»O ja, aber er schreibt, er freue sich schon sehr auf unseren Besuch, und möchte sich so viel Zeit wie möglich für uns nehmen. Er hält große Stücke auf dich, Henning.«

Henning wusste, dass da noch mehr war, was Luise nicht aussprach. Da sie und Richard keine eigenen Kinder hatten, war er für sie schon immer wie ein Sohn gewesen. »Das ist schön zu hören. Wann werden wir Mutter auf ihrem Landsitz besuchen? Soll ich ihr schreiben?«

»Willst du sie nicht lieber überraschen?«

Henning lehnte sich mit einem Lächeln zurück. »Das wäre ein verlockender Gedanke, aber was ist, wenn sie ausgerechnet dann verreist ist?«

»Das wird sie nicht. Ich habe Alice meinen Besuch angekündigt, und glaub mir, wenn ihre beste Freundin kommt, wird sie da sein. Doch nicht ich werde sie dann auf ihrem Landsitz besuchen, sondern ihr Sohn.«

Henning beugte sich vor, griff über den Tisch und zog Luises Hand an seine Lippen. »Habe ich dir schon einmal gesagt, dass du genial bist?«

Luise wehrte lachend ab. »Schon ein Dutzend Mal. Aber ich höre es immer wieder gern.«

Henning holte seine Brieftasche hervor und zog einige Papiere heraus. »Ich war in den letzten Tagen fleißig und habe mich wegen der Reiseroute schon schlaugemacht. Hier sind die

Zugverbindungen bis Hamburg, wo wir in einem Hotel übernachten können. Am nächsten Tag besteigen wir das Schiff nach Dover, und von dort geht es mit dem Zug weiter bis nach London. Wir kommen samstags an, und sonntags könnten wir dann zu Mutter fahren. Was meinst du? Wenn es dir recht ist, buche ich diese Verbindungen für dich, Hans und mich und telegrafiere Richard den genauen Termin unserer Ankunft.«

Luise besah sich die Unterlagen und nickte begeistert. »Das hast du gut geplant.«

»Ehrlich gesagt kann ich es kaum mehr erwarten, bis es losgeht.«

Luise schmunzelte. »Bleibst du noch zum Abendessen?«

»Ein anderes Mal gern. Heute habe ich noch eine Verabredung.«

»So, so? Du wirst doch nicht etwa Felizitas Pringelheim deine Aufwartung machen? Es ist niemandem verborgen geblieben, welches Interesse sie an dir zeigt, mein lieber Henning.«

Er hob abwehrend die Hände. »Um Gottes willen! Du weißt doch, dass ich keinesfalls beabsichtige, mich in absehbarer Zeit zu binden. Nein, heute Abend geht es um eine Sportveranstaltung.«

»Da wünsche ich dir viel Vergnügen. Allerdings bezweifle ich, dass dein Plan, Junggeselle zu bleiben, tatsächlich in Erfüllung geht«, meinte Luise mit einem vielsagenden Lächeln, als Henning aufstand und sich verabschiedete.

»Das wird er, Luise. Das wird er.«

* * *

Isa hätte am Abend nicht mehr sagen können, wie sie die restlichen Stunden des Tages hinter sich gebracht hatte, denn eine Frage war ihr unablässig durch den Sinn gegangen. Wie konnte es sein, dass Henning ausgerechnet der Sohn von Max Wittmann war, dem einzigen Menschen in Berlin, mit dem sie um keinen Preis etwas zu tun haben wollte?

»Kann er nicht einfach Müller, Schmidt oder Maier heißen?«, fragte sie Viktor, der nach Feierabend gekommen war und anlässlich ihrer niedergeschlagenen Stimmung spontan beschlossen hatte, mit ihr noch durch die Stadt zu bummeln. Isa knabberte gedankenverloren an einer Semmel, die im Kiosk noch übrig geblieben war, und starrte mit blicklosen Augen vor sich hin. »Muss er ausgerechnet ein Wittmann sein? Ich werde niemals für ihn arbeiten.«

»Sei froh, dass du ihn los bist.« Viktor zog seine Zigaretten aus der Hosentasche und zündete sich eine an. »Diesen reichen Bonzen sind wir völlig egal. Du sagst, du hast ihm bei deinem Besuch im Garten deinen Namen genannt, und der Name hat ihm nichts gesagt. Das heißt doch, dass er keinen Schimmer davon hat, dass ein Karl Berlinger in der Fabrik seines Vaters seine linke Hand verloren hat. In seiner Familie ist also nie über dieses Unglück gesprochen worden. Und warum nicht? Weil Karl Berlinger ihnen egal ist. Wir sind nichts für die. Henning wird vielleicht nachforschen, warum du so reagiert hast, und wenn er auf die Geschichte mit deinem Vater stößt, wird er froh sein, dass er dich nicht angestellt hat, denn du könntest ja vielleicht die Sache noch einmal hervorholen. Noch dazu, da sie dir wegen Lotta etwas schulden. Du wirst sehen, von dem hörst du nichts mehr.«

Isa seufzte tief auf.

Viktor zog an seiner Zigarette. »So, und nun will ich den Namen Henning nicht mehr hören. Lass uns etwas unternehmen, das dich auf andere Gedanken bringt. Was ist mit einem Kneipenbesuch?«

Isa schüttelte den Kopf.

»Tanzen?«

»Nein.«

»Gut, dann weiß ich etwas, das dich ablenken wird. Wir nehmen den nächsten Bus. Komm.«

Als sie wenig später in einer Wohngegend ausstiegen, in der Isa noch nie gewesen war, sah sie sich fragend um. »Wo sind wir?«

»Prenzlauer Berg.«

»Und was machen wir hier? Hier gibt's doch gar nichts Interessantes.«

»Wart's ab.«

Sie folgte Viktor ein Stück die Straße entlang, bis er vor einem roten Backsteinhaus stehen blieb, an dem ein buntes Reklameschild prangte.

»Im Athletikclub gibt's heute einen Boxkampf«, erklärte er, während er ihr die Tür aufhielt.

»O nein!«, entfuhr es Isa, und sie wollte schon umdrehen, denn darauf hatte sie überhaupt keine Lust. Es hätte sie nur an den Lunapark und somit an Henning erinnert, was sie auf alle Fälle vermeiden wollte. Doch Viktor steuerte schon auf eine Tür am Ende des Flurs zu, vor der ein Mann saß, der Eintrittskarten verkaufte.

»Abend, Eddi«, begrüßte Viktor ihn. »Zweimal bitte.«

»Bist spät dran, Viktor«, entgegnete der Mann. »Geht gleich los.«

»Und wer gewinnt?«

Eddi grinste. »Der, der immer gewinnt. Wagner natürlich. Der Junge ist Gold wert, den schlägt so schnell keiner. Nimmt bloß viel zu selten an Wettkämpfen teil. Ein Wunder, dass ich ihn für heute Abend engagieren konnte.«

Viktor führte Isa in die Sporthalle und bahnte ihr einen Weg durch die Menschen, die den Ring umstanden. Zwei Boxer in kurzen Sporthosen und Turnhemden kletterten gerade unter den Seilen hindurch, und als der eine sich aufrichtete, stockte Isa der Atem. Das konnte doch nicht wahr sein! Es war Henning!

Der Ringrichter stellte erst den Gegner vor, der mit Applaus und Pfiffen vom Publikum begrüßt wurde, dann deutete er in die andere Ecke, wo Henning sich bereitmachte.

»Und für den Athletikclub boxt heute Abend«, er machte eine kunstvolle Pause, »der Herausforderer Henning Wagner.«

Der Saal tobte. Henning hatte eindeutig das Publikum auf seiner Seite.

Wagner?, frage sich Isa, doch sie konnte nicht lange darüber nachdenken. Sie starrte verwirrt auf den muskulösen jungen Mann, dessen Augen ruhig und selbstsicher auf sein Gegenüber gerichtet waren. Als der Gong ertönte und der Ringrichter den Kampf freigab, verfolgte sie gebannt jede Regung der beiden Boxer. Mit konzentriertem Blick fixierte Henning den Gegner, und Isa bemerkte die geschickte Taktik, mit der er seinen Kontrahenten vor sich hertrieb, kurz zurückwich, nur um blitzschnell wieder vorzupreschen. Der Gegner teilte ein paar Rechte aus, die Henning locker abwehrte. Jede Bewegung der beiden wurde von lauten Rufen und Pfiffen aus dem Publikum begleitet, und die Atmosphäre in der Halle war so spannungsgeladen wie bei einem Sommergewitter. Immer wieder wurde Hennings Name skandiert. Er boxte hoch konzentriert und schien von dem Tumult um ihn herum nichts zu bemerken. Er überraschte mit Schlägen, die niemand hatte kommen sehen, und drängte seinen Gegner in die Defensive. Der Schweiß lief ihm über die Stirn, doch er ließ sich nicht irritieren. Mit leichten Schritten umrundete er seinen Kontrahenten, täuschte eine Rechte an, doch sein Haken kam von links. Isa betrachtete fasziniert Hennings sportliche Vorstellung. Er wirkte völlig losgelöst von dieser Welt, schien jeden Muskel seines Körpers zu beherrschen, und alles, was enorme Kraft kosten musste, wirkte bei ihm kinderleicht, als würden die Gesetze der Schwerkraft für ihn nicht existieren. Er tänzelte über die Bretter, hielt die Arme zur Deckung nah am Kinn, wirbelte mit dem Oberkörper herum, bündelte seine gesamte Energie und legte sie in seinen nach vorn schießenden Arm. Sein Gegner schwankte, fand aber im letzten Moment sein Gleichgewicht wieder. Das Publikum raste. Dass Henning der überlegene Kämpfer an diesem Abend war, bemerkte sogar Isa, die vom Boxkampf keine Ahnung hatte.

Doch mit einem Mal wurde es brenzlig für Henning. Der Gegner setzte ihm mit schnellen Schlägen zu, die auf Hennings Oberkörper einprasselten, und Isa bekam Angst um ihn. Ihr war erst bewusst, wie laut sie seinen Namen gerufen hatte, als er für den Bruchteil einer Sekunde den Kopf abwandte und zu ihr sah. Das war ein fataler Fehler, denn in diesem Moment traf ihn die Faust des Gegners am Kinn und riss ihn von den Füßen.

»Nein!«, rief Isa, schlug die Hände vors Gesicht und rannte blindlings aus der Halle. Draußen auf der Straße spürte sie, dass jemand sie am Arm festhielt, und blickte in Viktors Gesicht.

Er sah sie entgeistert an. »Was ist eigentlich los mit dir? Der Kerl hat doch nur einen Kinnhaken abbekommen, warum rennst du da gleich raus?«

»Das war Henning.«

»Ja, klar. Henning Wagner. Der boxt schon länger für den Club.«

Isa schüttelte den Kopf. »Das war Wittmann.«

Viktor packte sie an den Schultern. »So langsam mache ich mir ernsthaft Sorgen um dich. Das ist Henning Wagner, das werde ich ja wohl wissen, ich habe ihn schon öfter hier im Ring gesehen. Also was für wirres Zeug erzählst du da? Denkst du, ein Wittmann würde in so einem Laden boxen?«

Isa sagte nichts mehr. Mochte Viktor glauben, was er wollte; sie wusste es besser. Und vielleicht gab es ja auch einen

Grund dafür, dass Henning hier unter falschem Namen antrat, schließlich stand er als Sohn des Unternehmers Wittmann in der Öffentlichkeit wohl unter ständiger Beobachtung. Es war ihr auch egal, denn die Frage, die ihr wirklich auf der Seele brannte, lautete ganz anders. Warum war sie so erschrocken, als er niedergeschlagen worden war? Es konnte ihr doch egal sein, schließlich war er ein Wittmann, mit dem sie nichts zu tun haben wollte.

Kapitel 14

»Hast du dir noch einmal alles durch den Kopf gehen lassen?«, fragte Herr Magnusson. Es war früher Nachmittag und gerade etwas ruhiger am Kiosk. Isa brühte frischen Kaffee auf und stellte Tassen für den nächsten Ansturm bereit. Herr Magnusson fuhr unbeirrt fort, auf sie einzureden. »Mathilde ist auch der Meinung, du sollst dir das noch einmal überlegen. Du könntest den jungen Mann um Verzeihung bitten, vielleicht gibt er dir noch eine Chance.«

Isa schüttelte den Kopf. »Ich werde Henning Wittmann nie mehr wiedersehen.«

»Oh, hoffentlich weiß er das auch«, entgegnete der alte Herr, und in seiner Stimme lag ein Schmunzeln. Isa legte den Deckel auf die gefüllte Kaffeekanne und wandte sich zu ihm um. »Wie meinen Sie das?«

Herr Magnusson machte eine Kopfbewegung zur Luke, wo gerade ein junger Mann in einem braunen Anzug und hellem Hemd erschien. Am Kinn trug er ein Pflaster, das eine grünblaue Verfärbung nicht ganz verbergen konnte.

Isa sah Henning wie vom Donner gerührt an. Er war wiedergekommen? Sie wollte sich nicht eingestehen, dass sie insgeheim froh darüber war, ihn so putzmunter auf den Beinen zu sehen, denn sie hatte sich die ganze Nacht gefragt, ob er bei dem Kampf ernsthaft verletzt worden war.

»Guten Tag«, grüßte er mit freundlicher Miene. »Ich möchte ein Berliner Tageblatt, eine Tasse Kaffee und eine Erklärung bitte.«

Isa schlug das Herz bis zum Hals.

»Kaffee ist alle«, log sie, griff fahrig nach der Zeitung und legte sie vor ihn hin.

»Dann nehme ich von dem da hinten«, antwortete Henning gelassen und deutete auf die Kanne auf der Anrichte. Isa seufzte, füllte eine Tasse mit Kaffee und stellte sie mit so zittrigen Händen vor ihn hin, dass er überschwappte. Henning brachte schnell seine Zeitung in Sicherheit und lächelte sie an. »Danke. Was schulde ich Ihnen?«

»Neunzig Pfennig«, brachte sie heraus.

Er legte ein Zweimarkstück hin. »Stimmt so. Fehlt nur noch die Erklärung.«

Als Isa nicht antwortete, griff Henning nach der Kaffeetasse und der Zeitung und wandte sich zu einem der Tische. »Ich habe Zeit.« Er setzte sich gemütlich auf einen der Stühle, verschränkte die Arme hinter dem Nacken und blinzelte in die Sonne. »Viel Zeit.«

»Nun geh schon raus zu ihm«, raunte Herr Magnusson Isa zu. Sie schielte nach draußen und sah Henning, der nun am Kaffee nippte und die Zeitung aufschlug. Doch sie schüttelte den Kopf, griff den Korb mit Brötchen und begann, sie mit Butter zu bestreichen und mit Käse zu belegen. Sie wollte jetzt nicht mit Henning über ihren Vater reden, denn bei diesem Thema wäre sie in Tränen ausgebrochen.

Nachdem Herr Magnusson leise vor sich hin brummend eine Tasse Kaffee gefüllt und sich damit zu Henning an den Tisch gesetzt hatte, hörte sie, dass Henning bereitwillig ein Gespräch mit dem alten Mann begann. Und nicht nur mit ihm.

Im Laufe der nächsten Stunden rückten immer mehr Leute ihre Stühle zu ihm an den Tisch, bestellten Kaffee, Brötchen und Kekse und schienen sich prächtig mit ihm zu unterhalten. Wann immer Isa etwas an den Tisch brachte, traf sie sein fragender Blick, und sie drehte sich hastig um. Würde er denn heute gar nicht mehr gehen? Einmal atmete sie auf, als sein Platz für eine Weile leer war, doch vermutlich hatte er nur das öffentliche Klohäuschen aufgesucht, denn auf einmal war er wieder da und bestellte nochmals Tee und Gebäck. Er machte keine Anstalten zu gehen, bis sie am Abend begann, die Auslagen des Kiosks wegzuräumen und die Stühle zusammenzuklappen.

»Was bin ich Ihnen schuldig?«, fragte Henning, als Isa das Tuch von seinem Tisch nahm und zusammenfaltete. Sie rechnete im Kopf alles zusammen, was er den Nachmittag über verzehrt hatte. »Fünf Mark dreißig.«

Er reichte ihr einen Zehnmarkschein. »Stimmt so. Übrigens habe ich das vorhin ernst gemeint. Ich habe sehr viel Zeit. Wenn Sie heute nicht mit mir reden, komme ich morgen wieder und übermorgen und den Tag danach und immer so weiter. So, wie ich einen Herbst und einen Winter lang drei Kinder am Alexanderplatz gesucht habe, die plötzlich verschwunden waren. Also, es liegt jetzt an Ihnen, ob und wann ich erfahre, warum Sie den Vertrag zerrissen haben.«

Er sah sie mit einem bittenden Blick an, stand auf und wandte sich zum Gehen.

Isa biss sich auf die Unterlippe. Er hatte sie gesucht? Einen Herbst und einen Winter lang? Verflixt, auch wenn sie es nicht wollte, so berührte sie das zutiefst. Dann hatte er sie auch vermisst? Das hätte sie nicht einmal zu hoffen gewagt.

»Warten Sie!«

Henning blieb stehen und wandte sich um.

»Ich bin hier gleich fertig«, sagte sie. Als er nickte, stellte sie die Klappstühle zurück in den Kiosk, verabschiedete sich von

Herrn Magnusson und wandte sich wieder ihm zu. »In welche Richtung gehen Sie?«

»Wenn es Ihnen recht ist, werde ich Sie ein Stück begleiten.«

Isa nickte, und sie liefen den belebten Boulevard entlang.

»Wissen Sie, es gab in der Maschinenfabrik Ihres Vaters einmal einen Arbeiter namens Karl Berlinger«, begann sie das Gespräch und konzentrierte sich, die Tränen zurückzuhalten. Und während die tief stehende Abendsonne in ihrem Rücken lange Schatten auf den Gehweg vor ihnen warf, erfuhr Henning die Geschichte von Isas Familie. Er sah sie betroffen an, als sie vom Unfall des Vaters berichtete, der verlorenen Klage gegen die Maschinenfabrik und den wirtschaftlichen Folgen für die Familie. Noch ernster blickte er drein, als Isa von der kleinen Annelie erzählte, die sich in der kalten Wohnung nicht mehr von ihrer Lungenentzündung erholt hatte. Nur von Mutters Arbeit im Metropol verriet sie nichts.

»Vater konnte das alles nicht mehr ertragen und hat die Familie verlassen. Mutter verdiente sehr wenig in der Wäscherei, und als ihr Geld nicht reichte und wir Angst hatten, ein Amt könnte sich einschalten und uns genauso von Mutter wegholen, wie wir es mehrfach in unserem Viertel erlebt hatten, gingen Moritz und ich betteln«, beendete Isa ihren Bericht und wischte sich verstohlen über die Augen.

Henning schwieg einen Moment betroffen.

»Das war dann wohl genau zu der Zeit, als Lottas Unfall hier passierte, nicht wahr?«, fragte er, als sie den Alexanderplatz erreichten und vor der Berolina stehen blieben. Im Hintergrund erhob sich das Warenhaus Tietz, und Isa ahnte, dass ihnen jetzt die gleichen Gedanken durch den Kopf gingen. Hier waren sie sich zum ersten Mal begegnet, an jenem schicksalsschweren Tag vor sechs Jahren. Und hier und jetzt würde sich entscheiden, ob sich ihre Wege für immer trennten. Doch wie sollten sie die tiefe Kluft, die zwischen ihnen lag, überwinden?

»Ja, es war genau zu dieser Zeit«, antwortete sie. »Einige Tage vor Lottas Unfall gab es in unserer Wohnung nichts mehr zu essen. Mutter hatte das Geld für die Miete noch nicht zusammen, und die Hoffnung, dass Vater zurückkommen würde, schwand von Tag zu Tag. Da bin ich zum ersten Mal mit Moritz betteln gegangen. Viktor hat uns am Alexanderplatz aufgegabelt und unter seine Fittiche genommen. Seither passt er auf uns auf.«

Henning sah sie ernst an. »Ich habe vom Unfall Ihres Vaters und den Folgen für Ihre Familie nichts gewusst und verstehe nun Ihre Reaktion auf den Namen Wittmann. Sie müssen uns für Unmenschen halten, für Ausbeuter, die ihre Arbeiter schinden.«

»Ja, genau das denke ich«, gab Isa zu. »Wir haben unsere Lebensgrundlage verloren und Mutter war gezwungen, Arbeit anzunehmen, die sie unter anderen Umständen niemals in Erwägung gezogen hätte. Natürlich ist uns der Name Wittmann seither verhasst.«

Henning runzelte die Stirn. »Soweit ich informiert bin, werden in unserer Fabrik alle gesetzlichen Vorgaben zum Arbeitsschutz eingehalten. Ob diese Vorschriften immer ausreichen oder verschärft werden müssten, steht auf einem anderen Blatt. Aber ich versichere Ihnen, dass ich mir die Akten zum Fall Berlinger heraussuchen werde. Vielleicht kann man nachträglich noch eine finanzielle Entschädigung erwirken. Ich kann Vater darauf ansprechen.«

Wut stieg in Isa auf, und zornig funkelte sie ihn an. »Sie meinen, mit Geld lässt sich alles regeln? Denken Sie, Sie können die Zeit für mich zurückdrehen? Mir meinen Vater wiedergeben? Meine kleine Schwester? Meine verpasste Schulbildung?« Mutters Worte kamen ihr in den Sinn, wie sie von den Kindern der Wittmanns gesprochen hatte, die in Saus und Braus lebten, und sie steigerte sich noch mehr in ihre Wutrede hinein. »Sie können sich doch überhaupt nicht vorstellen, wie es ist, in solcher Armut aufzuwachsen. Sie hatten eine sorglose, glückliche Kindheit; Sie mussten sich nicht morgens beim Aufwachen schon fragen, ob noch irgendetwas Essbares in der Wohnung ist. Ihnen ging es doch immer gut!«

Betroffen wich Henning zurück. Alle Farbe war aus seinem Gesicht gewichen, und seine braunen Augen, die in der Sonne kupferfarben geleuchtet hatten, waren noch dunkler und unergründlicher geworden. Seine Stimme klang kühl, als er zu sprechen begann. »So einfach ist das für Sie? Reich ist gleichbedeutend mit glücklich?« Er lachte bitter. »Es stimmt, dass ich mir nicht vorstellen kann, wie Sie aufgewachsenen sind, und ich maße mir nicht an, auch nur die geringste Ahnung davon zu haben. Sie dagegen sind offensichtlich eine Expertin, was meine Kindheit betrifft, und erlauben sich sogar ein sehr selbstgerechtes Urteil!« Er verengte die Augen. »Nun, unter diesen Umständen ist es tatsächlich besser, wenn sich unsere Wege heute trennen und Sie nicht für uns arbeiten, denn Sie würden Lotta spüren lassen, wie sehr Sie uns Wittmanns verachten. Und Lotta ist mir sehr wichtig.«

Seine Worte trafen sie im Innersten. Hatte er recht? Hatte sie ihn soeben verurteilt? Noch dazu für etwas, das er gar nicht zu verantworten hatte? Er war doch selbst noch ein Kind gewesen, als ihr Vater verunglückte, und hatte von diesem Fall nie gehört! Als er sich wortlos zum Gehen wandte, sah sie ihm betroffen nach. Und wieder fielen ihr nur die beiden Worte ein, die schon so oft zwischen ihnen gefallen waren. »Warten Sie!«

Er blieb stehen und drehte sich zu ihr um.

Sie ging ein paar Schritte auf ihn zu. »Ich weiß nicht, ob ich Ihre Familie verachte, aber sicherlich nicht Lotta. Sie nicht. Lotta muss man einfach gernhaben.«

Er hob eine Augenbraue. »Und das heißt?«

Isa knetete nervös ihre Hände. Mutter kam ihr in den Sinn und die Weinflasche, die sie im Schrank gefunden hatte. Und da war noch Moritz, der aufhören musste, Viktor nachzueifern. Dieser junge Mann vor ihr, dem sie gerade gemeine Sätze an den Kopf geworfen hatte, bot ihr einen Ausweg aus ihren Problemen. Herrgott, wie konnte sie da noch zögern?

»Das heißt, dass ich am Montag zu Lotta kommen kann. Und wenn Sie mit mir zufrieden sind, würde ich die Arbeit als Gesellschafterin gern länger ausüben.«

Ein rätselhaftes Lächeln huschte über Hennings Züge. »Das ist auch das Mindeste, was Sie nach dem Desaster gestern Abend tun können. Immerhin sind Sie mir etwas schuldig.«

Isa riss die Augen auf. »Ich? Was sollte ich Ihnen denn schuldig sein?«

»Ihretwegen wurde ich gestern zum ersten Mal seit Langem im Ring geschlagen. Ich habe gehört, wie Sie meinen Namen gerufen haben, und für einen Augenblick den Kopf abgewandt. Und schon hatte ich einen Faustschlag kassiert.«

Jetzt musste Isa lachen, und ihr Blick glitt zu dem Heftpflaster auf seinem Kinn. »Das tut mir leid. Boxen Sie schon lange? Kann es sein, dass ich Sie einmal im Lunapark in einem Boxzelt gesehen habe, als eine Truppe aus Amerika da war?«

Er sah sie verblüfft an. »Ja, das muss so vor drei, vier Jahren gewesen sein. Sie waren auch da? Und ich habe Sie nicht gesehen?«

Isa schüttelte den Kopf.

»Warum haben Sie mich nicht angesprochen?«

»Das wollte ich ja. Als ich mich endlich getraut habe, war es schon zu spät. Da sind Sie mit Ihrem Begleiter bereits zum Ausgang des Parks gegangen. Ich habe Ihren Namen gerufen, aber Sie haben es nicht mehr gehört.«

Sie sah ihm an, wie unangenehm ihm das war. »Ach, wie schade! Kann ich das vielleicht wiedergutmachen, indem wir den Park einmal zusammen besuchen?«

Isa schüttelte den Kopf. »Nein, danke, aber ich gehe nicht mehr dorthin. Ich habe an dem Tag nicht nur Sie zufällig wiedergesehen, sondern auch meinen Vater. Er arbeitet dort. In einer Losbude.«

»Verstehe«, murmelte er.

In die Stille hinein, die nun zwischen ihnen entstand, fragte Henning: »Warum haben Sie heute doch noch mit mir gesprochen?«

»Weil Sie sagten, dass Sie uns damals gesucht haben. Eine Bande von Kaufhausdieben hat uns vom Alexanderplatz vertrieben, und ich dachte, der Junge in dem hellen Anzug, der immer kam und uns Geld schenkte, würde uns sicher bald vergessen.«

Der intensive Blick seiner unergründlich dunklen Augen nahm sie gefangen, und ihr Herz klopfte wie wild.

»Nein, das hat er nicht«, sagte er leise. »Wie hätte er Sie wohl sonst auf Anhieb im Garten der Fairbanks erkannt, Isa? Der Unfall war immerhin sechs Jahre her.«

Seine Worte brachten sie völlig durcheinander, und schnell wandte sie sich ab. Wie konnte er nur so freundlich mit ihr reden, wenn da doch diese andere Frau war, die er in jener Nacht vor der Villa der Fairbanks umarmt hatte? Doch das ging sie nichts an. »Nun muss ich aber los, hier trennen sich unsere Wege. Wann soll ich am Montag kommen?«

Er lächelte. »Sagen wir um halb neun? Melden Sie sich doch bitte bei Wally in der Küche, sie ist unsere Köchin und die Chefin der Dienstmädchen – eine gute Seele, die Sie mit dem Alltag in unserem Haus vertraut machen wird.«

Isa nickte. »Da ist noch was – Mutters Unterschrift auf dem Vertrag. Können wir damit warten, bis die Probezeit vorbei ist?«

Henning nickte verständnisvoll. »Damit Sie ihr nicht sagen müssen, für wen Sie arbeiten? Kein Problem. Vater wird da sowieso nicht mehr nachfragen. Ich habe ihn schon gebeten, einen zweiten Vertrag aufzusetzen, da ich den ersten ›verlegt‹ habe.« Er grinste. »Wo müssen Sie von hier aus hin? Soll ich Sie begleiten?«

Sie schüttelte den Kopf. »Es ist nicht weit, ich gehe immer allein. Also dann bis nächste Woche, Herr Wittmann.« Und schon eilte sie davon.

Herr Wittmann! Henning mochte diese förmliche Anrede nicht. Er sah ihr nach, doch anstatt sich nun in Richtung Friedrichshain aufzumachen, folgte er ihr in einigem Abstand. Nachdem er sie so lange gesucht hatte, wollte er mehr über sie und ihr Leben erfahren. Ihm gingen hundert Dinge durch den Kopf. Die letzten Tage waren für ihn die reinste Achterbahn der Gefühle gewesen. Die Freude über das Wiedersehen mit Isa, der Wunsch, ihr endlich zu helfen, und dann der Schlag ins Gesicht, als sie sein Angebot zerrissen hatte. Die Angst in ihrer Stimme, als sie abends in der Sporthalle seinen Namen gerufen hatte, und heute der Vorwurf, seine Familie trage Schuld am Schicksal der ihrigen. Um ein Haar wären sie gerade für immer auseinandergegangen.

Warum machte sie es ihm so schwer, ihr zu helfen? Lag es daran, dass sie es gewohnt war, sich um sich selbst zu kümmern? Er musste an das Blitzen in ihren Augen denken, als sie den Vertrag zerrissen hatte. Dieser herausfordernde Blick war ihm schon im Garten der Fairbanks aufgefallen. Sie mochte ein Bettelkind gewesen sein, doch sie nahm nicht alles um jeden Preis.

Henning erkannte, dass er in Richtung Scheunenviertel unterwegs war, und kam in Straßen und Gassen, in denen er noch nie gewesen war. Hier entdeckte er eine ganz neue Seite Berlins. Er kam an Trödelläden, Kneipen und Teestuben mit deutschen, hebräischen und arabischen Namen vorbei, begegnete Menschen mit fremdländischem Aussehen, die wallende Gewänder, Kaftane oder Kippa trugen, sich zum Teil lautstark unterhielten oder leise vor sich hin murmelnd ihre Gebetsschnüre durch die Finger gleiten ließen. In das Berlinerische mischten sich Englisch, Französisch und Jiddisch, arabische und osteuropäische Sprachen. Männer dominierten das Straßenbild, doch auch Frauen waren zu sehen, einige in lange Umhänge gehüllt, andere freizügig gekleidet, offensichtlich auf der Suche nach männlicher Kundschaft. Das Scheunenviertel hatte sich zu einem Schmelztiegel unterschiedlichster Milieus, Kulturen und Religionen entwickelt; es war eine Welt, die Henning nicht kannte.

Doch er wollte sie kennenlernen, denn in diesem Viertel wohnten viele Fabrikarbeiter, die in der Hoffnung auf ein besseres Leben in die glitzernde Großstadt gekommen und hier gestrandet waren – auch Arbeiter der Wittmann-Werke. Was trieb sie an? Hatten sie noch Hoffnung auf eine bessere Zukunft oder betrachteten sie das Scheunenviertel als Endstation, aus der es kein Entrinnen gab, höchstens noch den Abstieg ins Obdachlosenhaus?

Henning war nicht wohl bei dem Gedanken, dass Isa in dieser fremden Welt hier wohnte, in der er an jeder Ecke Gefahren für sie sah, und zum ersten Mal war er froh darüber, dass da immer Viktor gewesen war, der auf sie aufgepasst hatte. Er folgte ihr durch Straßen und enge Gassen. Zwischen Müll und Unrat flitzten Ratten hin und her, streunende Katzen strichen um Häuserecken, Kinder in ärmlicher Kleidung spielten in den schmutzigen Hinterhöfen. Wie viele von ihnen besuchten wohl regelmäßig eine Schule? Was sollte aus ihnen werden? Würden sie eines Tages vor irgendwelchen Geschäften sitzen und betteln?

Seine Beobachtungen nahmen ihn so gefangen, dass er Isa aus den Augen verloren hatte. Verflixt, wo war sie? Eben war sie doch noch vor ihm gelaufen, und nun war sie verschwunden. Er ging weiter und sah sich suchend um. Da kam sie plötzlich aus einem kleinen Gemischtwarenladen, und hätte er sich nicht blitzschnell hinter einer Hauswand versteckt, wäre sie in ihn hineingelaufen. Vorsichtig lugte er um die Ecke und sah das graue Mietshaus, vor dem sie stehen blieb, einen Schlüssel aus der Tasche ihres Kleides zog und die Tür aufschloss. Er sah sie im Haus verschwinden, und atmete erleichtert auf. Nach so vielen Jahren wusste er nun endlich, wo Isa wohnte.

Als er sich auf den Heimweg machte und an einem kleinen Jungen vorbeikam, der in schmutzigen Hosen und mit tränenverschmiertem Gesicht auf den Stufen eines Hauseingangs saß, blieb er stehen. Er kramte in seiner Hosentasche, beugte sich zu dem Kind hinunter, strich ihm über die zerzausten Haare und drückte ihm ein Geldstück in die Hand. Das Lächeln, das er dafür bekam, traf ihn mitten ins Herz.

Kapitel 15

Eine innere Unruhe hatte Isa erfasst, die sie das ganze Wochenende über nicht mehr losließ. Schon am Samstag konnte sie sich nur mit Mühe auf ihre Arbeit im Kiosk konzentrieren, und sie wich Herrn Magnussons fragenden Blicken aus, der sich zwar gefreut hatte, dass Isa nun doch bei den Wittmanns arbeiten wollte, ihr aber anzumerken schien, dass da noch mehr war, worüber sie jedoch nicht reden konnte.

Und heute, am Sonntag, trieb es sie an einen Ort, den sie seit einigen Jahren immer wieder aufsuchte, wenn ihr die Dinge über den Kopf wuchsen.

Sie war mehr als eine halbe Stunde zu Fuß unterwegs, bis sie den Friedhof der Domgemeinde Sankt Hedwig in der Liesenstraße erreichte. Wie schwer war ihrer Familie dieser Weg am Tag von Annelies Beerdigung gefallen! Mutter und Vater waren völlig gebrochen gewesen, sie selbst innerlich erstarrt und Moritz ratlos angesichts der Trauer um ihn herum. Keiner von ihnen hatte fassen können, dass die kleine, fröhliche Annelie nicht mehr bei ihnen war.

Durch das Tor am Haupteingang betrat Isa den katholischen Friedhof, der mit seinen mächtigen, uralten Bäumen an einen Park erinnerte. Stille umfing sie, als sie an den beiden überlebensgroßen marmornen Engeln vorbeiging, die in kniender Haltung den Weg zur Trauerkapelle flankierten, als beugten sie ihr Haupt vor der Endgültigkeit des Todes.

Ihr Weg über den Gottesacker führte an Grabstätten mit Steinmonumenten, Kreuzen und Epitaphen vorbei, viele mit schmiedeeisernen Zäunen umgeben wie kleine Gärten. Auch wenn dieser Ort mit dem dunkelsten Moment ihres Lebens verbunden war, kam Isa nicht umhin, ihn als schön und friedlich zu empfinden. Sie ging durch die Reihen der einfacheren Gräber, bis sie im hinteren Teil des Friedhofs vor einem kleinen Erdhügel stehen blieb, den nur ein schlichtes, verwittertes Holzkreuz zierte. Darauf stand der Name »Annelie Berlinger«.

Isa blickte hinunter auf das Grab, das von Efeuranken überzogen war, und ihr Herz zog sich zusammen. Es war nicht nur die letzte Ruhestätte ihrer geliebten Schwester, die nicht einmal zwei Jahre alt geworden war, sondern stand für das, was ihre Familie verloren hatte. Mit Annelies Tod hatte sich alles verändert. Vater hatte darin den letzten Beweis gesehen, dass er die Familie nicht mehr versorgen konnte, und Mutter hatte kurz darauf gegen seinen Willen die Arbeit im Metropol angenommen, um die größte Not von ihnen abzuwenden. Not, die nach Vaters Unfall in den Wittmann-Werken über sie hereingebrochen war.

Und nun wollte Isa für diese Wittmanns arbeiten, wollte das Kind der Leute hüten, die nie einen Gedanken an das Schicksal der Familie Berlinger verschwendet hatten. Wohl war ihr bei der Sache nicht, denn es kam ihr vor wie ein Verrat – an Vater, an ihrer Familie, an Annelie. Und sogar an den Wittmanns, denn Henning hatte recht gehabt mit seiner Einschätzung, dass sie seine Familie verachtete. Eine Stellung in deren Haus anzunehmen, konnte eigentlich gar nicht gut gehen. Und doch war es der einzige Ausweg aus ihrer momentanen Misere.

Sie ging in die Hocke und zupfte ein paar welke Efeublätter aus den Ranken.

»Was soll ich nur tun?«, fragte sie Annelie.

Erinnerungen an das kleine Mädchen schnürten ihr die Kehle zu. Sie sah Annelie, die sie mit ihren großen blaugrauen Augen anstrahlte, auf ihren Schoß kletterte und die Ärmchen um ihren Hals schlang. Die um ein Lied oder eine Geschichte bettelte und mitten in der Nacht zu Isa ins Bett kroch, wenn sie nicht schlafen konnte. Die jeden Morgen mit einem Lächeln aufwachte, als gäbe es nichts Schöneres als dieses Leben. Doch plötzlich verschwamm das Bild von Annelie, und Isa sah Lotta, die mit seltsam abgewinkeltem Knie auf ihrer Schaukel saß. Ein Mädchen, das sich genauso sehr nach Liebe und Aufmerksamkeit sehnte wie einst Annelie. Und mit einem Mal hatte sie die Antwort, die sie gesucht hatte. Lotta konnte nichts für die Differenzen zwischen den beiden Familien, und Isa wollte dem kleinen Mädchen eine Chance geben. Sie wollte für Lotta da sein, wie sie es für Annelie gewesen war, und vielleicht war das ein erster Schritt, um alte Verletzungen zu heilen. Und wenn sie es durch die Anstellung bei den Wittmanns schaffte, dass Mutter im Metropol kündigen konnte, hatte sie mehr erreicht, als sie sich je erträumt hätte.

»Da ist noch was«, flüsterte sie, als ob Annelie sie hören könnte. »Henning hat mich gesucht. Einen Herbst und einen Winter lang.« Ihre Worte kamen stockend, denn es fiel ihr schwer, das Gefühlswirrwarr in ihrem Inneren zu ordnen. »Er ist mir ein Rätsel, denn er entspricht nicht dem Bild, das ich von reichen Leuten habe. Er ist nett, und ich weiß nicht, ob das gut ist.« Die Efeublätter verschwammen, denn Tränen traten in ihre Augen. »Das wollte ich dir heute sagen, Annelie. Und dass ich dich vermisse. Ich wünschte, du wärst noch hier.«

Kapitel 16

Die Köchin Walburga, von allen nur Wally genannt, war tatsächlich so, wie Henning sie beschrieben hatte. Sie empfing Isa so herzlich, dass diese sich fragte, warum sie sich das ganze Wochenende über so vor diesem ersten Tag im Hause Wittmann gefürchtet hatte.

Isa plagte ein schlechtes Gewissen, denn sie hatte Mutter noch nicht gebeichtet, wer die reichen Leute waren, für die sie arbeiten wollte. Doch womöglich würde sie ja gar nicht bleiben und musste Mutter daher gar nicht erst beunruhigen. Und nun, da sie dieses Haus betreten hatte, fragte sie sich, in welcher Märchenwelt sie da gelandet war. Alles war so fremd und groß und schön. Ihr Blick schweifte durch die gut ausgestattete Küche mit ihrem blitzblank geschrubbten Herd, den vielen Schränken, Töpfen und Pfannen, und sie stellte fest, dass allein dieser Raum um einiges größer war als das Zimmer, in dem sie mit Mutter und Moritz wohnte. Sie hatte bereits eine Küchenmagd und zwei Zimmermädchen kennengelernt, die gerade Brot, Butter und Marmelade auf den Küchentisch stellten, und soeben betrat ein Mann mit hellem, gescheiteltem Haar in dunkler Livree den Raum, der ihr bekannt vorkam. Natürlich, er war Hennings Begleiter im Lunapark und im

Athletikclub gewesen! Wally, die immer noch Isas Hand in ihrer hielt, stellte ihn als den Hausdiener Hans Wagner vor. Dann schob sie Isa ein Stück von sich und musterte sie. »Hm, Lottas Beschreibung lag wohl etwas daneben. Ich habe das falsche Kleid für dich bereitgelegt, Kindchen, du bist ja viel dünner, als ich dachte. Wie alt bist du denn?«

»Sechzehn. Fast siebzehn.«

»Nun gibt es erst mal Frühstück, dann zeig ich dir das Zimmer, in dem du dich in Zukunft umkleiden kannst. Komm, setz dich.«

Isa nahm auf einem freien Stuhl neben einem der Dienstmädchen Platz, und obwohl sie das Gefühl hatte, keinen Bissen hinunterzubekommen, so konnte sie dem frisch gebackenen Weißbrot und der Erdbeermarmelade doch nicht lange widerstehen. Und während sie genüsslich in ihr Brot biss, erfuhr sie einiges über den Alltag der Familie Wittmann.

»Die Herrschaften haben bereits gefrühstückt«, erklärte Wally. »Herr Wittmann ist wie fast jeden Tag bereits auf dem Weg zum Verwaltungsgebäude in der Chausseestraße, und Lotta sitzt oben im Studierzimmer beim Hauslehrer Doktor Schreiber. Die gnädige Frau ist zum Einkaufen gefahren, und Henning …«, sie machte eine vage Handbewegung, »… steckt wie immer irgendwo. Da sein Studium erst im Herbst beginnt, hat er momentan viel freie Zeit.«

»Nicht mehr lange«, warf Hans ein und griff nach der Teekanne. »Am Freitag reisen wir für vier Wochen nach London. In dieser Zeit müsst ihr mit Erwin, dem Bruder meines Schwagers, vorliebnehmen.«

»Dass du mir bloß wiederkommst und nicht am englischen Hof anheuerst«, murrte Wally mit einem strengen Blick auf Hans. Der lehnte sich schmunzelnd zurück und schob die Daumen unter seine Weste. »Warum eigentlich nicht? So ein Leben als Butler im Buckingham Palace könnte ich mir durchaus vorstellen, und King George soll ein sehr umgänglicher Mann sein. Außerdem genießt die englische Küche einen ausgezeichneten Ruf.«

Als Wally drohend den Finger hob, fügte er lachend hinzu: »Aber ich würde sie nie gegen deine Kochkünste eintauschen. Ich bringe dir exotische Gewürze mit, die man hier gar nicht kennt und dort an jeder Straßenecke kaufen kann. Und Kochbücher, verlass dich drauf.«

Wally nickte. »Na gut. Und nun führe ich Isa mal durchs Haus, denn unser kleines Fräulein Lotta hat bald Pause und wird sie suchen kommen.«

An Wallys Seite erkundete Isa die Gesellschaftsräume in der Villa der Wittmanns. Staunend betrachtete sie die zierlichen Möbel, die bunten Teppiche und die Blumenarrangements. Lottas mädchenhaft eingerichtetes Kinderzimmer war ein Traum, und sogar der schlichte Dienstbotenraum unter dem Dach, in dem sie sich in Zukunft umziehen durfte, erschien ihr luxuriös. Als Wally ihr ein knöchellanges Kleid gereicht und sie allein gelassen hatte, sah Isa sich um und strich mit den Fingern über die weiß lackierten Möbel. Selbst das Bett war mit blütenreiner Bettwäsche bezogen. Wie schön es hier war!

Schnell schlüpfte sie aus ihrem Gewand, machte sich am Waschtisch frisch und zog das neue Kleid an. Überrascht blickte sie auf ihr Spiegelbild. War das tatsächlich sie? Sie bürstete ihr schulterlanges hellblondes Haar und flocht es zu einem Zopf, dann verließ sie zufrieden die Kammer.

Sie fand Lotta im Garten auf einer Bank.

»Da bist du ja, Isa! Gefällt es dir bei uns?«

»Und wie!« Isa setzte sich zu ihr.

»Henning sagt, du kommst jetzt immer von Montag bis Mittwoch, stimmt das?«

»So haben wir es vereinbart.«

»Ich freu mich so, wenn wir heute Nachmittag zusammen spielen. Aber vorher habe ich noch Unterricht. Heute ist noch Geschichte und Geografie. Kommst du da auch mit?«

»Wenn ich darf …«

»Aber ja! Dann macht das noch viel mehr Spaß!«

Gespannt folgte Isa Lotta ins Schulzimmer und nahm an einer der beiden Schulbänke Platz. Sie sah sich um. An einer Wand hing eine große Schiefertafel, auf die Doktor Schreiber Jahreszahlen geschrieben hatte, in den Regalen standen ganz alte, in Leder gebundene Bücher neben neueren Ausgaben, an einer Wand befand sich eine Vitrine mit ausgestopften Tieren und an einem monströsen Holzgestell mit Stäben und Kugeln hatten wahrscheinlich schon Henning und sein Bruder das Zählen gelernt. In der Geschichtsstunde hörte Isa aufmerksam den Ausführungen Doktor Schreibers über die Gründung des Deutschen Reiches zu, und als er einen großen, hölzernen Globus aus dem Regal holte, betrachtete sie interessiert die Länder Europas, die er Lotta – und zu Isas größtem Erstaunen auch ihr – erklärte. Ein bisschen war sie enttäuscht, denn sie hatte sich das Deutsche Kaiserreich viel größer vorgestellt. Wie klein war es doch gegen das riesige russische Zarenreich oder gar die Weltmacht Großbritannien, die laut Doktor Schreiber Kolonien auf sämtlichen Kontinenten besaß! War es da nicht gefährlich, wie sehr sich die Lage um die Vorherrschaft auf dem Balkan gerade zuspitzte?

Es freute sie, dass Lotta immer wieder zu ihr herübersah und sie anstrahlte. Das kleine Mädchen schien es zu genießen, endlich nicht mehr allein im Unterricht zu sitzen.

Nach dem Essen, das Isa unten in der Küche einnahm, verging der Nachmittag wie im Flug. Sie verbrachte mit Lotta einige Zeit im nahe gelegenen Park und im Garten, dann suchte Lotta in ihrem Zimmer ein Buch heraus und begann, Isa vorzulesen.

Doch schon bald ging sie dazu über, Isa die Buchstaben zu erklären.

»Lesen ist ganz einfach, Isa«, erklärte sie. »Das lernst du ganz schnell. Mir hat es Henning beigebracht.«

»Was habe ich dir beigebracht?«, fragte eine männliche Stimme, und Isa blickte überrascht auf. In der Tür lehnte Henning und lächelte sie an.

»Das Lesen!«, antwortete Lotta und stürmte auf ihn zu. »Und Isa kann es auch bald. Wo warst du denn den ganzen Tag?«

Sie zog Henning ins Zimmer, und er setzte sich zu Isa an den Tisch.

»In der Stadt, Fräulein Naseweis. Ich habe die letzten Vorbereitungen für meine Reise getroffen.« Er griff in seine Anzugjacke und zog eine kleine Pappschachtel heraus. »Und dir habe ich natürlich auch etwas mitgebracht.«

»Was ist das?« Lotta öffnete neugierig das Geschenk und hielt einen Stoß bunter Spielkarten in der Hand.

»Ein Kartenspiel, das Schwarzer Peter heißt«, erklärte Henning. »Es besteht aus Bilderpaaren, die man ablegen darf. Nur eine Karte ist einzeln, siehst du? Diese hier, der schwarze Peter, und wer den zum Schluss auf der Hand hält, hat verloren.«

Lotta klatschte in die Hände. »Oh, das klingt spannend. Spielen wir es gleich?« Sie begann bereits, die Karten zu mischen.

Isa fing Hennings fragenden Blick auf und nickte zustimmend. Sie war überrascht, dass er auf ihre Wünsche Wert legte.

»Und, wie war Ihr erster Tag bei den Wittmanns?«, erkundigte er sich, während er seine Karten auf der Hand sortierte.

»Außer Lotta und Ihnen ist mir noch kein weiterer Wittmann über den Weg gelaufen.« Isa legte ihr erstes Kartenpaar ab. »Und die Dienstboten im Haus und Doktor Schreiber sind alle sehr nett.«

Henning zog die Augenbrauen hoch. »Doktor Schreiber?«

»Ja, stell dir vor, Isa kommt nun immer mit zum Unterricht«, antwortete Lotta an ihrer statt und zog eine neue Karte. »Sie findet Geschichte und Geografie spannend. Und lesen lernt sie auch.«

»Dann wird es ja doch noch etwas mit der Schulbildung, oder?«, fragte Henning mit einem Augenzwinkern. »Vorausgesetzt, Sie entschließen sich, zu bleiben.«

Isa kam nicht mehr zum Antworten, denn die Tür wurde energisch geöffnet und ein zweiter junger Mann trat ins Zimmer. Er war größer als Henning, dunkelhaarig und trug eine preußische Uniform.

»Roman!«, rief Lotta. »Wir spielen Karten. Spielst du mit?«

»Nein, Zwerg, dafür habe ich keine Zeit. Und Henning eigentlich auch nicht.«

»Ich bin kein Zwerg. Ich bin gewachsen«, konterte Lotta, und der Mann schmunzelte.

Isa warf ihm einen verstohlenen Blick zu und mutmaßte, dass er Lottas und Hennings älterer Bruder war. Sein letzter Satz, der an Henning gerichtet war, hatte sehr vorwurfsvoll geklungen.

»Und warum sollte ich keine Zeit haben?«, fragte Henning und legte zwei Karten ab.

»Herrje, heute ist doch das Abendessen bei den Pringelheims. Und du bist noch nicht einmal umgezogen!«

Henning stöhnte. »War das heute?«

»Sag nicht, du hast es vergessen! Was wird denn da Felizitas sagen?«

Nun wandte sich Lotta kichernd an Isa. »Die hat sich in den Kopf gesetzt, Henning zu heiraten.«

Isa spürte, wie sich etwas in ihr zusammenzog. War das die schöne junge Dame vom Abend des Balls?

Henning ignorierte Lotta und wandte sich dem dunkelhaarigen Mann zu. »Nein, wie könnte ich das vergessen. Ich habe heute jede Minute an dieses erhebende Ereignis gedacht. Lass mich nur schnell diese Partie mit Lotta und Isa fertigspielen, dann brechen wir in die heiligen Hallen der Kaufhausdynastie Pringelheim auf.«

»Tja, wenn dein Schwesterchen und ein Dienstmädchen wichtiger sind, dann lass dir ruhig Zeit«, spöttelte der andere Mann und verließ das Zimmer.

Henning verdrehte genervt die Augen und wandte sich an Isa. »So, nun haben Sie noch einen Spross der Wittmanns kennengelernt. Das war mein Bruder Roman, Offizier des kaiserlichen Garderegiments und hauptberuflicher Miesepeter.«

Isa lachte. Es war unschwer zu erkennen, dass die beiden Brüder sich nicht sehr nahestanden. Henning beeilte sich nun doch, das Kartenspiel zu beenden. Er warf Isa einen verschwörerischen Blick zu, als er Lotta ganz geschickt ablenkte, unbemerkt den schwarzen Peter aus dem Stapel zog und zu seinen Karten steckte. Sie legten alle Bilderpaare ab, und Henning seufzte entrüstet auf, als seine letzte Karte übrig blieb.

»Ich hab gewonnen!«, jubelte Lotta, sprang auf und fiel ihm um den Hals. »Spielen wir das morgen wieder?«

»Versprochen.« Er löste lächelnd ihre Arme von seinem Nacken. »Aber nun muss ich los, sonst wird Wittmann senior ärgerlich. Ich wünsche euch noch einen schönen Abend.«

Mit diesen Worten und einem freundlichen Lächeln in Isas Richtung verließ er das Zimmer.

Isa wandte sich an Lotta. »Wer sind die Pringelheims?«

»Ach, so ganz reiche Leute, die Kaufhäuser in ganz Deutschland besitzen, und Vater möchte, dass Henning eine der Töchter heiratet.«

Isa verspürte einen Kloß im Hals, doch sie schimpfte mit sich selbst. Was ging sie Hennings Privatleben an! Und als sie das neue Spiel wieder in die Schachtel packte, fragte sie sich, ob vielleicht auch die Karten ihres Lebens gerade neu gemischt wurden. Sie hatte eine vielversprechende Stellung begonnen, Mutter konnte vielleicht bald ihre Arbeit im Metropol beenden, und Moritz hatte angefangen, wieder regelmäßig zur Schule zu gehen. Was wollte sie mehr?

* * *

Isa fühlte sich am nächsten Tag schon nicht mehr so fremd, und ab und zu fragte sie sich, ob man das, was sie in der Villa der Wittmanns machte, überhaupt als Arbeit bezeichnen konnte. Das Personal behandelte sie freundlich, die Mahlzeiten, die sie in Wallys Küche einnahm, waren das Beste, was sie je im Leben gegessen hatte, und aufmerksam folgte sie dem Unterricht bei Doktor Schreiber. In der Pause nahm sie all ihren Mut zusammen und legte dem Hauslehrer eine Rechnung von Moritz' Hausaufgaben vor, bei der sie ihrem Bruder am Abend zuvor nicht hatte helfen können, und geduldig erklärte ihr der ältere Mann mit den gepflegten grauen Haaren und der runden Brille die Grundregeln des Bruchrechnens. Sie war so vertieft in die Aufgaben, dass sie nicht bemerkte, wie jemand ins Studierzimmer trat.

»Also Nachsitzen bei Doktor Schreiber ist mir ja noch in lebhafter Erinnerung, aber dass jemand freiwillig die Pause opfert, um Rechenaufgaben zu lösen, ist mir neu.«

Isa drehte sich um und schaute in Hennings Gesicht, der grinsend hinter ihr stand.

Lotta setzte ihren Bruder sofort ins Bild. »Ja, stell dir vor, das ist eine Aufgabe, die Isas Bruder lösen muss. Sie erklärt ihm heute Abend, wie es geht!«

Henning nickte anerkennend. »Da will ich mal nicht weiter stören.«

»Nein, Sie stören nicht. Wir sind schon fertig, und Lotta hat jetzt eine Pause verdient«, entgegnete Isa.

Sie gingen zu dritt hinaus in den Garten, wo Isa sich auf eine Bank setzte.

Henning gesellte sich zu ihr. »Ich habe Ihren Bruder in der Nacht bei den Fairbanks gesehen. Wie alt ist er?«

»Elf, er wird im Herbst zwölf.«

Henning blickte hinüber zum Gartenzaun, wo Lotta Blumen pflückte. Es war ihm anzusehen, was er dachte. Moritz und Lotta waren fast gleich alt. Sie lebten nur wenige Straßenzüge voneinander entfernt, und doch hätten sie nicht unterschiedlicher aufwachsen können. Genau wie sie und Henning.

»Zwei Welten«, murmelte Isa vor sich hin.

»Aber man muss sich nicht damit abfinden«, entgegnete Henning. »Man könnte so vieles verändern, um die Kluft zwischen Arm und Reich zu überwinden. Seit ich am Tag von Lottas Unfall mit Ihrer Welt in Kontakt gekommen bin, gehen mir dazu viele Gedanken durch den Kopf, die ich einmal verwirklichen will.«

Isa sah ihn verblüfft an. »Aber wie denn? Wollen Sie in die Politik gehen?«

Henning nickte. »Richard Hartmann, ein Mitarbeiter der deutschen Botschaft in London, rät mir immer wieder dazu. Und seine Frau Luise hat recht, wenn sie sagt, dass nur andere Gesetze für mehr Gerechtigkeit in diesem Land sorgen können.«

»Auf so etwas hat mein Vater gehofft. Doch es war vergebens. Ist es nicht fast wie bei Ihrem Kartenspiel von gestern? Wer einmal den Schwarzen Peter gezogen hat, bekommt ihn nur schwer wieder los.«

Henning wehrte ihren Einwand vehement ab. »Das werden wir erst noch sehen. Ich werde die Akten Ihres Vaters noch einmal herausholen.« Er warf ihr einen Seitenblick zu. »Selbst auf die Gefahr hin, dass mich eine gewisse junge Dame wieder anherrscht.«

Isa wusste, worauf er anspielte – ihr Streitgespräch auf dem Boulevard Unter den Linden. »Tut mir leid. Ich würde mich freuen, wenn Sie das tun.«

Sie blickte zu Lotta, neben der gerade Hans erschien. Mit einem schelmischen Blick wandte sie sich an Henning. »Ihre Köchin Wally hat mir gestern das Personal vorgestellt. Dann sind Sie also der ›Neffe von Hans Wagner‹?«, fragte sie leise.

Henning schmunzelte. »Nun ja, man wird erfinderisch, wenn man sich gegen einen Max Wittmann behaupten muss«, gab er ebenso leise zurück. »Ohne diese Notlüge könnte ich nicht für den Club boxen.«

»Und der blaue Fleck neulich am Kinn? Wie haben Sie den Ihrer Familie erklärt?«

»Mit der Behauptung, ich sei im Dunkeln gegen einen Schrank gelaufen.«

Isa lachte. »Dass Ihnen das jemand abgekauft hat.«

»Ich bin halt sehr überzeugend.« Henning wandte sich zur Hintertür um, die gerade zugeklappt war. »Oh, ich glaube, Sie und Lotta werden schon vermisst.«

Isa folgte seinem Blick und entdeckte Doktor Schreiber, der über den Rasen kam. Sie sprang auf. »Himmel, es ist ja noch Unterricht! Wie kann ich denn hier sitzen und die Zeit vergessen.«

»Nur immer langsam«, beschwichtigte sie Henning und erhob sich ebenfalls. »Unser Hauslehrer ist ein sehr netter Mensch und drückt gern einmal ein Auge zu. Außerdem hat er sein Geschichtsbuch dabei, was bedeutet, dass der Unterricht hier draußen weitergeht.«

»Tatsächlich? Unterricht im Garten? Sie wurden wirklich auf der Sonnenseite des Lebens geboren.«

Ein rätselhafter Blick aus seinen dunklen Augen traf sie. »So, meinen Sie? Dann vergessen Sie nicht, dass es kein Licht ohne Schatten gibt.«

Er verabschiedete sich und verließ durch die kleine Pforte den Garten. Und während Isa sich zu Lotta und dem Hauslehrer auf die Bank setzte, grübelte sie über seine letzten Worte nach. Welche Schatten mochte es denn in seinem Leben geben?

Sie bekam ihn in dieser ersten Woche kaum mehr zu Gesicht, da er mit Vorkehrungen für die Reise, die er am Wochenende antreten würde, beschäftigt war, und als sie am Mittwochabend die Villa verließ, blickte sie sich noch einmal nach allen Seiten um. Doch sie konnte ihn nirgends entdecken. Isa musste ihre Enttäuschung hinunterschlucken, denn nun würde sie ihn vier lange Wochen nicht mehr sehen, und er ging ohne ein Wort des Abschieds. Sie ärgerte sich über sich selbst, denn ihr Verstand sagte ihr, dass sie das nicht von ihm erwarten durfte, doch ein Teil von ihr hatte gehofft, er werde ihr dennoch Lebewohl sagen.

* * *

Schon eine ganze Weile stand Henning an der Fassade des Hotels Adlon unweit des Pariser Platzes und ließ den Kiosk nicht aus den Augen. Aus dem Wintergarten im Innenhof der Nobelherberge drang die Musik des Orchesters, das hier regelmäßig nachmittags zum Tanztee aufspielte, und so langsam nervten ihn die schwungvollen Arien und Walzer, denn je länger er Viktor beobachtete, der sich mit Isa vor dem Kiosk unterhielt, desto wütender wurde er. Tschaikowskys »Blumenwalzer«, Franz Lehárs »Gold und Silber« und Verdis »Fantasie« aus »Rigoletto« waren bereits erklungen, während Henning beobachtete, wie Viktors Gesicht immer mürrischer wurde und Isa ihn mit bittendem Blick ansah. Offensichtlich stritten die beiden. Das Orchester setzte zu einem weiteren Walzer an, und Henning wurde immer unruhiger. Er sah, dass Isa sich über die Augen wischte. Weinte sie? Warum? Womit hatte dieser Viktor sie so aufgebracht? Nun ging der Kerl auch noch, ohne sich noch einmal umzusehen, und er sah, wie Isa mit hängenden Schultern die Stühle vor dem Kiosk zusammenklappte. Das war kein günstiger Moment, um vor seiner Abreise noch einmal mit ihr zu reden, doch er war am Abend zuvor im Haus der Hartmanns aufgehalten worden und hatte sie verpasst. Sollte er lieber wieder gehen? Für vier Wochen verreisen, ohne sich zu verabschieden? Er zögerte. Da sah er, wie sie sich von Herrn Magnusson verabschiedete und auf ihn zukam, und da sie ihn nun so oder so sehen würde, trat er aus dem Schatten hervor. Überrascht blieb sie vor ihm stehen, und nun, da sie ihm so nah war, sah er deutlich die Tränenspuren auf ihrem Gesicht.

»Guten Abend«, begrüßte er sie. »Ich habe gehofft, Sie hier noch anzutreffen, aber ich glaube, ich komme ungelegen.«

Sein letzter Satz war mehr eine Frage gewesen, doch Isa schüttelte den Kopf. »Nein, es ist alles in Ordnung.«

»Wirklich? Dann gehe ich ein Stück mit Ihnen, wenn es Ihnen recht ist«, bot er an, und als Isa nickte, liefen sie gemeinsam den Boulevard entlang. Die Musik aus dem Innenhof des Hotels begleitete sie noch eine Weile.

»Isa, Sie wirken so unglücklich, ist etwas vorgefallen?«

»Das hängt nicht mit Ihnen zusammen. Zumindest nicht direkt.«

Er zog hörbar die Luft ein. »Also dann indirekt?«

Isa zuckte die Schultern. »So könnte man sagen. Wissen Sie, Viktor war gerade hier, und er versteht nicht, dass ich nach all dem, was in der Vergangenheit vorgefallen ist, dennoch für Sie arbeite. Und ich ertrage es nicht, dass er auf mich böse ist, denn ich verdanke ihm so viel!«

Henning spürte den Zwiespalt, in dem Isa steckte, und eine Frage, die ihn schon lange beschäftigte, drängte sich über seine Lippen. »Sie stehen ihm sehr nah?«

»Natürlich, er ist neben Mutter, Moritz und Vater der wichtigste Mensch in meinem Leben.«

Obwohl er das geahnt hatte, versetzten ihm ihre Worte einen Stich. »Aber gerade dann müsste er doch verstehen, dass Sie das Beste für Ihre Familie wollen.«

»Er fühlt sich zurückgesetzt, weil ich gesagt habe, dass ich nicht möchte, dass Moritz so wird wie er. Das hat ihn verletzt.« Sie sah aus, als wollte sie schon wieder in Tränen ausbrechen. »Dabei sind Viktor und ich doch Freunde. Er hat mir das Stehlen beigebracht und das Tanzen, mit ihm habe ich vor Polizisten Reißaus genommen und den ersten Champagner getrunken. Das ist es doch, was zählt, oder?«

Henning sah sie verblüfft an. Ein Mädchen, das so offen und gefühlvoll wie Isa war, hatte er noch nie kennengelernt. Wenn er da an den Abend bei den Pringelheims dachte! Alles hatte oberflächlich, künstlich und aufgesetzt gewirkt, nichts hatte ihn wirklich interessiert. Isa dagegen brachte etwas in ihm zum Klingen, berührte ihn in seinem Innersten, weckte Erinnerungen an eine Zeit, als er ein anderer gewesen war.

Er nickte. »Ja, ich denke, das ist es, was zählt. Auch wenn ich bei einigen Ihrer Erfahrungen nicht mitreden kann.«

Nun musste Isa lachen. »Sie meinen das Stehlen und Davonlaufen?« Sie sah ihn schelmisch an. »Ich kann es Ihnen ja beibringen.«

Er stimmte in ihr Lachen ein. »Bei Bedarf komme ich gern auf das Angebot zurück. Ich denke, Sie sind darin Expertin.«

Isa sah ihn ertappt an. »Sie wissen es also? Die Sache mit der Brieftasche? Dass ich nicht ehrlich zu Ihnen war?«

»Ja, das weiß ich.«

»Wirklich? Warum haben Sie dann mein Theater im Garten mitgespielt? Und mir auch noch Finderlohn gegeben?«

»Damit Sie nicht wieder davonlaufen. Und die Belohnung stand Ihnen zu, denn Sie haben mir alles komplett zurückgegeben.«

»Aber …«

Er schüttelte den Kopf. »Ich weiß, in welcher Lage Sie waren. Sie stehlen nicht aus Langeweile.«

Sie atmete erleichtert auf. »Im Moment stehle ich gar nicht mehr und hoffe, dass ich nie mehr dazu gezwungen sein werde. Ehrlich gesagt hatte ich immer ein schlechtes Gewissen dabei und habe mir stets nur reiche Bonzen ausgesucht.« Sie stockte, denn zu spät schien ihr aufzugehen, dass sie ihn gerade beleidigt hatte.

Henning stöhnte pathetisch auf. »Autsch! Das tat mehr weh als der linke Haken, den ich neulich Ihretwegen kassiert habe. Ich glaube, das können Sie nur wiedergutmachen, wenn Sie nach meiner Reise einmal einen Kaffee mit mir trinken gehen.«

Sie lachten beide.

»Aber zuvor habe ich eine Bitte an Sie«, sagte Henning.

»Und die wäre?«

»Meine Schwester ist viel allein, noch dazu, da in meiner Abwesenheit die Vorbereitungen für Romans Verlobungsfeier anstehen und kaum jemand Zeit für sie haben wird. Lotta hat Sie ins Herz geschlossen, aber ich möchte Ihnen auch ganz offen sagen, dass mein Bruder gegen Ihre Anstellung bei uns war. Deshalb hoffe ich, dass Sie bleiben, auch wenn Roman die ein oder andere abfällige Bemerkung Ihnen gegenüber machen sollte.«

Sie konnte ihre Enttäuschung nicht ganz verbergen. »Er wollte nicht, dass ich Lotta betreue? Warum? Hält er mich für keinen guten Umgang?«

»Roman ist sehr standesbewusst und achtet strikt auf Konventionen und Äußerlichkeiten. Aus diesem Grund versteht er sich auch so gut mit Silvia.«

»Ihrer Mutter? Ist das nicht verständlich?«

»Silvia ist nicht unsere Mutter«, wehrte Henning entrüstet ab. »Sie ist Vaters zweite Frau und – milde ausgedrückt – etwas verrückt. Aber das werden Sie selbst noch merken.«

»Aha. Und Ihre Mutter, ist sie … gestorben?«

»Nein, Alice ist nach der Scheidung von meinem Vater nach England zurückgegangen.«

»Nach England? Werden Sie sie sehen?«

Henning war verblüfft, dass Isa genau die Frage stellte, die er eigentlich seit Wochen von seinem Vater erwartete. Doch Max mied das Thema nach wie vor. Und was war mit Roman, kam auch ihm nicht der Gedanke an Mutter?

Er sah Isa an. »Ja, ich werde sie besuchen, aber das weiß niemand, auch Lotta nicht.«

»Verstehe. Ich werde kein Wort darüber sagen.«

Sie hatten die Berolina erreicht, wo sich ihre Wege trennten, und waren stehen geblieben.

Isa lächelte ihn an. »Sie müssen sich keine Sorgen machen, ich werde mich nicht vergraulen lassen. Dafür macht mir die Arbeit mit Lotta viel zu viel Freude, und Wally kocht zu gut. Da muss Ihrem unfreundlichen Bruder schon einiges einfallen, um mich zu vertreiben.«

»Danke. Ich hoffe, er hält sich zurück.« Henning fiel es schwer, sich zu verabschieden. Da hatte er wochenlang der Reise nach England entgegengefiebert, hatte die Tage gezählt, bis es endlich losging, und dann war Isa in sein Leben gekommen und hatte es auf den Kopf gestellt.

Er sah sie an. Sonnenstrahlen verfingen sich in ihrem hellen Haar und ließen ihre Augen, von denen er immer noch nicht wusste, ob sie blau oder grau waren, aufleuchten.

Er räusperte sich. »Dann alles Gute für Sie, Isa.«

»Und Ihnen eine gute Reise, Henning … Herr Wittmann.«

Sie hatte sich zwar schnell korrigiert, doch es war ihm aufgefallen, dass sie ihn beim Vornamen genannt hatte.

»Henning ist schon in Ordnung«, sagte er, doch sie schüttelte lächelnd den Kopf. Er verstand. Als Hausangestellte durfte sie ihn nicht so nennen.

»Das werden verdammt lange vier Wochen«, murmelte er, als sie langsam davonging. Er sah ihr nach, bis er sie irgendwann aus den Augen verlor.

* * *

Es ging hoch her in der Eckkneipe, in der Roman am Tresen lehnte. Seit zwei Stunden feierte er mit seinen Stubengenossen seinen Ausgang, und schon wieder war das Glas vor ihm leer. Das wievielte es wohl war? Den Strichen auf seinem Bierdeckel nach zu schließen das ein oder andere zu viel. Nun ja, dann spielte es sowieso keine Rolle mehr.

Er sah sich um, doch der Mann hinter der Theke war beschäftigt, denn der Schankraum war brechend voll. Eine Bedienung versuchte, sich mit einem Tablett voller leerer Gläser einen Weg durch die Gäste zu bahnen, wurde angerempelt und stieß gegen Roman, der sie und das Tablett geistesgegenwärtig auffing.

»Hoppla, wer kommt mir denn da direkt in die Arme geflogen?«, brachte er mit einem Lachen hervor und zog die Frau näher an sich. »Du bist meine Rettung, aber deine Gläser sind leider genauso leer wie meins. Bring mir noch was zu trinken, hübsches Kind, ich bin am Verdursten.«

»Immer langsam, Herr Offizier!«, schimpfte die junge Frau und befreite sich aus Romans Griff. »Sehen Sie nicht, was hier los ist?«

»Ach, lass die anderen warten. Immerhin hab' ich dich gerade aufgefangen. Ich sag ja immer, Roman Wittmann ist ein Kavalier!«

»Ja, das sagen sie alle.« Die Frau stellte Romans Glas auf ihr Tablett und ging.

Er wandte sich wieder seinen Kameraden zu, die lautstark Geschichten aus dem Kasernenleben zum Besten gaben und ihre Lieder anstimmten. Doch als eine Stunde später die Rede davon war, noch eine andere Bar oder ein Varieté aufzusuchen, runzelte er die Stirn. Er hatte eigentlich nach Hause gehen wollen, weil Henning tags darauf nach London reiste. Auch wenn sein Bruder es mit keinem Wort erwähnt hatte, so war ihm doch klar, dass er Mutter besuchen würde. Wäre es da nicht angebracht gewesen, ihr etwas ausrichten zu lassen?

Roman nahm sein Glas in die Hand und trank es leer. Hatte er damals bei der Scheidung nicht vielleicht doch zu schnell Vaters Partei ergriffen? Und versucht, Mutter zu vergessen?

Doch sie war noch da, sagte ihm eine innere Stimme, die er laut und deutlich vernahm, auch wenn der Alkohol langsam seine Sinne vernebelte. Und sie hatte ihn nicht aus ihrem Leben gestrichen; er hatte sogar mitbekommen, dass Vater anfangs ihre Briefe ungeöffnet wieder zurückgeschickt hatte. Wie einfach wäre es gewesen, ihr ein Lebenszeichen von sich zukommen zu lassen. Einen Brief, eine Karte zum Geburtstag, zu Weihnachten. Die Adresse der Wilsons in London und Hatfield war hinlänglich bekannt.

Doch er hatte es nicht getan. Heute nun hatte er die Chance, Henning ein Schreiben an sie mitzugeben. Er hätte jetzt nur seine Drinks bezahlen, von seinem Barhocker aufstehen und nach Hause fahren müssen. Und das wollte er auch tun. Er griff schon zu seinem Portemonnaie, als der Offizier neben ihm fragte: »Du kommst doch auch noch mit, Wittmann?«

Roman sah ihn an, und als er antwortete, kam es ihm vor, als hörte er die Worte eines Fremden: »Klar komm ich mit.«

Sie zahlten und zogen durch die Straßen Berlins. »Wenn wir marschieren«, sangen sie dabei aus voller Kehle eines ihrer Soldatenlieder. Und irgendwann zwischen Mitternacht und Morgengrauen hatte Roman, auf einem Barhocker sitzend, auf dem er sich kaum noch halten konnte, in der Hand ein Glas, im Arm eine Frau, deren Namen ihm schon entfallen war, Hennings Reise vergessen.

Kapitel 17

Die Landschaft flog an ihnen vorbei, doch Henning hatte keinen Blick dafür. Seit zwei Stunden saßen er, Luise und Hans in ihrem Abteil erster Klasse im Fernzug Berlin-Hamburg. Kurz hinter Rathenow war Luise in ihren Polstern eingenickt, Hans las in einem Buch, und Henning hatte die Gelegenheit ergriffen, sich die Unterlagen über den Fall Berlinger vorzunehmen, die er vor seiner Abreise aus dem Firmenarchiv geholt hatte. Er hatte sich so sehr in die Schriftstücke vertieft, dass er völlig vergaß, wo er sich befand. Das Ganze las sich wie ein Kriminalfall – der Unfallhergang, die Zeugenaussagen, der Bericht eines Sachverständigen, die Gerichtsverhandlung mit der anschließenden Abweisung der Klage des Karl Berlinger. Henning studierte Seite um Seite, machte sich Randnotizen, brütete über Gesetzestexten. Erst als sich Luise im Sitz gegenüber rührte, blickte er auf und nahm wieder das monotone Rattern der Räder auf den Schienen wahr. Er blickte aus dem Fenster. Da der Zug gerade eine lang gezogene Kurve fuhr, sah Henning vor sich den Anfang der Waggonreihe mit der großen Dampflok, die schwarzen Rauch in den Himmel stieß und ihn mit jedem Meter seinem Ziel näherbrachte. Fast musste er lachen, als ihm der Gedanke kam, dass die Lokomotive, die ihn zu Mutter brachte, in Vaters Werk gefertigt worden war. Wenn der gewusst hätte, dass Alice der Hauptgrund war, warum Henning nach London reiste!

»Oh, du musst deine Lektüre wegen mir nicht weglegen«, sagte Luise, die eben erwacht war, als er seine Akten einpacken wollte. »Lies nur weiter.«

Henning seufzte. »Ein schwieriger Sachverhalt. Ein Arbeitsunfall, der sich vor Jahren in unserer Fabrik ereignet hat. Ich lese schon die ganze Zeit darin, und vielleicht ist es gut, wenn ich einmal Pause mache. Außerdem wäre ich ein schlechter Reisebegleiter, wenn ich unterwegs nur Akten studieren wollte.«

Luise wehrte ab. »Ach was! Erzähl mir davon. Was macht es so schwierig? Und vor allem, warum befasst du dich damit, wenn das Ganze schon Jahre zurückliegt?«

Henning setzte Luise über den Fall Berlinger ins Bild.

»Ich hoffte, in den Akten etwas zu finden, das Isa weiterhelfen könnte – einen Entschädigungsanspruch oder etwas Ähnliches. Aber so, wie ich es sehe, wurde von unserer Seite nichts versäumt. Die Maschine, an der Herr Berlinger verunglückt ist, war erst kurz zuvor gewartet worden, er hat die gesetzliche Abfindung erhalten, und seine Klage auf Fahrlässigkeit wurde vor Gericht abgewiesen. Damit war aus rechtlicher Sicht alles ausgeschöpft.«

»Verstehe. Dein Vater hat sich also an die Gesetze gehalten.«

Henning nickte. »Sicher hätte man mehr für den Mann tun können, doch da Vater dazu nicht verpflichtet war, hat er Herrn Berlinger auch keine weitere Unterstützung zukommen lassen. Allerdings sehe ich den Hauptgrund für den Unfall in den Arbeitsbedingungen. Warum gibt es an diesen Maschinen keine effektiveren Schutzvorrichtungen? Und wieso arbeiten die Männer in Zehnstundenschichten? War es nicht einfach

Übermüdung, die zu dem Unglück geführt hat? Müsste man nicht hier ansetzen?«

»Das sind Forderungen, wie sie die Sozialdemokraten und die Gewerkschaften seit Jahrzehnten stellen.«

»Und warum hört man nicht auf sie? Warum werden diese Gesetze nicht geändert? Ich war oft genug in unseren Werkshallen, um zu wissen, wie schwer diese Männer dort schuften. Und in den Akten steht, dass sich der Unfall kurz vor Schichtende ereignete. Wird man nach einem so harten Arbeitstag nicht unaufmerksam? Es grenzt doch geradezu an ein Wunder, dass nicht noch viel mehr passiert.«

Luise lächelte. »Henning, du denkst und sprichst wie ein Sozialdemokrat. Du solltest in die Politik gehen und diese Änderungen in eurer Fabrik einführen.«

Er schnaubte verächtlich. »Als ob Vater das zulassen würde! Nein, ich habe nicht vor, in die Firma einzusteigen. Vaters harten Kurs könnte ich niemals fahren, und Reformen würden er und Roman nicht dulden.«

»Vielleicht kommt eine Zeit, in der Max seine Meinung ändern muss.«

»Ich wüsste nicht, was ihn dazu bewegen sollte. Vater interessiert sich überhaupt nicht für seine Arbeiter. Sieh dir doch nur den Fall Berlinger an. Ich kann mich nicht erinnern, dass der Name des Arbeiters jemals bei uns gefallen wäre. Es gab damals sogar einen dreitägigen Streik seiner Kollegen, die aus Protest gegen die vor Gericht abgeschmetterte Klage die Arbeit niederlegten, doch Vater drohte mal wieder mit Entlassungen und erstickte den Aufstand im Keim. Davon wurde bei uns nie gesprochen. Oder wissen Sie etwas davon, Hans?«

Henning achtete wie immer streng darauf, den Hausdiener in Gesellschaft anderer zu siezen.

Hans schüttelte den Kopf. »Nein, Herr Wittmann. Wir Dienstboten bekommen vieles mit, wie Sie sich sicher denken können, aber von einem Fall Berlinger ist mir nie etwas zu Ohren gekommen.«

Henning rang entrüstet die Hände. »Das ist es, was ich nicht verstehe. Für einen Arbeiter unserer Firma bricht von einem Tag auf den anderen die Welt zusammen, und in unserem Haus fällt kein Wort darüber.«

»Du solltest dich darüber einmal mit Richard unterhalten«, schlug Luise vor. »Er ist gegenüber diesen liberalen Gedanken sehr aufgeschlossen.«

»Das ist eine gute Idee.« Henning warf einen Blick auf seine Taschenuhr. »Aber nun, denke ich, ist es Zeit für das Mittagessen. Schauen wir mal, was die Küche der Preußischen Staatsbahn zu bieten hat.«

Am späten Nachmittag erreichten sie Hamburg und bezogen ihre Zimmer im Reichshof, einem der führenden Grandhotels der Stadt, in dem Henning und Hans am Abend noch die Hotelbar aufsuchten. Die holzgetäfelten Wände mit ihren Spiegeln und Fensternischen verbreiteten eine angenehme Atmosphäre, und als der Kellner die Gläser mit Weinbrand vor sie stellte, hob Henning das Glas und betrachtete mit versonnenem Blick die bernsteinfarbene Flüssigkeit.

»Hast du meine Mutter eigentlich gut gekannt?«

Hans nickte und trank einen Schluck aus seinem Glas. »Ja, ich kannte Alice gut. Als ich meine Stelle bei Max Wittmann antrat, waren er und Alice seit zwei Jahren verheiratet. Doch schon damals gab es Probleme zwischen deinen Eltern. Alice war zwar keine Frau, die mit ihren Sorgen hausieren ging, doch als Hausdiener bekommt man nun mal viel mit, und manchmal hat sie mir auch ihr Leid geklagt.«

»Aber nicht sie hat die Scheidung eingereicht, sondern Vater. Warum?«

Hans seufzte. »Darüber sollte ich eigentlich nicht reden.«

»Ach komm schon, Hans. Denkst du, mir ist noch nichts darüber zu Ohren gekommen? Gerüchte können schlimmer sein, als endlich die Wahrheit zu erfahren. Oder soll ich etwa Mutter danach fragen?«

Hans wehrte ab. »Nein, erspar ihr das, sie würde sicher nicht gern darüber reden. Wie du sicher weißt, hat dein Vater mit seiner Maschinenfabrik sehr schnell große wirtschaftliche Erfolge erzielt, die er ausgiebig gefeiert hat. Dabei hat er Silvia kennengelernt, die sich in den Kopf gesetzt hatte, nicht nur eine seiner Affären zu werden, sondern ihn zu heiraten. Als sich dein Vater davon nicht sonderlich begeistert zeigte, drohte sie mit einem Skandal, der die Firma in den Abgrund hätte reißen können. Max stand damals für einen großen staatlichen Auftrag in der engeren Auswahl, und schlechte Presse hätte ihn ruinieren können. Er wählte also die Scheidung als das kleinere Übel.«

Henning pfiff durch die Zähne. »So etwas habe ich mir schon gedacht. Kein Wunder, dass ich Silvia nicht leiden kann.« Er trank von seinem Cognac. »Ich habe Mutter nun jahrelang geschrieben, aber nie danach gefragt, ob es wieder jemanden in ihrem Leben gibt.«

»Das denke ich nicht.«

»Warum? Was macht dich da so sicher?«

»Sie ist keine Frau, die ihr Herz leichtfertig verschenkt. Und sie hat nicht mehr geheiratet.«

Henning nickte. »Wahrscheinlich hast du recht. Also, für mich steht fest, dass ich niemals heiraten werde!«

Hans brach in schallendes Gelächter aus.

»Was ist?«

»Ach, ich habe da im Leben so meine eigenen Beobachtungen gemacht.«

»Und die wären?«

»Dass diejenigen, die das so laut in die Welt hinausposaunen, meistens als erste vor dem Traualtar stehen.«

Nun war es Henning, der lachend den Kopf schüttelte. »O nein! Niemals!«

Seine Worte gingen Henning noch immer durch den Kopf, als er am nächsten Tag an der Reling des Dampfschiffes stand, das sie nach England brachte. Nein, eine Ehe kam für ihn nicht infrage. Er wollte frei sein für die Ziele, die er sich gesetzt hatte. Die ihn wegführen würden von seiner Familie. Weit weg.

Er schaute auf das graublau schäumende Meer, das ihn an Isas faszinierende Augenfarbe erinnerte. Und wenn die Wolkendecke aufriss und ein Sonnenstrahl das Wasser zum Glitzern brachte, musste er unwillkürlich an das Aufblitzen denken, das gelegentlich in Isas Augen zu sehen war. Was machte sie nur mit ihm, dass er so oft an sie denken musste?

»Wir sind bald da«, sagte Hans, der neben ihm stand, als die Kreidefelsen von Dover in Sicht kamen. Erinnerungsfetzen aus seiner Kindheit stiegen in Henning auf, an den Moment, da er als Fünfjähriger an der Hand seiner Mutter diese weißen Klippen bewundert hatte. Roman hatte neben ihm gestanden und ihm eine Geschichte von einem Riesen erzählt, der mit einem großen Pinsel diese Felsen weiß angestrichen hatte. Und er hatte es Roman geglaubt, so wie er immer alles für bare Münze genommen hatte, was sein großer Bruder ihm gesagt hatte. Es kam ihm vor wie aus einem anderen Leben.

Er drehte sich zu Hans um. »Können wir unseren Reiseplan einhalten?«

Hans nickte. »Der Kapitän sagt, wir legen pünktlich im Hafen von Dover an und erreichen planmäßig unseren Zug nach London.«

Henning fuhr sich mit den Fingern durch das vom Wind zerzauste Haar. »Sehr gut. Dann werde ich mal nach Luise schauen.«

London war überwältigend. Henning blickte aufgeregt aus dem Fenster des Wagens, den Richard durch die Straßen der Großstadt an der Themse lenkte, nahm die viktorianischen Gebäude, Kirchen und Geschäfte wahr, den hektischen Straßenverkehr, wobei man hier – anders als in Deutschland – auf der linken Seite fuhr, und die nach der neuesten Mode in feine englische Tuche gekleideten Passanten mit ihren Sonnenschirmchen und Bowlerhüten. Er war in London. Endlich!

»Und, Henning, kommt dir noch irgendetwas bekannt vor?«, erkundigte sich Richard.

»Nicht viel, wenn ich ehrlich bin. Es ist wohl doch schon zu lange her. Ich weiß nur noch, dass es vom Bahnhof bis zur Stadtwohnung meiner Großeltern in Mayfair nicht sehr weit war.«

»Das ist richtig. Und der Verwaltungssitz der Wilsons ist auch ganz zentral gelegen. Aber heute können wir dort nicht aufkreuzen, sonst verderben wir ja die Überraschung, die für morgen geplant ist. Was haltet ihr von einem Mittagessen? Ihr müsst hungrig sein nach der langen Reise.«

Henning nickte begeistert. »Mittagessen klingt gut.«

Richard lud sie in ein Restaurant am Piccadilly Circus ein, wo sie gebratenes Lamm mit Yorkshire Pudding und Gemüse, Wein und Kaffee bestellten. Danach schlenderten sie über den belebten Platz und betrachteten die Auslagen der Geschäfte. Und schon kamen Henning zwei Menschen in den Sinn, für die er gern ein Souvenir kaufen wollte – Lotta und Isa. Für seine Schwester fand er in einem Andenkenladen eine Schneekugel mit dem Tower of London, von der Lotta sicher begeistert sein würde. Doch Isa? Was würde ihr gefallen? Vor einem Juwelierladen blieb er stehen, weil ihm ein Armreif ins Auge gefallen war, der mit meerblauen Steinen verziert war.

»Der ist hübsch«, meinte Luise mit einem vielsagenden Lächeln neben ihm. »Der könnte einer jungen Dame gefallen.«

»Findest du? Ich habe noch nie Schmuck gekauft.«

»Doch, Henning, er ist sogar sehr hübsch. Wer auch immer ihn bekommt, wird sich darüber freuen. Geh, kauf ihn.«

Henning betrat das Geschäft. Hans kam ihm hinterher, und während Henning sich das Schmuckstück einpacken ließ, sah Hans sich ebenfalls um.

Henning trat zu ihm, als er gerade eingehend eine Goldkette mit einem herzförmigen Anhänger betrachtete.

»Wie gefällt dir diese Kette?«, fragte Hans.

Henning grinste. »Ich weiß nicht so recht, ob sie mir steht.«

Hans stieß ihm den Ellbogen in die Rippen. »Als ob sie für dich wäre.«

»Und für wen ist sie, wenn man fragen darf?«

»Geht dich Grünschnabel nichts an. Ich will nur wissen, ob sie schön ist, denn ich habe von solchen Dingen nicht viel Ahnung.«

Henning sah Hans an, dass ihm die Sache mit der Kette wichtig war, und fragte sich, wie ihm hatte entgehen können, dass es in Hans' Leben eine Frau gab. »Ja, sie ist wirklich schön.«

»Dann kaufe ich sie. Hilfst du mir? Ich kann doch nur ein paar Worte Englisch.«

»Na, wenn die richtigen dabei sind, reicht das doch. Und wenn ich das goldene Herz an der Kette so betrachte, solltest du unbedingt die drei Worte ›I love you‹ in deinen Wortschatz aufnehmen.«

»Haha, was du nicht sagst! Das waren die ersten drei Worte, die ich überhaupt auf Englisch konnte«, scherzte Hans. Henning hob vielsagend die Augenbrauen. »Nun platze ich aber wirklich bald. Los, sag schon, wer ist die Glückliche?«

»Das werde ich dir nicht auf die Nase binden.«

Henning seufzte, dann wandte er sich an den Verkäufer und bat ihn, die Kette aus der Vitrine zu holen.

Hans ließ sie durch die Finger gleiten, dann lächelte er zufrieden. »Sie ist perfekt«, sagte er.

»Kenne ich sie?«, fragte Henning, als er und Hans später in Richards Wohnung die Koffer in die Gästezimmer brachten. Er hatte Hans den ganzen Nachmittag über keine Ruhe mehr gelassen und versucht, ihn aus der Reserve zu locken. »Kommt sie zu den Boxkämpfen in den Athletikclub?«

Hans, der bisher eisern geschwiegen und alle seine Fragen ignoriert hatte, ließ ein theatralisches Stöhnen hören. »Nein, da war sie noch nie.«

»Aha. Wir kommen der Sache näher. Aber sie weiß, dass du boxt?«

Hans nickte.

»Warum kommt sie dann nicht?«

»Sie kann nicht. Und nun sage ich nichts mehr zu dem Thema, denn wir müssen für morgen packen, schließlich werden wir ja ein paar Tage in Hatfield bleiben«, war alles, was Hans darauf erwiderte.

Das ließ für Henning nur einen Schluss zu: Die Frau war bereits gebunden. Und an Hans' bedrücktem Blick las er ab, dass er damit wohl ziemlich richtig lag. Hans liebte eine Frau, die für ihn unerreichbar war. Verdammt! Wer war sie? Würde er vielleicht während der Reise Näheres erfahren?

Doch lange konnte ihn die Frage nicht mehr fesseln, denn etwas anderes war viel wichtiger. Am nächsten Tag würde er endlich Mutter wiedersehen, nach so vielen Jahren, und sie hatte noch immer keine Ahnung, dass er bereits in England war.

Kapitel 18

Henning fragte sich, wann er zuletzt so aufgeregt gewesen war wie an diesem Morgen. Die Zugfahrt in die nördlich von London gelegene Kleinstadt Hatfield war ihm nicht schnell genug verlaufen, und der verdutzt dreinschauende Chauffeur, der vor dem Bahnhofsgebäude neben einem schicken Automobil stand, wollte einfach nicht verstehen, warum anstatt Luise zwei Männer gekommen waren, die die Wilsons besuchen wollten. Endlich ergab sich der Mann seinem Schicksal, und mit einladender Geste öffnete er die Türen des Vauxhall. Hans zwängte sich mit den beiden Koffern auf die Rückbank, während Henning neben dem Fahrer Platz nahm. Sie fuhren aus der Kleinstadt hinaus ins Grüne, und als der Chauffeur begann, mit blumigen Worten Wissenswertes über die Grafschaft Hertfordshire zu erzählen, durch die sie gerade fuhren, hörte Henning nur mit halbem Ohr zu. Er suchte nach Landmarken, die er noch von seinem letzten Besuch zu kennen hoffte, stellte allerdings bald enttäuscht fest, dass ihm alles fremd vorkam.

Doch als sie irgendwann von der Landstraße abbogen und eine baumbestandene Auffahrt entlangfuhren, an deren

Ende ein in hellem Kalkstein errichtetes Landhaus mit einigen Nebengebäuden in Sicht kam, schlug Henning das Herz bis zum Hals. Er kannte dieses Cottage. Sie waren da.

Die Eingangstür öffnete sich und eine Frau in einem hellen Sommerkleid kam heraus. Mutter! Sie musste also schon auf Luises Ankunft gewartet haben, und Henning konnte es kaum erwarten, dass der Chauffeur den Wagen anhielt. Als er ausstieg und Alice ansah, blieb sie mitten auf dem Kiesweg stehen. Ihre Augen weiteten sich, und die widersprüchlichsten Gefühle spiegelten sich auf ihrem Gesicht.

»Henning?« Ihre Stimme war kaum hörbar. »Bist du das wirklich?«

Henning lief los. Sie kam ihm entgegen, und er fing sie in seinen Armen auf. »Mutter!«, murmelte er. Als er spürte, dass sie weinte, drückte er sie noch fester an sich und strich ihr zärtlich über den Rücken. Auch ihm brannten die Augen, und er musste schlucken bei dem Gedanken, was sie in all den Jahren verpasst hatten. Früher war sie es gewesen, die ihn umarmt und getröstet hatte, und heute war er es, der sie hielt und beschwichtigende Worte in ihr Ohr flüsterte.

»Ja, ich bin da, Mutter. Ich bin es wirklich. Und ich habe dich so vermisst.«

Irgendwann ebbte das Weinen ab. Alice richtete sich in seinen Armen auf und hielt ihn ein Stück von sich weg. »Mein Junge, lass dich anschauen.« Ihre Augen wanderten über seine Gesichtszüge, und sie schien den Neunjährigen in ihm zu suchen, den sie im Haus seines Vaters zurückgelassen hatte. »Du hast dich überhaupt nicht verändert. Allerdings bist du mittlerweile einen halben Kopf größer als ich. Wie kommst du auf einmal hierher?«

Auch er musterte sie, füllte das Bild von ihr, das über die Jahre hinweg aus bloßen Erinnerungen und einer

Schwarz-Weiß-Fotografie bestanden hatte, mit Leben. »Das war Luises und Richards Idee. Sie haben den wundervollen Plan ausgeheckt, dich mit meinem Besuch zu überraschen.«

Alice strich ihm über das Gesicht, als müsste sie sich immer wieder vergewissern, dass er kein Traumbild war. »Das ist euch gelungen. Ich kann es nicht glauben, dass du hier bist. Großer Gott, deine Großeltern werden Augen machen, sie können es immer kaum erwarten, bis ein neuer Brief von dir eintrifft. Und nun bist du selbst da! Komm, sie sind im Garten, dort wird bereits für das Mittagessen gedeckt.«

»Ich bin nicht allein angereist«, sagte Henning, drehte sich ein Stück zur Seite und gab den Blick auf das Auto und den Mann im dunklen Anzug frei, der noch immer dort neben den Koffern stand und seinen Hut in der Hand hielt. Alice sah ihn überrascht an. »Hans?«, murmelte sie und löste sich aus Hennings Armen. »Hans! Sie sind mitgekommen? Was für eine Überraschung!«

Ein verlegenes Lächeln trat auf das Gesicht des Dieners. »Jawohl, Frau Witt…, Mrs Wilson.«

Alice wischte sich über die Augen und ging auf ihn zu. »Ist denn das die Möglichkeit! Meine Güte, ich freue mich so, Sie zu sehen.« Sie reichte ihm die Hand. »Sie sind hier aber kein Angestellter, sondern unser Gast.«

Alice gab dem Chauffeur die Anweisung, Hans die Koffer abzunehmen und in der Küche Bescheid zu geben, dass ein Gast mehr eingetroffen war. Sie fasste Hans am Arm und hakte sich bei Henning unter. »Kommt, wir wollen Mutter und Vater überraschen.«

Eine leise Erinnerung stieg in Henning auf, als er die ältere Dame im pastellfarbenen Sommerkleid mit den gut frisierten weißen Haaren erblickte, die gerade im Pavillon hinter dem Haus das Hausmädchen anwies. Großmutter Vivian! Und der grauhaarige Mann im dunklen Anzug, der am Tisch saß und bei ihrem Eintreffen seine Zeitung zusammenfaltete und die Lesebrille absetzte, war kein anderer als Großvater Andrew! Fragende Blicke trafen Henning, und als Alice mit wenigen englischen Worten erklärte, wer er war, folgte auf einen Moment ungläubiger Stille ein solches Durcheinander an überraschten Ausrufen, dass Henning nicht mehr wusste, wem er zuerst antworten sollte. Es war seine Großmutter, die ihn als Erste in die Arme schloss und nicht mehr losließ. Sie überhäufte ihn mit einer Flut englischer Kosenamen, und auch wenn Henning nicht alles verstand, so war aus ihrem Tonfall und den strahlenden Augen ersichtlich, wie sehr diese Frau ihren Enkel vermisst hatte. Als Großvater Andrew schließlich zu sehr drängelte, musste sie ihn loslassen, und Henning wurde mit festem Griff an die Brust des älteren Herrn gedrückt. Dieser murmelte immer wieder das Wort, das Henning in den letzten Minuten am häufigsten gehört hatte: *»Finally.«* Endlich.

Als die Küchenmädchen mit ihren Serviertabletts erschienen, versuchte Alice, die Wogen der Aufregung zu glätten, indem sie alle an den Tisch bat.

»Setzt euch doch bitte, dann erzählen wir alles der Reihe nach.«

Von seiner Vorspeise, einem zarten Filet Mignon Lili, bekam Henning vor Aufregung kaum mit, wie vorzüglich sie schmeckte, während er seinen Großeltern berichtete, wie es zu dem Überraschungsbesuch gekommen war. Wenn sein Englisch nicht reichte, half ihm Alice weiter, und zwischendurch übersetzten er und seine Mutter das Wichtigste für Hans, damit auch er dem Gespräch folgen konnte. Sie waren bereits beim Hauptgang, bestehend aus Lamm an Minzsoße, Kartoffelpüree und Karottengemüse, als Alice sich nach Roman und Lotta erkundigte.

»Es geht beiden gut«, versicherte ihr Henning, griff das heikle Thema jedoch erst wieder auf, als Mutter ihm nach dem Dessert sein Zimmer zeigte. Er holte eine Schachtel mit Fotos aus seinem Koffer, und Alice setzte sich damit an einen kleinen Tisch. Sie versank förmlich in den Bildern.

»Es ist so lange her«, sagte sie immer wieder. »So furchtbar lange. Wie groß sie geworden sind! Erzähl mir von ihnen.«

Und Henning berichtete. Wenn er Mutter auch schon vieles in seinen Briefen mitgeteilt hatte, so konnte sie doch nicht genug hören von Lotta, dem zauberhaften kleinen Mädchen, das sich von seinem Unfall erholt hatte, und von Roman, der bald seine Offizierslaufbahn abschließen würde und zusammen mit Vater die Firma leitete.

»Ich vermisse euch so sehr, alle drei. Jeden Tag. Als ich damals aus Deutschland weggegangen bin, glaubte ich, an gebrochenem Herzen zu sterben. Max hatte mir ausdrücklich untersagt, mit euch Kontakt aufzunehmen, damit ihr euch schneller an die neuen Verhältnisse gewöhnt und Silvia als eure Stiefmutter akzeptiert. Doch dieses Argument war meiner Meinung nach nur vorgeschoben. In Wahrheit wollte er wohl verhindern, dass ihr die Gründe erfahrt, die zu unserer Scheidung geführt haben, und euch von ihm abwendet. Er wollte immer der Mann mit der weißen Weste bleiben.«

Henning schnaubte. »Na ja, das ist ihm aber nicht so ganz gelungen. Gerüchte über seine Untreue sind mir sehr wohl zu Ohren gekommen, und Roman sicherlich auch.«

»Ja, aber eben nur Gerüchte. Max wollte so viel wie möglich unter den Teppich kehren, um Gras über die Sache wachsen zu lassen. Daher sein Kontaktverbot. Ich war hin- und hergerissen und habe in meiner Verzweiflung doch ein paar Briefe an ihn gerichtet, mit der Bitte, euch Grüße von mir zu bestellen, doch sie kamen ungeöffnet zurück. Ich wollte euch heimlich schreiben und sogar in Deutschland besuchen, doch ich fürchtete, ich könnte euch damit in Schwierigkeiten bringen, und schob mein Vorhaben immer wieder auf. Du kannst dir also vorstellen, wie glücklich ich war, als damals dein erster Brief eintraf.«

Henning nickte. Dann hatte er also richtig vermutet, dass Mutter versucht hatte, ihnen zu schreiben. Was für ein unmögliches Verhalten von Vater, ihre Briefe einfach zurückzuschicken! »Wie kam es eigentlich, dass Max nach der Scheidung über uns das Sagen hatte und nicht du als unsere Mutter?«

Alice seufzte. »Obwohl ich unschuldig geschieden worden bin, konnte ich euch nicht mitnehmen, da nach deutschem Recht der Vater in jedem Falle der gesetzliche Vertreter der Kinder bleibt und Max mir niemals erlaubt hätte, euch nach England zu bringen. Wäre ich in Berlin geblieben, um euch gelegentlich zu sehen, hätte das einen endlosen Streit mit Max bedeutet, unter dem auch ihr gelitten hättet. Schweren Herzens beschloss ich, zurück zu meiner Familie zu gehen, und suchte Trost in meiner Arbeit mit den Waisenkindern. Doch sie sind natürlich kein Ersatz für euch.«

Henning hätte gern gesagt, dass auch Silvia Mutter nicht hatte ersetzen können, doch es stimmte nicht ganz. Roman hatte sich mit ihr arrangiert, und Lotta kannte keine andere Mutter außer Silvia. Er war froh, dass das nicht zur Sprache kam.

»Du wirst Lotta und Roman wiedersehen«, versicherte er ihr. »Wenn ich nach Hause komme, werde ich ihnen von dir erzählen. Und beim nächsten Mal kommen wir zu dritt.«

Mutter lächelte und ergriff seine Hand. »Das wäre mein größter Wunsch, Henning. Und nun sollte ich mal schauen, ob das Zimmer für Hans hergerichtet ist, und du wirst dich sicher ein bisschen ausruhen wollen. Später wird dir Vater das Cottage zeigen, und wenn wir in ein paar Tagen nach London fahren, wirst du deinen Onkel Jack wiedersehen.«

Alice ging, und Henning trat ans Fenster. Er war angekommen, in seiner Familie, die fremd und doch so vertraut war, und bei Mutter, die er so viele Jahre vermisst hatte. Ihm war, als würde sich eine Lücke in seinem Herzen wieder schließen. *Finally.* Endlich.

Kapitel 19

Schon von Weitem sah Isa am Montagmorgen die kleine Lotta vor der Eingangstür der Villa stehen, und aus der Art, wie die Kleine die Straße entlangstarrte und ihr zuwinkte, als sie sie erspähte, folgerte sie, dass Lotta auf sie gewartet hatte. Henning hatte offensichtlich nicht übertrieben mit seiner Sorge, Lotta könnte zu viel allein sein, schloss Isa aus dem Verhalten des Mädchens, das ihr auf den letzten Metern entgegenkam.

»Endlich bist du da! Ich warte schon eine ganze Ewigkeit!«

»Aber ich bin doch ganz pünktlich.«

»Ja, aber das Wochenende war so langweilig ohne dich, und Henning ist verreist.«

Isa beugte sich zu ihr hinunter und sah ihr fest in die Augen. »Aber jetzt bin ich da. Ich ziehe mich rasch um, dann haben wir den ganzen langen Tag vor uns. Komm, damit wir Doktor Schreiber nicht warten lassen.«

Sie wusste schon jetzt, dass die Kleine abgesehen von den Mahlzeiten, die Isa unten bei den Dienstboten einnahm, jede Sekunde des Tages mit ihr verbringen würde.

Für den Nachmittag hatte sich Roman mit seiner Verlobten angekündigt, und ein Tisch wurde im Garten vorbereitet. Als Lotta sich weigerte, auch nur eine Minute von Isas Seite zu weichen, wandte Max sich kurz entschlossen zu ihr um. »Dann setzen Sie sich in Gottes Namen dazu.«

Isa amüsierte sich zwar köstlich darüber, wie gut Lotta ihren Vater manipulieren konnte, doch der Gedanke, mit den Herrschaften am Tisch zu sitzen, bereitete ihr dennoch Unbehagen.

Zur verabredeten Zeit versammelten sich alle im Garten, wo der Tisch mit weißem Leinen und feinem Porzellan eingedeckt war und die Hausmädchen Kuchenplatten auftrugen. Isa hielt sich im Hintergrund, als Roman mit Therese eintraf, und musterte die zierliche Person in dem wunderschönen Kleid. Therese war hübsch, doch neben dem stattlichen Offizier wirkte sie blass und verloren. Es traf Isa sehr, als Roman bei ihrem Anblick seinem Vater zuraunte: »Speisen wir neuerdings mit dem Personal?«

Max hob genervt die Arme. »Du kennst doch Lotta mit ihrem Dickkopf«, zischte er zurück. »Und außerdem – Mademoiselle und Doktor Schreiber sind doch auch immer mit am Tisch.«

»Doktor Schreiber ist Lehrer, Vater. Isa ist ...«

Isa hörte nicht mehr, was Roman über sie sagte, denn Lotta fasste sie am Arm und zog sie zum Tisch, wo sie neben dem Kind Platz nahm. Sie fragte sich allerdings, wie sie Romans rüde Worte aufgefasst hätte, wäre sie nicht von Henning vorgewarnt worden. Das Hausmädchen reichte Isa ein Sahneröllchen, das köstlich schmeckte, doch der Kaffee – offensichtlich echter Bohnenkaffee, den Isa noch nie getrunken hatte – war so bitter, dass sie unauffällig noch einen Löffel Zucker mehr nahm, um ihn überhaupt trinken zu können. Da lobte sie sich doch den Getreidekaffee, der bei ihnen zu Hause und im Kiosk getrunken wurde, weil er preiswerter war.

Es wurde viel geredet, und bald drehte sich die Unterhaltung ausschließlich um die Verlobungsfeier. Man besprach die

Gästeliste, und Namen rauschten an Isas Ohr vorbei, die ihr nichts sagten. Nur die Familien Pringelheim und Fairbanks konnte sie zuordnen. Aus dem Wortwechsel und den Blicken, die Max und Roman tauschten, entnahm sie, dass Vater und Sohn sich blendend verstanden.

Roman lehnte sich in seinem Stuhl zurück, blinzelte in die Sonne, dann warf er Therese ein Lächeln zu. »Es wird einen Ball geben, mit Musik und Tanz.«

»Dieses Mal darf ich aber auch dabei sein!«, rief Lotta.

Roman sah sie abschätzig an und schüttelte den Kopf. »Du? Das ist nichts für dich, Zwerg.«

»Ist es doch!«, kam die entrüstete Antwort. »Und wenn du denkst, ich bin noch zu klein, dann irrst du dich. Ich bin schon zehn!«

Roman hob bedauernd die Hände. »Was willst du denn auf einem Ball? Mit deinem Bein kannst du doch gar nicht tanzen.«

Isa hielt unwillkürlich die Luft an. Sie wusste mittlerweile, dass Lotta nicht auf ihr Hinken angesprochen werden wollte, und sie sah, wie die Kleine die Stirn runzelte und ihre Augen sich verdunkelten. Lotta blinzelte Tränen weg, doch ihre Stimme war laut und deutlich, als sie sagte: »Bis dahin kann ich es!« Es klang wie eine Drohung, und als Isa beobachtete, dass Lotta von dem Moment an nichts mehr aß und nur noch wie versteinert dasaß, wusste sie, dass es tatsächlich eine war. Lotta würde bei diesem Fest tanzen, egal wie.

Die Erwachsenen gingen lachend über den Einwand des Kindes hinweg, und Isa hoffte nur noch auf eine günstige Gelegenheit, um mit Lotta den Kaffeetisch zu verlassen. Als Doktor Schreiber sich erhob, schloss sie sich ihm an.

»Lotta muss noch ihr Gedicht lernen«, brachte sie als Entschuldigung hervor, fasste das Kind am Arm und ging mit ihm Richtung Haus.

Sie hatten kaum das Kinderzimmer erreicht, als Lotta sich mit einem verzweifelten Blick an Isa wandte. »Wie kann ich tanzen lernen?«

Isa war völlig überfragt. Tanzen? Ein Kind, das beim Laufen hinkte? Als sie nicht antwortete, wandte Lotta sich ruckartig ab, warf sich auf ihr Bett und brach in ein jämmerliches Schluchzen aus.

»Ich hasse Roman!«, rief sie. »Warum hat er das gesagt? Vor allen anderen! Henning hätte das nie gemacht!«

Isa hätte am liebsten mitgeweint, als sie sich zu Lotta setzte und ihr sanft über das Haar strich. Sie kam sich so hilflos vor! Wenn nur Henning jetzt hier gewesen wäre, der hätte Rat gewusst! Kaum war er ein paar Tage weg, da fehlte er schon an allen Ecken und Enden.

Sie griff nach dem Buch auf Lottas Nachttisch. »Wollen wir mal schauen, wie es mit Tom Sawyer weitergeht?«, versuchte sie, beruhigend auf Lotta einzureden. »Und wolltest du mir nicht noch ein paar Buchstaben beibringen? Weißt du, Moritz lernt auch gerade lesen und wartet heute Abend darauf, dass ich ihm helfe. Aber ich kann es noch nicht und bräuchte deine Unterstützung, denn du bist gut darin. Moritz würde Augen machen, wenn er dir beim Vorlesen zuhören könnte.«

Sie spürte, wie das Schluchzen abebbte. Lotta drehte sich zu ihr um und wischte sich mit den Fäusten die Tränen vom Gesicht. Ein zartes Lächeln erschien auf ihrem Gesicht. »Ehrlich?«

Isa nickte. »Ehrlich. Das kann niemand so gut wie du.«

Lotta setzte sich auf, nahm das Buch zur Hand und begann, Isa vorzulesen.

Kapitel 20

Die Tage in Hatfield vergingen wie im Flug. Großvater Andrew hatte Henning durch das Cottage mit seinen Stallungen und Wirtschaftsgebäuden geführt, und seit er Hennings Begeisterung für die beiden Reitpferde bemerkt hatte, schien es ihm ungeheuren Spaß zu machen, seinem Enkel morgens nach dem Frühstück Reitunterricht zu erteilen.

Sie unternahmen Ausflüge in die Umgebung und machten Picknick im Grünen, doch am liebsten waren Henning die Stunden, die er allein mit Mutter verbringen konnte. Es gab so viel zu erzählen, um die verlorenen Jahre mit Leben zu füllen.

Auch heute hatten er und Alice ihren Korb mit Proviant gepackt und waren zum nahe gelegenen See aufgebrochen, wo sie ihre Decke unter den Ästen eines Baumes ausbreiteten. Ein leichter Wind raschelte in den Blättern über ihnen, kräuselte die silbern glitzernde Wasseroberfläche und spielte mit den Schilfhalmen am Ufer.

»Roman wird sich verloben«, erzählte Henning, als er den Korb abstellte und sich auf die Decke niederließ.

»Verloben? Roman?« Alice setzte sich ebenfalls und holte eine Schale Weintrauben heraus. »Mit wem?«

Henning zupfte einige Früchte von den Stielen. »Sagt dir der Name Naumann noch etwas?«

»Natürlich. Eine reiche Industriellenfamilie aus Berlin. Max hat sie schon zu meiner Zeit hofiert.«

»Ja, und nun tut es Roman. Seit Jahren redet Max ihm ein, dass es keine bessere Partie für ihn gebe als Therese, die Tochter des Hauses.«

»Liebt er sie denn?«

Henning zuckte die Schultern. »Ehrlich gesagt, weiß ich das gar nicht. Wir leben zwar im gleichen Haus, wenn er nicht in der Kaserne ist, aber wir haben wenig Kontakt. Ich war der Letzte, der überhaupt von der Verlobung erfahren hat.«

»O!« Alice wirkte sichtlich enttäuscht. »Das ist schade. Ihr habt euch als Kinder sehr gut verstanden. Roman ist immer dein Vorbild gewesen. Du bist ihm nachgelaufen wie ein Hundewelpe, hast alles gemacht, was er wollte, und nie ein Wort von ihm infrage gestellt.«

Henning schmunzelte bei dieser Vorstellung, und er konnte sich auch noch vage an diese Zeit erinnern. »Das hat sich alles geändert, als du gegangen bist. Roman ist der Musterknabe, der, der immer Vaters Willen erfüllt. Und ich weiß nicht, wie viel davon auch sein eigener Wunsch ist. Als er von der Verlobung sprach, wirkte er absolut nicht begeistert.«

Alice sah betrübt aus. »Das tut mir leid für Roman. Er hat wohl sehr unter der Scheidung gelitten, denn er hat sich zuletzt ganz in sich selbst zurückgezogen, ist mir ausgewichen und wollte sich gar nicht richtig von mir verabschieden. Ich hoffe, er wird glücklich. Und was ist mit dir, Henning? Wie sehen deine Pläne aus?«

»Ich will studieren und vielleicht Richards Rat folgen und in die Politik gehen. Auf alle Fälle möchte ich frei sein und auf eigenen Füßen stehen, um nicht ein Leben lang an Vater und die Firma gebunden zu sein.«

Alice holte eine Dose mit Haferkeksen aus dem Korb, eine Flasche Obstsaft und zwei Gläser. »Du wärst nicht von Max abhängig, du nicht, und Roman und Lotta auch nicht. Dafür hat dein Großvater gesorgt.«

Henning nahm sich einen Keks. »Wie meinst du das?«

»Er hat für jeden von euch bei einer Berliner Bank ein Konto eröffnet, über das ihr ab dem Tag eurer Volljährigkeit verfügen könnt. Max hat darauf keinen Zugriff, denn die Konten laufen auf Vaters Namen.«

»Was?«

»Ja. Vater wollte, dass ihr nicht auf Max angewiesen seid. Wie du dir denken kannst, hält er nicht viel von ihm.«

»Puh, ich weiß gar nicht, was ich sagen soll.«

Henning kaute bedächtig an seinem Keks. Das waren Neuigkeiten, die ein ganz anderes Licht auf sein weiteres Leben warfen. Ein Leben, in dem er nicht auf die Gunst seines Vaters angewiesen war. Allerdings erst in zwei Jahren.

»Aber in deinem Leben gibt es doch sicher jemanden, der dir etwas bedeutet?«, fragte Alice.

»Nein, da ist niemand. Oder vielleicht doch. Ich weiß es selbst nicht.« Henning ließ sich auf die Ellenbogen zurücksinken, blinzelte durch die Äste des Baumes in den Himmel und erzählte Alice von Isa.

»Du kennst sie bereits aus den Briefen. Sie ist einzigartig und geht mir einfach nicht mehr aus dem Kopf. Sie ist blitzgescheit, auch wenn sie das Gegenteil von sich denkt, sie ist mutig und mitfühlend.« Er blickte zu Mutter hinüber. »Weißt du, sie bringt eine bessere Version von mir zum Vorschein. In ihrer Nähe fühle ich mich wieder wie der Henning, der ich einmal war, bevor ich mich in mein Schneckenhaus zurückgezogen habe. Aber …«

»Aber?«

»Seit dem Arbeitsunfall ihres Vaters in unserer Fabrik sind wir Wittmanns ein rotes Tuch für sie. Ich denke, wenn sie nicht in so großer finanzieller Not gewesen wäre, hätte sie die Stelle nie genommen. Sie hat den Vertrag zerrissen, als sie meinen Nachnamen erfuhr.«

»Und doch ist sie nun Lottas Kindermädchen.«

»Ja, und ich hoffe, sie ist noch da, wenn ich zurückkomme. Leicht wird es ihr Roman sicher nicht machen.«

»O! Aber du weißt hoffentlich, wo sie wohnt?«

Henning lächelte. »Ja. Sie wird nicht noch einmal spurlos aus meinem Leben verschwinden. Ich weiß, wo ich Isa finden kann.«

Kapitel 21

»Tanzen lernen?« Herr Magnusson schaute von seinem Kassenbuch auf und lachte. »Was soll daran so schwer sein? Bring das Mädel mal mit, dann zeig ich ihr, wie man tanzt.«

»Das ist nicht so einfach.« Isa füllte den Stapel mit den Servietten wieder auf. »Lotta hatte als Kind einen Unfall, und seither hinkt sie beim Gehen.«

»Ach herrje!« Herr Magnusson kratzte sich am Kopf. »Dann ist es natürlich schwierig.«

Isa blickte zu Viktor, der am Tresen stand und eine Zigarette rauchte. Sie hatte sich so gefreut, ihn heute zu sehen. Er war noch immer verstimmt über die Wahl ihrer Arbeitsstelle, was sie deutlich an seiner angespannten Körperhaltung und seinem fahrigen Blick ablesen konnte, doch er war gekommen.

»Es käme auf einen Versuch an«, meinte Viktor und blies den Rauch in die Luft.

»Wie meinst du das?«

»Hm, die ganzen Gesellschaftstänze mit ihren Drehungen, Hüpfern und Knicksen scheiden natürlich aus, aber einen langsamen Walzer könnte Lotta vielleicht lernen, wenn man all diese Figuren weglässt. Du müsstest ihn ihr nur beibringen, indem du die Rolle des Mannes übernimmst.«

»Ich soll … was? Ich kann doch gar keinen Walzer.«

»Ach nein? Und was haben wir neulich nachts auf der Wiese getanzt? Als wir Schampus getrunken haben?« Viktor drückte seinen Zigarettenstummel in den Aschenbecher, dann winkte er sie zu sich. »Komm mal her, ich zeig dir, wie ich es meine.«

Isa ging zu ihm. Viktor umfasste sie und führte wieder die Tanzschritte aus wie am Abend des Wohltätigkeitsballs, und sie stolperte ihm mehr schlecht als recht hinterher.

»So haben wir damals getanzt, weißt du noch?«

»Ja, ich erinnere mich.«

»Siehst du, du kannst es noch.«

Er ließ sie wieder los. »Aber um es Lotta beizubringen, musst du dich in meine Rolle versetzen. Deshalb bin ich jetzt Lotta und du führst. Wie habe ich dich eben gehalten?«

Isa überlegte, dann legte sie einen Arm auf seinen Rücken und fasste ihn an der Hand.

»Richtig. Und nun musst du die Schritte gerade entgegengesetzt machen.«

Sie übten eine Weile, traten einander dabei heftig auf die Füße und lachten, doch irgendwann hatten sie den Bogen raus. Als Isa sich nicht mehr auf die Schritte konzentrieren musste, stellte sie fest, dass immer mehr Leute stehen blieben und ihnen zusahen.

»Ich kann nicht glauben, dass ich tatsächlich mit dir auf dem Pariser Platz Walzer tanze«, raunte sie Viktor zu.

»Verflixt, warum haben wir keinen Hut aufgestellt, dann hätten wir noch Geld eingenommen«, gab er lachend zurück. Es tat so gut zu wissen, dass er nicht mehr böse auf sie war. Wie hatte sie unter diesem Streit mit ihm gelitten! Was Viktor und sie verband, durfte wegen der Wittmanns nicht in die Brüche gehen. Sie spürte, dass er plötzlich die Führung übernahm, ihre Hand ergriff und sie so geschickt um die eigene Achse wirbelte, dass die Leute applaudierten.

»Das solltest du natürlich nicht mit Lotta machen, das war zu schnell«, sagte er, als er sie wieder festhielt. »Ich komme am Wochenende zu euch rüber, dann können wir es noch einmal üben. Bis du am Montag wieder zu den Wittmanns gehst, kannst du es.«

Er griff nach seiner Zigarettenschachtel und dem Feuerzeug, die noch auf dem Tresen lagen, hob die Hand zum Gruß und ging davon.

»Danke, Viktor!«, rief Isa ihm nach.

Lotta machte große Augen, als Isa am Montagnachmittag den Tisch im Kinderzimmer zur Seite schob und den Teppich einrollte.

»Was machst du da?«, fragte sie.

»Wir brauchen Platz. Und der Teppich stört.«

»Wobei denn?«

»Wir lernen tanzen.«

»Ach«, meinte Lotta verzagt. »Ich glaube, Roman hat recht. Bei diesen Kotillons und Quadrillen gibt es so viele Drehungen, da würde ich gar nicht mitkommen und den ganzen Tanz durcheinanderbringen. Ich würde nur stören.«

Isa schob den eingerollten Teppich bis zur Wand und sah sich zufrieden um. Nun war ausreichend Platz, viel mehr als in ihrer engen Küche, wo sie am Sonntag, als Viktor gekommen war, den Tisch in die Ecke gerückt und die Stühle daraufgestellt hatten, um tanzen zu können. Er hatte sogar Mutter aufgefordert, und schon lange hatte sie sie nicht mehr so aufgekratzt erlebt wie in dieser Stunde mit Viktor.

Sie drehte sich zu Lotta um. »Wer redet denn von diesen langweiligen Gesellschaftstänzen? Wir lernen Walzer.« Viktors Worte fielen ihr wieder ein. »Weißt du, die ganze Welt tanzt Walzer!«

»Und du glaubst, dass ich das kann?«

»Komm her, versuchen wir es. Schau, der Herr legt seinen Arm auf deinen Rücken und du legst deine Hand auf seinen Arm. Ihr fasst euch bei den Händen. Und nun versuchst du, dich ganz langsam mit ihm zu bewegen. Es geht nur vor, zurück und zur Seite.«

Lotta war die Aufregung anzumerken, als sie gebannt auf Isas Füße blickte und versuchte, ihre Schritte nachzumachen. Anfangs war alles noch sehr steif und ungelenk, doch bald hatte sie den Rhythmus verstanden und bewegte sich so geschickt, dass die leichte Verzögerung mit dem linken Bein kaum auffiel. Isa atmete auf. Sie war sich gar nicht sicher gewesen, ob ihr Plan aufgehen würde, und hatte sich die halbe Nacht schlaflos im Bett herumgewälzt, aus Angst, sie könnte dem Kind falsche Hoffnungen gemacht haben und es dadurch nun noch mehr enttäuschen. Doch so sah es gerade gar nicht aus. Lotta war eine Kämpferin, und sie gab nicht auf. Ihre Schritte wurden immer leichter, und bald blickte sie Isa ungläubig an. »Ich tanze! Ich werde beim Ball tanzen! Roman wird es die Sprache verschlagen, und Henning, was wird er sagen?«

»Er wird völlig aus dem Häuschen sein«, erwiderte Isa und bedauerte jetzt schon, dass sie das nicht miterleben konnte. »Und nun versuche mal, nicht nach unten zu sehen. Schau mir ins Gesicht. Deine Füße können das ganz allein.«

Sie tanzten weiter, und Isa fragte sich, ob sie jemals ein Kind so glücklich hatte lächeln sehen wie Lotta.

Kapitel 22

Der vorläufige Abschied vom Cottage und den Großeltern war Henning schwergefallen, doch er würde Andrew und Vivian vor seiner Abreise noch einmal wiedersehen. Auf Mutter, die die Vorsitzende einer Wohlfahrtsorganisation war, warteten dringende Termine in der Stadt, und so waren sie am Morgen nach London zurückgekehrt.

In der geräumigen Wohnung der Wilsons in Mayfair brachte Hans die Koffer ins Gästezimmer, während Henning auf den Balkon hinaustrat und den Blick auf den Hyde Park genoss.

»Schön ist es hier bei euch!«, sagte er zu Mutter, die neben ihm stand. »Noch schöner, als ich es mir in all den Jahren ausgemalt habe. Ich würde am liebsten für immer bleiben. Ihr seid eine hinreißende Familie.«

Alice lächelte. »Du gehörst zu dieser Familie, Henning, und bist uns immer willkommen. Erst neulich fragte mich dein Onkel Jack, ob du wieder geschrieben hast. Willst du ihn nicht in der Firma überraschen, während Hans mir hilft, meinen Besuch im Armenviertel heute Nachmittag vorzubereiten?«

»Gern! Doch wenn du ins East End gehst, möchte ich dich auch begleiten.«

»Aber natürlich. Wenn ich mit den Vorbereitungen fertig bin, hole ich dich in der Firma ab.«

»Einverstanden. Dann überrasche ich jetzt mal meinen Onkel.«

Henning nannte dem Taxifahrer die Adresse in der Chancery Lane und stieg in der viel befahrenen Geschäftsstraße vor einem viktorianischen Gebäude aus. Am Empfangstresen fragte ihn eine nette Dame, was er wünschte.

Henning kramte sein bestes Schulenglisch hervor. »Richten Sie Mister Wilson bitte aus, Henning Wittmann möchte ihn sprechen.«

»Wie war der Name? Henning Wittmann?«

»Genau.«

Die Dame ging in das Büro hinter sich, und da sie beim Eintreten die Tür nur anlehnte, drang eine wohlklingende Männerstimme zu Henning heraus. »Wer? Das soll wohl ein Scherz ein, oder?«

Noch vor der Sekretärin eilte ein Mann mit einem rötlichen Haarschopf und Vollbart aus dem Büro, der bei Hennings Anblick wie angewurzelt stehen blieb und ihn wortlos anstarrte. Dann trat ein breites Grinsen auf sein Gesicht, und mit ausgestreckten Armen kam er auf ihn zu.

»Henning! Du bist es wirklich!«

»Onkel Jack«, brachte Henning noch heraus, bevor er von zwei starken Armen umschlossen wurde wie der verlorene Sohn, der nach Jahren zurückgekehrt war.

»Er ist mein Neffe! Mein Neffe aus Deutschland!«, rief Jack überglücklich der verdutzten Sekretärin zu und zog Henning Richtung Büro. »Bringen Sie bitte Tee und streichen Sie alle Termine für heute Vormittag! Ich bin für niemanden zu sprechen!«

»Du erinnerst dich sicher kaum noch an mich«, sagte Jack, als sie sich in einer gemütlichen Sitzgruppe gegenübersaßen. »Als ich dich zum letzten Mal gesehen habe, konntest du kaum über den Tisch schauen. Und nun sitzt hier ein stattlicher junger Mann! Seit wann bist du hier?«

»Seit Samstag. Ich habe zuerst Mutter und die Großeltern auf dem Cottage überrascht, und heute dich.« Henning nickte der Sekretärin zu, die eine Tasse Tee und ein Milchkännchen vor ihn hinstellte.

»Überrascht trifft das Ganze nicht einmal annähernd. Ich dachte, meine Sekretärin wollte mich auf den Arm nehmen, als sie dich meldete«, entgegnete Jack. »Mit allem hätte ich heute gerechnet, aber sicher nicht mit dir. Wie konntest du Max überreden, uns besuchen zu dürfen? Er hat doch jeglichen Kontakt abgebrochen.«

Henning rührte in seinem Tee. »Er weiß es nicht.«

Jack lachte auf. »Das gefällt mir. Und es lässt mich hoffen, meinen anderen Neffen und meine Nichte auch einmal wiederzusehen.«

Henning hatte die Fotos mitgebracht, und während Jack sie eingehend betrachtete, erzählte er seinem Onkel von Roman und Lotta.

Jack legte die Bilder zurück in die Schachtel. »Es ist ein Jammer, dass wir euch nie sehen. Ihr seid doch Teil unserer Familie. Ich freue mich schon, wenn du heute Abend meine Frau Amy kennenlernst und meine Töchter May und Daisy.«

»Das kleine Gänseblümchen?«, fragte Henning.

Onkel Jack lachte. »Schön wär's. Sie ist eine energische Zweieinhalbjährige, die schon fest mit dem Fuß aufstampfen kann, wenn ihr etwas nicht passt.«

»So groß ist sie schon? Dann ist May ja bereits ein Schulkind! Was habe ich da alles verpasst! Glaub mir, es werden nicht noch einmal dreizehn Jahre vergehen, bis ich das nächste Mal zu Besuch komme.«

Jack nickte bedächtig und trank von seinem Tee.

Da war noch eine Frage, die Henning beschäftigte. »Sag mal, welchen Eindruck hattet ihr anfangs von Vater, als er Mutter kennenlernte?«

Jack strich nachdenklich durch seinen Bart. »Nun, Max war wohl ein sehr fleißiger Student der Maschinentechnik. Er erhielt ein Stipendium seiner Universität für eine Studienreise nach England, was für einen Ingenieur damals äußerst interessant war, denn in puncto Industrialisierung waren wir Briten euch Deutschen ja um Jahrzehnte voraus. Er besichtigte viele Werke und kam dabei auch in unsere Fabrik. Bei dieser Gelegenheit lernte er Alice kennen. Die ganze Familie war von dem charmanten und gescheiten Ingenieur beeindruckt. Niemand hätte gedacht, dass er sich von Alice trennen und eine andere Frau heiraten würde.«

»Wann habt ihr davon erfahren?«

»Erst sehr spät. Alice hat lange alles mit sich selbst ausgemacht, und erst als die Scheidung bereits eingereicht war, hat sie uns geschrieben. Vater hat getobt, Mutter hat geweint, und ich habe Alice sofort telegrafisch Hilfe zugesagt. Ich wäre auch nach Deutschland gereist, doch Alice wollte das nicht.« Jack machte eine kurze Pause. »Vielleicht war das auch besser so, denn wäre Max mir damals unter die Augen gekommen, hätte ich ihn wohl zusammengeschlagen.«

»Kann ich verstehen.«

»Alice hat mir erzählt, dass du dich nie mit deinem Vater verstanden hast. Deshalb denk immer daran, dass du in England auch noch eine Familie hast, ja? Es gäbe viele Möglichkeiten für dich. Du könntest bei uns in Mayfair wohnen und die Universitat besuchen, unsere Firma kennenlernen, mein

Teilhaber werden. Ich werde dir in den nächsten Tagen alles zeigen, und du wirst gar nicht mehr nach Hause wollen.«

»Aber Vater würde niemals seine Einwilligung dazu geben.«

Onkel Jack winkte ab. »Du bist nicht mehr der Neunjährige, über den er zu bestimmen hatte, sondern schon fast erwachsen. So leicht könnte er dir die Erlaubnis zu einem Auslandsstudium nicht verweigern. Da würde uns und unseren Juristen schon etwas einfallen.«

»Das ist ein großartiges Angebot, Onkel Jack.« Henning sah nachdenklich vor sich hin. War es nicht das, wovon er immer geträumt hatte, wenn er mit Mutters Briefen unter dem Kopfkissen eingeschlafen war? Zu ihr nach England zu gehen? Zu seiner anderen Familie? Aber warum machte ihn dieser Gedanke auf einmal so unruhig?

Es klopfte, und Alice trat ins Zimmer. Sie strahlte ihren Bruder an. »Und, Jack, was sagst du zu unserem Überraschungsgast?«

»Dass ich ihn am liebsten hierbehalten würde. Ich könnte einen tüchtigen Kompagnon gebrauchen.«

Alice trat hinter Hennings Sessel und legte ihm die Hand auf die Schulter. »Es wird mir auch schwerfallen, ihn in drei Wochen wieder gehen zu lassen.«

Henning sah sie lächelnd an. »Bist du mit deinen Vorbereitungen fertig? Gehen wir jetzt ins East End?«

Alice nickte, und Henning stand auf.

»Dann sehen wir uns heute Abend«, verabschiedete ihn Jack, als sie das Büro verließen.

Die niedrige Tür, durch die Henning und seine Mutter das graue Häuschen betraten, vor dessen Fassade sich der Müll stapelte, führte direkt in den ärmlichen Wohnraum. Wie in allen Behausungen des Stadtteils, die sie in den vergangenen zwei Stunden besucht hatten, war es auch hier der Geruch nach Essensresten, Schweiß und Unrat, der Henning als Erstes auffiel. Und die Fliegen, die bei der Sommerhitze in Scharen unterwegs waren. Eine Frau mit einem Kopftuch, die in eine Kittelschürze gekleidet war, begrüßte sie mit einem freudigen Ausruf.

»Sind Sie es, Alice? Kommen Sie herein!«

»Ja, ich bin es, Mabel. Ich habe Ihnen wieder etwas mitgebracht.«

Seine Mutter drückte der Frau ein großes, in braunes Packpapier gewickeltes Essenspaket in die Hand, das diese mit einem erleichterten Seufzer an sich presste.

»Danke, Mrs Wilson. Gott segne Sie!«

»Wie geht es Ihnen, Mabel? Was macht der Husten?«

»Besser. Ihre Tropfen haben Wunder gewirkt.«

»Und der Fuß der kleinen Betty? Ich habe neues Verbandsmaterial dabei.«

Mabel deutete auf das verschlissene Sofa hinter ihr, auf dem drei kleine Kinder saßen, die Henning mit großen Augen musterten. »Da sitzt sie. Schauen Sie nur, Alice. Sie will noch immer nicht auftreten. Ich glaube, die Wunde hat sich entzündet.«

Alice ging auf das kleinste der Kinder zu, zog sich einen Stuhl heran und untersuchte vorsichtig den Fuß des Mädchens. »Dann wollen wir mal sehen«, sagte sie und löste die alte Binde. Die Wunde am Fuß nässte. Henning, der heute schon bei mehreren Verbandswechseln assistiert hatte und sich mittlerweile auskannte, holte eine Tinktur aus dem Korb und träufelte einige Tropfen davon auf ein sauberes Tuch, das er Alice reichte.

»Jetzt musst du ganz tapfer sein, Betty, weil es kurz brennt«, erklärte Alice. »Aber du weißt ja, dass du dann auch eine Belohnung bekommst.« Das Kind verzog keine Miene, während die Wunde gesäubert und neu verbunden wurde. »Und denk in Zukunft daran, immer deine Schuhe anzuziehen, wenn du draußen herumläufst, damit du nicht wieder in eine Scherbe trittst, hörst du?«

Betty nickte, und als Henning ihr und ihren beiden Geschwistern ein Bonbon in die Hand drückte, berührte ihn deren schüchternes Lächeln so wie damals das des kleinen Jungen aus dem Scheunenviertel. Und wieder waren seine Gedanken bei Isa, wie so oft in diesen Tagen.

Mit wortreichen Dankesbezeugungen verabschiedete sich Mabel von ihnen, und sie traten wieder hinaus auf die Gasse, wo Hans auf sie wartete. Der Handkarren neben ihm, mit dem sie die Essenspakete beförderten, war schon fast leer.

Henning wandte sich an Alice. »Elend hat doch überall auf der Welt das gleiche Gesicht. Schau dir die unterernährten Kinder an, die wahrscheinlich niemals eine Schule besuchen werden. Wie kann man ihnen denn effektiv helfen?«

Alice seufzte. »Du meinst Hilfe, die länger anhält als nur für die nächsten Tage? Da gibt es nur einen Weg. Du musst die Lebensbedingungen ihrer Eltern verbessern. Angemessene Löhne, geregelte Arbeitszeiten, soziale Absicherung. Nur wenn die Eltern ein menschenwürdiges Leben führen können, wird sich auch etwas für die Kinder ändern.«

»Ich frage mich, warum Vater nie auf die Idee gekommen ist, sich sozial zu engagieren. Hast du jemals versucht, Max zu einem solchen Projekt zu bewegen? Ich habe es schon mehrmals probiert, anfangs hatte ich sogar die Hoffnung, auf diesem Wege Isa zu finden. Aber Vater ist nie darauf eingegangen.«

»Das tut mir leid. Bei mir war es ähnlich. Auch meine Vorschläge hat er als Gefühlsduselei abgetan.«

»Die Einzige, die das erreichen könnte, ist Lotta. Ihr kann er nichts abschlagen.«

»Das ist doch prima«, antwortete Alice. »Wenn Lotta sein Schwachpunkt ist, dann mach dir das zunutze, wenn sie etwas älter ist.«

Henning sah sie überrascht an. »Man könnte meinen, du hättest Ahnung vom Boxsport. Da geht es auch darum, die Schwächen des Gegners zu erkennen.«

Hans drehte sich nach ihm um. »Weißt du, Henning, deine Mutter hat vielleicht niemals im Ring gestanden, aber sie ist noch nie einer Herausforderung ausgewichen und hat sich stets tapfer durchs Leben geboxt.«

Alice lächelte ihn an. »Danke, Hans!«

Und schon standen sie vor dem nächsten Häuschen, wo sie ein ähnliches Szenario erwartete. Und wieder hörte sich Alice geduldig die Klagen der Menschen an und versuchte, die größte Not zu lindern.

»Wir werden morgen wiederkommen«, sagte sie, als sie wenig später das letzte Essenspaket verteilt hatten.

Kapitel 23

Isa war bang zumute, als sie am Morgen den Flur im ersten Stock der Villa entlanglief und vor Herrn Wittmanns Arbeitszimmer stehen blieb. Es war nicht mehr lange bis zu Romans Verlobungsfeier, und sie wusste, dass sie ein Gespräch mit Herrn Wittmann, ob Lotta daran teilnehmen durfte, nicht mehr länger hinausschieben konnte. Sie atmete tief durch, bevor sie zaghaft anklopfte.

»Herein«, ertönte eine Stimme, und sie trat ein. Die schweren, dunklen Möbel, die das Zimmer beherrschten, schüchterten sie fast genauso sehr ein wie der Mann hinter dem Schreibtisch, der verwundert von seinen Unterlagen aufblickte.

»Isa? Wie kann ich Ihnen helfen?«

Sie knetete nervös die Hände. »Herr Wittmann, ich habe eine dringende Angelegenheit mit Ihnen zu besprechen. Es geht um Lotta.«

Er nickte, deutete auf einen Sessel vor seinem Tisch, und sie setzte sich.

»Na, dann schießen Sie mal los. Was ist mit Lotta?«

Isa räusperte sich. »Sie möchte am Ball teilnehmen. Es ist ihr größter Wunsch, und …«

Ein lauter Seufzer unterbrach sie. Herr Wittmann hatte sich in seinem Stuhl zurückgelehnt und begann, seinen Nasenrücken zu massieren. »Glauben Sie mir, das wäre auch mein größter Wunsch. Lotta ist mein Ein und Alles, und deshalb möchte ich sie vor Enttäuschungen bewahren. Wie soll sie Freude an einem Ball haben, wenn sie nicht tanzen kann?«

»Sie kann es. Sie hat es gelernt.«

Es wurde ganz still im Zimmer. Herr Wittmann hatte in seiner Bewegung innegehalten und starrte sie an. Für einen Moment glaubte Isa, ein verdächtiges Schimmern in seinen Augen zu sehen. »Was sagen Sie?« Er beugte sich vor, als könnte er sie dann noch besser verstehen.

»Lotta kann langsamen Walzer tanzen. Keine Drehungen, keine Figuren, nur langsamen Walzer. Und zwar ausgezeichnet. Ihr Hinken fällt kaum auf. Wir üben jedes Mal, wenn ich da bin. Bitte, Herr Wittmann, erlauben Sie, dass sie zum Ball gehen darf, denn sonst wäre es besser, wenn ich mit dem Tanzunterricht aufhöre.«

Der Mann, dessen laute Stimme so oft durchs Haus polterte, blieb stumm.

»Bitte, Herr Wittmann, seien Sie mir nicht böse, dass ich so eigenmächtig gehandelt habe, aber ich wollte erst sicher sein, dass mein Vorhaben erfolgreich sein könnte.«

»Böse?«, fragte er leise. »Ich Ihnen böse? Ich kann nur gerade kaum glauben, was Sie gesagt haben. Mein kleines Mädchen kann Walzer tanzen? Ja ist denn das zu fassen!« Er sprang auf und lief ein paar Schritte aufgeregt durchs Zimmer, dann blieb er vor Isa stehen. »Bei Gott, Sie wissen gar nicht, was das für mich bedeutet! Natürlich wird Lotta zum Ball gehen, und ich werde mit ihr tanzen. Das wird die Überraschung des Abends werden! Und Sie müssen an Ihrer Seite bleiben. Ich bezahle Ihnen dafür ein ganzes Monatsgehalt extra. Gott, Sie sind ein Segen für uns!«

Isa war fassungslos. »Das freut mich für Lotta. Aber ich werde nicht am Ball teilnehmen können.«

»Warum nicht? Sagen Sie jetzt bloß nicht, Sie haben kein passendes Kleid dafür. Das ist ja wohl das geringste Problem. Silvia wird mit Ihnen und Lotta zu Tietz fahren und Sie beide einkleiden lassen.« Er fuchtelte mit den Händen in der Luft herum. »Und Schuhe und Haarklammern und all diese Dinge wird es dort ja wohl auch geben. Also, keine Widerrede. Entweder Sie gehen beide zum Ball oder keine.«

Isa gab sich geschlagen. »Danke, Herr Wittmann.«

Sie erhob sich und ging zur Tür.

»Isa?«

Sie blieb stehen und drehte sich zu ihm um.

»Ich bin es, der danken muss.«

Kapitel 24

Der Gebäudekomplex Carlton House Terrace am St. James Park, in dem sich der Sitz der deutschen Botschaft befand, glich mit seiner schneeweißen Stuckverkleidung und seinen Säulenreihen eher einem königlichen Palast als einem Amtsgebäude. Henning saß auf einer Bank in der Sonne und wartete auf Richard, mit dem er zum Essen verabredet war. Er hatte die Augen geschlossen und war in Gedanken weit, weit weg, als jemand seinen Namen rief.

Er blickte auf und sah Richard auf sich zu kommen; neben ihm ging ein etwas älterer Herr im dunklen Anzug, dessen Bild er schon oft in der Zeitung gesehen hatte. Himmel, das war Fürst Lichnowsky, der deutsche Botschafter hier in London, und somit Richards Vorgesetzter. Ein Diplomat, der mit den größten Staatsmännern der Welt verkehrte und die Politik Europas mitgestaltete. Henning sprang auf und rückte seine Krawatte zurecht, und während er mit gemessenen Schritten den beiden Herren entgegenging, durchforstete er fieberhaft sein Gehirn nach der richtigen Anrede für einen Fürsten.

Als er die beiden Herren erreicht hatte, blieb er stehen und machte eine leichte Verbeugung. »Durchlaucht, es ist mir eine Ehre.«

Fürst Lichnowsky lächelte. »Danke. Und Sie sind der Sohn des Unternehmers Max Wittmann aus Berlin, wie ich von Richard hörte. Und haben vor, zu studieren und in die Politik zu gehen?«

»Das ist mein Plan«, antwortete Henning artig und warf Richard einen unsicheren Blick zu, um zu sehen, ob er bis jetzt alles richtig gemacht hatte.

Der Fürst nickte anerkennend. »Gut, gut! Da möchte ich Ihnen einen Rat mit auf den Weg geben, junger Mann. Es kommt bei Führungspositionen in der Politik nicht allein auf Bücherweisheit und Zeugnisnoten an, sondern auf Persönlichkeit. Schauen Sie sich die Welt an, bilden Sie sich selbst ein Urteil und stehen Sie für Ihre Ziele ein.«

»Dem kann ich nur zustimmen, Durchlaucht.«

»Kommen Sie, begleiten Sie mich noch bis zu meinem Wagen.« Richard ging voraus, und Henning lief neben dem Botschafter an dem endlos langen Gebäudekomplex entlang.

Es entwickelte sich ein Gespräch über die politischen Verhältnisse in Deutschland, und Henning kam zugute, dass er sich täglich in den Zeitungen über die Innen- und Außenpolitik des Kaiserreichs informierte. Er konnte sein Wissen gekonnt in die Unterhaltung einbringen und stellte erstaunt fest, dass der Adelige demokratischen Reformen in Deutschland nicht abgeneigt war. Sogar eine Abschaffung des Dreiklassenwahlrechts zog er in Erwägung.

»Und wie schätzen Sie die Lage auf dem Balkan ein, Durchlaucht?«, fragte Henning, als sie eine Freitreppe zur Straße hinuntergingen.

Der Fürst seufzte. »Wir müssen alles in unserer Macht Stehende unternehmen, um einen Krieg in Europa zu verhindern. Die letzten beiden Balkankriege konnten lokal begrenzt werden, doch der nächste wird zu einem Flächenbrand werden.«

»Das klingt nach vielen diplomatischen Verhandlungen«, meinte Henning.

»Das sehen Sie ganz richtig, junger Mann. Ich bin auch schon wieder auf dem Sprung zu einer wichtigen Besprechung.«

»Der Termin bei Außenminister Grey?«, fragte Richard.

Der Fürst nickte und blieb vor einem Wagen stehen, aus dem der Chauffeur ausstieg und die hintere Wagentür öffnete.

»Ich werde Sie am Montag unterrichten, Richard. Und Sie, junger Mann, genießen hoffentlich London. Das Wetter soll am Wochenende sehr schön werden, und es gibt hier viele Sehenswürdigkeiten zu besichtigen. Besuchen Sie den Tower, aber lassen Sie bloß nicht die Kronjuwelen mitgehen, auf die habe ich schon ein Auge geworfen.« Mit einem Schmunzeln stieg der Fürst in den Wagen.

Henning lachte. »Versprochen.« Er verabschiedete sich mit einer Verbeugung. »Vielen Dank, Durchlaucht. Ich wünsche Ihnen auch ein schönes Wochenende!«

Als der Wagen davonfuhr, drehte Henning sich zu Richard um. »Warum hast du mich nicht vorgewarnt, dass ich heute den Botschafter treffen würde? Bestellst mich hier ein, und plötzlich steht der Fürst vor mir.«

Richard klopfte ihm auf die Schulter. »Damit du dir nicht in die Hosen gemacht hast, Junge.«

»Aber genau das wäre fast passiert!«

Richard lachte schallend auf. »Und wenn ich dich mit zu King George nehme, was dann? Spuckst du ihm dann vor lauter Aufregung dein Frühstück vor den Thron? Komm, lass uns etwas essen gehen, ich habe Hunger.«

Das indische Curry, das Henning in dem Restaurant neben dem Botschaftsgebäude verspeiste, schmeckte hervorragend. Als Richard danach noch Tee bestellte, fragte Henning: »Hast du dafür noch Zeit? Musst du nicht zurück in die Botschaft?«

Richard lehnte sich entspannt zurück. »Nein. Es ist Freitagnachmittag, viel wird heute nicht mehr passieren. Ich rechne mit einem ruhigen Wochenende. Unser Kaiser Wilhelm wird am Sonntag mit seiner Jacht an einer Regatta in Kiel teilnehmen, der österreichische Thronfolger Franz Ferdinand reist gerade durch Bosnien und wird übermorgen in Sarajevo erwartet, der französische Präsident Poincaré hat vor, die Pferderennbahn Longchamps zu besuchen, und auch King George wird vermutlich eine Fahrt ins Grüne machen.« Er schmunzelte. »Nichts davon wird einen Krieg auslösen, folglich können wir getrost noch unseren Earl-Grey-Tee trinken.«

Henning goss einige Tropfen Milch in seinen Tee. »Der Fürst wirkte angespannt.«

»O ja! Diplomatie ist ein Tanz auf dem Vulkan, ganz besonders, wenn dein eigenes Staatsoberhaupt kein diplomatisches Geschick besitzt.«

»Kaiser Wilhelm?«

»Ja. Er strebt eine Vormachtstellung in Europa an und achtet bei seinem Tun zu wenig auf die Konsequenzen. Mit seinem Flottenausbau hat er die Engländer in Aufregung versetzt, die ihre Stellung als stärkste europäische Seemacht bedroht sehen, Russland und Frankreich hat er sich zum Feind gemacht, und Lichnowsky befürchtet, dass er sich in der Balkanfrage zu eindeutig auf Österreich-Ungarns Seite schlägt.«

»Und das erkennt der Kaiser nicht?«

»Nein. Auf dem Ohr ist er taub. Deshalb muss unser Botschafter oft die Scherben hinter ihm wegräumen. Aber nun lass uns nicht mehr über Politik reden, dafür ist am Montag wieder Zeit. Genießen wir lieber unser Wochenende.«

* * *

Sie hatten tatsächlich am nächsten Tag den Tower of London besucht und die mittelalterlichen Gewölbe der St. John's Chapel, die legendäre Waffenkammer und die Kronjuwelen bewundert, und heute, am Sonntag, genossen sie bei strahlendem Sonnenschein einen Eistee auf Richards und Luises Balkon.

»Es ist ein Bilderbuchsommer, wie man ihn in London nicht oft erlebt«, meinte Richard und goss sich noch einmal nach. »Wann habe ich denn zuletzt einen Regenschirm benutzt?«

»Es darf gern bis zu unserer Abreise noch so bleiben«, antwortete Henning und griff nach den Keksen, die Luise gerade herumreichte.

Das Hausmädchen erschien in der Tür.

»Eine Nachricht für Sie, Herr Hartmann.«

»Ein Telegramm?« Als Richard den Absender las, machte er sogleich ein besorgtes Gesicht. »Von Lichnowsky? Dann muss es dringend sein.« Seine Miene verdüsterte sich noch, als er das Kuvert öffnete und die Nachricht las. »Was für eine Katastrophe!« Er sprang auf. »Das kann doch nicht wahr sein!«

»Was ist?«, fragte Henning.

»Ich habe dir doch vorgestern erzählt, dass der österreichische Thronfolger Franz Ferdinand heute Sarajevo besucht, erinnerst du dich?«

»Ja, was ist mit ihm?«

»Auf Franz Ferdinand und seine Ehefrau Sophie wurde heute in Sarajevo ein Attentat verübt – sie wurden beide erschossen.«

»Erschossen?« Henning stellte abrupt sein Teeglas ab, und alle am Tisch starrten Richard entsetzt an.

Richard hob in einer hilflosen Geste die Hände. »Himmel! Neben der menschlichen Tragödie stellt dies natürlich eine ungeheuerliche Provokation im momentan schwelenden Balkankonflikt dar. Laut Lichnowsky soll der Attentäter ein Serbe gewesen sein, was großen Zündstoff birgt, denn Serbien kann in einer Auseinandersetzung mit Österreich auf die Unterstützung Russlands setzen. Und Österreich ist der Bündnispartner Deutschlands.«

»Das heißt, es könnte sich zu einer internationalen Krise ausweiten?«, fragte Henning.

»Davon ist auszugehen.« Richard blickte Luise an. »Ich muss sogleich in die Botschaft.«

Alice erhob sich mit blassem Gesicht und griff den Militärattaché am Arm. »Richard, könnte das zu einem Krieg führen? In den auch Deutschland verwickelt würde? Was würde das für uns bedeuten? Für meine Söhne?«

Richard atmete tief aus und fasste Alice an den Schultern. »An so etwas dürfen wir jetzt nicht denken. Noch steht nicht fest, wie die einzelnen Länder reagieren werden. Nun muss ich gehen, Diplomatie kennt keinen Feierabend.«

Henning sah ihm nach, wie er eilig das Haus verließ. Krieg. Dieses unheilvolle Wort war gefallen, und ihn beschlich ein mulmiges Gefühl. Roman als Offizier wäre sicher unter den Ersten, die an die Front geschickt wurden, und er selbst, der bisher noch kein Schreiben der Musterungsbehörde erhalten hatte, musste wohl auch mit einer Einberufung rechnen. Und seine Familie hier in England und drüben in Deutschland – würde sie im Falle eines Krieges durch die Bündnispolitik in zwei feindliche Lager gespalten werden? Er sah an Mutters kummervollem Blick, dass ihr gerade ähnliche Gedanken durch den Kopf gingen, und strich ihr beruhigend über den Arm.

»Mach dir keine Sorgen«, versuchte er, ihre Bedenken zu zerstreuen. »Es wird sicher nicht so weit kommen. Welcher Staatsmann würde denn wegen eines Attentats gleich einen ganzen Krieg auslösen?«

Schon zwei Stunden später priesen Zeitungsjungen lautstark die ersten Extrablätter an, und in den nächsten Tagen waren die Titelseiten der *Times* und des *Daily Mirror* voll von Bildern des ermordeten Thronfolgerpaares.

»Was für ein tragisches Ende für eine große Liebe«, vernahm Henning die Stimme von Hans neben sich, als er am Abend an einem Kiosk am Piccadilly Circus eine Zeitung kaufte und die Schlagzeilen las.

»Was meinst du?«

»Wusstest du nicht, dass der Kaiser von Österreich die Ehe seines Neffen Franz Ferdinand mit Sophie nie gutgeheißen hat? Sie war zwar eine Gräfin, stammte jedoch aus einer verarmten böhmischen Adelsfamilie und war somit keine geeignete Ehefrau für einen Thronfolger.«

Henning schüttelte den Kopf. »Das wusste ich nicht.«

»Doch, so war es. Diese Verbindung war nicht standesgemäß und wurde vom Kaiser abgelehnt. Doch Franz Ferdinand ließ sich nicht beirren. Er wurde sogar gezwungen, eine Verzichtserklärung zu unterzeichnen, die seine künftigen Kinder mit Sophie von der Erbfolge ausschloss, doch nicht einmal das konnte ihn von der Heirat abhalten.«

Henning sah Hans betroffen an. »Eine Liebesheirat. Und nun haben die beiden noch in derselben Stunde den Tod gefunden.«

Etwas an der tragischen Geschichte berührte ihn zutiefst. Wie oft hatte er schon erlebt, wie diese nicht standesgemäßen Ehen auf Bällen und Festen ins Lächerliche gezogen, verspottet und belacht wurden! Doch war Ansehen tatsächlich das Wichtigste im Leben? Gab es da nicht etwas anderes, das mehr zählte?

Kapitel 25

Lotta war anzusehen, dass sie sich an jenen schicksalsschweren Tag vor sechs Jahren erinnerte, an dem der Unfall passiert war, als sie mit Isa, Silvia und Gisèle das Warenhaus Tietz betrat. Auch Isa musste daran denken. Hier hatte alles seinen Anfang genommen, und nie hätte sie damals gedacht, dass sie Jahre später das Kindermädchen der kleinen Lotta werden würde.

»Heute bekommst du dein Ballkleid«, flüsterte sie Lotta zu, und das Mädchen lächelte sie tapfer an.

»Und du auch«, gab Lotta leise zurück. »Ist das nicht wundervoll? Wir gehen beide auf einen Ball, und an dem Tag ist auch noch dein Geburtstag. Ich freu mich schon so.«

Und ein Strahlen trat auf das Gesicht des Mädchens, als ihnen die Verkäuferin in der Kinderabteilung die neuesten Modellkleider zeigte und Lotta eines nach dem anderen anprobierte.

»Und nun zu Ihnen.« Silvia warf Isa einen abschätzigen Blick zu. »Obwohl ich Max nun wirklich nicht verstehen kann. Als ob nicht Gisèle an diesem Abend nach Lotta schauen könnte. Ich weiß sowieso nicht, warum er dem Kind den Ball erlaubt. Eine Schnapsidee, da hat Roman eindeutig recht.«

Isa hörte nicht auf sie, entnahm aber Silvias Worten, dass Max nichts von Lottas Überraschung verraten hatte, und zwinkerte dem kleinen Mädchen verschwörerisch zu. Auf Herrn Wittmann war Verlass.

Als sie in der Damenabteilung in eines der Kleider schlüpfte, die eine Angestellte ihr in die Umkleidekabine reichte, stockte ihr beim Blick in den Spiegel der Atem. Das war doch nie im Leben sie! Das hellblaue Seidenkleid mit der Spitzenbordüre, das ihre Augenfarbe erst richtig zur Geltung brachte, war schlicht geschnitten, doch sie fühlte sich darin wie eine Prinzessin. Und wie zart der Stoff war! Wie in ihrem Tagtraum.

»Wenn Ihnen das zu einfach ist, hätte ich hier noch etwas mit Puffärmeln und Schößchen, das macht mehr Figur«, meinte die Verkäuferin, doch Isa wehrte ab. »Nein, das braucht es nicht. Dieses hier ist perfekt.«

»Und Schuhe? Und die Haare?«, fragte die Dame mit einem irritierten Blick auf Isas locker geflochtenen Zopf, der ihr über den Rücken fiel.

Als Isa die freundliche Frau hilflos ansah, nickte diese verständnisvoll, eilte davon und kam mit Haarklammern und mehreren Paar Schuhen zurück. Vor einem Spiegel reichte sie Isa Kamm und Bürste. »Schauen Sie, ich verrate Ihnen ein paar Tricks, wie Sie Ihr Haar ganz schnell zu einer schönen Frisur richten können.«

Isa öffnete den Zopf, dann schaute sie genau zu, wie die Frau mit wenigen Griffen ihre Haare im Nacken nach oben steckte und festklammerte. Sie sah sofort zwei Jahre älter aus.

Doch die Verkäuferin hatte noch mehr parat. »Da habe ich ein Fläschchen Parfüm, und hier in den Töpfchen ist noch etwas Puder und Rouge.« Sie schraubte zwei Gläschen auf und tupfte mit Wattebäuschen über Isas Gesicht. Das Ergebnis war verblüffend. Selbst Silvia ließ sich zu einer anerkennenden

Bemerkung hinreißen, als Isa auch noch Schuhe mit Absatz trug und sich fragend nach ihr umsah.

»Gut, das nehmen wir, wir können uns ja schließlich nicht mit Ihnen blamieren«, entschied Silvia.

Als Isa nach den Preisschildern schielte und im Kopf alles zusammenrechnete, stieß sie hörbar die Luft aus. So viel Geld! Doch Max Wittmann hatte darauf bestanden, also war es in Ordnung. Und als sie einen letzten Blick in den Spiegel warf, musste sie sich eingestehen, dass sie sich nun doch ein bisschen auf den Ball freute.

Kapitel 26

Der große runde Esstisch im Speisezimmer der Wilsons war festlich gedeckt, und Henning blickte wehmütig in die Runde. Es war der letzte Abend im Kreis seiner Verwandten und Freunde hier in London, und morgen schon würden Luise, Hans und er die Heimreise antreten. Er war zwiegespalten, denn es fiel ihm schwer, Abschied zu nehmen, und gleichzeitig freute er sich auf zu Hause.

»Ich muss noch hierbleiben«, erklärte Richard bedauernd, als das Hausmädchen als Hauptgang Hühnchen in Paprika-Sahne-Soße mit Reis auftrug. »In der Botschaft geht es zu wie in einem Taubenschlag. Österreich will seine eigenen Ermittler nach Belgrad schicken, um die Hintergründe des Attentats aufzudecken, und das werden die Serben niemals dulden, denn das verletzt ihre Souveränität.«

»Und dann?«, fragte Henning.

»Kann es zu einer Kriegserklärung Österreichs an Serbien kommen. Kaiser Wilhelm hat den Habsburgern bereits zugesagt, jeden Schritt mitzugehen.«

Onkel Jack runzelte die Stirn. »Im Ernst? Eine Zusage ins Blaue hinein?«

Richard zuckte hilflos mit den Schultern. »Es steht alles auf Messers Schneide. Die nächsten Tage werden die Entscheidung bringen. Im Moment fliegen die Telegramme zwischen den vier wichtigsten Männern Europas hin und her, und es bleibt nur noch zu hoffen, dass Kaiser Franz Joseph, Kaiser Wilhelm, King George und Zar Nikolaus einen kühlen Kopf bewahren.«

»Sind der Deutsche, der Engländer und der Russe nicht sogar Cousins?«, fragte Großvater Andrew.

Richard nickte. »Ja, doch das wird sie nicht davon abhalten, zu den Waffen zu greifen.«

Das Gespräch drehte sich noch weiter um Politik, und obwohl Henning sich sonst brennend dafür interessierte, so brauchte er heute doch einen Moment für sich. Als der Tisch abgeräumt wurde und die Männer auf eine Zigarre in den Salon wechselten, trat er hinaus auf den Balkon. Er schaute auf die Lichter der Stadt, die mit den Sternen am Himmel konkurrierten, und fragte sich, wie es sein konnte, dass diese vier Wochen so schnell vergangen waren. Er hatte Mutter, die Großeltern und Onkel Jack, dessen Frau und die reizenden beiden Mädchen näher kennengelernt und fragte sich, wie sein Leben verlaufen wäre, hätte Mutter ihn damals mitnehmen können. Er wäre in dieser Familie aufgewachsen, ohne Vaters Demütigungen und Schläge, und würde vielleicht schon mit Onkel Jack die Firma leiten. Und doch – da war auch etwas, das ihn nach Berlin zurückzog. Ein Gefühl, das er noch nicht richtig einordnen konnte und von dem er nicht wusste, wo es ihn hinführen würde.

Er hörte Schritte hinter sich und drehte sich um. Es war Alice. Sie strich ihm über den Arm. »Was ist los, Henning, du wirkst so bedrückt?«

Er nickte. »Weißt du, ich fühle mich hin- und hergerissen. Es fällt mir schwer, morgen zu gehen, und doch freue ich mich auch darauf, zurückzukehren, Lotta wiederzusehen, und …«

»… Isa?«

Henning schloss einen Moment die Augen und nickte.

»Sie bedeutet dir sehr viel. Du hast die ganzen vier Wochen immerzu von ihr geredet.«

Er lächelte. »Habe ich das? Kein Wunder, sie ist etwas ganz Besonderes. Aber …«

»Aber?«

»Sie kommt aus einer anderen Welt.«

»Und du denkst, zwischen Arm und Reich gibt es keine Verbindung? Die Kluft ist unüberwindbar?«

Er zuckte die Schultern. »Etwa nicht? Wie könnte ein Mädchen aus dem Scheunenviertel in mein Leben passen? Könnte sie sich jemals bei mir wohlfühlen?«

»Ich verstehe deine Bedenken, denn ich musste mich mit einer ähnlichen Frage herumschlagen.«

Henning wusste nicht, wovon Mutter sprach. Vater stammte zwar aus einfachen Verhältnissen, doch er war nicht wirklich arm gewesen, zudem ein Student mit Auszeichnungen und besten Berufsaussichten, was sicher nicht mit Isas Lage vergleichbar war.

»Wie meinst du das?«

Alice wirkte nervös. »Nun, der Mensch, der neben meinen Kindern der wichtigste in meinem Leben geworden ist, kommt auch aus einer anderen Gesellschaftsschicht.«

Henning war verwirrt. »Von wem redest du?«

Alice rang die Hände. Ihre Stimme wurde ganz leise. »Henning, es fällt mir nicht leicht, darüber zu sprechen, denn es weiß eigentlich niemand, doch du sollst es heute erfahren. Als ich in der Ehe mit Max so unglücklich war, gab es plötzlich jemanden, der zu meinem Anker wurde in diesem Meer der Verzweiflung. Vor allem in den Monaten der Scheidung. Ich habe mich in ihn verliebt.«

Henning starrte sie ungläubig an. Mutter hatte einen anderen Mann geliebt? Warum freute ihn das? Weil Vater sie so schlecht behandelt hatte? »Das war richtig, Mutter. Max weiß gar nicht, wen er da aufgegeben hat. Und wo ist dieser Mann heute?«

Wie zur Antwort wandte Mutter den Blick durch die offene Balkontür in den Salon, wo die Herren mit einem Drink in der Hand an der Hausbar standen. Neben Jack und Andrew standen Richard und Hans. *Richard?*

»Wen meinst du?« Henning wandte sich wieder Alice zu, und da sah er es. Das Schmuckstück, das Mutter um den Hals trug – die Goldkette mit dem kleinen herzförmigen Anhänger.

»Es ist Hans.« Hennings Stimme war nicht mehr als ein Flüstern. Konnte das wahr sein? Mutter hatte Hans geliebt? Liebte ihn immer noch? Das erklärte seine vielen Erinnerungen daran, wie zuvorkommend Hans Mutter früher behandelt hatte. Ein weiterer Gedanke kam ihm, der ihn verwirrte und von dem er beinahe hoffte, er wäre wahr. »Ist er …«

Alice schüttelte lächelnd den Kopf. »Nein, er ist nicht dein Vater, auch wenn ich es mir manchmal gewünscht hätte. Als Hans zu uns kam, hat Max mich schon seit Monaten betrogen, und Hans stand mir von Anfang an sehr nah. Doch wir wurden erst ein Liebespaar, als der Scheidungsprozess in vollem Gange war.«

Die Worte wirbelten in Hennings Kopf durcheinander und fügten Teile zusammen, die bisher nur Fragmente gewesen waren und nun ein Bild ergaben. Hans, der immer für ihn da gewesen war, der ihn nachts am Alexanderplatz aufgegabelt hatte, der ihm das Boxen beigebracht hatte. Mutter hatte Hans geliebt, und Hans hatte ihn behandelt wie seinen eigenen Sohn.

Er blickte hinüber zu dem Mann, der sich gerade zu ihm umwandte, und ihre Blicke trafen sich. Hans schien etwas darin zu lesen, denn er stutzte, stellte sein Glas ab und kam zu ihm und Alice herüber. Hans und seine Mutter tauschten Blicke.

»Du hast es ihm gesagt?«, fragte Hans, und Henning vernahm den zärtlichen Tonfall in seiner Stimme. Henning hatte den stillen, in sich gekehrten Mann noch nie so glücklich erlebt wie in diesem Augenblick, und so, wie Alice ihn ansah, bestand kein Zweifel darüber, was sie für ihn empfand. Die beiden liebten sich.

»Warum ist Hans damals nicht mit nach London gegangen?«, fragte er.

»Ich wollte ja«, antwortete Hans. »Doch Alice hat mich beschworen, keinen unüberlegten Schritt zu tun. Ich sollte sie vergessen und eine andere heiraten.« Er warf Alice einen Blick zu und schüttelte den Kopf. »Als ob man eine Frau wie sie vergessen könnte!«

»Und ihr habt euch nun jahrelang nicht gesehen?«

Alice nickte. »Aber wir hatten Briefkontakt. Hans hat mir vom ersten Tag an über euch berichtet, und ich habe ihm postlagernd geantwortet. Dass ihr beiden mich besuchen würdet, hat er mir allerdings nicht verraten.«

Hans schmunzelte und griff unauffällig nach ihrer Hand.

»Und wenn wir morgen abreisen, was wird dann?«, fragte Henning.

Alice lächelte verträumt. »Dann kehren wir zurück in unser altes Leben, allerdings sind wir dann um ein Meer an Erinnerungen reicher.«

Hans erwiderte ihr Lächeln. »Und ich werde wiederkommen. Wann, das hängt davon ab, was das Haus Habsburg, der russische Zar, Kaiser Wilhelm und King George in den nächsten Wochen beschließen werden.«

»Ich wollte, dass du das heute erfährst, Henning«, sagte Alice. »Liebe fragt nicht nach Stand und Herkunft, sondern geht ihre eigenen Wege.«

Henning nickte. Er verstand, was Mutter ihm damit sagen wollte. Und von all den Eindrücken und Erfahrungen, die er auf seiner Reise gesammelt hatte, war die Erkenntnis der letzten Stunde wohl die bedeutsamste.

Kapitel 27

Es war ihr letzter Arbeitstag bei den Wittmanns vor dem Verlobungsball, und Isa betrat noch einmal das Kinderzimmer, um nach Lotta zu sehen, die den ganzen Tag von nichts anderem als dem großen Ereignis gesprochen hatte. Doch sie erkannte sofort, dass etwas nicht stimmte. Die Kleine saß auf dem Bett und schaute bei ihrem Eintreten gar nicht auf, sondern schniefte und wischte sich über die Augen. Was war da los? Hatte Roman wieder eine dumme Bemerkung gemacht? Doch als Isa näher trat, sah sie, dass auf dem Bett neben Lotta ein Buch und ein Briefbogen lagen.

»Lotta!« Isa setzte sich neben sie. »Warum um Himmels willen weinst du?«

Lotta hielt ihr das Schreiben hin. »Henning«, sagte sie nur.

Isa spürte, wie sich ihr Herz verkrampfte. »Was ist mit ihm? Ist ihm etwas zugestoßen?«

Lotta schüttelte den Kopf. »Ich glaube, er kommt nicht mehr zurück.«

»Was? Wie kommst du darauf?«

Lotta zog geräuschvoll die Nase hoch. »Vor seiner Abreise hat er mir noch zwei Bücher gebracht, die er selbst schon gelesen hatte. Und in einem davon war ein Brief – von unserer Mutter aus London!«

»Sie hat ihm geschrieben?«

Lotta nickte. »Ja, anscheinend sehr oft, denn Mutter schreibt, sie freut sich, so schnell wieder von ihm zu hören. Und dass sie hofft, dass er eines Tages nach London kommt. Isa, was, wenn Henning jetzt bei Mutter ist und gar nicht wieder zurückkommen möchte?«

Isa legte den Arm um Lotta und strich ihr über den Rücken. Zweifel begannen, an ihr zu nagen. Sie wusste ja, dass Henning vorhatte, seine Mutter aufzusuchen, aber konnte Lotta recht haben? Beabsichtigte Henning am Ende wirklich, in England zu bleiben? Er hatte dort Verwandte, hatte von diesem Diplomaten gesprochen, der in London arbeitete und zu dem er ein gutes Verhältnis hatte – es hätte alles zusammengepasst! Hatte er deshalb so sehr darauf gedrungen, dass sie Lottas Gesellschafterin wurde? Damit jemand nach seiner Schwester sah, wenn er nicht mehr da war? Doch auch wenn sie selbst nun mehr als beunruhigt war, versuchte sie doch, sich nichts anmerken zu lassen.

»Aber nein, das würde er doch nie tun. Er weiß, wie sehr du auf ihn wartest, und er vermisst dich ebenso. Du wirst sehen, pünktlich zu Romans Verlobung taucht er hier auf, und sicher bringt er dir sogar ein Souvenir mit.«

»Denkst du?«

Isa strich ihr durch das lockige Haar. »Natürlich. Wenn er wirklich eure Mutter besucht, wird er ihr viel von dir erzählen. Und wenn du größer bist, wirst du selbst zu ihr reisen.« Isa deutete auf den Schluss des Briefes: »Schau, da schreibt sie ja: ›Ich hoffe, euch drei irgendwann einmal wiederzusehen.‹«

Lotta richtete sich plötzlich auf und starrte Isa mit großen Augen an. »Hast du es gemerkt?«

Isa zuckte die Schultern. »Was denn?«

»Du kannst lesen!«

Isa blickte von Lotta zu dem Brief in ihrer Hand und stutzte. Sie hatte gerade daraus vorgelesen! Ohne es zu merken! Dann lachte sie überrascht auf. »Du hast recht. Lotta, weißt du, was das heißt? Du hast mir das Lesen beigebracht! Du bist eine wunderbare Lehrerin!«

Lotta sprang vom Bett und hinkte zum Bücherregal, fischte dort nach einem Buch und kam damit zurück. In feierlichem Ton sagte sie: »Das ist Oliver Twist. Das musst du mit nach Hause nehmen und lesen.«

»Danke, aber warum gerade dieses Buch?«

»Weil du sonst Henning nicht heiraten kannst.«

Isa hob fragend die Augenbrauen. »Was?«

»Na ja, Henning hat einmal nach einem Ball erzählt, dass Felizitas nicht wusste, wer Oliver Twist war, und er so eine Frau niemals heiraten könnte. Und es wäre doch schön, wenn Henning dich heiraten würde.«

Nun musste Isa lachen. »Herzchen, dafür reicht es nicht, dieses Buch zu lesen. Henning könnte mich nie im Leben heiraten, selbst wenn ich alle Bücher in deinem Buchregal auswendig könnte.«

Lotta schob schmollend die Unterlippe vor. »Und warum nicht?«

»Ganz einfach. Ich komme aus einer Arbeiterfamilie, und ihr seid Unternehmer. Das passt nicht zusammen.«

»Das glaube ich nicht. Ich werde Henning fragen, wenn er am Freitag wirklich kommt.«

Isa schüttelte vehement den Kopf. »Um Gottes willen, nein! Versprich mir, dass du das nicht tust!«

Doch das Mädchen versprach nichts, sondern blieb stumm und sah sie mit entschlossenem Blick an. Isa wusste genau, dass Lotta das Thema bei Henning ansprechen würde. Sie seufzte. »Wie du willst. Aber über den Brief von eurer Mutter solltest du nur mit Henning reden. Ich glaube, es ist sein Geheimnis, dass er ihr schreibt, und davon sollte sonst niemand wissen.«

Lotta nickte. »Ja, davon erzähle ich niemandem etwas. Versprochen.«

Als sich Isa auf den Heimweg machte, war sie besorgt. Hatte Lotta recht? Würde Henning nicht wiederkommen? Und warum tat dieser Gedanke so weh?

* * *

In Hamburg regnete es in Strömen, als Henning mit hochgeschlagenem Kragen unter dem Bahnhofsvordach stand und den Fahrplan studierte. Er suchte eine Zugverbindung für den nächsten Tag heraus. Mit einem Schirm in der Hand kam Hans aus der Richtung des Hotels.

»Was für ein Wetter!«, schimpfte er, als er sich zu Henning unter das Dach stellte und den Schirm zumachte.

»Ist Luise im Trockenen?«, fragte Henning.

Hans nickte. »Sie sitzt im Restaurant und bestellt bereits das Abendessen.«

»Sehr gut.«

»Welchen Zug nehmen wir morgen?«

Henning zuckte mit den Schultern. Er wollte zwar zurück nach Berlin, doch er hatte es nicht eilig. Isa würde er sowieso frühestens am Montag wieder sehen, und heute war erst Donnerstag. Übermorgen sollte die Verlobungsfeier seines Bruders stattfinden, auf die er absolut keine Lust hatte. Endlose Gespräche über den immer gleichen Klatsch und Tratsch, langweilige Tänze, und dann noch Felizitas Pringelheim, zu der er freundlich sein musste, da sie im Haus seiner Familie zu Gast war. Nein, das waren wahrlich keine Gründe, die ihn nach Hause zogen.

»Ehrlich gesagt gefällt mir gar keine Verbindung. Ich würde am liebsten erst am Sonntag fahren. In Hamburg gibt es so viel zu sehen. Warst du jemals in der Speicherstadt? In der Kunsthalle? Oder im Tierpark Hagenbeck? Ich denke, Luise hätte auch nichts gegen zwei weitere Tage hier in der Stadt einzuwenden.«

»Was? Du willst den Ball verpassen? Bist du verrückt?«, warf Hans ein.

»Ja, wir sagen einfach, es gab einen Bahnstreik. Oder ein Erdbeben.«

»Sei nicht albern. Lass mich mal schauen.« Hans schob Henning zur Seite. »Und was sagt dann Erwin? Er hat mich sicher ganz gut vertreten, aber einen Ball auszurichten ist eine Nummer zu groß für ihn. Also du kannst machen, was du willst, aber ich muss zurück, und zwar mit dieser Verbindung hier. Abfahrt morgen um neun Uhr dreißig, und am späten Abend bin ich in Berlin.«

»Dann richte allen schöne Grüße von mir aus und sag, ich komme irgendwann nach. Oder sag, du hast mich unterwegs verloren. Was auch immer, Hauptsache, ich muss nicht auf diesen dummen Ball.«

Hans schüttelte lachend den Kopf, spannte seinen Schirm wieder auf und ließ Henning mit darunter. »Das solltest du dir noch einmal überlegen. Der Empfangschef im Hotel meinte, es soll hier das ganze Wochenende schlechtes Wetter geben.«

»Lieber Hamburg im Regen als ein Abend mit Felizitas Pringelheim«, maulte Henning, als sie zurück zum Hotel gingen.

* * *

Das Haus der Naumanns im Grunewald war von außen schon stattlich, und im Inneren bot es jeglichen Luxus und Komfort, den man sich denken konnte. Roman saß seinen künftigen Schwiegereltern an der Kaffeetafel gegenüber, und neben ihm kicherte Therese bei jedem zweiten Wort, das er sagte. Ein Hausdiener in Uniform und weißen Handschuhen kam jedes Mal herbei, sobald Roman sich auf seinem Stuhl auch nur bewegte, goss Kaffee nach, reichte Zucker und Milch oder Kuchenstückchen, was ihm so auf die Nerven ging, dass er jedes noch so kleine Zucken vermied. Seit zwei Stunden saß er nun hier und hörte sich Ausführungen von Thereses Vater über Villen im Stadtviertel an, die zum Verkauf standen und für das angehende Ehepaar Wittmann in Betracht kamen. Innerlich stöhnte Roman auf, denn schon der Gedanke an die Verlobung war ihm zuwider; an eine Hochzeit wollte er gar nicht erst denken. Worauf hatte er sich da nur eingelassen? Dieses farblose Geschöpf neben ihm, dessen Lebensaufgabe darin zu bestehen schien, teure Kleidung und Schmuck zu tragen und die Hausmädchen herumzukommandieren, wollte er nicht heiraten, und seit Wochen hoffte er insgeheim auf ein Ereignis, das diesen Plan zunichtemachte. Doch wo blieben die biblischen Plagen, wenn man sie brauchte? Die Heuschreckenschwärme, Hagelstürme und apokalyptischen Reiter, die diesem Spuk ein Ende setzten? Morgen war der Tag der Verlobung, und die Schlinge um seinen Hals zog sich zu.

»Noch ein Stück Erdbeerrolle?«, fragte der Diener, der so unerwartet neben Romans Stuhl erschienen war, dass er sich erschreckte und fürchterlich an seinem Kaffee verschluckte. Nun, vielleicht hatten die höheren Mächte seinen Wunsch gerade eben in den falschen Hals bekommen, dachte er, als er, noch immer nach Luft japsend, dem Diener mit einem Kopfschütteln antwortete. Das Ende musste ja nicht hier und jetzt kommen und es musste auch nicht gleich sein eigenes sein.

»Meinst du nicht auch, dass es mindestens zwölf Zimmer sein sollten?«, fragte Therese. »Alles andere ist doch indiskutabel.«

»Da stimme ich dir zu«, antwortete er mit krächzender Stimme und hustete abermals. »Unter zwölf Zimmern geht gar nichts.« Er schielte nach der Uhr auf dem Kaminsims. Erst siebzehn Uhr. Eine Stunde sollte er schon noch bleiben, um nicht unhöflich zu wirken. Doch danach brauchte er Ablenkung. Und an einem Freitagabend musste er da in einer Stadt wie Berlin nicht lange suchen.

Therese lächelte ihn an. »Schließlich wollen wir ja eine ganze Schar Kinder.«

Wieder verschluckte sich Roman und schob die Kaffeetasse nun endgültig von sich. Er wollte eine Schar Kinder? Das war ihm neu. Sein Blick schweifte zum Fenster nach draußen, wo es noch immer regnete. Wenn er jetzt in die nächste Kneipe aufbrach und nach einigen Whiskys sein Vergessen in einem Nachtclub suchte, würde der Himmel dann ein Gewitter schicken und ein Blitz ihn treffen? Doch – was konnte schlimmer sein als ein Leben mit Therese und einer Schar Kinder? In einer zwölf Zimmer großen Villa? Mit einem Diener, der weiße Handschuhe trug und ihn alle Nase lang erschreckte?

»Such du nur das Haus aus, Liebling«, brachte er mühsam hervor, denn seine Stimmbänder waren vom vielen Husten gereizt. »Ich bin mit allem einverstanden, aber leider kann ich nicht mehr länger bleiben. Ich habe noch einen dringenden Termin.«

Thereses Vater blickte auf. »Ach, am Freitagabend?«

Roman hob bedauernd die Hände. »Was soll man machen? Die Pflicht ruft. Ein Treffen unter Offizieren.« Dass dieses Treffen in der Havanna Bar stattfand und sie am Ende dieser Nacht wahrscheinlich alle nicht mehr wussten, wie sie hießen, musste er ja nicht dazusagen. »Aber das nächste Mal bleibe ich gern noch etwas länger.« Und schon hatte sich sein Sündenregister um eine Lüge erweitert. Nun, ob es darauf noch ankam?

»Und morgen ist ja unser Ball«, erwiderte Therese mit einem Lächeln.

»Eben.«

Mit höflichen Abschiedsworten verließ er die Villa, lief durch den Regen zum Auto und war irgendwie enttäuscht, als kein Blitz herniederfuhr. Der Himmel hatte noch etwa vierundzwanzig Stunden Zeit, um das Unvermeidliche von ihm abzuwenden, ansonsten musste er diese Verlobung wohl hinter sich bringen, ob er wollte oder nicht. Und er wollte definitiv nicht.

* * *

Wie konnte denn nur alles so schiefgehen! Ausgerechnet am Tag vor dem Ball! Isa hätte weinen können, als sie nach ihrer Arbeit im Kiosk nach Hause kam und Mutter schlafend mit dem Kopf in der Armbeuge am Küchentisch vorfand, neben ihr stand eine leere Weinflasche.

»Mutter!« Isa griff sie an der Schulter und richtete sie auf. »Mutter, wach auf!«

Mutter gab ein paar unverständliche Laute von sich, dann sank ihr Kopf an Isas Schulter. Sie streichelte ihr übers Haar. »Komm, du musst ins Bett, und dich ausschlafen. Morgen ist es bestimmt wieder besser.«

»Morgen … ist gar nichts besser … morgen ist Samstag … da muss ich wieder dorthin …«

»Nein, Mutter, nirgends musst du hin. Ich verdiene doch jetzt genug. Die Arbeit in der Wäscherei reicht doch.«

»Ach, Kind … wir wissen doch gar nicht … ob sie dich behalten. Da kann ich die Arbeit noch nicht aufgeben.«

»Doch, das werden sie. Ganz bestimmt. Ich gebe mir sehr viel Mühe mit Lotta, und ihre Eltern sind zufrieden mit mir. Du musst da nicht wieder hingehen.« Doch Isa wusste es besser. Solange sie noch keinen endgültigen Vertrag von den Wittmanns hatte, würde Mutter die Arbeit im Metropol nicht kündigen. Dabei wusste sie immer noch nicht, für wen Isa arbeitete, denn sie war in letzter Zeit viel zu müde und abgespannt, um viel nachzufragen. »Komm, ich bring dich zu Bett.«

Isa musste gegen die Tränen ankämpfen. Verschwunden war die Freude auf den Ball, der Gedanke an das schöne Kleid, das sie tragen wollte, und an Lotta, die morgen zum ersten Mal in der Öffentlichkeit tanzen würde, die Hoffnung, dass Henning vielleicht rechtzeitig eintraf – wenn er denn kam. All das war ganz weit weg, als sie ihre Mutter in die winzige Kammer führte. Der Ball – das war die Welt der Wittmanns, der Reichen und Sorglosen, aber nicht die ihre. Sie gehörte ins Scheunenviertel, zu einem Vater, der die Familie verlassen hatte, zu einer Mutter, die ihren Kummer im Alkohol ersäufte, zu einem Bruder, der offensichtlich das Weite gesucht hatte.

»Moritz«, murmelte sie, während sie Mutter half, sich hinzulegen. Wo war er? Sie musste ihn suchen, und sie glaubte, ziemlich sicher zu wissen, wo er steckte.

Die Wohnung im Nebenhaus, in der Viktor mit seiner Mutter und seinen Schwestern hauste, war nicht viel größer als ihre. Als Isa eintrat, sah sie Moritz mit seinen Hausaufgaben am Tisch sitzen, am offenen Fenster saß Viktor und rauchte eine Zigarette.

»Er stand plötzlich vor der Tür«, erklärte Viktor mit einer Kopfbewegung Richtung Moritz. »Ich habe nach eurer Mutter geschaut, doch sie schlief, deshalb habe ich sie gelassen. Sie sollte unbedingt aufhören, im Metropol zu arbeiten.«

Isa seufzte. »Ja, das sollte sie. Ich werde morgen noch einmal mit ihr reden.« Viktors verbitterter Gesichtsausdruck fiel ihr auf. Es war ihm deutlich anzumerken, dass da noch etwas war, was ihn belastete. War er etwa sauer, weil sie morgen zum Ball ging? Aber es war doch wegen Lotta!

»Was ist denn los?«, fragte sie.

Er nahm noch einen tiefen Zug und blies den Rauch zum offenen Fenster hinaus. In seinen Augen lag ein Funkeln, als er zu sprechen begann. »Ich habe eine Stinkwut auf unseren Herrn Kaiser und das ganze Pack, das sich Regierung nennt«, presste er grimmig zwischen den Zähnen hervor. »Hast du irgendwann einmal von denen gehört, als es dir dreckig ging, Isa? Oder haben sie sich für mich interessiert, als Vater abgehauen ist und Mutter mit drei kleinen Kindern alleingelassen hat? Da wusste Kaiser Wilhelm nicht, wo ein Viktor Jansen wohnt, er ist nicht vorbeigekommen und hat gefragt, ob der kleine Viktor etwas zum Essen hatte oder vielleicht schon tagelang Hunger litt, bis er es irgendwann nicht mehr ausgehalten hat und losgezogen ist, um sich selbst etwas zu besorgen. Aber heute, da weiß der Kaiser, wo Viktor wohnt. Und einen schönen Brief hat er geschickt, mit einer Einberufung zu seinem Heer, pünktlich zu Viktors zwanzigstem Geburtstag. Damit dieser Viktor, der den Kaiser bis heute nicht die Bohne interessiert hat, den Kopf hinhalten kann in seinem nächsten Krieg. Und so, wie sich die Lage in Europa gerade zuspitzt, kommt dieser Krieg schneller, als wir alle denken.«

Viktor ließ sich vom Fensterbrett gleiten, griff nach einem amtlichen Schreiben und knallte es mitten auf den Tisch. »Ich bin bei Frau Simonis gewesen, damit sie ihn mir vorliest. Denn der Kaiser hat ja ganz vergessen, dass der kleine Viktor mit Betteln und Stehlen für seine Familie sorgen musste und leider nur ab und zu zur Schule gehen konnte. Sollte Viktor sich aber weigern, diesem Schreiben Folge zu leisten, ist er ein Deserteur. Dann muss der Kaiser ihn leider in eine Irrenanstalt stecken.«

»Was?«

»Ja, du hast richtig gehört. Wer den Dienst im Heer verweigert, gilt in diesem Land als geisteskrank und wird weggesperrt. Und aus der Klapse kommt keiner mehr raus.«

Isa saß da wie vom Donner gerührt. Viktor hatte heute Geburtstag, einen Tag vor ihr, und sie hatte es vergessen. Und nun musste er auch noch zum Militär. Ausgerechnet Viktor! Nie im Leben würde er sich an den Drill dort gewöhnen, auf dem Übungsplatz exerzieren, im Gleichschritt marschieren und jeden noch so idiotischen Befehl eines Vorgesetzten ausführen. Nein, eher würde er … erschrocken sprang sie auf, eilte auf ihn zu und packte ihn am Arm. »Viktor, du wirst doch nicht abhauen, oder? Die werden dich finden, egal wo du dich versteckst, und vor Gericht stellen. Dann hängen sie dich womöglich auf!«

Viktor blickte zu Boden und schüttelte den Kopf. »Nein, ich werde nicht türmen. Das kann ich Mutter nicht antun.« Er rang die Hände. »Die Hälfte der Männer in Deutschland hat nie eine Einberufung bekommen, aber an mich haben sie sich erinnert!«

»Und wenn du als nicht tauglich eingestuft wirst?«

Er lachte bitter. »Isa, schau mich an. Seh ich so aus, als wäre ich untauglich?«

Isas Blick wanderte über die Statur des großen, schlanken Mannes, und auch wenn er mit hängenden Schultern vor ihr stand, ahnte sie, wie viel Kraft in diesen muskulösen Armen steckte. Sie schüttelte den Kopf. »Nein, sie werden dich natürlich nehmen.«

»Siehst du.«

Er tat ihr unendlich leid. Sie ergriff seine Hand, dann stellte sie sich auf die Zehenspitzen und gab ihm einen Kuss auf die Wange. »Alles Gute zum Geburtstag.«

Viktor lächelte und zog sie einen Moment an sich. »Danke. Wenn ich mich recht erinnere, bist du morgen dran.«

O Gott! Den morgigen Tag hatte sie völlig vergessen. Dabei wollte sie heute Abend noch unten in der Waschküche den Kessel anschüren und in der Zinkwanne baden und ihre Haare waschen.

»Morgen ist Lottas großer Tag«, sagte sie, als Viktor den Arm von ihr löste. »Hoffentlich geht alles gut. Nicht auszudenken, wenn sie stolpert oder fällt oder irgendjemand eine dumme Bemerkung macht.«

»Dann holst du mich. Ich bin gerade in der Stimmung, ein paar reiche Bonzen zu vermöbeln.«

»Ich werde vielleicht darauf zurückkommen.« Isa ging zu Moritz und strich ihm über den Kopf. »Komm, wir gehen. Mutter schläft, und morgen geht es ihr wieder besser.«

Moritz sah nicht so aus, als ob es ihn nach Hause zog.

»Er könnte natürlich auch noch hierbleiben, aber ich geh nachher noch ein bisschen feiern«, meinte Viktor.

»Wo gehst du denn hin?«, wollte Isa wissen.

»Ach, ein paar Kumpels wollen um die Häuser ziehen, und vielleicht kommt Lina mit.«

Das Küchenmädchen bei den Fairbanks, fragte sich Isa. War da etwas zwischen ihr und Viktor?

»Kannst natürlich auch mitkommen«, meinte Viktor nach einem Moment des Schweigens. »Aber wenn du morgen schon lange durchhalten musst, ist das wohl zu viel.«

»Ja, das sollte ich lieber bleiben lassen.«

»Kein Problem. Aber wir holen die Feier nach, ja? Ich habe sowieso vor, demnächst ein kleines Fest im Hinterhof zu geben, und nun, mit diesem Wisch da«, er hob den Einberufungsbefehl hoch, »gibt es noch einen Grund mehr zum Feiern. Oder sich zu besaufen.«

Viktor klopfte Moritz kumpelhaft auf die Schulter. »Wenn deine Mutter morgen doch wieder arbeiten geht und Isa abends nicht da ist, kannst du rüberkommen. In meiner Kammer ist noch Platz.«

»Mach ich!«, rief Moritz begeistert.

»Danke«, sagte Isa und verließ mit Moritz Viktors Wohnung.

Kapitel 28

Isa war schon viel zu spät dran, als sie am nächsten Nachmittag auf die Villa der Wittmanns zueilte. Doch sie hatte es nicht früher geschafft. Am Vormittag hatte sie im Kiosk gearbeitet, dann war sie nach Hause gefahren, um dort nach dem Rechten zu sehen. Sie hatte vergeblich versucht, Mutter davon abzuhalten, am Abend wieder ins Metropol zu gehen, und hatte dann mit einem resignierten Kopfschütteln Moritz zu Viktor geschickt, damit sie zu den Wittmanns aufbrechen konnte.

Als sie die Villa erreichte, sah sie sich staunend um. Der gepflegte Vorgarten war noch zusätzlich mit Lampions, Fackeln und Laternen geschmückt, die das Anwesen am Abend beleuchten würden. Die Blumenrabatten waren erneuert worden und Lilien, Dahlien und Lavendel blühten nun entlang des Kieswegs um die Wette.

Als Isa um das Haus herum zum Hintereingang lief, fragte sie sich, ob Henning wohl rechtzeitig zurückgekommen war.

In der Küche herrschte Hochbetrieb, und Wally, die Mehlspuren im Gesicht hatte, nickte ihr nur kurz zu und widmete sich wieder den Häppchen, die sie auf den Silbertabletts anrichtete.

Isa huschte die Holztreppe hinauf bis ins oberste Geschoss, wo Lotta bereits ungeduldig vor der Tür des Dienstbotenzimmers auf sie wartete.

»Endlich bist du da! Ich dachte schon, du kommst nicht mehr«, beschwerte sie sich.

»Doch, natürlich bin ich da, Spatz, und ich muss sagen, du siehst wundervoll aus in deinem neuen Kleid!«

»Nicht wahr? So ein schönes Kleid hatte ich noch nie!«

Sie gingen ins Zimmer, und während Lotta aufgeregt vor sich hin plapperte, holte Isa ihr Ballkleid aus dem Schrank, machte sich an der Waschschüssel noch etwas frisch und schlüpfte hinter dem Paravent in das neue Kleid und die Schuhe. Dann versuchte sie sich an ihren Haaren, kämmte sie aus und steckte sie mit Klammern hoch, wie die Verkäuferin es ihr gezeigt hatte. Sie tupfte sich Puder und Rouge auf die Wangen und spritzte sich einige Tropfen des neuen Parfüms auf den Hals. Zufrieden betrachtete sie ihr Spiegelbild.

»Wie schön du bist, Isa!«, rief Lotta aus. »Da wird Henning Augen machen.«

Isas Herz klopfte schneller. »Ist er denn gekommen?«

»Ja, heute Nacht. Er hat mir etwas mitgebracht, eine Schneekugel, in der ein Turm zu sehen ist, den Henning besichtigt hat, und wenn man sie umdreht, schneit es darauf. Sie ist wunderschön, du musst sie dir unbedingt am Montag anschauen.« Dann machte sie ein besorgtes Gesicht, als sie weitererzählte: »Stell dir vor, Henning weiß noch gar nicht, dass ich auf den Ball gehe und du auch kommst, weil das ja unser Geheimnis ist, aber vorhin habe ich gehört, wie er zu Hans gesagt hat, dass er gar keine Lust auf das Fest hat und vorgeben will, dass er Kopfschmerzen hat. Isa, vielleicht kommt er gar nicht!«

»Mach dir keine Sorgen. Es wird auf alle Fälle dein ganz großer Abend werden, Lotta.«

Isa spürte Beklemmung angesichts der hohen Erwartungen, die Lotta an diesen Abend stellte. Hoffentlich ging alles gut und das Mädchen würde nicht wieder weinend auf dem Bett liegen wie vor wenigen Wochen.

Vor dem Haus waren Pferdekutschen und Automobile zu hören. Die Gäste trafen ein, und Isas Aufregung steigerte sich noch mehr. »Ich glaube, es ist Zeit, Lotta. Ich sollte dich jetzt zu deinen Eltern bringen.«

Sie nahmen dieses Mal nicht die Dienstbotenstiege, sondern die breite Treppe, und Isa klopfte an die Schlafzimmertür von Max und Silvia. Doch nichts rührte sich. Von unten drang bereits lautes Stimmengewirr herauf, und sie sagte sich, dass die beiden sicher schon die Gäste willkommen hießen.

»Dann gehen wir jetzt auch hinunter«, entschied sie. Als sie die ersten Stufen nahm, sah sie sich erstaunt um. So viele in Samt und Seide, Frack und Uniform gekleidete Gäste füllten die Eingangshalle, unterhielten sich, lachten und nippten an Champagnergläsern. Alle umringten das junge Paar Roman und Therese, die neben Max und Silvia standen. Isas Herz machte einen Satz, als sie Henning entdeckte, der an einem Kaminsims lehnte und sich gelangweilt umsah. Als sein Blick auf Isa und Lotta fiel, richtete er sich erstaunt auf, und Isa errötete, als sie das Aufleuchten in seinen Augen sah. Er kam ihnen lächelnd entgegen und ließ seinen anerkennenden Blick über sie gleiten.

»Was für eine Überraschung! Ich weiß gar nicht, was ich sagen soll.« Er beugte sich zu Lotta hinunter. »Und du darfst schon auf einen Ball gehen? Ich wollte dir gerade Gute Nacht sagen, aber dein Bett war leer.«

»Ja, da schaust du, was?«, rief Lotta begeistert. »Damit hast du wohl nicht gerechnet?«

»Absolut nicht.«

»Und Vater hat darauf bestanden, dass Isa auch zum Ball kommt«, plauderte Lotta weiter.

Hennings Blick wanderte wieder zu Isa. »Vater hatte selten eine bessere Idee.«

Max hielt eine Begrüßungsrede, bei der er die Verlobung seines Sohnes mit Therese verkündete, wofür er großen Applaus erntete. Er erklärte den Ball für eröffnet, und das Orchester im Saal begann zu spielen. Als ein Serviermädchen mit Getränken vorbeikam, griff Henning nach zwei Sektgläsern und reichte eines davon Isa.

»Denken Sie, der Ball wird ihr gefallen?«, fragte er leise über Lottas Kopf hinweg.

»Es war ihr innigster Wunsch. Daraufhin habe ich Ihren Vater gebeten, es ihr zu erlauben«, flüsterte sie zurück.

Er nickte. »Danke, dass Sie durchgehalten haben. War es schlimm?«

»Mich schlägt niemand so schnell in die Flucht.«

Ein freudiges Augenzwinkern war die Antwort. »Können wir uns vielleicht später einen Moment unterhalten?«, fragte er.

»Gern.«

Er hielt ihren Blick fest, und sie vergaß die vielen Menschen um sie herum. Henning, den sie so vermisst hatte, war wieder da, und dafür, dass er laut Lottas Erzählungen überhaupt keine Lust auf den Ball gehabt hatte, wirkte er jetzt doch sehr angetan. Seine Augen flogen immer wieder zu ihr, und er ließ keine Gelegenheit aus, um ihr mehr oder weniger auffällig Komplimente zu machen. Auch wenn ihr Verstand ihr sagte, dass sie das ignorieren sollte, so kam er doch nicht gegen den Teil in ihr an, der sich unbändig darüber freute.

In diesem Moment rief jemand laut Hennings Namen, und sie sah, wie er genervt die Augen verdrehte. »Tut mir leid. Das ist Felizitas Pringelheim, und als Gastgeber bin ich gezwungen, mich um sie zu kümmern.«

»Aber natürlich.«

»Wie gesagt, ich hoffe, Sie später noch sprechen zu können«, raunte er ihr zu, bevor sich eine elegant gekleidete junge Dame vor ihm aufbaute. Ein bisher nie gekanntes Gefühl von Eifersucht erfüllte Isa, als sie in Felizitas die junge Dame vom Abend des Wohltätigkeitsballs erkannte, die Henning umarmt hatte.

»Henning! Ist denn heute Abend Damenwahl?«, rief Fräulein Pringelheim vorwurfsvoll aus. »Ich bin es eigentlich gewohnt, von den Herren aufgefordert zu werden. Aber Henning Wittmann ist ja zu beschäftigt.«

Und schon zog sie ihn mit sich in den Tanzsaal, wo gerade die Aufstellung zu einer Anglaise erfolgte. Isa blickte ihm nach, und das Herz wurde ihr schwer, als sie sah, wie selbstsicher er sich unter all diesen hochgestellten Persönlichkeiten bewegte. Das war seine Welt, zu der sie nie gehören würde. Diese Felizitas war wunderschön, und so, wie sie ihn anhimmelte, würde er eines Tages ihrem Charme und ihren Schmeicheleien erliegen, dessen war sie sich sicher. Doch dann schüttelte sie die traurigen Gedanken ab und ließ den Blick durch den Raum gleiten, bis sie Max entdeckte, der ihr zunickte. Sie hob die Hand, nickte ebenfalls und konzentrierte sich wieder ganz auf den Grund, warum sie heute überhaupt hier war. Lottas erster Tanz. Max, der ihr ermutigend zulächelte, war in den letzten Wochen in dieser Sache ihr Verbündeter geworden. Er hatte ein Grammofon in Lottas Zimmer geschleppt und dort mit seiner Tochter Walzer geübt, und für den heutigen Abend hatten sie sich einen genauen Plan zurechtgelegt, damit die Überraschung perfekt wurde. Sie wusste, was das Zeichen bedeutete, das er ihr gerade gegeben hatte.

Sie beugte sich zu Lotta hinunter. »Du bist gleich dran«, flüsterte sie ihr ins Ohr.

Lotta riss die Augen auf. »Was, schon?«

Isa strich ihr über den Arm. »Du musst nicht aufgeregt sein, denn du weißt, dass du es wunderbar kannst. Du bist eine Kämpferin, die niemals aufgibt. Oder habe ich mich etwa getäuscht?«

Lotta schüttelte den Kopf. »Nein. Ich kann das«, wisperte sie ernst.

Max sprach mit dem Orchesterleiter, dann trat er in die Mitte der leeren Tanzfläche. Es wurde ruhig im Saal.

»Liebe Gäste«, begann er und blickte sich um. »Ich denke, es ist Zeit für eine Walzerrunde, und es ist mir eine große Ehre, sie mit einem kleinen Mädchen eröffnen zu dürfen, das heute zum ersten Mal im Leben an einem Ball teilnimmt.«

Er schritt auf Lotta zu, machte eine Verbeugung, griff nach ihrer Hand und führte sie in die Mitte des Saals. Ein Raunen ging durch die Menge, denn Lottas langes Kleid konnte ihren hinkenden Gang nicht ganz verbergen. Isa sah das Stirnrunzeln auf Hennings Gesicht, der auf der anderen Seite des Saals stand. Was mochte er wohl gerade denken? Dass sie alle verrückt geworden waren?

Das Orchester stimmte die ersten Töne eines langsamen Walzers an, Max umfasste Lotta, die ihre Hand auf seinen Arm legte, und sie begannen, zur Musik zu tanzen. Isa traten Tränen in die Augen, denn Lotta machte alles richtig, und es sah einfach hinreißend aus, wie sie sich in ihrem wunderschönen Kleid so anmutig an der Hand ihres Vaters bewegte. Es war ihr großer Moment, auf den sie wochenlang hingefiebert hatte, und Isa freute sich unbändig für sie. Verstohlen wischte sie sich die Tränen aus den Augenwinkeln, als plötzlich jemand neben ihr flüsterte: »Das war Ihr Werk, oder?«

Sie blickte in Hennings strahlendes Gesicht.

»Ohne Viktor hätte ich es nicht geschafft«, entgegnete sie leise. »Er musste mir beibringen, wie man beim Tanzen führt, damit ich es Lotta zeigen konnte.«

»Ich bin sprachlos!« Hennings Blick wanderte zwischen Lotta und Isa hin und her. Und nicht nur er, sondern alle im Raum wussten, was dieser Moment für das kleine Mädchen bedeutete, denn am Ende des Tanzes brandete tosender Applaus auf. Max hob die strahlende Lotta hoch und drehte sich einmal mit ihr herum, bevor er sie behutsam wieder absetzte. Er brachte sie zu Isa zurück, die sie in den Arm nahm.

»Das hast du wunderbar gemacht!«, flüsterte sie ihr ins Ohr.

Henning beugte sich zu ihr hinunter. »Das war ja vielleicht eine Überraschung! Ich weiß gar nicht, was ich sagen soll. Ich hoffe, ich darf auch einmal mit dir tanzen.«

»Aber ja!«, rief Lotta. »Ich muss nur erst ein bisschen ausruhen und etwas trinken.«

»Komm, wir holen uns eine Erfrischung«, sagte Max.

»Dann darf ich Sie bitten?«, fragte Henning Isa galant. Sie zögerte. Ging es an, dass eine Angestellte mit dem Sohn des Hausherrn tanzte? »Darf ich das denn?«

»Sie müssen.« Henning machte eine Kopfbewegung zur Saaltür, wo soeben Felizitas erschien, und zog Isa zur Tanzfläche. »Allerdings sollten wir vorher noch klären, wer von uns beiden führt, da Sie das ja auch beherrschen«, sagte er lachend.

»Ich lasse Ihnen den Vortritt«, antwortete Isa, und er legte seinen Arm um sie. Henning war ein guter Tänzer. Nachdem sie einige Takte im Grundschritt getanzt hatten, begann er, sie in Drehungen zu lenken, und sie fühlte sich plötzlich frei und leicht.

»Ich könnte ewig so mit Ihnen tanzen, viel lieber als mit gewissen anderen Personen«, raunte er ihr zu.

»Aber diese gewissen anderen Personen gehören zu Ihren Kreisen.«

»Deswegen muss es noch lange keinen Spaß machen, sich mit ihnen abzugeben. Auf diesen Ball heute habe ich mich überhaupt nicht gefreut, und nun ist er einfach großartig.« Er sah sie mit leuchtenden Augen an. »Dabei habe ich gestern noch mit dem Gedanken gespielt, den Zug nach Hause zu verpassen. Gut, dass Hans mir ins Gewissen geredet und mich zur Heimkehr gezwungen hat.«

»Allerdings, sonst hätten Sie Lottas großen Auftritt verpasst!«

»Nicht nur den«, meinte Henning mit einem Blick, der Isa die Röte ins Gesicht trieb. Sie musste schnell das Thema wechseln.

»Wie war Ihre Reise?«

»Sehr schön, ich würde Ihnen am liebsten stundenlang davon erzählen. Denken Sie, Sie hätten dafür einmal Zeit im Rahmen einer Einladung zum Kaffeetrinken oder Abendessen? Natürlich nur, wenn es Sie interessiert.«

Sie lächelte ihn an. »Das tut es. Ich würde gern etwas darüber hören.«

»Abgemacht«, sagte er, und in diesem Moment endete die Musik. »Schade. Nun ruft leider wieder die Pflicht.«

Mit einer leichten Verbeugung verabschiedete er sich und verschwand in der Menge. Isa sah ihn mit Lotta und später mit verschiedenen anderen Frauen tanzen.

»Wie gefällt dir der Ball?«, wandte sich Isa an Lotta, die mit einem Glas Fruchtsaft neben ihr stand.

»Wunderbar. Aber jetzt ist es hier drinnen sehr warm geworden. Kommst du kurz mit raus in den Garten?«

»Natürlich.«

Sie bahnten sich einen Weg durch die Gäste und verließen die Villa. Lotta ließ sich auf eine Bank nieder und deutete auf die Fackeln und Lampions, die mit ihrem warmen Schein die Nacht erhellten. »Schau nur, wie schön! Ich habe noch nie so einen wundervollen Abend erlebt wie diesen!«

»Ich auch nicht«, pflichtete Isa ihr bei.

»Und ich auch nicht«, ließ sich eine männliche Stimme vernehmen. Im Licht der Lampions war Henning zu erkennen, der näher kam.

»Ist das wahr?«, fragte Lotta.

»Natürlich ist das wahr«, antwortete Henning, und Isa hatte ihn selten so gut gelaunt erlebt. »Du hast zum ersten Mal getanzt, und da war noch so vieles mehr, was mich völlig sprachlos gemacht hat.« Er warf Isa einen Blick zu, der sie mitten ins Herz traf. Sprach er von ihr?

»Und stell dir vor, Henning, heute ist auch noch Isas Geburtstag!«, platzte Lotta heraus.

Er wandte sich überrascht an Isa. »Tatsächlich? Wie alt werden Sie denn?«

»Siebzehn.«

Lächelnd beugte er sich zu ihr, griff nach ihrer Hand und führte sie an seine Lippen. Isa schluckte, denn damit hatte sie nicht gerechnet. Als er den Blick hob und sie ansah, klopfte ihr Herz wie wild. Sie war froh über die Dunkelheit, denn sie spürte, dass sie angesichts dessen, was sie in seinen Augen las, errötete. Was war das zwischen ihnen beiden? Henning schien ihre Hand gar nicht mehr loslassen zu wollen, und er hob gerade an, noch etwas zu sagen, als eine höhnische Stimme die Stille der Nacht zerriss.

»Sieh an, sieh an, mein kleiner Bruder Henning.« Es war Roman, der über den Rasen auf sie zukam, und sein unsicherer Gang verriet, dass er schon nicht mehr ganz nüchtern war. In seinen Augen blitzte es kampfeslustig. »Auf allen Bällen spielt er den Unnahbaren und lässt die Töchter der Fairbanks und Pringelheims und wie sie alle heißen der Reihe nach abblitzen. Ja, er hat mit seinen fast neunzehn Jahren noch keiner einzigen jungen Dame seine Aufwartung gemacht. Hinter vorgehaltener Hand munkelt man bereits, der jüngste Sohn der Wittmanns sei Frauen überhaupt nicht zugetan.« Roman lachte hart auf.

»Doch Henning ist schlau. Er holt sich sein Amüsement einfach ins Haus. Ist das der Grund, warum es unbedingt diese Isa sein musste?«

Henning stöhnte auf. »Roman, halt den Mund. Du bist betrunken und weißt nicht, was du redest. Geh wieder rein, amüsiere dich und lass mich einfach in Frieden.«

»Ja, das könnte dir so passen, dass ich den Mund zu deinen Spielchen halte. Aber das mach ich nicht!«, rief Roman.

Lotta wandte sich verstört an Henning. »Was ist mit ihm? Warum redet er so? Warum ist er so böse auf dich?«

»Es ist nichts«, antwortete Henning beschwichtigend. »Unser Bruder kann nur nicht verkraften, wenn andere Leute ihren Willen bekommen und sich einmal nicht alles um ihn dreht. Ist es nicht so? Es passt dir nicht, dass Vater Isa auf meinen Wunsch hin engagiert hat.«

»Stimmt. Es passt mir ganz und gar nicht, dass du diese Person ins Haus geholt hast und uns dem Gerede der Leute aussetzt. Oder findest du es etwa gar nicht anstößig, wo ihre Mutter arbeitet? Aber vielleicht hast du sie am Ende auch schon besucht, im berühmt-berüchtigten Nachtclub Metropol, was?«

Ein heiserer Laut löste sich aus Isas Kehle. Was sagte er da? Er wusste von Mutter? Warum tat Roman ihr das an?

Hennings Augen verengten sich, dann ging er auf seinen Bruder los. »Wenn du nicht willst, dass deine Verlobungsfeier mit einer Schlägerei endet, bei der du mit Sicherheit den Kürzeren ziehen wirst, solltest du jetzt still sein. Wie kannst du so etwas vor dem Kind sagen! Und überhaupt – was sind das für Lügen, die du hier verbreitest? Isas Mutter arbeitet in einer Krankenhauswäscherei.«

Roman lachte. »Ha, so nennt man diese Etablissements also heute? Wusste ich ja gar nicht. Aber du Narr lässt dir ja alles aufbinden.« Er stieß Henning heftig vor die Brust.

»Hör auf, Roman. Warum tust du das?« Henning klang schon beinahe verzweifelt. »Ich verstehe das nicht. Du solltest heute Abend nur Augen für deine Verlobte haben, müsstest mit ihr tanzen und sie nicht mehr aus deinen Armen lassen, aber du kommst hier heraus und provozierst einen solchen Streit! Liebst du Therese am Ende gar nicht? Heiratest du sie nur wegen des Geldes und der Geschäftsbeziehungen?«

»Pass bloß auf!« Romans Fäuste flogen auf Henning zu, doch der fing sie ab und hielt sie fest wie in einem Schraubstock.

Kopfschüttelnd sah er seinen Bruder an. »Ich könnte dich jetzt mit zwei Faustschlägen zu Boden schlagen, aber das mache ich nicht. Geh! Du hast den Abend ruiniert.«

Isa hatte genug gehört. Sie nahm Lotta an der Hand und eilte mit ihr zurück ins Haus. Dort übergab sie das Kind dem Kindermädchen Gisèle, damit sie Lotta zu Bett brachte, und rannte die Dienstbotentreppe nach oben. Atemlos zog sie sich um, hängte ihr wunderschönes Kleid in den Schrank und packte ihre paar Habseligkeiten in ihre Tasche. So schnell konnte ein Traum zerplatzen. Das war es dann wohl mit ihrer Anstellung im Hause Wittmann; es war alles aus und vorbei. Roman würde Max von ihrer Mutter erzählen, und sie brauchte am Montag gar nicht erst wiederzukommen. Da würde auch Henning nichts mehr geradebiegen können, denn an der Tatsache, dass Mutter in diesem Nachtclub arbeitete, kam auch er nicht vorbei. Und die Demütigung, ihm das zu beichten, wollte sie sich ersparen. Sie würde gehen, für immer. Sie hätte sich gern noch richtig von Lotta verabschiedet, doch sie wollte nicht riskieren, noch einmal jemandem aus dieser Familie zu begegnen. Viktor hatte recht behalten. Die Wittmanns brachten ihr kein Glück.

Sie wollte nur noch weg, raus aus diesem Haus, in dem sie so verletzt worden war. Sie ließ noch einen letzten Blick durch das Zimmer gleiten, das sie so geliebt hatte, schlüpfte aus der Tür, eilte die Dienstbotentreppe hinunter und verließ unbemerkt durch die Hintertür das Haus. Erst als sie den letzten Schein der Laternen und Fackeln im Garten hinter sich ließ und in die Dunkelheit eintauchte, begann sie zu weinen.

Henning suchte das ganze Haus nach Isa ab. Im Kinderzimmer fand er eine verstörte Lotta vor, die sich offensichtlich auf nichts von dem, was passiert war, einen Reim machen konnte.

»Was ist mit Roman? Warum ist Isa über das, was er gesagt hat, so erschrocken?«

Er setzte sich zu ihr. »Roman hat zu viel getrunken und Unsinn geredet.«

Lotta schüttelte den Kopf. »Wegen ein wenig Unsinn wäre Isa niemals so aufgebracht gewesen. Ist es, weil sie arm ist? Mag Roman sie deshalb nicht?«

Henning horchte auf. »Wer hat dir gesagt, dass Isa arm ist?«

»Sie selbst. Als ich ihr das Buch über Oliver Twist gegeben habe, weil sie ja jetzt lesen kann und du keine Frau heiraten würdest, die das Buch nicht kennt. Da hat sie gesagt, dass es zwischen Arm und Reich keine Verbindung geben kann.«

Henning kam nicht ganz mit, was Lotta da von sich gab. »Du hast mit ihr übers Heiraten gesprochen? Ach, Lotta, was hast du denn jetzt wieder angestellt?«

»Gar nichts. Isa wollte, dass ich es dir nicht erzähle, aber ich habe nichts versprochen. Stimmt es denn, was sie sagt?«

Henning seufzte. »Das erkläre ich dir alles ein anderes Mal, heute Abend ist es dazu schon zu spät. Denk jetzt nicht weiter darüber nach, was vorgefallen ist, denn der Abend war wundervoll. Es war dein großer Tag! Wir sind alle so stolz auf dich!«

»Wirklich?«

»Wirklich. Und nun musst du schlafen. Ich bringe das mit Isa wieder in Ordnung, und morgen erzählst du mir, wie sie dir das Tanzen beigebracht hat, ja? Und was es mit dem Buch und dem Heiraten auf sich hat.«

Lotta nickte und ließ sich müde in ihre Kissen sinken.

Henning eilte in sein Zimmer, um seine Brieftasche zu holen. Als er das Schächtelchen aus dem Londoner Juwelierladen auf dem Schreibtisch stehen sah, griff er danach und steckte es ein. Ungeachtet all der Gäste, die sich unten in der Halle nach ihm umdrehten, stürmte er aus der Villa. Er musste Isa suchen. Sie war mitten in der Nacht allein in einer Großstadt unterwegs, und er hatte am eigenen Leib erfahren, wie gefährlich die Straßen von Berlin zu dieser Stunde sein konnten. Außerdem kannte er das zwielichtige Viertel, in dem sie wohnte, und auch wenn Isa gelernt hatte, auf sich aufzupassen, so konnte er sich vorstellen, dass sie dennoch zu dieser späten Stunde Angst hatte, allein unterwegs zu sein.

Roman kam ihm in den Sinn. Was hatte es mit dieser Behauptung auf sich, Isas Mutter arbeite im Metropol? Natürlich hatte er von diesem Club gehört, wenn es auch nicht die erste Adresse war, über die einige Herren hinter vorgehaltener Hand redeten, wenn sie zu fortgeschrittener Stunde im Rauchersalon unter sich waren und in weinseliger Laune mit ihren Abenteuern prahlten. Da gab es ganz andere Etablissements wie das Singapur, das Tropical oder die Havanna Bar. Doch wie kam Roman auf die Idee, Isas Mutter würde dort arbeiten? Es musste eine Lüge sein.

Henning hielt ein vorbeifahrendes Taxi an und ließ sich zum Alexanderplatz fahren. Unterwegs blickte er angestrengt durch die Windschutzscheibe, doch nirgends entdeckte er eine Spur von Isa. An einer großen Kreuzung stieg er aus, zahlte und sah sich ratlos um. Sie musste nach Hause gegangen sein, und Gott sei Dank wusste er, wo das war.

War ihm das Scheunenviertel bei Tag schon fremd und unheimlich vorgekommen, so steigerte sich dieser Eindruck noch zu dieser nächtlichen Stunde. Dunkle Gestalten schlichen durch die Straßen, Betrunkene torkelten ihm laut grölend entgegen, vor einer Kneipe sprach ihn eine grell geschminkte Frau an und versprach ihm eine unvergessliche Nacht.

»Danke, die habe ich bereits«, antwortete er und hob abwehrend die Hände. Doch von Minute zu Minute wuchs seine Sorge um Isa. Wie konnte ein junges Mädchen hier nachts entlanggehen? Niemals hätte er zugelassen, dass sie heute allein den Heimweg antrat, er hätte ihr zumindest eine Droschke oder ein Taxi gerufen oder ihr angeboten, im Dienstbotenzimmer zu übernachten. Er würde Roman den Hals umdrehen, wenn Isa etwas zugestoßen war.

Irgendwann erreichte er das graue Haus unweit des Gemischtwarenladens und öffnete die Eingangstür, die zum Glück nicht verschlossen war. Ein schaler Geruch nach Essen, Unrat und einem scharfen Putzmittel schlug ihm entgegen. In dem unbeleuchteten Flur war es fast unmöglich, die Namensschilder an den Wohnungstüren zu entziffern. Zum ersten Mal im Leben bedauerte Henning, dass er kein Raucher war, denn ein Feuerzeug hätte er jetzt gut gebrauchen können. Durch die dünnen Wände drangen laute Geräusche an sein Ohr. Irgendwo bellte ein Hund, hinter einer Tür stritt sich ein Ehepaar, ein Säugling meldete sich mit lautem Geschrei. Er hörte polternde Schritte auf einer Holztreppe, und als ein Mann im Gang erschien, sprach Henning ihn an.

»Entschuldigung, wo finde ich Familie Berlinger?«

»Letzte Tür rechts, direkt neben dem Tor zum Hof«, brummte der Mann und schlurfte achtlos an ihm vorbei.

Als Henning vor besagter Tür stand, schlug ihm das Herz bis zum Hals. Kein Geräusch drang aus der Wohnung heraus. Was, wenn Isa nicht da war? Wo sollte er noch nach ihr suchen? Er klopfte und atmete erleichtert auf, als sie ihm öffnete. Gottlob, ihr war nichts zugestoßen! Im schwachen Schein einer Petroleumlampe, die im Zimmer brannte, stand sie vor ihm. Sie trug wieder ihr einfaches Leinenkleid, ihre Haare waren gelöst und fielen ihr auf die Schulter, auf ihren Wangen waren Tränenspuren zu sehen. Sie sah ihn wortlos an und fragte nicht einmal, woher er wusste, wo sie wohnte. Als spielte das bereits keine Rolle mehr.

Er räusperte sich. »Darf ich reinkommen? Oder störe ich?«

Isa zögerte einen Augenblick. »Sie sollten zwar niemals erfahren, wie wir hier leben, aber – es ist sowieso schon alles egal.« Ihre Stimme klang ausdruckslos, als sie die Tür ein Stück weiter öffnete. »Sie stören nicht, Herr Wittmann, es ist niemand da.«

Die Bitterkeit in ihrer Stimme schmerzte ihn. Sie ließ ihn eintreten und schloss hinter ihm die Tür. Henning sah sich um. Er stand in einer Küche, doch im Schein der Lampe erkannte er an der Wand ein Stockbett. Die Tür zu einer engen Kammer stand offen und er machte darin noch eine weitere Schlafstatt aus. Wo Henning auch hinsah, wirkte alles zwar sauber und ordentlich, aber alt und abgenutzt, und doch war zu erkennen, dass sich jemand Mühe gab, den spärlich eingerichteten Raum wohnlich zu gestalten. Vorhänge hingen am Fenster, der Tisch war mit einem geblümten Tuch bedeckt, auf der Bank lagen Kissen, die Decken auf den Betten waren gefaltet. Auf einem Kopfkissen erspähte er die Puppe in dem weißen Kleid, die er Isa vor Jahren geschenkt hatte, und es rührte ihn, dass sie sie immer noch besaß. Unter dem Kopfkissen lugte sein Buch »Oliver Twist« hervor, und erst jetzt realisierte er Lottas Bemerkung, dass Isa nun lesen konnte, was ihn unwahrscheinlich freute.

Henning konnte keine weiteren Türen entdecken. Wohnten Isa, ihre Mutter und ihr Bruder etwa in diesem einzigen Raum? Der nicht einmal so groß war wie das Speisezimmer in seiner Villa?

»Ja, so ist es«, sagte Isa herausfordernd, als hätte sie seine Gedanken gelesen. »Diese vier Wände sind alles, was wir haben.

Rundet das nun Ihr Bild von mir ab? Dass ich aus der Gosse komme und kein Umgang für Lotta bin? Ich kann verstehen, dass Sie das abschreckt und Sie wieder gehen möchten.« Sie deutete demonstrativ zur Tür.

O nein, so einfach würde sie ihn nicht in die Flucht schlagen. Er war mit seiner Mutter in noch viel ärmlicheren Unterkünften im Londoner East End gewesen, ohne davonzulaufen. Henning griff sich einen Stuhl, zog ihn heran und setzte sich rittlings darauf. »Ich gehe nicht eher, als bis Sie mich angehört haben oder hinauswerfen. Aber hätten Sie etwas zu trinken für mich? Ich bin den halben Weg gerannt, weil ich mir Sorgen um Sie gemacht habe.«

»Das war nicht nötig, ich kann selbst auf mich aufpassen, und es gibt hier nichts zu trinken, das ich Ihnen anbieten könnte, Herr Wittmann.«

Wieder diese förmliche Anrede! Deutlicher hätte Isa ihm nicht zeigen können, wie sehr Roman sie gedemütigt hatte. Sie war nicht wiederzuerkennen. Das junge Mädchen, das noch vor einer Stunde mit ihm getanzt und gescherzt hatte, stand mit verschränkten Armen und ausdruckslosem Blick so weit entfernt von ihm, wie es die Enge des Raums zuließ, und schien nur darauf zu warten, dass er wieder ging. Henning deutete auf einen Krug auf der Anrichte. »Und was ist da drin?«

»Brunnenwasser aus dem Hinterhof.«

Er nickte. »Ich liebe Brunnenwasser aus dem Hinterhof.«

Isa schnaubte verächtlich, ging dann aber zum Schrank, holte zwei Gläser und füllte sie. Dann setzte sie sich zu ihm.

Henning trank das halbe Glas in einem Zug.

»Also, machen wir es kurz«, begann Isa das Gespräch. »Sie wollen mir mit freundlichen Worten klarmachen, dass unsere Zusammenarbeit beendet ist.«

Henning traute seinen Ohren nicht. Wie kam sie nur darauf? »Es erstaunt mich immer wieder, wie gut Sie mich zu kennen glauben. Erst wissen Sie ganz genau, wie überaus glücklich und sorglos meine Kindheit verlaufen ist, da ich ja in eine reiche Familie geboren wurde, und nun sind Sie davon überzeugt, dass ich Ihnen kündigen werde. Wie kommen Sie darauf?«

»Liegt das nicht auf der Hand?«

»Für mich nicht. Ich möchte das alles nur verstehen. Wie kommt Roman dazu, solche Lügen in die Welt zu setzen? Er kann von Glück reden, dass ich ihn heute Abend nicht niedergeschlagen habe. Und Sie wissen genau, dass ich das könnte.«

Für einen Moment herrschte Schweigen. Dann sagte Isa in die Stille hinein: »Er hat nicht gelogen. Mutter arbeitet im Metropol.«

Und als hätten sich Schleusen geöffnet, sprudelte nun alles aus ihr heraus. »Wir sind ständig knapp bei Kasse und Mutter fürchtet, wir könnten die Wohnung verlieren. Dann müssten sie und ich ins Obdachlosenhaus ziehen, und die Fürsorge würde Moritz in ein Heim stecken. Deshalb tut sie das alles. Für Moritz und mich! Ich hoffte, durch meine Anstellung bei Ihnen könnte Mutter die Arbeit im Metropol kündigen, denn das macht sie kaputt. Sie hat sogar begonnen zu trinken. Doch solange ich bei Ihnen noch in der Probezeit bin, kann sie die Stelle nicht aufgeben. Aber das dürfte nun sowieso vorbei sein.«

Henning sah sie bestürzt an. In ihm brodelte es. Nun hatte Roman auch noch recht gehabt mit seiner Behauptung über Isas Mutter! Das war nun allerdings ein Problem, denn wie sollte er Vater dazu bringen, Isa unter diesen Umständen weiter zu beschäftigen? Verflixt, was konnte er nur tun?

Er sah sie eindringlich an. »Ich habe von all dem nichts gewusst. Warum haben Sie nie mit mir geredet?«

Isa zuckte nur die Schultern und sah zu Boden. Sie wirkte mit einem Mal nicht mehr so stark wie noch vor einigen

Minuten, sondern zart und zerbrechlich. »Müssen Sie das wirklich noch fragen?«

Nein, das musste er nicht. Er hatte schon vor Jahren am Alexanderplatz gespürt, dass Isa sich für ihre Lage schämte; um wie viel peinlicher musste es ihr nun sein, dass er auch noch die Sache mit dem Nachtclub wusste? Und war es ihm nicht selbst schon so ergangen? Wie demütigend war es für ihn gewesen, von seinem Vater geschlagen zu werden! Und erst recht, als andere davon erfuhren!

Er schüttelte den Kopf. »Nein. Ich verstehe Sie.«

Fieberhaft überlegte er, was er tun konnte, doch es fiel ihm nur eine Lösung ein. Vorher gab es jedoch noch etwas Wichtigeres. Er zog seine Taschenuhr hervor. Kurz vor Mitternacht.

Er stand auf. »Ich gehe jetzt und versuche, das alles zu klären. Wenn es so läuft, wie ich hoffe, können Sie am Montag Ihren unbefristeten Vertrag abholen.«

Isa stand ebenfalls auf. »Wie meinen Sie das?«

»Ich kann noch nichts versprechen, aber ich werde alles daransetzen, dass Sie weiter bei uns beschäftigt bleiben.« Er fuhr sich nervös durch die Haare, dann machte er einen Schritt auf sie zu. Sein Herz klopfte wie wild und er musste sich räuspern, um weitersprechen zu können. »Roman hat mich vorhin unterbrochen, als ich Ihnen zum Geburtstag gratulieren wollte. Und jetzt habe ich nur noch drei Minuten. Alles Gute für Ihr neues Lebensjahr, Isa.« Er zog das Schächtelchen aus der Jackentasche, legte es in ihre Hand und schloss ihre Finger darum. »Es hat mich an die Farbe Ihrer Augen erinnert«, sagte er leise. Dann beugte er sich zu ihr, und seine Lippen berührten zart ihre Wange. Ein paar Worte drängten aus ihm heraus, und er murmelte sie in ihr Haar. Einen Moment später verließ er fluchtartig die Wohnung.

Isa starrte wie vom Donner gerührt auf die Tür, die sich hinter ihm geschlossen hatte. Hatte sie das gerade geträumt? Doch sie spürte noch immer seine Lippen auf ihrer Wange, hörte noch immer die leisen Worte, die sie nicht verstanden hatte. Was hatte er gesagt? War das Englisch gewesen? In dem Schächtelchen fand sie einen Armreif, der mit blauen Steinen verziert war, und lächelnd fuhr sie mit den Fingern darüber. Henning hatte ihr in London ein Geschenk gekauft? Und er wollte sich dafür einsetzen, dass sie die Stellung im Hause Wittmann nicht verlor? Wie denn?

Wenn sie an die unschöne Szene im nächtlichen Garten dachte, konnte sie sich nicht vorstellen, dass sie bei den Wittmanns noch willkommen war. Wie sehr hatte sie sich geschämt, als so verächtlich über ihre Mutter gesprochen worden war. Doch sie würde nicht zulassen, dass irgendjemand Leni Berlingers Namen in den Schmutz zog. Sie hatte Mutter angesehen, wie viel Überwindung es sie gekostet hatte, heute wieder zur Arbeit zu gehen. Moritz war daraufhin zu Viktor gegangen, um bei ihm zu übernachten, und sie selbst wäre eigentlich noch immer auf dem Ball gewesen. Ob Henning gerade wieder auf dem Weg dorthin war? Zurück in seine Welt, in die er gehörte und zu der sie keinen Zutritt hatte? Ganz besonders nach der heutigen Nacht?

Er hatte ihr einen Kuss auf die Wange gegeben, und das hatte sich ganz anders angefühlt als gestern, als sie das gleiche bei Viktor getan hatte. Da hatte ihr Herz nicht gerast und ihr Magen nicht geflattert, als wären darin Schmetterlinge gewesen. Himmel, nun wusste sie auf einmal, wie es sich anfühlte, beraubt zu werden. Denn Henning war im Begriff, ihr Herz zu stehlen.

I love you! Henning schüttelte den Kopf, als er kurze Zeit später vor dem Metropol aus dem Taxi stieg. Wie hatte er das sagen können? Die Worte hatten sich wie von selbst über seine Lippen gedrängt, als er Isa plötzlich so nah gewesen war. Wie hatte er sie nur so überrumpeln können! Gut, dass sie kein Englisch verstand.

Doch nun musste er sich auf die Aufgabe konzentrieren, die vor ihm lag. Er besah sich das eher unscheinbare Gebäude mit dem Schild über der Tür, auf dem in leuchtend roten Buchstaben der Name der Bar stand. Noch nie hatte er einen Nachtclub betreten, aber nun führte kein Weg mehr daran vorbei.

Nervös strich er sich durch die Haare und ging zögerlich auf das Gebäude zu, wobei ihm neben der Eingangstür ein gläserner Schaukasten mit den Fotos der Frauen ins Auge fiel, die hier arbeiteten. Und eine von ihnen sah Isa verblüffend ähnlich.

Er öffnete die Tür, und warme, verqualmte Luft, lautes Lachen und leise Musik drangen ihm entgegen. Im schummrigen Licht machte er eine lang gezogene Bar aus, an der Herren in guten Anzügen und Damen in aufreizenden Kleidern saßen, die Drinks zu sich nahmen, laut lachten und scherzten. Auf der Tanzfläche im Hintergrund tanzten einige Paare eng umschlungen, die kleinen Tische daneben waren fast alle besetzt. Henning suchte sich einen freien Barhocker und bestellte bei einem der Ausschenker hinter der Theke einen Cognac. Einer von ihnen, ein großer, stämmiger Mann, der nur gelegentlich einen Zapfhahn bediente oder eine Flasche aus dem Regal holte und ansonsten am Tresen lehnte, schien der Besitzer der Bar zu sein, denn seine Augen wanderten unablässig durch den gesamten Raum. Soeben gab er einer dunkelhaarigen, stark geschminkten Frau am anderen Ende des Tresens einen Wink, die sogleich auf Henning zukam. Sie trug ein rotes, glitzerndes Kleid, das sündhaft kurz über dem Knie endete, und kaum, dass sie Henning erreicht hatte, legte sie auch schon ihre Hand auf seinen Arm.

»Na, neu hier? Suchst du Gesellschaft?«, fragte sie mit gekonntem Augenaufschlag.

Henning sah sie an. »Ja, so kann man sagen. Ich suche Leni Berlinger.«

Die Frau zog eine Augenbraue hoch und lehnte sich noch näher an ihn. Er roch ihr aufdringliches Parfüm. Ihre Hand fuhr höher und strich ihm über die Schulter, während sie ihm mit rauchiger Stimme zuraunte: »Die Leni? Ist die nicht ein bisschen zu alt für dich? Wir beide würden doch viel besser zueinander passen.«

Henning fühlte sich völlig überrumpelt. Als ihre Hand über seinen Nacken strich, griff er sanft, aber bestimmt danach und zog sie herunter. »Das glaube ich nicht. Ich bin wegen Leni hier. Wissen Sie, wo sie ist?«

Die Frau warf ihm einen letzten Blick zu, dann murmelte sie missmutig etwas vor sich hin und ging. Henning nahm einen Schluck von seinem Cognac und sah sich um. Gott sei Dank kannte er keinen der Anwesenden. Er nahm das Publikum näher unter die Lupe und stellte fest, dass die Damen offensichtlich die Herren zum Trinken animierten und sich teure Getränke spendieren ließen. Am Bartresen wanderten Liköre und Cocktails über die Theke, Wein- und Champagnerflaschen wurden an die Tische getragen – in diesem Club wurde Geld gemacht. Viel Geld. Henning beobachtete, wie Geschenke überreicht wurden, derbe Witze fielen und dann und wann eines der Paare in einem Gang, der wohl zu den Separees oder Stundenzimmern führte, verschwand.

Eine Frauenstimme riss ihn aus seinen Gedanken. »Ich bin Leni, Sie haben nach mir gefragt?«

Aufgeregt drehte Henning sich um und blickte in das Gesicht einer hübschen Frau, die eine ältere Ausgabe von Isa war. Sie trug ein schwarzes, mit Glitzersteinen verziertes Kleid, hatte die blonden Haare hochgesteckt und war dezent geschminkt.

Wären da nicht diese ausdruckslosen Augen gewesen, die keine Regung zeigten, hätte er sie sogar als schön bezeichnet.

Die Situation war Henning ausgesprochen peinlich. »Guten Abend, Frau Berlinger. Können wir hier irgendwo ungestört miteinander reden?«

Leni musterte ihn und warf einen scheuen Blick zum Wirt hinter der Theke. Henning verstand. Sie war nicht zum Reden hier, sondern um den Umsatz zu steigern.

»Ich bezahle natürlich dafür. Was muss ich tun, um ein paar Minuten Ihrer Zeit zu bekommen? Ihnen einen Drink spendieren?«

»Ein Glas Rotwein, bitte«, sagte Leni, und als der Wirt es ihr über den Tresen reichte, nahm sie es und deutete auf einen kleinen freien Tisch in der hintersten Ecke des Raums.

Henning nahm seinen Cognac und folgte ihr.

»Warum sind Sie hier?«, wollte Leni wissen, kaum dass sie Platz genommen hatten.

Henning räusperte sich. Das Gespräch würde nicht einfach werden. »Frau Berlinger, Ihre Tochter arbeitet für meine Familie. Wir sind höchst zufrieden mit Isa, sie ist ein Segen für meine kleine Schwester Lotta, und wir würden sie gern unbefristet anstellen.«

Er sah ein Aufleuchten in Frau Berlingers Augen. »Ist das wahr? Aber warum kommen Sie hierher, um mir das zu sagen?«

»Nun ja, es gibt da ein Problem.« Er machte eine Handbewegung, die die Bar einschloss. »Ihre Arbeit hier im Club. Sollte mein Vater davon erfahren, könnte es sein, dass er Isa nicht weiter beschäftigt. Wie viel verdienen Sie hier?«

»Dreißig Mark im Monat.«

Henning glaubte, sich verhört zu haben. »Was? So wenig?«

Leni lachte bitter auf. »Das ist viel mehr, als ich für eine Putzstelle oder eine Heimarbeit bekommen würde, deshalb habe ich die Arbeit ja bis jetzt durchgehalten. Was denken Sie denn, was wir Frauen verdienen? In der Wäscherei erhalte ich einen Hungerlohn für zehn Stunden Schufterei am Tag. Damit könnte ich die Familie nicht ernähren.«

Henning war schockiert. Was waren das nur für Gesetze in diesem Land? »Ich versichere Ihnen, dass Isa diese dreißig Mark monatlich zusätzlich zu ihrem Gehalt erhält, wenn Sie heute Ihre Arbeit hier kündigen. Ich kann es Ihnen schriftlich geben, wenn Sie das beruhigt.« Er wusste, dass er dafür noch das Einverständnis seines Vaters brauchte, doch so begeistert, wie dieser sich während des Balls über Isa geäußert hatte, sah er da keine Probleme. Wenn ihm Roman nur nicht zuvorkam und sein Wissen über Isas Mutter in die Welt hinausposaunte!

Leni Berlinger sah ihn skeptisch an. »Warum machen Sie das? Was wollen Sie dafür?«

Gott, was musste diese Frau erlebt haben, dass sie so misstrauisch war? »Ich will nichts dafür. Meine Familie ist Isa etwas schuldig. Viel sogar. Sie hat meiner Schwester vor Jahren das Leben gerettet, als Lotta von einem Pferd getreten wurde. Wir wollen uns auf diese Weise endlich dafür erkenntlich zeigen.«

Der Gesichtsausdruck der Frau veränderte sich. So langsam schien sie ihm zu glauben. »Sie ahnen gar nicht, was Ihr Angebot für mich bedeutet. Ich ertrage diese Arbeit nicht mehr. Erst gestern hatte ich einen Zusammenbruch.«

Henning war erleichtert, dass Frau Berlinger auf seinen Vorschlag einging. Nun galt es nur noch, so viele Spuren wie möglich von ihr in diesem Club zu verwischen. Er nickte in Richtung des großen, kräftigen Mannes hinter der Theke und fragte mit leiser Stimme: »Ist das Ihr Chef?«

»Ja. Das ist Theo Schulze. Ihm gehört der Club.«

»Und gibt es etwas, was man gegen Theo verwenden könnte? Dreht er krumme Dinger? Handelt er mit Hehlerware? Wird hier illegales Glücksspiel betrieben?«

Leni warf einen vorsichtigen Blick zur Theke und rückte noch näher an Henning heran. »In einem der Hinterzimmer wird Opium geraucht«, flüsterte sie. »Mehrmals die Woche. Theo hat dafür keine Konzession und schmiert die beiden Polizeibeamten, die hier regelmäßig vorbeikommen.«

Henning zog die Augenbrauen hoch und schmunzelte. »Das ist gut. Dann kommen Sie, wir reden mit ihm.«

Er ging an die Bar und bezahlte bei Theo die Getränke. Dann legte er noch einen Geldschein vor den Mann, sah ihn eindringlich an und sagte: »Frau Berlinger arbeitet ab sofort nicht mehr bei Ihnen. Für diese hundert Mark möchte ich, dass Sie niemandem mehr über sie Auskunft geben und mir Lenis Foto aus dem Schaukasten holen. Dann werde ich augenblicklich vergessen, dass in einem Ihrer Hinterzimmer nicht nur Zigarren geraucht werden.«

Theo Schulze zog die Augenbrauen zu einem finsteren Blick zusammen. »Zur Hölle, was soll das, Mann? Drohen Sie mir etwa?«

Henning hob abwehrend die Hände. »Aber nein. Ich biete Ihnen nur ein Geschäft an, von dem wir beide etwas haben. Sagt Ihnen der Name Heinrich Brunner etwas?«

Theo starrte ihn an. »Der Polizeipräsident von Berlin?«

»Genau der. Sie wissen sicher, dass er sonntags immer zum Pferderennen in Karlshorst geht, wo wir regelmäßig zusammentreffen und uns ein bisschen unterhalten. Über dies und das. Und es liegt nun an Ihnen, was ich Heinrich Brunner morgen früh erzählen werde. Vielleicht interessiert er sich ja für Ihre Opiumhöhle und schickt mal ein paar Beamte vorbei, die dort nach dem Rechten sehen. Allerdings nicht die beiden Pappnasen, die auf Ihrer Gehaltsliste stehen.«

Theo hatte die Augen zu Schlitzen verengt, und Henning ballte bereits die Fäuste, da er damit rechnete, dass dieser Bär von einem Mann handgreiflich wurde. Er hielt dessen drohendem Blick stand.

»Herrgott noch mal!« Theo griff nach dem Geld, wandte sich ab und fischte einen Schlüssel aus einer Schublade. »Dann bekommen Sie halt das verdammte Bild!«

Henning wandte sich an Leni. »Holen Sie Ihre Sachen, ich warte draußen auf Sie.«

Er folgte Theo aus dem Gebäude, wo der Wirt Lenis Foto aus der Vitrine holte.

Henning nahm es an sich. »Ist das das einzige?«

»Ja, was glauben Sie denn?« Theo knallte die Tür des Schaukastens scheppernd zu. »Dass ich die Damen jede Woche zum Fotografen schicke? Kostet doch ein Schweinegeld so was! Das Bild ist Jahre alt, wurde gemacht, als Leni hier angefangen hat. Und nun gehen Sie, von mir erfährt keiner was über die Frau, aber lassen Sie um Gottes willen diesen Brunner aus dem Spiel! Das ist ein ganz scharfer Hund! Der nimmt mir den kompletten Laden auseinander.«

Das war genau das, was Henning hören wollte. »Ich sehe, wir verstehen uns.«

Theo nickte knapp und stampfte laut fluchend davon.

In einem einfachen Alltagskleid kam Leni aus dem Gebäude, und sie wirkte um Jahre jünger. Henning gab ihr das Foto, das sie hastig in ihre Tasche steckte.

Sie lächelte ihn an. »Sagen Sie, kennen Sie wirklich den Polizeipräsidenten?«

»Ja, er ist gerade auf dem Verlobungsball meines Bruders in unserer Villa und hat mir vor zwei Stunden von seiner Leidenschaft, dem Pferderennen, erzählt. Passte doch gut, oder?«

Leni lachte, und dabei erinnerte sie ihn an Isa. »Das passte sogar sehr gut.«

»Dann fahren wir nun nach Hause, Frau Berlinger.«

Henning winkte ein Taxi herbei und ließ erst Leni nach Hause bringen.

»Danke«, sagte sie, als sie ausstieg. »Sie wissen nicht, was Sie heute für mich getan haben.«

Dann nannte er dem Fahrer seine Adresse.

Als Henning vor der Villa ankam, verabschiedeten sich gerade die letzten Gäste. Suchend ging er durch die Räume, in denen es nach abgestandenem Zigarrenrauch, Parfüm, Alkohol und Essen roch. Die Küchenmädchen räumten gerade die Reste des Büfetts weg, Gläser wurden eingesammelt und Scherben auf dem Boden zusammengekehrt.

»Wo um alles in der Welt warst du?«, zischte Hans ihm zu, der ihm mit einem Tablett entgegenkam. »Fräulein Pringelheim hat mehrfach nach dir gefragt!«

»Na Klasse! Und, was hast du gesagt?«

»Dass du eine plötzliche Magenverstimmung hast.«

»Danke, Hans. Ich erklär dir alles später, aber erst muss ich Roman den Hals umdrehen. Wo ist er?«

Hans deutete den Flur entlang. »Irgendwo da hinten.«

Henning traf Roman allein im Rauchersalon an. Er zog ihm die Zigarre aus dem Mund, drückte sie im Aschenbecher aus und packte ihn am Kragen. An Romans glasigem Blick und seinem nach Alkohol riechenden Atem konnte er unschwer erkennen, dass sein Bruder ziemlich viel getrunken hatte.

»Jetzt hör mir mal gut zu. Pass in Zukunft auf, was du sagst. Ich komme gerade aus dem Metropol, und dort arbeitet keine Leni Berlinger. Du musst da etwas verwechselt haben.«

Roman verzog sein Gesicht zu einem höhnischen Grinsen. »Ach ja? Sie arbeitet nicht dort? Da weiß ich aber etwas anderes. Im Metropol gibt es sehr wohl eine gewisse Leni Berlinger, und sie sieht Isa zum Verwechseln ähnlich. Ihr Bild hängt sogar draußen vor der Tür.«

»Geh hin und schau selbst, da ist kein Bild«, entgegnete Henning wütend. Ihm kam ein furchtbarer Verdacht. War sein Bruder einer von Lenis Kunden gewesen? Oder hatte er nur durch das Bild und vom Hörensagen von ihr erfahren? Er packte Roman noch fester. »Wie dumm bist du eigentlich? Hast du mal überlegt, dass du dich mit der Geschichte selbst reinreitest? Wenn du hier so große Töne spuckst, erfährt auch deine Verlobte, wo du dich nachts herumtreibst. Denkst du, Therese freut sich, das zu hören? Bring dein eigenes Leben in Ordnung, denn glücklich wirkst du nicht gerade! Wenn das Liebe ist, was du für Therese empfindest, dann bleib ich lieber Junggeselle!«

In diesem Moment betrat Max den Salon, und Henning ließ Roman abrupt los und richtete mit einem Handgriff wieder dessen Fliege. Max schien von der Auseinandersetzung nichts mitbekommen zu haben, denn er machte ein zufriedenes Gesicht, als er sich am Vertiko einen Weinbrand eingoss. »Was für ein gelungenes Fest! Alle waren begeistert! Sicherlich berichtet das Berliner Tageblatt am Montag von deiner rauschenden Verlobungsfeier, Roman.« Er hob das Glas und prostete seinem Ältesten zu. »Und bei Isa muss ich mich auch bedanken. Es ist kaum zu glauben, wie positiv Lotta sich in den paar Wochen verändert hat, seit Isa da ist. Wer hätte gedacht, dass Lotta einmal in aller Öffentlichkeit tanzen würde?«

»Dann bist du also auch der Meinung, dass Isa einen festen Vertrag erhalten sollte und wir die Probezeit abkürzen?«, fragte Henning und nahm Roman scharf ins Visier.

»Probezeit?« Max machte eine wegwischende Handbewegung mit seinem Glas. »Den Passus streichen wir aus dem Vertrag. Das Mädel bleibt. Und das mickrige Gehalt wird auch erhöht. Wer so nach meiner Lotta schaut, hat das verdient.« Er sah sich um. »Wo ist Isa eigentlich? Ich habe sie schon eine Weile nicht mehr gesehen.«

»Sie ist gegangen«, antwortete Henning.

»Allein? Im Dunkeln? Warum das denn? Oben stehen Zimmer leer, da kann sie doch bleiben. Sie könnte sowieso hier wohnen und müsste nicht immer abends nach Hause rennen, Gisèle und Doktor Schreiber haben doch auch ihre Zimmer hier im Haus. Warum spricht denn niemand mit dem Mädchen, damit dieser Unsinn aufhört? Also wirklich, Henning, das hättest du längst mit ihr klären können.«

Henning hob entschuldigend die Hände. »Schon vergessen, dass ich vier Wochen weg war und erst gestern zurückgekommen bin?«

Max sah ihn an. »Stimmt. Aber nächste Woche kümmerst du dich darum.« Nun blickte Max von Henning zu Roman. »Ist zwischen euch beiden etwas vorgefallen? Lotta kam irgendwann heute Abend zu mir und sagte, ihr würdet streiten.«

»Roman und ich?« Henning warf seinem Bruder einen Blick zu, in dem eine Warnung lag. »Aber nein, zwischen uns ist alles geklärt. Wir haben uns selten so gut verstanden wie heute. Ist es nicht so, Roman?«

Ein vernichtender Blick traf ihn aus Romans Augen, doch sein Bruder ging auf seinen Tonfall ein. »So ist es, Henning. Es ist alles geklärt.«

Kapitel 29

»Wo gehen wir hin, Isa?«, fragte ihre Mutter, als sie den Kurfürstendamm entlangliefen.

Sie waren erst am frühen Morgen eingeschlafen, nachdem sie stundenlang über die Ereignisse der Nacht geredet, geweint und gelacht hatten. Irgendwann war auch der Zeitpunkt gekommen, an dem Isa ihr hatte erklären müssen, wer Henning war.

»Sei jetzt nicht böse, Mutter«, hatte sie ganz zaghaft ihre Eröffnung begonnen. »Aber die Familie, für die ich arbeite, sind die Wittmanns. Henning ist der Sohn von Max Wittmann.«

Sie hatte Isa ungläubig angesehen. »Ein Wittmann?« Doch dann hatte sie hinzugefügt: »Es spielt keine Rolle. Er kann sein, wer er will, denn er hat mir mein altes Leben zurückgegeben.«

Der Satz hatte etwas in Isa bewirkt, und ein Plan hatte in ihrem Kopf Gestalt angenommen, kurz bevor sie eingeschlafen war. In diesem alten Leben von Mutter fehlte noch etwas, und deshalb hatte sie am Morgen nach einem späten Frühstück zum Aufbruch gedrängt.

»Zieh dein bestes Kleid an. Diesen Tag müssen wir feiern. Und ich weiß auch schon wo.«

»Und Moritz?«, hatte Mutter gefragt.

»Der ist mit Viktor losgezogen.«

Und nun waren Mutter und sie hier auf dem Kurfürstendamm. Isa drehte sich lächelnd zu ihr um. »Wo wir hingehen? Du wirst schon sehen.«

Als sie schon fast das Ende des Boulevards erreicht hatten, blieb Mutter stehen. »Jetzt weiß ich es. Du willst in den Lunapark!«

»Ja, komm, es wird dir bestimmt gefallen.«

Isa zahlte den Eintritt, dann schaute sie sich im Park um, der sich seit ihrem letzten Besuch kaum verändert hatte. Noch immer schien die riesige Wasserrutsche die Hauptattraktion zu sein, nur einige Rummelplatzattraktionen hatten gewechselt.

Isa nahm ihre Mutter am Arm. Und während sie mit ihr den Menschen zusah, die laut schreiend auf einer Achterbahn fuhren, ihr Glück beim Pfeilwerfen probierten oder über die Vorstellung einer Clownstruppe lachten, hielt Isa immer wieder Ausschau nach einem bestimmten Menschen. Vater. Sie suchte die Losbude, in der sie ihn das letzte Mal gesehen hatte, doch sie schien nicht mehr da zu sein. War sie nicht in der Nähe des Boxzeltes gewesen? Dort ging es auch heute wieder hoch her, Scharen von Schaulustigen drängten sich vor dem Eingang, um eine berühmte Boxtruppe aus Frankreich zu bewundern, die ein Ansager lautstark angekündigte. Isa musste an Henning denken, den sie hier einmal getroffen hatte. Henning! Das Herz schlug ihr bis zum Hals, wenn sie an ihn dachte. Sie hatte kaum glauben können, was Mutter ihr von ihm erzählt hatte. Er war von ihr aus direkt ins Metropol gefahren und hatte die Kündigung erwirkt, Mutters Bild verlangt und hundert Mark für das Schweigen des Wirts bezahlt. Warum hatte er das alles getan?

Sie sah sich um. Doch wo war die Losbude? Wo war Vater? War sie zu spät gekommen? Isa sah sich immer hektischer um.

Vielleicht hätte sie ihn damals doch ansprechen sollen! Und wenn er nicht mehr da war, wo sollte sie ihn suchen?

Dann plötzlich sah sie ihn. Der Mann in dem hellen Hemd, dessen linker Arm kurz unter dem Ellenbogen endete, verkaufte keine Lose mehr, sondern Süßigkeiten. Und auf einmal hatte Isa es so eilig, als fürchtete sie, er könnte noch ein weiteres Mal aus ihrem Leben verschwinden. Sie fasste ihre nichtsahnende Mutter am Handgelenk und zog sie mit sich.

»Eine Tüte Karamellbonbons, bitte!«, rief sie.

Vater wandte sich ihr zu und erstarrte. Sein Blick wanderte von Isa zu Mutter, die genauso fassungslos war.

»Leni!«, murmelte er. Er hörte nicht mehr hin, als Leute stehen blieben und etwas kaufen wollten, und ärgerliche Rufe erschallten rings umher. Doch Karl Berlinger stand wie vom Donner gerührt hinter dem Tresen und hatte nur noch Augen für seine Frau.

Geistesgegenwärtig betrat Isa den Verkaufsstand. »Vater, ich löse dich ab. Erklär mir nur kurz, wie hier alles funktioniert, dann geh mit Mutter einen Kaffee trinken.«

»Wirklich, Isa?«

Vater strich sich mit der Hand die Haare aus der Stirn, deutete auf ein schwarzes Brett, auf dem mit Kreide die Preise der Waren geschrieben standen, und erklärte ihr den Automaten für die Zuckerwatte.

»Alles klar, ich komme allein zurecht!«, rief Isa lachend und schob ihn aus dem Verkaufsstand.

Sie begann, Bonbons, Lebkuchenherzen und Lakritzstangen zu verkaufen, und ihr Blick folgte den beiden Menschen, die langsam über den Rummelplatz liefen und offensichtlich ihre Sprache wiedergefunden hatten, denn sie schienen sich mit einem Mal viel zu erzählen zu haben.

* * *

Seit einer Stunde saß Henning nun Max in dessen Arbeitszimmer gegenüber. Sie hatten Isas Vertrag abgeändert und danach über die Englandreise gesprochen.

»Dann hast du sogar Fürst Lichnowsky getroffen?«, fragte Max. »Ich bin ihm hier in Berlin gelegentlich begegnet.«

»Ja, zwei Tage vor dem Attentat in Sarajevo. Danach war dafür natürlich keine Zeit mehr, du kannst dir ja denken, wie es in der Botschaft momentan zugeht. Die Lage auf dem Balkan wird immer ernster.«

»Und Richard hält einen Krieg für wahrscheinlich?«

»Mehr denn je! Er steht mit allen europäischen Botschaften in Kontakt, und in Österreich, Serbien und Russland wird der Ton immer rauer. Graf Pourtalès, der deutsche Botschafter in Sankt Petersburg, hat gemeldet, dass Russland mit einer Kriegserklärung Österreichs an Serbien rechnet und die Mobilmachung vorbereitet.«

»Interessant! Das bedeutet für uns, dass wir die Produktion bald auf Rüstungsgüter umstellen können.«

Henning erhob sich, trat ans Fenster und sah einen Moment in den Garten hinaus. Dann drehte er sich zu Max um. »Vater! Wir reden nun schon die ganze Zeit über das Wetter in England, die englische Küche und was Richard zur momentanen Krise sagt. Wann willst du mir eigentlich die wirklich wichtige Frage stellen? Wie es Mutter geht?«

Er sah, wie sein Vater zusammenzuckte und den Blick abwandte. Max stand auf, goss sich einen Portwein ein und lehnte sich mit verschränkten Armen an den Schreibtisch. »Du hast sie besucht?«

Henning brauste auf. »Natürlich habe ich sie besucht! Was denkst du denn? Dass es dir gelungen wäre, sie einfach so aus meinem Leben zu streichen? Sie ist meine Mutter!«

Max blickte zu Boden. Das Weinglas stand noch immer unberührt auf dem Vertiko. »Vielleicht wollte ich sie nicht aus deinem Leben streichen, sondern aus meinem. Um nicht immer daran denken zu müssen, was für einen riesigen Fehler ich gemacht habe.«

»Den größten deines Lebens! Wie konntest du eine so wundervolle Frau wie Alice hintergehen? Sie gegen eine andere eintauschen? Wirklich, Vater, wie konntest du nur?«

Max sah aus, als hätte Henning ihn geohrfeigt. Nach einem Moment der Stille fragte er: »Wie geht es Alice?«

»Gut geht es ihr. Sie kümmert sich um Waisenkinder, besucht die Ärmsten der Stadt und setzt sich für soziale Projekte ein. Das alles hätte sie auch gern hier mit dir getan.«

»So etwas kann nicht jeder!«

»Da gebe ich dir sogar recht. Aber du hast es nicht einmal versucht, hast ihren Ideen keine Chance gegeben, und als ich dich Jahre später auf ähnliche Themen angesprochen habe, hast du mich genauso abgewimmelt. Dabei hätte es mir so viel bedeutet! Es wäre für Menschen wie Isa gewesen, die du heute selbst so hoch einschätzt. Ihnen hätten wir helfen können, könnten es noch!«

Henning hatte sich in Rage geredet und war nicht mehr zu stoppen. Als wäre ein Damm gebrochen, so brach die Wut, die sich über Jahre in ihm aufgestaut hatte, aus ihm heraus. »Mutter verwirklicht jetzt ihre Pläne nach ihren Vorstellungen. Und ich werde das auch tun. Wenn nicht mit deiner Unterstützung, dann eben zusammen mit Großvater Andrew und Onkel Jack. Sie haben mir angeboten, bei ihnen zu leben.«

»Das kommt überhaupt nicht infrage! Ohne meine Erlaubnis gehst du nirgendwo hin!«

»Spielst du wieder deinen größten Trumpf aus? Dass ich noch nicht volljährig bin? Glaub mir, Großvater und Onkel Jack würden einen Weg finden, um es möglich zu machen, sie haben sehr viel Einfluss.« Er wusste zwar nicht, ob das wirklich stimmte, doch sein Onkel hatte sehr zuversichtlich geklungen.

Zumindest schien es Max vorerst den Wind aus den Segeln genommen zu haben, denn er saß eine Weile schweigend da.

»Du weißt, was das bedeuten würde«, entgegnete er schließlich.

Natürlich wusste Henning das. Vater würde ihn enterben. Er stand auf und ging zur Tür. »Ist es nicht schade, dass unsere Gespräche immer so enden müssen! Ich gehe jetzt, denn ich habe an einem Sonntagnachmittag etwas Besseres zu tun, als mit dir zu streiten. Ich wünsche dir einen schönen Tag.«

* * *

Ihre Eltern hatten glücklich ausgesehen, als sie zum Verkaufsstand zurückgekehrt waren, und Isa, die ihnen noch ein bisschen gemeinsame Zeit verschaffen wollte, war allein losgezogen. Sie schlenderte an den Jahrmarktsattraktionen vorbei und blieb ab und zu stehen, doch so richtig konnte sie nichts für längere Zeit fesseln. Versonnen schaute sie den Kindern zu, die sich mit viel Gelächter auf einem Karussell drehten, und die Leierkastenmusik, die ein alter Mann dazu spielte, versetzte sie zurück zu den Ereignissen der vergangenen Nacht – dem wundervollen Ball und ihrem Tanz mit Henning, der ihr kurz vor Mitternacht auf unvergessliche Weise zum Geburtstag gratuliert hatte.

Gedankenverloren blickte sie auf den Armreif und strich mit den Fingern darüber, als jemand sie ansprach.

»Isa! Sie hier?«

Sie drehte sich um und entdeckte Henning, der am Geländer des Kinderkarussells lehnte und sie anlächelte.

»Möchten Sie auch eine Runde drehen?«, fragte er. »Vielleicht auf dem geflügelten Pferd da vorn, oder doch lieber auf dem Einhorn?«

Sie war völlig überrascht über dieses unerwartete Zusammentreffen. »Henning … das ist ja ein Zufall! Da bin ich zum zweiten Mal im Leben in diesem Park und treffe wieder auf Sie! Sind Sie öfter hier, vielleicht als ›Henning Wagner‹?«

Er lächelte und kam auf sie zu. »Da liegen Sie gar nicht so falsch. Ich habe hier schon ein paar Mal für unseren Club geboxt, und heute bin ich gekommen, um die Truppe aus Frankreich zu sehen. Ich hatte gerade eine Auseinandersetzung mit meinem Vater und brauchte frische Luft. Und Sie? Ich dachte, Sie kommen nicht mehr hierher?«

»Ich bin mit Mutter hier. Ich wollte sie und Vater mit einem plötzlichen Wiedersehen überraschen.« Sie senkte die Stimme. »Jetzt, da Mutter nicht mehr im Metropol arbeitet.«

Henning sah sie nachdenklich an. »Das war der Grund, warum ihr Vater damals gegangen ist?«

»Ja. Und ich weiß nicht, wie ich Ihnen für das danken soll, was Sie heute Nacht für uns getan haben.«

»Vielleicht, indem Sie mit mir einen Kaffee trinken gehen?«

Sie musterte seinen hellen Sommeranzug und sah an ihrem einfachen Kleid hinab. Doch Hennings Blick, der sie genauso anschaute wie gestern Abend, als sie ihr Ballkleid getragen hatte, zerstreute ihre Bedenken.

»Lieber einen Tee«, antwortete sie. »Bei Ihnen zu Hause habe ich einmal Bohnenkaffee getrunken, der sehr bitter war, und ich fürchte, hier serviert man etwas Ähnliches.«

Henning lachte. »Gern. Was immer Sie wünschen. Ich bin in England auch zum Teetrinker geworden. Schauen wir mal, was es gibt.«

Sie gingen die Freitreppe zu den Terrassen der Restaurants hinauf und ergatterten einen Tisch, der einen guten Blick über den Park gewährte. Henning studierte die Karte. »Na bitte, da sind doch mehrere Teesorten aufgeführt. Darf ich Ihnen einen Earl Grey mit Milch bestellen? Das ist mein Favorit geworden.«

»Gern, ich lass mich mal überraschen.«

»Und ein Erdbeerkuchen dazu?«

Isa nickte, und Henning orderte das Gewünschte.

Als die Bestellung gebracht wurde, goss er etwas Milch in seinen Schwarztee, und Isa tat es ihm nach. Er beobachtete sie, als sie einen Schluck kostete.

»Und?«

»Gar nicht mal so übel«, antwortete sie lächelnd, und er schmunzelte.

»Ich möchte mich auch noch für das schöne Geschenk bedanken«, fügte sie mit Blick auf den Armreif hinzu.

»Gefällt er Ihnen?«

»O ja, sehr. Ich habe noch nie Schmuck bekommen.«

Er wurde ernst. »Wie ist es Ihnen in meiner Abwesenheit ergangen? Hat Roman Ihnen während meiner gesamten Reise so zugesetzt wie gestern Abend?«

»Nein, er war zwar nicht darüber erbaut, dass ich beim Kaffeekränzchen mit am Tisch saß, und hat immer wieder abfällige Bemerkungen über mich gemacht, aber ich glaube, Ihr Vater hat ihn etwas gebremst, nachdem ich ihn für die Idee begeistern konnte, mit Lotta auf dem Ball zu tanzen.«

»Damit haben Sie allerdings Vaters Herz im Sturm erobert. Er hat heute Morgen Ihren Vertrag so geändert, wie wir es besprochen haben.«

»Gott sei Dank.« Dann kam Isa noch ein beunruhigender Gedanke. »Und wenn ihm doch noch etwas zu Ohren kommen sollte von … Sie wissen schon?«

Henning schüttelte den Kopf. »Der Barbesitzer des Metropols wird schweigen wie ein Grab, denn er hat selbst eine Leiche im Keller. Und wenn es Gerede geben sollte, werden wir es als Gerüchte abtun.«

Henning schien ihr anzusehen, dass sie noch immer Bedenken hatte, denn er beugte sich über den Tisch und streichelte kurz über ihre Hand. »Glauben Sie mir. Es ist alles gut.«

Tränen der Erleichterung stiegen in Isa auf, doch sie blinzelte sie weg. Henning hatte recht. Es war vorbei. Sie konnte wieder in die Zukunft schauen, und wenn sie an Vaters Blick dachte, als er Mutter heute gesehen hatte, wurde sie wieder ganz hoffnungsvoll.

»Ich wünschte, ich könnte mehr für Sie tun«, sagte Henning. »Zu den Akten Ihres Vaters kann ich Ihnen leider noch nichts Abschließendes sagen, dazu muss ich noch unseren Hausjuristen befragen.«

»Danke, dass Sie sich die Zeit dafür genommen haben. Das hat keine Eile.«

»Und ist sonst noch etwas im Hause Wittmann vorgefallen?«

»Lotta hat einen Brief von Ihrer Mutter entdeckt, der noch in einem Ihrer Bücher steckte, und hatte Angst, Sie könnten nicht zurückkehren.«

Henning wirkte betroffen. »Oh, das tut mir leid. Ich wollte Lotta nicht beunruhigen. Konnten Sie sie vom Gegenteil überzeugen?«

Isa nickte. »Wobei ich mir selbst nicht sicher war.«

»Sie dachten, ich komme nie wieder?«

»Wäre das so abwegig?«

Henning zögerte mit der Antwort.

»Dann hat Lotta also gar nicht so falsch gelegen?«

»In einem Punkt schon. Ich wäre niemals einfach so gegangen.«

»Aber Sie werden es noch tun?«

Er sah sie mit einem Blick an, der ihr Herz höherschlagen ließ.

»Das kommt darauf an, ob mich irgendetwas oder irgendjemand hier hält.«

Ohne nachzudenken, platzte Isa mit der Frage heraus, die ihr schon so lange auf der Seele lag. »Gibt es da nicht schon längst jemanden? Zumindest sah es am Abend des Wohltätigkeitsballs bei den Fairbanks so aus.«

Henning zog die Stirn in Falten. »Am Abend des ... ach, Sie meinen Felizitas Pringelheims gekonntes Manöver, als sie vorgab, zu stolpern, und ich sie auffangen musste? Das haben Sie beobachtet?« Er schüttelte den Kopf. »Nein, diese Dame wäre kein Grund, um zu bleiben.«

»Weil sie Oliver Twist nicht gelesen hat?«

Henning, der gerade die Tasse zum Mund gehoben hatte, lachte und verschluckte sich fast an seinem Tee. »Meine kleine Schwester! Manchmal geht sie in ihrer Fürsorglichkeit leider etwas zu weit!«

Isa lachte ebenfalls. »Dann wird Ihre Zukünftige einmal bei Lotta um Ihre Hand anhalten müssen?«

»So wird es wohl sein. Es sei denn, Lotta sucht sie gleich selbst aus. Und offensichtlich hat sie das schon.«

Isa konnte dem Blick, mit dem er sie nun ansah, nicht lange standhalten und rührte angelegentlich in ihrer Teetasse.

»Allerdings«, fuhr Henning fort, »hat diese Frau mir bereits einen Korb gegeben. Weil sie glaubt, zwischen Arm und Reich sei keine Verbindung möglich.«

Isa seufzte innerlich auf. Lotta! »Ist dem nicht so?«

Henning schüttelte den Kopf. »Ich könnte Ihnen Beispiele nennen, wo diese nicht standesgemäßen Ehen funktioniert haben; die Geschichte ist voll davon. Denken Sie nur an das gerade auf so tragische Weise umgekommene österreichische Thronfolgerpaar.«

Doch Isa konnte ihm in diesem Punkt nicht recht geben. »Ach ja? Dann sprechen Sie doch mal mit meiner Mutter über reiche Männer und ihre Beziehungen zu Frauen aus ärmlichen Verhältnissen«, platzte es aus ihr heraus.

Henning seufzte auf. »Autsch! Wieder so ein fieser Haken, den ich nicht habe kommen sehen. Sie sollten tatsächlich über eine Boxkarriere nachdenken, denn mit Worten teilen Sie schon ganz gut aus.«

»Ich wollte nicht Sie damit treffen«, gab Isa kleinlaut zurück.

»Denken Sie wirklich, alle Männer sind so wie die Stammgäste im Metropol?«

Isa wurde verlegen unter Hennings intensivem Blick. Er schien ihr anzumerken, dass ihr das Thema unangenehm war, und sprach von etwas anderem. »Es ist erst früher Nachmittag. Wollen wir tanzen gehen? Sie haben mir gestern nur einen einzigen Tanz geschenkt.«

Isa hob bedauernd die Hände. »Da muss ich ablehnen. Für das Adlon oder das Bristol oder wo auch immer Sie sonntags zum Tanzen hingehen, bin ich nicht richtig gekleidet.«

Henning musterte diskret ihr helles Sommerkleid. »Was ist an Ihrer Kleidung auszusetzen? Aber keine Angst, ich verbringe meine Sonntage auch nicht in diesen Nobelschuppen, zumindest, wenn ich es vermeiden kann. Ich habe etwas anderes im Sinn. Kommen Sie mit?«

Auch wenn ihr Verstand ihr riet, seine Einladung auszuschlagen, konnte sie einfach nicht Nein sagen. »Gern.«

»Das freut mich.« Henning winkte dem Kellner und zahlte. »Wir müssen allerdings ein Stück mit der Bahn fahren.«

Die Fahrt vom Bahnhof Halensee bis nach Mariendorf mit einem Zug, der von einer Lok aus den Wittmann-Werken gezogen wurde, an der – wie Henning Isa erklärte – ihr Vater Karl mitgebaut hatte, dauerte nicht lang. Als sie an dem kleinen Bahnhof ausstiegen, hörten sie schon von Weitem die Blasmusik.

»Was wird denn hier gefeiert?«, fragte Isa, als sie durch den malerischen Ort liefen.

»Ein Sommerfest. Es findet jedes Jahr statt und ist immer sehr lustig. Es wird Ihnen gefallen.«

Auf dem belebten Marktplatz ging es bereits rund. Menschen drängten sich auf Festbänken zusammen, tranken und lachten, im Hintergrund wurde auf einem Podium getanzt. Von einem Tisch erschallte plötzlich Hennings Name und Leute winkten herüber.

»Ist das da vorn nicht Hans?«, fragte Isa überrascht.

Henning schmunzelte. »Ja, und mit am Tisch sitzen seine Schwester Edna und ihr Mann, seine Neffen und Nichten und einige Knechte und Mägde ihres Hofguts.«

»Henning! Isa! Wie kommt ihr denn hierher?«, rief Hans und rückte auf der Bank zur Seite, um für die Neuankömmlinge Platz zu machen.

»Mit einer dreifach gekuppelten Tenderlok der Baureihe P3, die seit 1898 gebaut wird«, antwortete Henning und quetschte sich auf die Bank neben Hans, während Isa ihm gegenüber Platz nahm.

Hans brach in schallendes Lachen aus. »Ganz so genau hätte ich das jetzt nicht wissen müssen. Spricht da wohl der Fachmann? Ich dachte, du interessierst dich nicht für die Fabrik deines Vaters?«

»Für den Lokomotivbau schon, dafür kann ich mich begeistern, vor allem für die modernen elektrischen Schnellzugloks, die wir gerade fertigen. Aber frag mich nichts zur Ausstattung von Kanonenbooten, da kenne ich mich nicht aus.«

Isa horchte auf. Henning Wittmann und Hans Wagner duzten sich außerhalb der Villa? Das war neu, denn im Hause Wittmann gingen die beiden ganz förmlich miteinander um.

Henning bestellte für sich und Isa Limonade, dann begann die Kapelle von Neuem zu spielen. Er beugte sich zu ihr über den Tisch. »Tanzen wir?«

»Was spielen sie da gerade? Es hört sich nicht nach Walzer an.«

»Eine Polka.« Als Isa ratlos die Achseln zuckte, lachte Henning. »Sagen Sie bloß, es gibt noch etwas, das Viktor Ihnen nicht beigebracht hat? Polka ist ganz einfach. Ein Rundtanz mit Dreierschrittfolge. Versuchen wir es?«

Ohne ihre Antwort abzuwarten, stand er auf, griff nach ihrer Hand und ging mit ihr zur Tanzfläche. In einer ruhigeren Ecke erklärte er ihr die Wechselschritte, und bald hatte sie den Dreh raus.

Sie erlebte hier einen ganz anderen Henning als gestern im Ballsaal der Villa. Er lachte viel mehr, wirkte ausgelassen und übermütig. Ihr Abschied vor seiner Englandreise kam ihr in den Sinn: »Und Ihnen eine gute Reise, Henning … Herr Wittmann.«

»Henning ist schon in Ordnung.«

War es das, was er sich wünschte? Einfach nur Henning zu sein?

»Polka ist wirklich nicht sehr schwer«, stellte sie fest, und schon schmunzelte er und änderte die Tanzrichtung.

»He, so war das nicht gemeint!«, rief sie, als sie fast die Balance verlor und Henning sie auffangen musste.

Sie beobachtete bei anderen Tanzpaaren Drehungen und Figuren, die Henning auch mit ihr tanzte, und wann immer eine Schrittfolge misslang, mussten sie beide lachen.

»Das war vielleicht etwas voreilig von mir«, stellte Isa nach dem ersten Lied fest. »Polka ist doch ganz schön schwierig.«

»Dann gleich noch mal«, forderte Henning sie auf, als das nächste Lied einsetzte. Sie tanzten, bis sie völlig außer Atem waren, dann brachte Henning sie zurück zum Tisch.

»Schön, dass du doch noch gekommen bist«, sagte Hans und prostete Henning zu. »Ich dachte, du wolltest die Boxtruppe aus Paris sehen.«

»Habe ich auch. Dann habe ich Isa getroffen und wollte mit ihr tanzen gehen.«

»Gute Entscheidung!«, meinte Hans mit einem Augenzwinkern. Um sich dann an Isa zu wenden: »Aber ich hoffe, du tanzt auch einmal mit mir.«

»Gern, aber bei Polka bin ich Anfängerin.«

Sie tanzte zum nächsten Stück mit Hans, während Henning Edna aufforderte. Doch bei der Walzerrunde kam Henning Hans wieder zuvor.

»Den Walzer hat Isa mir versprochen«, behauptete er und zog sie schon zum Podium.

Isa lächelte ihn an. »Ich habe noch nie im Leben so viel getanzt wie heute.«

»Ich schon, aber es hat mir noch nie so viel Spaß gemacht wie mit Ihnen.«

Eine Frage, die sie schon den ganzen Tag beschäftigte, drängte sich über ihre Lippen: »Was haben Sie gestern Nacht gesagt, als sie mir zum Geburtstag gratulierten? War das Englisch?«

Er nickte, beugte sich vor, hauchte ihr einen Kuss auf die Wange und flüsterte die fremden Worte erneut. Sie musste nicht mehr nach der Bedeutung fragen, denn sie ahnte, was er gesagt hatte. Für einen kurzen Moment trafen sich ihre Blicke, und sie sah die Frage, die in seinen Augen lag. Er musste ihr angesehen haben, dass sie völlig überrumpelt war, denn er räusperte sich. »Ich möchte Ihnen hier in Mariendorf noch jemanden vorstellen. Kommen Sie mit?«

Isa nickte. Sie hatte zwar keine Ahnung, wer das sein sollte, aber sie wäre Henning an diesem Abend überallhin gefolgt, wahrscheinlich auch bis ans Ende der Welt, wenn er das vorgeschlagen hätte. Er führte sie zurück zum Tisch.

»Edna, ich gehe kurz mit Isa zu eurem Hof, ist das in Ordnung?«

Die Frau lachte. »Aber ja, du kennst dich ja aus und weißt, wo du alles findest, wenn du etwas brauchst.«

Isa sah Edna erstaunt an.

»Die Leute duzen Sie hier?«, fragte sie leise, als sie über den Marktplatz liefen.

Henning lächelte. »Natürlich. Sie sind langjährige Freunde von mir.«

Henning ging mit ihr durch mehrere Straßen, bis sie den Ortsrand erreichten. Ihren beharrlichen Fragen, wer dort auf dem Hof auf sie wartete, wich er geschickt aus, und als er sie durch eine Einfahrt auf ein Gehöft führte, kam ihnen mit einem Mal ein kleines weißes Fellknäuel laut bellend entgegengeflogen. Henning schien vergessen zu haben, dass er einen hellen Anzug trug, denn er ging in die Knie und fing das kleine struppige Tier auf, das auf ihn zustürmte. Er richtete sich wieder auf und wandte sich mit einem Lächeln an Isa. »Gestatten, das ist unser zehn Jahre alter Terrier Koki. Den wollte ich Ihnen vorstellen.«

Ein Hund?, fragte sie sich verblüfft. Henning wollte ihr einen Hund zeigen? Sie hatte keine Ahnung von Hunden, denn im Scheunenviertel ging sie den mageren, streunenden Geschöpfen lieber aus dem Weg, doch Henning und Koki schienen sehr vertraut miteinander zu sein.

Er sah ihr offensichtlich an, dass sie nicht ganz verstand, warum dieses Tier ihm so wichtig war, und deutete mit dem Kopf auf eine Bank, auf die sie sich setzten.

»Ich glaube, ich muss Ihnen von Koki erzählen.« Und während er das Tier streichelte und die Sommersonne hinter dem

Bauernhaus langsam tiefer sank, erfuhr Isa von dem Tag, an dem Lotta verunglückt war und Max seinem Sohn den Hund weggenommen hatte. Henning wirkte plötzlich wieder wie der zwölfjährige Junge, dem sie an jenem Tag zum ersten Mal begegnet war, und sie spürte förmlich seine Angst, als er nach dem Schlag ins Gesicht von zu Hause weggelaufen, durch das nächtliche Berlin geirrt und überfallen worden war. Nichts schien Henning auszulassen, ihm war offensichtlich wichtig, ihr sein wahres Ich zu zeigen. Das war nicht der verwöhnte Industriellensohn, von dem sie gedacht hatte, er lebe ein glückliches Leben in Saus und Braus, nein, vor ihr saß ein verlassener, einsamer Junge, der sich gewünscht hatte, eines der Bettelkinder vom Alexanderplatz zu sein.

Nun ergab alles Sinn. Sie erinnerte sich an das Gespräch mit Viktor am Tag nach Lottas Unfall, als er Henning am Alexanderplatz getroffen hatte: »Er hatte eine blutige Lippe und einen dunklen Fleck im Gesicht, als wäre er geschlagen worden.«

»Geschlagen? Aber von wem denn?«, hatte sie damals ungläubig gefragt.

Henning sah sie von der Seite an. »Vielleicht verstehen Sie jetzt, wie froh ich war, als ich Sie bei den Fairbanks und später bei uns im Garten wiedergesehen habe.«

Isa blickte in seine Augen, in denen eine abgrundtiefe Verlorenheit lag. Und plötzlich konnte sie nicht mehr so förmlich mit ihm reden. »Ich habe dich damals auch vermisst, Henning.« Sie erzählte ihm von der Bande von Kaufhausdieben, von der sie vom Alexanderplatz vertrieben worden waren. »Später habe ich dich in jedem Jungen, der dir auch nur entfernt ähnlich sah, gesehen, aber du warst es nie.«

Da lag mit einem Mal so viel Wärme in Hennings Blick, der einige Herzschläge lang auf ihr ruhte und ihr sein Innerstes zu offenbaren schien. Behutsam setzte er den Hund auf den

Boden, beugte sich zu ihr und zog sie in seine Arme. Sie spürte sein wild klopfendes Herz, als er sie an sich drückte und über ihr Haar strich.

»Isa.«

Niemals hatte jemand ihren Namen mit solcher Sehnsucht ausgesprochen, und es klang, als hätte er ihn schon hundertmal in Gedanken vor sich hingemurmelt. Sein Mund streifte ihre Wange, bis er ihre Lippen fand. Zart und weich war sein Kuss, und da war plötzlich dieses Herzrasen, das Isa hoffen ließ, die Zeit möge stillstehen und er möge sie für immer festhalten. Sie wollte sich in diesem Kuss verlieren, wollte alles um sich herum vergessen.

Mit einem Seufzer löste er seine Arme von ihr. »Entschuldige, dass ich dich einfach so überfalle, aber ich habe mich noch nie jemandem so nah gefühlt«, sagte er leise. »Was denkst du nur von mir?«

»Dass ich gerade sehr glücklich bin.« Isa strich ihm über die Wange, und er lächelte sie erleichtert an.

»Ich auch. Unendlich glücklich.« Er erhob sich. »Aber ich sollte dich nun nach Hause bringen.«

Auf der Zugfahrt und dem Weg zu ihrem Haus hielt er ihre Hand, und wenn sie auch über dies und das redeten, so war das, was in ihren Blicken lag, doch so viel wichtiger.

»Danke, dass du mitgekommen bist«, sagte Henning, als er sich vor ihrer Tür von ihr verabschiedete und sie noch einmal in die Arme zog.

»Danke, dass du mir von dir erzählt hast«, antwortete sie.

Auf dem Weg zum Hauseingang drehte sie sich noch einmal um. Noch immer stand er da und sah ihr mit einem liebevollen Blick nach.

Kapitel 30

Henning stieg am Oranienburger Tor aus der Straßenbahn und ging die Chausseestraße entlang bis zu dem viergeschossigen Sandsteingebäude, in dem sich der Firmensitz der Wittmann-Werke befand. Über dem Mittelteil der stuckverzierten Fassade mit den bogenförmigen Fenstern erhob sich ein Dreiecksgiebel; im Schlussstein des Eingangsportals waren die Initialen seines Vaters eingemeißelt. Henning trat ein und sah sich spiegelglattem Marmor, dunklem Holz und geschäftigen Menschen gegenüber, unter ihnen die junge Empfangsdame, die hinter ihrem mächtigen Schreibtisch hervorkam und ihn aufhielt.

»Sie wünschen, junger Mann?«, fragte sie.

Er blieb stehen und hob kurz die Augenbrauen. Sie stutzte und korrigierte sich geflissentlich. »Entschuldigen Sie, Herr Wittmann, ich habe Sie nicht gleich erkannt. Sie sind nicht allzu oft hier im Haus.«

»Schon gut, Fräulein Schneider. Das wird sich in den nächsten Tagen ändern; ich habe hier zu tun.«

»Sehr wohl. Kann ich noch etwas für Sie tun?«

»Danke.«

Henning wandte sich der breiten geschwungenen Marmortreppe zu. In den oberen Stockwerken befanden sich die Direktionsräume, die Buchhaltung und die Zeichensäle der Ingenieure. Doch Henning ging die Treppe hinunter in den Keller, der das Firmenarchiv beherbergte. Er betrat den Raum, der nach Papier, Staub und Akten roch, und verbrachte die nächsten Stunden damit, die Reihen der Regale abzulaufen und nach Unterlagen über Unfälle zu suchen, die sich in der Maschinenfabrik ereignet hatten.

Er klemmte sich die Ordner unter den Arm, verließ den Raum und stieg die Treppe hinauf in den ersten Stock. Im Vorzimmer grüßte er die Sekretärinnen, die eifrig auf ihren Schreibmaschinen tippten, und steuerte eine der Türen an. Es war Romans Büro. Da sein Bruder gerade die Offiziersausbildung abschloss und sich die meiste Zeit in der Kaserne befand, konnte Henning hier ungestört seine Akten studieren.

Es fiel ihm zunächst nicht leicht, sich auf die nüchternen Berichte zu konzentrieren, denn immer wieder geisterten Erinnerungen an den traumhaft schönen Abend, den er mit Isa verbracht hatte, durch seine Gedanken. Was für ein Glück, dass er nach dem Streit mit Vater zum Lunapark gegangen war, wo er plötzlich Isa in der Menschenmenge entdeckt hatte! Ganz verloren hatte sie vor dem Karussell gestanden, und er hatte sie einige Minuten lang nur angesehen. Er hätte ein Königreich dafür gegeben, ihre Gedanken zu erraten. Hatte sie an den Abend des Balls gedacht? Seinen Besuch bei ihr im Scheunenviertel? An die Worte, die er ihr zugeflüstert hatte, bevor er gegangen war? Er hatte sich noch nie jemandem so nah gefühlt wie ihr, als er ihr von dem Tag von Lottas Unfall erzählte, und noch immer hörte er ihre Stimme, die ihn im Innersten getroffen hatte: »Ich habe dich damals auch vermisst, Henning.« Damit hatte sie ihn völlig überrumpelt, und auch jetzt verspürte er einen Kloß im Hals, wenn er daran dachte.

Irgendwann begannen die Akten, ihn zu fesseln, denn die Vermutung, die ihm bereits beim Fall Berlinger gekommen war, schien sich zu bestätigen: Die meisten Unfälle ereigneten sich gegen Ende der Schicht. Dann, wenn die Männer müde waren und sich nicht mehr ausreichend konzentrieren konnten. Er schob die Unterlagen zur Seite, stand auf und trat ans Fenster. War das ein Wunder? Wie erschöpft war man nach einer Zehnstundenschicht? War es nicht dringend erforderlich, in diesen Werksbereichen die Arbeitszeit zu kürzen? Auf neun oder acht Stunden?

Er setzte sich wieder an den Schreibtisch, holte Stift und Papier und begann, Musterrechnungen durchzuführen. Wie viele Arbeiter musste sein Vater zusätzlich einstellen, wenn er gleichzeitig die Arbeitszeit verkürzte? Seufzend stellte er fest, dass die daraus resultierenden Ausgaben die Summe der Entschädigungen, die die Firma Wittmann infolge von Betriebsunfällen zu zahlen hatte, bei Weitem überstiegen. Mit diesem Vorschlag brauchte er Max gar nicht erst zu kommen. Blieb noch das Thema Arbeitsschutz. Wie teuer mochte es kommen, die Maschinen sicherer zu machen?

Die Tür öffnete sich und Max trat unvermittelt ins Zimmer. Er stutzte. »Henning? Sehe ich gerade eine Fata Morgana oder sitzt da tatsächlich mein jüngerer Sohn?«

Henning sah genervt auf. »Du tust ja gerade so, als wäre ich noch nie hier gewesen.«

Max ging zu einem Schrank, aus dem er einige Ordner zog. »Und, was tust du?«

»Ich habe mir Gedanken zum Thema Arbeitsschutz in unseren Werkshallen gemacht.«

Max verengte die Augen. »Arbeitsschutz? Wie kommst du denn darauf? Wir halten uns an alle gesetzlichen Auflagen, und wie du sicher weißt, ist Deutschland führend auf diesem Gebiet. Bei uns in Preußen wurde die Sonntagsarbeit abgeschafft, Kinder unter dreizehn Jahren dürfen nicht mehr in Fabriken beschäftigt werden und die Nachtarbeit für Frauen und Jugendliche wurde verboten. Also mehr kann man wahrlich nicht verlangen!«

»Es verunglücken immer wieder Arbeiter in unserer Fabrik«, entgegnete Henning. »Vor allem am Ende ihrer Schicht. Müsste man da die Arbeitszeit nicht verkürzen?«

Max schaute ihn konsterniert an. »Papperlapapp! Hier wird gar nichts verkürzt, die Leute sollen besser aufpassen, das ist alles.«

»Ich sehe das anders. Jede Mark, die du in den Arbeitsschutz investierst, kommt der Firma zugute. Schau den Fall Berlinger an. Er war ein zuverlässiger Arbeiter, hatte beste Kenntnis über die Maschinen, die er bediente, verstand sich gut mit der Belegschaft. In einem Bericht steht, er war dafür bekannt, Streit zu schlichten. Und so einen Arbeiter haben wir verloren, seine Arbeitskraft und sein Fachwissen. Zählt das denn gar nichts?«

Max sah nicht so aus, als ob er sich für den Fall interessierte, denn er hielt weiter die Akten in der Hand und wirkte wie auf dem Sprung. »Berlinger? So wie auch Isa heißt? Das sagt mir jetzt gar nichts. Wann war das? Wie kommst du darauf? Ehrlich, Henning, ich habe jetzt keine Zeit für solche alten Geschichten.«

Henning musterte seinen Vater. Er kannte Max' Schwachstelle, Lotta, und seit dem Ball war eine neue dazugekommen – Isa. Auch wenn Henning erst seit drei Tagen wieder aus London zurück war, so hatte er bereits registriert, wie hoch Max Lottas neue Gesellschafterin einschätzte.

»Isa ist die Tochter von Karl Berlinger.«

Nun hatte Henning die ungeteilte Aufmerksamkeit seines Vaters. Max legte die Ordner auf den Tisch, zog sich einen Stuhl heran und warf einen Blick auf die Unterlagen. »Was ist damals vorgefallen?«

Henning resümierte den Unfallhergang und die gerichtlichen Folgen, und Max hörte schweigend zu. Dann lehnte der

Firmenchef sich zurück und strich über seinen Schnurrbart. »Ich erinnere mich. Karl Berlinger war ein hervorragender Arbeiter. Was macht der Mann heute?«, fragte er, als Henning geendet hatte.

»Er verkauft Süßwaren im Lunapark.«

»Verdammt! Kann man ihm helfen? Ihm eine Arbeit anbieten? Vielleicht irgendetwas in der Verwaltung?«

»Das kannst du vergessen. Karl Berlinger wird keine Hilfe von dir annehmen. Er kotzt dir wahrscheinlich vor die Füße, wenn er den Namen Wittmann hört.«

»So drastisch hättest du das jetzt nicht sagen müssen.« Max schloss die Augen und massierte seinen Nasenrücken. »Und Isa? Weiß sie, dass es unsere Fabrik war, in der ihr Vater verunglückt ist?«

»O ja, das weiß sie. Sie hat den ersten Arbeitsvertrag, den ich ihr angeboten habe, vor meinen Augen in Stücke gerissen, als sie meinen Nachnamen hörte.«

Nun huschte ein Lächeln über Max' Gesicht. »Das Mädchen gefällt mir. Sie hat den Mut einer Löwin.«

Henning schnaubte. »Den hat sie auch gebraucht, als sie als Kind am Alexanderplatz betteln musste. Und ganz nebenbei unsere Lotta vor einem steigenden Pferd gerettet hat. Und nie hat einer aus unserer Familie danach gefragt, wer das Mädchen war, ob ihr bei dem Unfall etwas zugestoßen ist und ob man ihr hätte helfen können.«

Max sprang vom Stuhl auf und lief vor dem Schreibtisch auf und ab. »Verdammt, Henning, diese Zusammenhänge wusste ich doch nicht. Es stimmt, ich hätte mich nach Lottas Unfall nach dem Mädchen erkundigen sollen. Aber ich hatte an dem Abend nur noch Lotta im Kopf. Und wo hätte ich auch nach ihr suchen sollen?«

»Ich habe Isa am nächsten Tag zum Dank eine Puppe geschenkt.«

»Tatsächlich? Du hast das Mädchen damals ausfindig gemacht? Und mir nichts davon gesagt?«

Mit eiskaltem Blick fixierte Henning seinen Vater. »Muss ich dich wirklich an den Abend von Lottas Unfall erinnern? An den Schlag ins Gesicht? An Koki? Denkst du, ich hätte es am nächsten Tag gewagt, dich auch nur anzusprechen?«

Max war stehen geblieben und sah ihn betreten an. Wortlos nahm er die Akten, wandte sich um und verließ mit hängenden Schultern das Zimmer. Henning sah ihm nach und fragte sich, wo er auf einmal den Mut hergenommen hatte, so mit seinem Vater zu reden. Vielleicht von einer jungen Frau, die gestern noch viel mutiger gewesen war? Die all ihre Ängste über Bord geworfen, ihn geduzt und geküsst hatte? Isa! Herrje, wie spät war es? Er hatte gar nicht vorgehabt, so lange in der Firma zu bleiben! Er wollte sie doch heute noch sehen. Am Ende dachte sie noch, er bereute den gestrigen Abend und ginge ihr aus dem Weg! Dabei war er noch nie so glücklich gewesen wie in diesen wenigen Stunden mit ihr. Er zog seine Taschenuhr hervor. Gut, es war erst Nachmittag, und er würde Isa noch in der Villa antreffen. Die Unterlagen ließ er liegen, denn er wollte am nächsten Tag wiederkommen. Eilig verließ er das Büro und murmelte nur einen kurzen Gruß, als er an den Vorzimmerdamen vorbeikam.

* * *

»Brennt es irgendwo?«, fragte Hans, der gerade mit einem Leinentuch Kristallgläser auf Hochglanz polierte, als Henning atemlos die Küchentür aufriss.

»Nein. Weißt du, wo ich Isa und Lotta finde? Ich habe schon im ganzen Haus gesucht.«

Hans hielt das Glas hoch und musterte es mit einem Grinsen im Gesicht. »Klar. Ein Hausdiener weiß alles.«

»Und?«

»Sie sind drüben im Volkspark.«

Henning riss die Arme hoch. »Ach herrje! Der ist riesig! Wie soll ich sie denn da finden?«

Hans schmunzelte. »Tja, so etwas in der Art hat sich der liebe Hans schon gedacht, und deshalb hat er Isa gefragt, wo sie dort immer hingehen.«

»Nun sag schon!«

Hans ließ ihn zappeln. »Liege ich recht in der Annahme, dass der Armreif, den Isa gestern getragen hat, von dir am Piccadilly Circus gekauft wurde?«

Henning hätte ihn schütteln können. »Ja, das stimmt. Verflixt, Hans, sag mir, wo sie sind!«

»Sie gehen immer zum Märchenbrunnen, gleich beim Eingang am Königstor. Aber mach mal langsam, was sollen die beiden denn von dir denken, wenn du völlig außer Atem bei ihnen aufkreuzt? Sie sind eben erst losgegangen und können noch nicht weit sein.«

»Danke. Du bist der Beste!« Henning klopfte Hans so fest auf die Schulter, dass der fast das Glas fallen ließ.

»Nicht so stürmisch, junger Mann«, schimpfte er.

»Tut mir leid.« Henning war schon an der Tür, als er Hans vor sich hinmurmeln hörte: »Jaja, die Liebe.«

* * *

Es waren nur wenige Gehminuten bis zum Park, den Henning durch das schmiedeeiserne Tor betrat. Eine neu gestaltete Gartenanlage lag vor ihm. Ihren Mittelpunkt bildete ein in mehreren Kaskaden angelegtes Wasserbecken mit Springbrunnen und Wasserspeiern, die Märchenfiguren nachempfunden waren. Ein halbrunder steinerner Arkadenbogen im Hintergrund stellte das Märchenschloss dar, dessen große Fensteröffnungen den Blick auf den restlichen Park freigaben. Um diese Uhrzeit waren wenige Besucher anwesend, und Henning entdeckte Isa und Lotta sofort. Sie saßen auf einer schattigen Steinbank neben einer Wasserfontäne, und leise trat er näher.

»Trotzdem verstehe ich noch nicht, warum du dann so schnell gegangen bist«, vernahm er Lottas Stimme über das konstante Rieseln der Wasserspiele hinweg. »Du wolltest doch sogar über Nacht bleiben, weißt du noch?«

»Das wäre am Samstagabend keine gute Idee gewesen«, antwortete Isa.

»Warum? Dann war es also doch etwas Schlimmes, was Roman über dich gesagt hat?«

»Ach was. Er war betrunken. Da redet man manchmal etwas Dummes.«

»Henning hat sich Sorgen gemacht. Weil du allein nachts unterwegs warst. Er hat dich gesucht. Hat er dich denn noch gefunden?«

Henning sah Isa an, dass sie nicht wusste, was sie erwidern sollte. Deshalb trat er einen Schritt vor und antwortete an ihrer statt: »Ja, Lotta, ich habe Isa noch gefunden und alles mit ihr geklärt.«

»Henning! Da bist du ja!« Lotta stand auf und zog ihn näher. »Wir dachten schon, wir sehen dich heute gar nicht mehr.«

Hennings Blick flog zu Isa, die ihn anlächelte. Er räusperte sich. »Ich war in der Firma und habe mich mit wichtigen Akten befasst. Das hat länger gedauert, als ich dachte.«

»Schön, dass Sie doch noch kommen konnten«, erwiderte Isa.

Dass sie ihn siezte, störte ihn, obwohl er natürlich wusste, dass es in der Öffentlichkeit nicht anders ging. Er wäre nur zu gern ein paar Minuten mit Isa allein gewesen, doch es war nicht leicht, seine Schwester von Isas Seite wegzulocken. Er versuchte trotzdem sein Glück.

»Weißt du eigentlich, dass jede der Figuren hier am Brunnenrand ein Märchen darstellt?«, fragte er Lotta.

»Ja, weiß ich.«

»Und, kennst du sie alle?«

»Klar.«

»Glaub ich nicht. Geh doch mal nachschauen und sag mir dann, welche es sind.«

Und Lotta trabte tatsächlich los. Sie blieb bei jeder Skulptur stehen und betrachtete sie eingehend, ehe sie weiterging.

Henning setzte sich neben Isa auf die Bank. Er hatte sich so viele Worte zurechtgelegt, und ausgerechnet jetzt wollten sie ihm nicht mehr einfallen. Dabei war es keinesfalls das erste Mal, dass er mit einer jungen Frau redete, doch es war das erste Mal, dass Gefühle im Spiel waren. Tiefe Gefühle.

»Der Tag gestern war wunderschön«, begann er und warf ihr einen Seitenblick zu. »Es hat gutgetan, über alles zu reden. Ich hätte nie vermutet, dass du mich damals auch vermisst hast, denn du hattest ja immer Viktor an deiner Seite.« Er musste das Thema Viktor einfach ansprechen, musste wissen, wie viel er ihr bedeutete. »Steht er dir heute noch sehr nahe?«

»Er ist mein bester Freund. In den vergangenen sechs Jahren gab es kaum einen Tag ohne ihn.«

Das hatte er befürchtet. Viktor spielte eine große Rolle in Isas Leben. Doch es klang nicht nach einer Beziehung, zumindest hoffte er es.

Er sah sich nach Lotta um, die erst die Hälfte des Wasserbeckens umkreist hatte, und warf einen Blick zu Isas Hand, die er so gern gehalten hätte. Sollte er? Oder war das zu aufdringlich? Wieder strich er sich nervös durchs Haar. Ihm fehlte jegliche Erfahrung im Umgang mit Frauen.

»Isa, ich habe viel über uns nachgedacht und möchte dich gern noch näher kennenlernen«, brachte er endlich hervor. Er sah sie an. Die schnell über den Himmel ziehenden Wolken warfen immer wieder Schatten auf ihr Gesicht, und er las deutlich den Zweifel darin. »Gibst du mir dazu die Möglichkeit?«

»Aber wie soll das denn gehen?«, fragte sie. »Du weißt, aus welchen Verhältnissen ich stamme. Daran wird sich nie etwas ändern.«

»Nichts ist unüberbrückbar. Aber ich verstehe deine Angst. Du denkst, ich könnte nur ein unverbindliches Abenteuer suchen und dich danach fallen lassen. Ähnlich, wie es deine Mutter erlebt hat mit reichen Männern, die das Metropol besuchten. Ist es so?«

Sie nickte, ohne ihn anzusehen. »Und da ist noch mehr. Du weißt, wie Roman und Therese mich behandeln. So würden auch andere in deinem Umfeld auf mich reagieren, und du würdest dich eines Tages für mich schämen.«

»Nein, das würde ich nicht. Niemals. Und ich muss nicht für immer in diesen Kreisen bleiben. In zwei Jahren bin ich volljährig, da kann ich ein völlig neues Leben beginnen. Vertraust du mir nicht?«

Sie biss sich auf die Unterlippe, und als sie sich ihm zuwandte, schimmerten Tränen in ihren Augen. »Du stellst gerade mein ganzes Leben auf den Kopf. Kannst du mir die Zeit lassen, die ich brauche, um das alles zu verstehen?«

Er atmete auf und griff nach ihrer Hand. »Das war kein Nein, oder?«

Isa schloss die Augen und nickte. »Es war kein Nein. Es war ein Vielleicht.«

»Danke. Aus einem Vielleicht kann ganz schnell ein Ja werden, wenn du erst einmal erkennst, wie ernst ich es meine. Und natürlich lasse ich dir alle Zeit der Welt. Das ist ein Kinderspiel für jemanden, der sich nie binden wollte.«

Er lächelte sie an, und als er aufsah, kam Lotta geradewegs auf ihn zu.

»Es sind zehn Märchenfiguren!«, rief sie. »Und ich hab sie erkannt. Aber ich glaube, du kennst sie nicht alle, wollen wir wetten?«

Henning erhob sich. »Dazu brauche ich aber Isas Hilfe. Allein schaffe ich das sicher nicht.«

Er reichte Isa die Hand, und als sie sich erhob, raunte er ihr noch zu: »Ich habe keine Erfahrung mit Freundschaften. Auch dabei musst du mir helfen.«

* * *

Sommerliche Hitze lag schon den ganzen Tag über Berlin, und erst am Abend, als Isa die Villa der Wittmanns verließ, kühlte es etwas ab. Vor dem Haus kam ihr Henning entgegen, der gerade aus einer Droschke gestiegen war. Er hielt Akten in der Hand, als er auf sie zutrat.

»Gut, dass ich dich noch erwische, Isa. Ich habe etwas für dich. Hier drinnen sind die wichtigsten Unterlagen zum Fall deines Vaters, die ich dir zusammengestellt habe, damit du dir selbst ein Urteil bilden kannst.«

Isa blickte interessiert auf die Mappe, die er ihr reichte. »Und, was ist deine Einschätzung dazu?«

Er hob bedauernd die Hände. »Ich hätte gern noch etwas für dich erreicht und habe gehofft, einen Grund für einen Entschädigungsanspruch zu finden. Aber selbst unser Jurist sieht es so, dass alles im Rahmen der geltenden Gesetze korrekt geregelt worden ist. Es tut mir leid. Aber lies selbst. Vielleicht fällt ja dir noch etwas auf.«

Isa konnte ihre Enttäuschung nicht ganz verbergen. »Nein, ich verstehe schon, und es geht auch gar nicht um einen finanziellen Ausgleich, wir haben es die ganzen Jahre auch so geschafft. Ich habe nur gehofft, dass die Hand eines Arbeiters mehr wert sei als das, was gesetzlich festgelegt ist.«

Er nickte »Ich weiß, was du meinst. Doch dazu müssten eben diese Gesetze geändert werden.«

Isa schnaubte. »Wie denn, wenn in Preußen noch das Dreiklassenwahlrecht herrscht und die Gewichtung der Stimme praktisch am Einkommen hängt? Die wenigen Reichen stellen genauso viele Abgeordnete im Reichstag wie die breite Schicht der Arbeiter! Es kann sich doch gar nichts ändern!« Sie stockte. »Herrje, jetzt fahre ich dich so an, dabei hast du mir doch nur helfen wollen!«

»Nein, du musst dich nicht entschuldigen; ich bin sogar froh, wenn wir über dieses Thema reden. Es muss so vieles in unserem Land passieren! Und du interessierst dich dafür! Willst du hören, was ich mir bis jetzt zum Thema Arbeitsschutz überlegt habe?«

»Natürlich will ich das.«

Sie setzten sich auf die Bank im Vorgarten, und Isa lauschte gebannt, als er ihr von Schutzvorkehrungen für die Maschinen erzählte, von besseren Schulungen der Arbeiter, von verkürzten Arbeitszeiten.

»Und das willst du alles deinem Vater vorschlagen?«, fragte sie.

»Ja, das ist der Plan, denn ich kann ihn nur mit Fakten überzeugen. Dein Vater ist mein Musterfall. Max muss erkennen, was für einen loyalen, gut ausgebildeten Arbeiter er in Karl Berlinger verloren hat.«

»Aber warum sollte er dir zuhören? Das Thema hat ihn doch nie interessiert.«

Henning schmunzelte. »Wegen dir. Dich schätzt er sehr hoch ein, und er weiß, dass Karl Berlinger dein Vater ist.«

Er zog seine Taschenuhr hervor. »Schade, schon so spät. Leider muss ich heute Abend noch mit zu einer Feier, sonst hätte ich dich nach Hause begleitet und das Thema noch ein bisschen vertieft. Wie ist es mit Samstagabend? Darf ich dich irgendwohin einladen?«

Sie schüttelte bedauernd den Kopf. »Da feiert Viktor seinen Abschied, weil er den Militärdienst antreten muss. Er hat uns alle in den Hinterhof eingeladen.«

Sie sah ihm an, was er dachte. Viktor mal wieder! Doch er ließ sich nichts anmerken.

»Kann ich verstehen. Ich denke, vor meiner Einberufung würde ich das Gleiche machen.«

»Du meinst, feiern und dich betrinken?«

»Auf alle Fälle.«

Sie lachten. Isa ging der Gedanke durch den Kopf, wie gern sie Henning zu diesem Fest im Hinterhof mitgenommen hätte, wenn er einer von ihnen gewesen wäre.

»Was denkst du gerade?«, fragte er.

Sie biss sich auf die Unterlippe.

»Na los, sag schon«, drängte er.

Sie nahm ihren ganzen Mut zusammen. »Ich wünschte, wir könnten wieder einmal ein Fest wie in Mariendorf besuchen, bei dem wir uns beide zugehörig fühlen. So wenig, wie ich in deinen Ballsaal passe, so wenig passt du in unseren Hinterhof.«

»Du warst die schönste Frau in unserem Ballsaal, und ich bin sehr anpassungsfähig«, entgegnete er.

Sie wusste, was er damit sagen wollte. Er konnte sehr wohl mit einfachen Menschen feiern und wartete darauf, dass sie ihn zu Viktors Fest einlud, doch das brachte sie nicht fertig. Stattdessen errötete sie, weil sie sich für ihre Feigheit schämte, und wandte den Kopf ab. Schnell erhob sie sich.

»Dann wünsche ich dir trotzdem ein schönes Wochenende«, sagte sie. »Und danke für die Unterlagen. Ich gebe sie dir zurück, sobald ich sie gelesen habe.«

Er stand ebenfalls auf. »Ich bin gespannt, was du dazu sagst. Dann bis Montag«, erwiderte er leichthin, hob grüßend die Hand und ging langsam Richtung Villa davon. Doch er konnte ihr nichts vormachen, sie spürte, wie enttäuscht er war. So konnte sie ihn nicht gehen lassen. »Warte!«

Überrascht drehte er sich um, und sie lief auf ihn zu. »Besuchst du am Sonntag wieder Koki?«

Seine Augen leuchteten auf. »Wenn du mich begleitest …«

Sie nickte, und ein Lächeln spielte um seinen Mund.

»Dann warte ich um dreizehn Uhr am Bahnhof Alexanderplatz auf dich«, sagte er.

Sie hätte ihn jetzt gern umarmt, doch sie standen direkt vor der Villa, vor der gerade eine Droschke hielt. Aus der Tür des Hauses kam Roman in feldgrauer Uniform mit Marschgepäck und ging Richtung Kutsche.

»Wo gehst du hin?«, fragte Henning.

Roman blieb stehen. Er deutete an sich hinunter. »Wo werde ich in diesem Aufzug wohl hinwollen? Sicher nicht zu einem Ball.« Dann schüttelte er den Kopf. »Du liest doch sonst den ganzen Tag Zeitung, hast du es noch nicht gehört? Österreich hat Serbien den Krieg erklärt. Ich hätte eigentlich Urlaub, wurde aber zurückbeordert in die Kaserne. Russland macht seit dem Wochenende mobil, und der Kaiser hat das deutsche Heer in Alarmbereitschaft versetzt.«

Isa sah, dass Henning blass geworden war. »Verdammt!«, sagte er. »Dann hat Serbien das Ultimatum der Habsburger nicht erfüllt? Und Deutschland als Österreichs Bündnispartner wird dann auch in den Krieg eintreten?«

»Das steht zu erwarten.«

»Und du? Du bist dann bei den Ersten, die an die Front müssen?«

Roman zuckte die Schultern. Die beiden Brüder standen sich einen Moment schweigend gegenüber. Isa hielt gespannt die Luft an, denn sie fragte sich, wie sie sich wohl verabschieden würden.

»Dann komm bloß gesund wieder zurück«, sagte Henning, ging einen Schritt vor und klopfte Roman kameradschaftlich auf die Schulter.

Roman nickte. »Ich werde mein Bestes tun.«

Er lief weiter Richtung Kutsche.

»Alles Gute für Sie, Herr Wittmann«, sagte Isa, als er an ihr vorbeikam, und er nickte auch ihr zu. Dann bestieg er die Droschke und fuhr davon.

»Euer Abschied war nicht sehr herzlich«, stellte sie fest, als sie mit Henning allein zurückblieb.

»Wir stehen uns eben nicht näher.«

»Aber du machst dir Sorgen um ihn.«

»Natürlich. Er ist mein Bruder. Nicht auszudenken, wenn ihm etwas passiert. Ich werde es Mutter schreiben müssen, auch wenn es ihr das Herz zerreißen wird.« Er griff nach ihrer Hand. »Aber ich freue mich schon auf Sonntag. Ich warte auf dich am Bahnhof.«

»Ich freu mich auch«, antwortete sie.

* * *

Sie hatten einen Holztisch im Hinterhof aufgestellt und Stühle aus den Wohnungen geholt, und jeder hatte mitgebracht, was er entbehren konnte. Es gab Teller mit Weißbrot, Käse und Würstchen, Frau Meyerling hatte einen Kartoffelsalat gebracht und Mutter einen Streuselkuchen. Viktors Mutter und Schwestern kamen mit einer Schüssel voller Hefebrötchen, während Viktor die Getränke herbeischleppte. Obwohl die Sonne bereits tief stand, war es hier im Hinterhof noch immer heiß, denn die umliegenden Häuserfassaden hatten die Hitze des Tages gespeichert. Welche Verschwendung, dachte Isa, als sie sich einen Platz neben Mutter suchte und nach einer Scheibe Weißbrot griff. Im Winter würden sie wieder frieren wie die

Schneider, und im Sommer fanden sie in den Nächten keinen Schlaf vor lauter Hitze.

»Prost, Leute!«, rief Viktor, der eine Bierflasche nach der anderen öffnete und weiterreichte. »Trinken wir auf mein neues Lebensjahr und meine letzten Tage in Freiheit!«

»Ach was!«, wehrte Kurt aus dem zweiten Stock ab und nahm einen tiefen Schluck aus der Flasche. »Das Militär ist gar nicht so übel. Ich hab meine Zeit auch durchgestanden. Wenn du nicht gerade strammstehen oder durch den Schlamm robben musst, kannst du stundenlang Karten spielen.«

»Dann geh doch du für mich, Kurt«, entgegnete Viktor und wischte sich lachend den Bierschaum vom Mund. »Bekommst meinen Einberufungsbefehl und mein Soldatenbuch und gibst dich als Viktor Jansen aus. Nur das Alter dürfte ein Problem sein. Siehst halt nicht mehr aus wie zwanzig.«

Alle am Tisch lachten, als sich der Mittfünfziger beleidigt durch seine schütteren grauen Haare fuhr. »Willst du damit sagen, ich bin nicht mehr jung und schön?«

»Doch, klar, Kurt«, gab Viktor zurück. »Du würdest jeden Schönheitswettbewerb mit links gewinnen.«

»Das will ich aber auch meinen«, brummte Kurt. »Hoffen wir bloß, denen fällt nicht ein, sich in diese Sache auf dem Balkan einzumischen. Meiner Meinung nach geht uns Deutsche das gar nichts an. Wenn Österreich so dumm ist und Serbien den Krieg erklärt, dann sollen ihn auch die Österreicher führen!«

»Recht hast du, Kurt!«, pflichteten mehrere am Tisch ihm bei.

Isa hörte nicht mehr richtig zu. Zu viele Gedanken gingen ihr durch den Kopf, denn die Ereignisse der letzten Tage hatten ihr Leben durcheinandergewirbelt. Mutter auf dem Stuhl neben ihr wirkte gelassen wie seit Jahren nicht mehr, Moritz war anzusehen, wie stolz er auf seine ersten guten Noten war, die er aus der Schule nach Hause gebracht hatte, und Geldsorgen hatten sie auch keine mehr. Und dann noch Henning … es fühlte sich alles so unwirklich an. Sie konnte die Gedanken an ihn gar nicht mehr abstellen; immer wieder kamen Erinnerungen hoch, und jeder Moment mit ihm war einzigartig gewesen. Doch wo sollte das hinführen? Sie konnte doch nie im Leben erwarten, dass er eine feste Bindung mit ihr eingehen würde. Und wenn sie sich hier umsah und das Essen auf ihrem Holztisch mit dem Büfett auf Romans Verlobungsball verglich, den Hinterhof mit dem Salon der Wittmanns, dann fragte sie sich, was nur in sie gefahren war, dass sie sich am Sonntag mit Henning verabredet hatte! Sie war doch immer so vernünftig, doch in dieser Sache musste sie komplett verrückt geworden sein, und Henning hatte ein Recht darauf, das zu erfahren. Sie musste das alles beenden, bevor es noch schlimmer wurde.

Um sich abzulenken, sah sie in die Runde, und lauter zufriedene Gesichter blickten ihr entgegen. Die Leute aus dem Haus, die Nachbarn und Viktor, der gerade Lina zum Lachen brachte. Viktor und Lina? War da was? Sie hätte es ihm gegönnt, denn er war einfach ihr bester Freund.

Plötzlich wurde es still am Tisch, denn alle blickten wie gebannt auf den schmalen Durchgang, der von der Straße in den Hof führte. Dort stand ein Mann, der unschlüssig zum Tisch schaute. Isa erstarrte, denn sie erkannte ihn sofort. Vater! Sie blickte zu ihrer Mutter, die sich überrascht die Hand vor den Mund presste.

»Mama, schau doch nur!«, murmelte Moritz. »Vater ist da!«

Viktor sprang auf. »Da ist ja unser Überraschungsgast!«, rief er und warf Isa, Moritz und Leni Blicke zu. »Karl! Komm her, setz dich zu uns!«

Isa konnte es kaum glauben. Viktor hatte Vater eingeladen! Ihm fiel doch immer wieder etwas ein, um ihr eine Freude zu machen!

Lautes Gemurmel und frohe Zurufe waren zu hören, Stühle wurden gerückt und ein freier Platz zwischen Isa und ihrer Mutter geschaffen, wo Vater Platz nahm.

»Du bist gekommen«, vernahm Isa die Stimme ihrer Mutter, die ihrem Vater über den Arm streichelte. Vater wurde von allen begrüßt, und schon bald war er so in die Gespräche einbezogen, als wäre er nie weggewesen. Und immer wieder huschte ein Lächeln über seine Züge, wenn er Mutter ansah.

Als es dunkel wurde, stellte Viktors Mutter ein paar Kerzen auf den Tisch. Kurt holte seine Mundharmonika, und als er zu spielen begann, erhoben sich einige Gäste und begannen, in dem engen Hinterhof zu tanzen.

»Spiel einen Walzer, Kurt!«, rief Viktor. »Den haben Isa und ich schon auf dem Pariser Platz getanzt und jede Menge Applaus dafür bekommen.«

Als Kurt seinem Wunsch nachkam, eilte Viktor um den Tisch und machte eine formvollendete Verbeugung vor Isa. »Darf ich bitten, Madame?«

»Aber gern, Monsieur.«

Und als sie sich mit ihm zur Musik drehte, raunte sie ihm zu: »Danke, dass du Vater eingeladen hast. Du bist einfach der Beste.«

»Weiß ich doch«, gab er lachend zurück und zog sie an sich.

Und auf einmal war der Hinterhof gar nicht mehr grau und Isas Stimmung gar nicht mehr betrübt. Sie lachte, tanzte und scherzte. Das hier war ihre Welt, hier gehörte sie hin.

Kapitel 31

Henning hatte das Gefühl, die Tage bis Sonntag würden nie vergehen. Mehrfach war er versucht gewesen, zum Kiosk auf dem Pariser Platz zu fahren, nur um Isa zu sehen, doch er konnte sich im letzten Moment noch davon abhalten. Er durfte sie nicht bedrängen, darum hatte sie ihn selbst gebeten.

Fast wünschte er sich, sein Studium hätte bereits begonnen, doch bis zum Start des Herbstsemesters waren es noch ein paar Wochen. Um sich abzulenken, stürzte er sich in Arbeit. Er ging jeden Tag in die Firma, um weitere Berechnungen zum Thema Arbeitsschutz anzustellen, und mittlerweile hatten die Sekretärinnen registriert, dass das hintere Büro im Flur wieder besetzt war, und brachten ihm immer wieder einen Kaffee vorbei.

»Kommen Sie nun öfter, Herr Wittmann?« Die Chefsekretärin Frau Wiedekind stand in der Tür und hielt ein Tablett in der Hand.

Henning blickte von seinen Unterlagen auf. »Ja, ich denke schon.« Als die Dame den Kaffee vor ihn hinstellte, griff er in die Tasche und holte eine Teepackung heraus. »Danke, Frau Wiedekind, aber ich bin eigentlich Teetrinker. Wäre es Ihnen möglich, mir in Zukunft einen Earl Grey zu bringen? Mit Milch?«

Frau Wiedekind sah ihn strafend an. »Tee? Mit Milch?« Sie griff mit spitzen Fingern nach der Schachtel, als enthielte sie irgendwelchen Unrat, und wandte sich zum Gehen.

»Glauben Sie mir, er schmeckt fantastisch!«, rief Henning ihr nach. »Machen Sie sich doch auch eine Tasse davon.«

»Danke, nein«, kam die Antwort, bevor sich die Tür schloss.

Henning wandte sich wieder seiner Arbeit zu. Doch schon bald reichten ihm die Informationen, die er hatte, nicht mehr. Er ging wieder hinunter ins Archiv, suchte Bilanzen, Gewinn-und-Verlust-Rechnungen und Jahresabschlüsse heraus, und als er oben im Büro alles sichtete und nicht weiterkam, nahm er die Ordner und stieg hinauf in den zweiten Stock. Dort klopfte er an die Tür der Buchhaltung. Mehrere Köpfe drehten sich zu ihm um, doch er steuerte den Tisch des dienstältesten Herrn im Raum an.

»Herr Schröder, hätten Sie einen Moment Zeit für mich?«

Der grauhaarige Prokurist sah ihn überrascht durch seine runden Brillengläser an. »Für Sie doch immer, Herr Wittmann.«

Und in den nächsten Stunden begann Herr Schröder geduldig, Henning das firmeninterne Rechnungswesen zu erklären.

»Sie können das nicht alles auf einmal verstehen, Herr Wittmann«, meinte Herr Schröder, als sich Henning irgendwann im Stuhl zurücklehnte und erschöpft über die Augen fuhr. »Kommen Sie wieder, gern am Montag schon. Ich habe immer Zeit für Sie.«

Da kam Henning noch ein Gedanke. Er deutete auf die Bilanzen und Jahresumsatzzahlen vor sich auf dem Tisch. »Können Sie sich noch erinnern, dass ich Sie vor Jahren einmal auf ein Engagement für Obdachlose angesprochen habe? Bei unserer finanziellen Lage wäre das doch sicher kein Problem für die Firma, oder?«

Er musste gar nicht weitersprechen, denn Herr Schröder nickte wissend. Der ältere Herr beugte sich zu ihm vor. »Natürlich, Herr Wittmann«, sagte er in vertraulichem Ton. »Sie waren noch ein Kind, als Sie mir damals begeistert von Ihrer Idee erzählten. Das hat mir gefallen, und ich habe Ihrem Vater daraufhin mehrere Möglichkeiten vorgeschlagen, denn die Firma Wittmann könnte das allein aus der Portokasse finanzieren. Aber – er lehnte alles ab.«

Der Tag, an dem er Vater angesprochen hatte und beinahe eine Ohrfeige kassiert hatte, kam Henning in den Sinn. Er hatte damals einen Plan ausgearbeitet und hätte nur noch Vaters Zustimmung gebraucht, doch der hatte Nein gesagt. Und solange er nicht volljährig war, kam er in dieser Sache allein nicht weiter. Wenn er wenigstens auf Romans Hilfe hätte zählen können – doch damit war nicht zu rechnen.

Er erhob sich. »Ich weiß, Herr Schröder. Ich danke Ihnen, dass Sie an meine Idee geglaubt haben. Und ich bin noch nicht bereit, sie aufzugeben.«

»Das gefällt mir, Herr Wittmann. Wenn ich Ihnen irgendwann dabei helfen kann, mach ich das gern.«

Wieder zurück in seinem Büro stellte er fest, dass seine Kaffeetasse weggeräumt war und stattdessen eine Teekanne und ein Milchkännchen auf dem Tisch standen. Er lächelte. »Na bitte, wer sagt's denn!«

Als er am Abend auf die belebte Chausseestraße hinaustrat, um zur Straßenbahn zu laufen, hörte er schon die Stimme eines Zeitungsjungen. »Extrablatt! Deutschland im Kriegszustand mit Russland! Frankreich macht mobil! Extrablatt!«

Henning wurde bleich. Sie waren im Krieg! Er winkte den Jungen zu sich, kramte ein Geldstück aus der Hosentasche und riss ihm förmlich die Zeitung aus der Hand. Tatsache,

Deutschland hatte Russland den Krieg erklärt, und der Kaiser setzte das deutsche Heer in Marsch.

»Das kann doch nicht wahr sein«, stöhnte er.

»Doch, das ist es!«, rief ihm ein Passant mit strahlendem Lächeln auf dem Gesicht zu. »Der Kaiser hat gerade eine Rede auf dem Balkon des Schlosses gehalten. Ich habe es mit eigenen Ohren gehört. Morgen ziehen wir in den Krieg!«

Nun war es also so weit. Roman war bereits in der Kaserne. Ob seine Truppe schon verlegt wurde? Irgendwohin ins Grenzgebiet? Würde Roman unter den ersten Frontsoldaten sein?

Zu Hause angekommen blickte Henning fassungslos auf die schwarz-weiß-rote Fahne, die vor der Villa wehte. Seine Familie feierte den Kriegsbeginn! Er traf seinen Vater im Kreis einer Herrenrunde im Salon, wo eifrig über die neuesten Ereignisse diskutiert wurde.

»Vergiss deine Lokomotiven, Max«, sagte Herr Svensson, ein Reeder aus Hamburg, der auf Geschäftsreise in Berlin war. »Nun solltest du ganz auf die Ausrüstung der Torpedoboote umsteigen. Die Aufträge werden drastisch zunehmen, verlass dich drauf.«

»Täuschen Sie sich da mal nicht«, warf Herr Bornemann, ein Mitarbeiter des Handelsministeriums, ein. »Lokomotiven und Waggons werden auch gebraucht. Was glaubt ihr, warum die Russen uns mit ihrer Mobilmachung so überrumpeln konnten? Weil sie in den vergangenen Jahren ihr Schienennetz ausgebaut und den Eisenbahnbau gefördert haben. Das Deutsche Reich ist davon ausgegangen, dass sie Wochen dafür benötigen würden, ihre Truppen zu verlegen, und nun schaut, wo sie stehen! In ein paar Tagen können sie bereits in Ostpreußen sein!«

»Wer spricht denn hier von einem Entweder-oder?«, fragte Max lachend in die Runde. »Ich produziere einfach beides! Lokomotiven und Kanonenboote!«

Lautes Lachen dröhnte durch den Raum. Henning, der sich gerade einen Cognac eingeschenkt hatte, füllte noch ein zweites Glas und verließ damit das Zimmer. Er ging hinunter ins Untergeschoss, und als er mit dem Fuß die Küchentür aufstieß, sah er Wally mit hochrotem Kopf am Herd stehen, die eifrig in einem der Töpfe rührte.

»Eine alte Frau so zu überfallen«, hörte er die Köchin missmutig brummen, als er in der offenen Tür stand. »So kurzfristig ein Abendessen für acht Personen zu bestellen, da hört sich doch alles auf. Hätte dem werten Herrn auch mal früher einfallen können. Als ob ich zaubern könnte!«

»Die Herren feiern den Beginn des Krieges«, antwortete Hans, der an der Anrichte Weinflaschen entkorkte und den Wein in Karaffen füllte. »Das war zu erwarten im Haus eines Maschinenfabrikanten. Was meinst du, wo überall in Deutschland heute die Sektkorken knallen!«

Hans entdeckte Henning in der Tür, machte eine Kopfbewegung zu Wally hin und verdrehte die Augen, was heißen sollte, dass er die Köchin besser nicht ansprechen sollte. Henning deutete mit einem Glas Richtung Fenster, und Hans nickte. Sie würden sich im Garten treffen.

Nachdem Henning sich draußen auf die Bank gesetzt hatte, klappte kurze Zeit später hinter ihm die Tür zu und Hans gesellte sich zu ihm. Dankbar nahm dieser das Cognacglas in Empfang und trank genießerisch einen Schluck. »Rettung in letzter Sekunde. Ich weiß nicht, was schlimmer ist – Wallys Ärger über deinen Vater oder die Tatsache, dass wir tatsächlich im Krieg stehen.«

»Ich kann es nicht fassen, dass es wirklich so weit gekommen ist. Krieg mit Russland, und bald auch mit Frankreich. Wie wird England reagieren?«

Hans deutete auf sein Glas. »Wenn ich darüber nachdenke, reichen diese zwei Fingerbreit Cognac nicht aus. Dann kannst du mir gleich die ganze Flasche Hennessy bringen. Ich wollte Alice spätestens im nächsten Frühling wieder besuchen, aber das kann ich dann erst mal vergessen.«

»Ach herrje!« Henning lehnte sich auf der Bank zurück und nahm einen Schluck aus seinem Glas. »Wo steckt Lotta?«

»Wie ich sie kenne, mit ihrer Nase in einem Buch. Sie hat mich heute bestimmt schon zehnmal gefragt, wann Isa wiederkommt.«

»Und Silvia? Und Gisèle?«, fuhr Henning ärgerlich auf. »Was machen die den lieben langen Tag?«

»Wer weiß das schon.« Hans erhob sich. »So, ich geh mal wieder in die Küche und hör mir weiter Wallys Gebrumme an.«

Henning zog es noch nicht zurück ins Haus. Er legte den Kopf in den Nacken und blinzelte in die tief stehende Sonne. Nun musste er nur noch diesen Abend überstehen, dann sah er Isa wieder. Um dreizehn Uhr am Bahnhof Alexanderplatz. Er würde mit ihr nach Mariendorf fahren und dort im Park neben dem Seebad spazieren gehen. Gott, wie sehr er sich darauf freute!

»Es war kein Nein. Es war ein Vielleicht«, hatte sie gesagt. Ein Vielleicht war immerhin ein Anfang.

Kapitel 32

Die Stadt war in hellem Aufruhr. Auf allen Straßen waren Soldaten in Uniform unterwegs, die bejubelt und mit Liedern verabschiedet wurden, und Isa hatte Schwierigkeiten, sich einen Weg durch die Menschenmengen zu bahnen. Je näher sie dem modernen Kuppelbau des Bahnhofsgebäudes am Alexanderplatz kam, desto verhaltener wurden ihre Schritte. Und je langsamer sie ging, desto schneller schlug ihr Herz. Wie würde Henning reagieren, wenn sie den Ausflug heute absagte? Die Entscheidung dazu war bei Viktors Fest im Hinterhof gefallen, als ihr klar geworden war, dass ihre Schwärmerei für Henning ein Irrweg war. Ja, sie riskierte im Grunde sogar ihre Stellung in seinem Hause. Es war besser, das Henning heute zu erklären und das Ganze zu beenden, bevor es für sie beide noch schlimmer wurde.

Da sah sie ihn. In seinem Sommeranzug lehnte er an einem der gemauerten Viaduktbögen der Eisenbahnbrücke, die über die Königstraße führte. Völlig ruhig und in sich gekehrt stand er da und wartete auf sie. Er sah nicht auf die Uhr und er lief auch nicht nervös auf und ab, weil sie bereits zu spät dran war. Nein, er stand nur da. Sie wusste, er würde sich nicht vom Fleck rühren, selbst wenn sie sich jetzt, da er sie noch nicht entdeckt hatte, umgedreht hätte und verschwunden wäre. Er würde lange dort stehen und einfach nur warten, warten und warten. Seine Worte kamen ihr wieder in den Sinn.

»Ich habe euch gesucht. Einen Herbst und einen Winter lang.« Isa spürte, wie ihr die Tränen in die Augen stiegen, und sie fragte sich, wie sie das, was sie vorhatte, durchstehen sollte. Sie würde ihn verletzen, und sich selbst auch.

Da sah er sie. Er stieß sich vom Brückenpfeiler ab und kam auf sie zu, doch als er nah genug war, um zu erkennen, dass sie weinte, blieb er stehen. Plötzlich war der Lärm um sie herum ganz weit weg, und da war nur noch Henning, der unbeweglich ein Stück von ihr entfernt auf der Stelle verharrte. Sicher ahnte er, was ihre Tränen bedeuteten, denn sein Gesicht wurde ernst. Doch er kam nicht näher und versuchte auch nicht, auf sie einzureden. Er ließ ihr die Wahl, zu ihm zu kommen oder zu gehen. Und sie wusste, er würde ihre Entscheidung wortlos akzeptieren. Das gab den Ausschlag. Sie spürte, wie ein Ruck durch sie ging. Sie wischte sich mit dem Handrücken die Tränen vom Gesicht, trat auf ihn zu und brachte ein Lächeln zustande, als sie ihn fragte: »Wann fährt unser Zug nach Mariendorf?«

Nun lächelte auch er. »Er kommt gleich.«

»Na dann los. Ich denke, Koki wartet schon.«

Henning erwähnte ihre Tränen nicht, als sie im Mariendorfer Park unter den hohen Kastanienbäumen entlanggingen und Koki immer wieder um ihre Beine sprang. Der Lärm der Badegäste aus dem nahe gelegenen Seebad drang zu ihnen herüber, und auch dort war die deutsche Fahne gehisst. »Deutschland im Krieg«, schnitt er ein neutrales Thema an, denn die Stimmung zwischen ihnen war noch immer angespannt.

»Ich frage mich, warum sich alle so darüber freuen«, sagte sie, während sie Koki streichelte. »Die Stadt war heute voller jubelnder Menschen.«

»Deutschland hat den letzten Krieg gewonnen, und der ist mehr als vierzig Jahre her. Das Leid von damals ist längst vergessen. Niemand denkt jetzt an die Toten und Verletzten, die auch dieser neue Krieg bringen wird.«

Isa richtete sich wieder auf. »Viktor fürchtet, dass er nach seiner Grundausbildung auch noch an die Front muss. Und du? Musst du auch zur Armee?«

»Es kann jeden treffen, denn ab dem Alter von siebzehn Jahren ist man in Deutschland wehrpflichtig. Roman wird nun unter den ersten sein, die in die Aufmarschgebiete geschickt werden; wahrscheinlich ist er schon unterwegs. Ich frage mich, ob er jetzt die Hochzeit mit Therese vorverlegt. Ich an seiner Stelle würde das tun.«

»Was, heiraten? Wenn du an die Front müsstest?«

»Natürlich.« Henning grinste. »Wenn ich morgen in den Krieg müsste, würde ich einer gewissen jungen Dame heute noch einen Antrag machen, einen Juwelier überfallen, einen Pfarrer aus seinem sonntäglichen Mittagsschlaf wecken und auf der Stelle heiraten.«

»Das geht aber nicht«, erwiderte Isa schelmisch. »Es gäbe da einen zwingenden Ehehinderungsgrund.«

»Und der wäre?«

»Die junge Dame hat Oliver Twist noch nicht fertig gelesen.«

Sie lachten beide, und das Eis war gebrochen.

»Ich finde es toll, dass du jetzt lesen kannst«, sagte Henning. »Wie sieht es mit dem Schreiben aus? Darf ich dir das beibringen?«

»Du? Hast du denn Zeit dafür?«

Er fischte in seinem Jackett nach einem Stift und zog noch einen kleinen Notizblock heraus, dann steuerte er eine Bank an. »Beginnen wir mit den Namen deiner Familie. Leni und Karl, Isa und Moritz.«

Er notierte die Namen in Druckbuchstaben, dann gab er ihr Block und Stift, und sie versuchte konzentriert, die Worte nachzuschreiben.

Kritisch betrachtete sie das Ergebnis. »Es ist nicht so schön geworden, wie das, was du geschrieben hast.«

»Unwichtig.«

Isa begann das Schreiben Spaß zu machen. »Und nun deinen Namen und die deiner Familie.«

Die Liste mit Namen wurde immer länger, bis Henning den Stift nahm und gleich eine ganze Menge Wörter schrieb.

»Das sind keine Namen«, sagte Isa und wollte ihm den Block abnehmen, doch er hielt den Arm hoch, dann steckte er das Schreibzeug schnell in seine Jackentasche. »Den bekommst du erst, wenn ich dich heute Abend nach Hause bringe.«

Sie boxte ihn mit den Fäusten auf den Arm. »Henning! Spann mich nicht auf die Folter. Was hast du geschrieben? Jetzt platze ich vor Neugierde.«

Er fasste lachend nach ihren Handgelenken und hielt sie mit einer Hand fest. »Was wird das hier? Ich bin Boxer. Denkst du wirklich, mit diesen Ärmchen könntest du etwas gegen mich ausrichten?«

»Ärmchen? Was erlaubst du dir? Ich habe sehr viel Kraft. Frag mal Herrn Magnusson, was ich alles tragen kann.« Isa versuchte, sich loszumachen, doch Henning hielt sie sanft, aber entschieden fest.

»Das sieht man. Deshalb zappelst du hier so rum wie ein Fisch an der Angel. Du bist nicht einmal ein Fliegengewicht. Für dich müsste man eine neue Gewichtsklasse einführen.«

»Henning Wittmann!«, schimpfte sie und bemühte sich, ihre Hände zu befreien. »Zwing mich nicht, zu unlauteren Mitteln zu greifen.«

»Oh, jetzt wird es spannend. Wie sehen diese unlauteren Mittel denn aus?«

»Das willst du wohl wissen. Ich könnte laut schreien, sodass alle Leute hier zusammenliefen und die Polizei dich als Sittenstrolch verhaften würde.« Henning begann zu lachen, doch sie fuhr unbeirrt fort. »Oder ich könnte anfangen zu singen, was du ganz sicher bereuen würdest, denn ich singe ziemlich falsch. Und um dir die Ohren zuhalten zu können, müsstest du meine Hände freigeben.«

Henning bog sich vor Lachen, und als er wieder zu Atem kam, machte er einen Gegenvorschlag. »Oder du könntest dich freikaufen.«

Isa hob skeptisch die Augenbraue. »Zu welchem Preis?«

Henning wurde ernst. »Ein Brief. Ich wünsche mir einen Brief von dir. Dafür lasse ich dich wieder los.«

Isa gab sich geschlagen. »Klingt nach einem fairen Angebot.«

Kaum waren ihre Hände frei, da fragte sie: »Und der Notizblock? Wann bekomme ich den?«

»Nicht vor heute Abend.«

Das war die falsche Antwort. Isa grinste ihn an, machte eine blitzschnelle Bewegung zu seiner Jackentasche, die Henning überhaupt nicht wahrnahm, sprang von der Bank auf und hielt seinen Block triumphierend in der Hand. »Und, Henning Wittmann, wer hat jetzt gewonnen?«

Henning ließ sich lachend zurückfallen und hob ergeben die Hände. »Ich hätte es wissen müssen.«

Sie blieb mit einigem Abstand vor der Bank stehen und begann, die Worte zu entziffern, die Henning geschrieben hatte. Es dauerte einige Zeit, denn sie war noch langsam in dieser neu erworbenen Fähigkeit, auch Handgeschriebenes zu lesen. »Ich bin so froh, dass du dich vorhin am Bahnhof nicht umgedreht hast und gegangen bist, denn du hättest mein Herz mitgenommen«, stand da. Und sofort spürte sie, wie sie errötete. Hennings Worte waren eine Liebeserklärung. Noch immer hielt sie den Blick auf das Papier gerichtet, denn sie wusste nicht, wie sie reagieren sollte. Doch ewig konnte sie nicht so dastehen und vorgeben zu lesen. Und außerdem hatte Henning sowieso bereits bemerkt, dass sie rot geworden war.

Sie blickte ihn zögerlich an. »Wie lange hättest du gewartet?«

»Ich weiß nicht. Lange. Solange man wartet, hat man noch Hoffnung.«

»Ich war nur gekommen, um dir abzusagen.«

»Ich weiß. Und ich hätte es akzeptiert. Ich weiß nur nicht, wie ich ohne mein Herz hätte weiterleben sollen.«

Isa ging auf ihn zu, drückte ihm den Block in die Hand und setzte sich neben ihn. »Aber du wolltest dich doch nie binden.«

Er nickte. »Stimmt. Und dann kamst du und hast mein Leben durcheinandergewirbelt.« Er beugte sich zu ihr, und ihr stockte der Atem, als er mit einer zärtlichen Geste eine Haarsträhne aus ihrem Gesicht strich. »Ich weiß nicht, wie du das machst, aber wenn du da bist, ist alles schöner«, sagte er mit leiser Stimme. »Ich habe dich die letzten Tage so vermisst, dass ich mehrmals drauf und dran war, zum Kiosk zu laufen, nur um dich zu sehen. Aber ich habe dir versprochen, dich nicht zu bedrängen. Daran habe ich mich gehalten, denn ich möchte nichts falsch machen.«

Isas Herz schlug ihr bis zum Hals, denn so etwas hatte noch nie jemand zu ihr gesagt. »Du machst nichts falsch, es sei denn, das alles hier ist ein Fehler und wir sollten gar nicht hier sein. Das ist es nämlich, was ich mich seit Tagen frage. Wo das alles hinführt.«

Sein Blick wurde noch inniger und seine Finger fuhren zärtlich über ihr Haar. »Und um das herauszufinden, hast du alle Zeit der Welt.« Er beugte sich vor, und seine Lippen streiften warm und weich ihre Stirn, ihre Wangen, ihren Mund. »Und solange du dir noch nicht sicher bist, sperren wir die Welt einfach aus.«

Isa lächelte. »Und du? Du bist dir sicher?«

»Ja, das bin ich, und ich tue alles, damit du mir vertraust.«

Als er sie wieder küsste, wünschte Isa, er würde sie nie mehr loslassen. Wie hatte sie sich danach gesehnt, ihm so nah zu sein, wie sehr hatte sie gehofft, dass er das Gleiche für sie empfand wie sie für ihn. »Wir sperren die Welt einfach aus«, hatte er gerade gesagt, und das war es, was sie wollte. Diese Welt, die mit langen Fingern nach ihnen griff, in ihre Schranken weisen.

»Denkst du, wir schaffen das?«, flüsterte sie.

Er sah sie mit traumverhangenem Blick an. »Ja, Isa, ganz bestimmt.«

Aus dem angrenzenden Seebad erklangen Soldatenlieder, und bald wurde die preußische Hymne »Heil dir im Siegerkranz« angestimmt.

»Henning, es war so wunderschön heute. Ich frage mich gerade …«

»Ob man glücklich sein darf an einem Tag, an dem ein Krieg ausbricht?«

»Ja.«

»Ja, das darf man. Wenn nicht heute, wann dann?«

Kapitel 33

Die Ereignisse an der Front überschlugen sich, und Henning riss den Zeitungsjungen die Extrablätter förmlich aus den Händen. Deutsche Soldaten im neutralen Belgien. Kampf um Elsass-Lothringen. Russische Armeen in Ostpreußen. Deutschland kämpfte in einem Zweifrontenkrieg.

»Es hätte nicht so kommen müssen«, sagte Richard resigniert, als Henning ihm in dessen Arbeitszimmer gegenübersaß. Er war vor wenigen Tagen aus London zurückgekehrt, als die diplomatischen Beziehungen der beiden Länder abgebrochen worden waren. »Den Engländern blieb keine andere Wahl«, erklärte der Diplomat. »Als das Heer des Kaisers in Belgien einmarschiert ist und die Neutralität des Landes gebrochen hat, musste England als Belgiens Schutzmacht einschreiten.«

»Was sagt denn Fürst Lichnowsky zu den jüngsten Ereignissen?«, wollte Henning wissen. »Wo ist er jetzt?«

»Alle deutschen Diplomaten haben London verlassen. Der Fürst hat bis zuletzt auf eine Verständigung zwischen Deutschland und England gedrängt, doch der Kaiser hat nicht auf ihn gehört. Auch Außenminister Grey war erschüttert, als Deutschland das britische Ultimatum, sich aus Belgien zurückzuziehen, verstreichen ließ und Großbritannien Deutschland den Krieg erklären musste. Er soll gesagt haben: ›In ganz Europa gehen die Lichter aus; wir alle werden sie in unserem Leben nie wieder leuchten sehen.‹«

Henning schaute Richard betroffen an. »Dann rechnet er damit, dass noch mehr Staaten in den Krieg eintreten?«

»Mit Sicherheit. Das ist wie bei einem Dominospiel. Sobald der erste Stein fällt, fallen alle. Und der erste Stein fiel bereits in Sarajevo.«

»Und Mutter? Denkst du denn, sie hat meinen Brief noch bekommen, in dem ich ihr mitgeteilt habe, dass Roman an der Front ist?«

»Ich fürchte, nein. Schreib noch einen und bring ihn mir, ich habe noch immer gute Beziehungen nach England.«

Das war eine gute Nachricht. So hatte auch Hans, der ihm den ganzen Tag schon in den Ohren gelegen hatte, eine Möglichkeit, Kontakt zu Alice aufzunehmen.

»Hat sich Roman schon gemeldet?«, fragte Richard.

»Ja, gestern kam ein Brief von der Westfront. Er rechnet nicht so bald mit einem Heimaturlaub.«

Richard warf einen Blick auf die Wanduhr und stand auf. »Für mich wird es Zeit, ich werde im Kriegsministerium erwartet. Minister von Falkenhayn benötigt meine Einschätzung der britischen Truppenstärken. Bleibst du noch zum Abendessen? Luise würde sich freuen.«

Henning erhob sich ebenfalls. »Ein anderes Mal gern, aber heute bin ich noch verabredet.«

Richard warf ihm einen fragenden Blick zu. »Es ist dieses Mädchen, von dem du so oft gesprochen hast, ja? Heißt sie nicht Isa?«

»Ja, so heißt sie.«

»Ich bewundere deinen Mut. Ich muss dir sicher nicht sagen, dass Max toben wird, deshalb denk immer daran, dass du auch der Sohn von Alice bist. Und Luise und ich werden immer zu dir halten.«

Henning lächelte. »Danke, Richard. Das bedeutet mir sehr viel.«

* * *

Ungeduldig wartete Henning auf einer Bank am Eingang des Tiergartens nahe dem Brandenburger Tor, als er Isa endlich kommen sah. Er eilte ihr entgegen und gab ihr trotz der vielen Menschen, die um diese Tageszeit noch durch den Park bummelten, verstohlen einen Kuss.

»Henning!«, tadelte sie ihn, doch ihr Lächeln sagte etwas anderes.

»Zwei Tage ohne dich«, klagte er. »Das ist einfach zu lang. Ich weiß nicht, wer dir mehr nachgejammert hat, Lotta oder ich. Und stell dir mal meine Begeisterung vor, als ich heute erfahren habe, dass ich morgen mit zu einer Einladung im Grunewald muss. Dabei gehört der Sonntagnachmittag doch uns!«

»Was? Oh, wie schade!«

»Ja, leider. Ich habe schon hin und her überlegt, aber ich sehe keine Chance, dass ich mich von dieser Veranstaltung absetzen könnte, um dich zu treffen. Silvia würde den Braten riechen, weil ich schon so oft abgesagt habe.«

Ein warmer Blick aus ihren graublauen Augen traf ihn. »Ach, Henning, das ist schade, aber dann treffen wir uns eben am Sonntag darauf.«

Er seufzte, denn das war noch so lange hin. »Da müssen wir endlich mal ins Aquarium gehen, das letztes Jahr eröffnet wurde. Ich war mit Lotta dort und möchte dir unbedingt den Iguanodon zeigen, von dem sie so begeistert war.«

»Den was?«

Henning lachte. »Die riesengroße Statue eines urzeitlichen Sauriers. Er steht am Eingang des Aquariums und wird dir sicher gefallen. So einen wünsche ich mir einmal als Haustier.«

Isa lachte laut auf. »So einen Saurier? Henning Wittmann, das muss ich mir noch überlegen!«

»O ja! Mit so einem Tier im Vorgarten traut sich niemand mehr, uns auf die Pelle zu rücken, und wir haben unsere Ruhe vor der Welt da draußen.«

Sie griff seine Hand. »Das wäre so schön, aber dann lass uns lieber gleich zwei davon anschaffen, nur um ganz sicherzugehen.«

Er blieb stehen, führte ihre Hand an seinen Mund und küsste sie. »Gut. Dann zwei Saurier. Alles, was du willst.«

Sie gingen die Siegesallee entlang, die prächtige Promenade, die sich schnurgerade durch den Park zog, und Damen in langen Kleidern mit Sonnenschirmen in den Händen sowie Herren in Anzügen und Uniformen kamen ihnen entgegen. Gesäumt war die Allee von überlebensgroßen Denkmälern großer preußischer Markgrafen, Fürsten und Könige, in Stein gemeißelte Zeugen der ruhmreichen deutschen Geschichte.

»Albrecht II, Otto II, Otto I«, las Henning die Namen der stolzen Gestalten in Ritterrüstung mit Schwert in der Hand. »Anscheinend habe ich im Geschichtsunterricht doch nicht immer richtig zugehört, denn ich könnte jetzt aus dem Stegreif zu keinem der gekrönten Häupter eine Jahreszahl oder ein historisches Ereignis nennen.«

»Aber den hier kennst du sicher.« Isa zog ihn zu der letzten Statue der Promenade, an deren Ende sich die Siegessäule erhob. »Kaiser Wilhelm I. Unter ihm wurde das Deutsche Reich gegründet. Er hat auf seinen Außenminister Bismarck gehört und für ein Gleichgewicht der Kräfte in Europa gesorgt.«

Henning warf ihr einen anerkennenden Blick zu. »Alle Achtung, Fräulein Berlinger. Sie haben in Doktor Schreibers

Unterricht gut aufgepasst. Da kann ich Ihnen ja nur eine Bestnote erteilen.«

Isa wurde ernst. »Ach, Henning, ich finde es schade, dass ich so wenig Schulbildung habe. Und nirgends kann ich etwas nachschauen oder nachlesen. Du zum Beispiel könntest jetzt einfach bei euch zu Hause in die Bibliothek gehen und die entsprechenden Bücher heraussuchen. Wie soll ich das jemals aufholen?«

Er schlug sich an die Stirn. »Ich Idiot! Warum habe ich nicht eher daran gedacht! Da lässt sich so leicht Abhilfe schaffen, und ich weiß doch, wie wichtig dir das ist. Komm, wir müssen uns allerdings ein bisschen beeilen.« Er nahm sie an der Hand und schlug einen Seitenweg ein, der schneller aus dem Park hinausführte als die Siegesallee.

»Wo willst du denn hin?«

»Zur Buchhandlung Ebenstätter. Hoffentlich haben wir Glück und sie ist noch offen.«

Etwas außer Atem erreichten sie das Geschäft, das noch geöffnet hatte. Das Bimmeln der Ladentür empfing sie, als sie eintraten. Es erinnerte Henning an den Tag, als Isa hier seine Brieftasche an sich genommen hatte, und ein kurzer Blick in ihr Gesicht zeigte ihm, dass sie ebenfalls daran dachte. Er drückte ihre Hand.

»Guten Abend, Herr Ebenstätter«, grüßte er den Mann hinter der Theke. »Können Sie uns ein gutes Lexikon empfehlen? Und ein Geschichtsbuch. Und etwas über Mathematik. Und … vielleicht fällt mir noch etwas ein.«

»Aber natürlich, Herr Wittmann.«

Der Herr führte sie zu einem Regal und zog ein dickes Buch heraus. Henning blätterte es durch, nickte und zeigte es Isa.

»Für mich? Aber …«, wollte sie protestieren, doch Henning sah sie nur an und schüttelte den Kopf.

»Kein Aber. Natürlich für dich. Ich hätte schon längst auf diese Idee kommen können.«

Er ließ sich weitere Bücher zeigen, traf eine Auswahl und brachte sie zur Theke, wo Herr Ebenstätter sie in Packpapier wickelte.

Als Henning zahlte, erkundigte sich der Buchhändler: »Sagen Sie, Herr Wittmann, haben Sie damals Ihre Brieftasche wiedergefunden, die ihnen gestohlen wurde?«

Henning nickte lächelnd und zwinkerte Isa zu. »Ja, eine gute Fee hat sie mir gebracht.«

»Aber das Geld war doch sicher weg?«

»Nein, es war alles noch da. Sogar den Finderlohn musste ich dieser Frau regelrecht aufnötigen.«

»Sieh an, sieh an! Dass es so etwas heute noch gibt«, murmelte der Mann kopfschüttelnd und reichte Henning sein Wechselgeld.

Als sie wieder auf der Straße standen, musste Henning über Isas andächtigen Blick lächeln, mit dem sie das Paket betrachtete. Als hielte er den Heiligen Gral in den Händen!

»Das kann ich unmöglich annehmen«, sagte sie. »Das hat ein Vermögen gekostet.«

»Aber ich möchte sie dir schenken. Wenn du zu irgendetwas Fragen hast, dann gib mir Bescheid, und nicht nur Doktor Schreiber. Und heute bringe ich dich bis nach Hause, denn das Paket brauchst du nicht zu schleppen.«

Isa protestierte nicht, als sie das Scheunenviertel erreichten und er sie weiter begleitete. Vor dem Mietshaus, in dem sie wohnte, blieben sie stehen.

Henning sah sie wehmütig lächelnd an. Der Abschied fiel ihm schwer. Was hatte er einmal gesagt, als Isa um Zeit gebeten hatte? Kinderspiel? Tja, da hatte er sich wohl getäuscht. Allein schon der Gedanke, sie morgen nicht zu treffen, ließ ihn stöhnen. »Dann sehe ich dich wenigstens am Montag wieder bei uns.« Er wollte Isa gerade zum Abschied einen Kuss auf die Wange geben, als sie zurückzuckte und ihren Blick auf etwas hinter Henning richtete.

»Nicht«, wisperte sie und schob ihn weg. Er drehte sich um und sah einen jungen Soldaten am Eingang des Nachbarhauses stehen.

»Viktor!«, rief Isa überrascht. »Was machst du denn hier?«

Viktors Blick wanderte zwischen Henning und Isa hin und her. »Was wohl? Ich wohne hier.«

»Du weißt, wie ich es meine.« Isa trat ein paar Schritte auf ihn zu und blieb zwischen ihm und Henning stehen. Viktor kam näher und griff nach Isas Arm, und Henning kam es so vor, als wolle er damit etwas demonstrieren. Seinen Besitzanspruch auf Isa?

»Ich bin nur bis morgen hier«, sagte Viktor. »Dann muss ich zurück in die Kaserne. Und diese paar Stunden wollte ich mit meinen Liebsten verbringen.« Er ließ Henning dabei nicht aus den Augen.

Henning fing Isas unsicheren Blick auf und schluckte seinen Ärger hinunter. »Wie geht es Ihnen, Viktor, wie waren die ersten Wochen beim Militär?«

»Kein großes Ding, es sei denn, man muss so viel strafexerzieren wie ich, dann ist es weniger schön. Kilometerlange Gewaltmärsche bei Hitze und Regen und Robben durch den Schlamm sind kein Spaß. Ist allerdings gut für die Kondition und man bekommt einen Körper aus Stahl. Ich könnte es jetzt sogar mit einem Boxchampion aufnehmen.«

Henning entging die Provokation nicht. »Fein. Dann melde ich uns beide morgen im Ring an? Sie kennen ja meinen Club in der Prenzlauer Allee. Welche Uhrzeit passt Ihnen?«

Viktor musterte ihn mit zusammengekniffenen Augen. »Jederzeit gern, aber morgen geht es nicht. Ich muss am

Nachmittag zurück in die Kaserne, da habe ich vorher Besseres zu tun, als Sie von den Füßen zu hauen.«

»Schade. Das hätte ich zu gern erlebt«, konterte Henning und ging auf Isa zu, die sich aus Viktors Griff löste. »Leider kann ich mich jetzt nicht mehr so verabschieden, wie ich gern wollte«, raunte er ihr zu, als er ihr die Bücher in die Hand drückte.

»Du bist nicht böse?«, wisperte sie.

Er schüttelte den Kopf und lächelte sie an. »Nein. Wir haben noch so viel Zeit für uns gemeinsam. Ich wünsche dir ein schönes Wochenende, wir sehen uns am Montag.«

Er lächelte ihr noch einmal zu, dann ging er davon. Wäre es nicht Viktor gewesen, Isas Beschützer aus Kindertagen, der ihn gerade derart provoziert hatte, hätte er das Ganze nicht so auf sich beruhen lassen. Doch damit hätte er Isa verletzt. Und das war es ihm nicht wert.

Viktor warf Isa einen skeptischen Blick zu. »Was wollte der denn von dir?«

»Nichts wollte er von mir«, fuhr Isa ihn an. Sie kochte vor Wut. »Du hast doch selbst gesehen, dass er mir Bücher gebracht hat.«

»Seit wann brauchst du denn Bücher?«

»Seit ich lesen kann.«

Viktor pfiff durch die Zähne. »Da schau an. Da muss ich ja bald den Hut ziehen vor dem gebildeten Fräulein Berlinger, die jetzt nur noch mit der Oberschicht verkehrt!«

Isa hätte aus der Haut fahren können. »Lass das, Viktor!« Wütend stampfte sie an ihm vorbei und wollte ins Haus gehen, doch er kam ihr nach und holte sie auf der Treppe ein. »Warte. Das war doch nicht so gemeint.« Er nahm ihr das Paket ab und legte es auf die Treppenstufe, zog sie an sich und lehnte seine Stirn an ihre. »Ich habe einfach Angst, dass dieses

Unternehmersöhnchen dich ausnutzt. Wann ist so etwas denn schon mal gut gegangen?«

Isa schob ihn von sich und funkelte ihn an. »Es wird langsam Zeit, dass ich selbst auf mich aufpasse, findest du nicht? Du bist lange genug mein Beschützer gewesen.«

Viktor stand da, als hätte sie ihm soeben ins Gesicht geschlagen. Herrje, wie konnte sie nur böse auf ihn sein? War seine Angst um sie denn so unbegründet? Hatte nicht ihre eigene Mutter stets das Gleiche behauptet? Und was, wenn das mit Henning tatsächlich ein riesiger Fehler war? Würde er sich wirklich einmal öffentlich zu ihr bekennen, zu Isa aus dem Scheunenviertel? Noch hielten sie ihre Freundschaft vor der Welt geheim, weil alles so neu war, doch irgendwann würde es wohl ans Licht kommen. Und dann?

Sie lehnte sich an Viktor, wie sie es oft getan hatte, wenn ihr alles zu viel geworden war, und er schloss die Arme um sie. »Ich wollte dich nicht so anfahren«, murmelte sie. »Ich weiß, dass du dir Sorgen machst, aber das musst du nicht. Henning ist wirklich ein guter Freund, der alle Regeln des guten Anstands respektiert.«

»Das will ich ihm auch geraten haben«, brummte Viktor. Dann ließ er sie los. »Kommst du mit rein? Mutter hat zur Feier des Tages einen Streuselkuchen gebacken. Lass uns diesen Tag genießen, denn übermorgen muss ich für einige Wochen in ein Manöver. Und danach vielleicht schon in den Krieg ziehen.«

»In den Krieg?«

Viktor nickte. »Dieses Gerücht macht momentan die Runde auf dem Kasernenhof. Die neuen Rekruten werden alle an die Front geworfen. Nach nur wenigen Wochen Ausbildung. Aber um abgeknallt zu werden reicht das.«

Isa erschrak. »Viktor!«

Er lächelte. »Mach dir keine Sorgen, ich pass auf mich auf.«

Sie nahm ihr Paket und folgte Viktor ins Nachbarhaus. Auch wenn Viktor an diesem Abend die Liebenswürdigkeit in Person war und sie bald gar nicht anders konnte, als über seine Witze und lustigen Geschichten aus dem Soldatenleben zu lachen, blieb doch die ganze Zeit der beunruhigende Gedanke daran, wie er Henning behandelt hatte. War das nur ein Vorgeschmack auf das, was ihnen bevorstand, wenn ihre Freundschaft bekannt wurde? Wie würden ihre Eltern reagieren, wie Hennings Familie?

Doch das Wochenende ging vorüber, Viktor packte wieder seinen Rucksack, um ins Manöver zu ziehen, und als sie Henning am Montag in der Villa wiedersah, blieb er auf dem Flur vor ihr stehen.

»Ich habe dich so vermisst«, flüsterte er ihr zu. »Es war gestern so eine langweilige Veranstaltung und der Nachmittag wollte einfach nicht vergehen.«

Sie lächelte ihn an. »Ich habe dich auch vermisst. Und ich muss mich für Viktor entschuldigen.«

Er schüttelte den Kopf. »Nein, ich hätte an seiner Stelle vielleicht ähnlich reagiert.«

»Dann bist du nicht sauer?«

Er lachte. »Nein, aber ich fürchte, zwei Saurier werden nicht reichen. Wir nehmen lieber drei.«

Kapitel 34

Die Herbstsonne empfing Henning, als er mit einigen Kommilitonen das Gebäude der Friedrich-Wilhelms-Universität Unter den Linden verließ, wo er seit zwei Wochen seine Vorlesungen besuchte. Einige Studenten beschlossen, noch ein Kaffeehaus aufzusuchen, doch Henning lehnte ab. Es waren nur wenige Gehminuten bis zum Kiosk auf dem Pariser Platz, und um diese Uhrzeit war dort wenig los. Er hatte also gute Chancen, Isa ein paar Minuten für sich allein zu haben.

Er ging den Boulevard entlang und fühlte sich so zufrieden wie schon lange nicht mehr. Er hatte sich gegen seinen Vater behauptet und sein Studium begonnen, lernte durch Herrn Schröder die Firma kennen, um seine Ziele zum Thema Arbeitsschutz zu verfolgen, und er hatte Isa, die inmitten dieser turbulenten Zeiten zu seinem Anker geworden war. Bisher wusste nur Mutter davon, die in ihrem Antwortbrief ihre Freude darüber zum Ausdruck gebracht hatte. Seit Isa in seinem Leben war, zog es ihn nicht mehr in die Ferne; ja, er ertrug geduldig Max und Roman, und selbst über Silvia konnte er nur noch schmunzeln. Alles war so leicht, seit Isa da war. Er würde ihr auch weiterhin alle Zeit der Welt lassen, sich über ihre Gefühle klar zu werden, doch er wusste jetzt schon, dass sie nichts und niemand mehr trennen konnte. Dafür waren sie in den Stunden, in denen sie im Mariendorfer Park oder hier in Berlin zusammen unterwegs waren, viel zu glücklich.

Isa war gerade dabei, einen Tisch vor dem Kiosk abzuräumen, als er neben sie trat. Sie lächelte ihn an.

»Henning! Sind die Vorlesungen schon vorüber?«

»Ja. Gut, dass die Universität so nah ist und ich dich nun jeden Tag sehen kann.«

»Hast du das nicht vorher auch schon?«

Sie hatte recht. An den Tagen, an denen sie im Kiosk arbeitete, kam er fast immer kurz vorbei.

»Wie sieht es bei dir am Sonntag aus?«, fragte er. »Bleibt es bei unserem Treffen? Wir haben es immer noch nicht ins Aquarium geschafft.«

Isa schüttelte bedauernd den Kopf. »Viktor kommt am Freitag nach Hause. Er muss danach an die Westfront. Da kann ich nicht weg.«

Henning seufzte theatralisch. Viktor mal wieder. Er sah sich kurz um. Am Kiosk war gerade nicht viel los. Deshalb wandte er sich an Herrn Magnusson, der zu seiner Luke herausschaute.

»Können Sie Isa eine halbe Stunde entbehren?«

Der alte Mann schmunzelte und zwinkerte ihm zu. »Auch eine ganze. Geht nur.«

»Was wird das, Henning?«, fragte Isa, als er nach ihrer Hand griff.

»Eine Entführung«, antwortete er. »Wenn unser Sonntag schon ins Wasser fällt, dann will ich dich wenigstens jetzt ein paar Augenblicke für mich allein.«

Er ging mit ihr in den Tiergarten. Auf einem der Seitenwege, wo um diese Zeit niemand unterwegs war, blieb er stehen, nahm sie an den Schultern und sah sie mit festem Blick an.

»Isa, ich habe kein gutes Gefühl, was Viktor betrifft. Er wird dich gegen mich aufhetzen. Du weißt schon, seine Thesen über den reichen Unternehmersohn, der dich nur ausnutzen will. Bitte glaub ihm das nicht.«

Isa schüttelte lächelnd den Kopf. »Aber, Henning, wie kannst du das nur annehmen? Niemand wird mich je so beeinflussen, dass ich schlecht über dich denken könnte. Dafür bedeutest du mir viel zu viel.«

Henning schluckte. Ihre Worte hatten ihn tief berührt. Das milde Sonnenlicht ließ ihr Haar aufleuchten, und in ihren blaugrauen Augen spiegelten sich die Wolken, die über den Herbsthimmel zogen. Er wusste, wie flüchtig dieser Moment war, und hätte ihn gern für immer festgehalten.

»Dann ist es gut. Weißt du eigentlich, dass ich mich schon immer gefragt habe, welche Augenfarbe du hast?« Seine Stimme war leise, er hob eine Hand an ihre Wange und spielte mit einer Strähne ihres Haares.

»Und? Zu welchem Ergebnis bist du gekommen?«

»Bei der Überfahrt nach England habe ich die Lösung gefunden, denn die blaue, aufgewühlte See hatte die gleiche Farbe. Deshalb sind sie für mich meerblau.«

Sie lächelte und legte ihre Hand auf seine. »Damals hast du an mich gedacht?«

»Ich denke unablässig an dich«, murmelte er, als er sie in die Arme zog. Zärtlich strich er über ihr Haar, und seine Lippen suchten ihren Mund, um diesen einzigartigen Moment, in dem es nur sie und ihn gab, mit einem Kuss zu besiegeln. Es fiel ihm schwer, sich von ihr zu lösen, denn das ungute Gefühl, er könnte sie doch noch verlieren, wollte ihn nicht loslassen.

* * *

»Viktor!«

Moritz, der gerade Isa dabei half, die Einkäufe aus dem Krämerladen nach Hause zu tragen, stellte den Korb ab und sprang dem Soldaten in seiner grauen Felduniform, der im Licht der Abendsonne pfeifend die Gasse heraufkam, entgegen.

Viktor wuschelte dem Jungen durchs Haar. »Na, das ist doch mal eine Begrüßung.« Er trat näher, griff nach Isas Korb und gab ihr einen Kuss auf die Wange. »Herrlich, mal wieder daheim zu sein.«

Moritz wich ihm nicht von der Seite. »Kannst du länger bleiben? Hast du dieses Mal Zeit, mit mir den Drachen fertig zu bauen? Lassen wir ihn dann steigen? Unten am Spreeufer?«

Viktor lachte. »Na klar, machen wir alles. Ich bleibe bis Sonntagnachmittag. Und dann geht es ab nach Frankreich.«

»Tatsächlich?« Isa sah ihn besorgt an. »Du musst wirklich schon an die Front? Aber du bist doch erst seit ein paar Wochen beim Militär.«

»Für Kanonenfutter reicht das«, antwortete Viktor sarkastisch, und Isa zog es das Herz zusammen. Viktor würde doch nichts passieren in Frankreich? Er würde doch wiederkommen?

Viktor sah sie von der Seite an. »Nun schau nicht so. Wir haben ein ganzes Wochenende, das ist alles, was zählt. Ihr kommt heute Abend alle rüber zu uns, Mutter kocht bestimmt etwas Gutes.«

»Wie sorgst du eigentlich für sie und deine Schwestern, jetzt, wo du beim Militär bist?«, wollte Isa wissen.

»Ich überlasse ihnen meinen Sold. Und außerdem habe ich für solche Fälle ein bisschen was zur Seite gelegt. Mutter hat einiges, was sie zum Pfandleiher bringen kann.« Er zwinkerte ihr vielsagend zu, und sie wusste, was er meinte. Viktor hatte so manches Diebesgut irgendwo versteckt.

Sie lächelte. »Hätte ich mir eigentlich denken können.«

Es wurde ein strahlend schönes Herbstwochenende, und als Isa am Sonntagnachmittag auf einer Wiese am Spreeufer saß und Viktor und Moritz zusah, wie sie den Drachen, den sie am

Samstag gebaut hatten, im Wind steigen ließen, verstand sie zum ersten Mal die Redewendung vom »goldenen Oktober«. Das bunte Laub der Bäume leuchtete in der tief stehenden Sonne, die noch so warm war, dass sie ohne Jacke hier sitzen konnte, und nur die langen Schatten, die mit Moritz und Viktor über die Wiese huschten, kündeten davon, dass das Jahr zur Neige ging. Sie hatte Moritz, der die Leine führte und beim Rennen den Blick zum Himmel gewandt hielt, schon lange nicht mehr so fröhlich erlebt, und als er irgendwann über seine eigenen Füße stolperte und Viktor mit sich riss, rollten beide lachend einen Abhang hinunter. Es war wie früher, dachte Isa. Sie, Viktor und Moritz. Die drei Bettelkinder vom Alexanderplatz.

Viktor kam den Abhang wieder herauf und setzte sich neben sie, und beide beobachteten sie Moritz, der noch immer mit dem Drachen um die Wette rannte. Und immer wieder ertappte sich Isa bei dem Gedanken, was wohl aus ihr und Viktor geworden wäre, wäre da nicht Henning gewesen. Hätte sie sich in den großen, gut aussehenden jungen Mann verliebt? In den Menschen, der ihr Fels in der Brandung geworden war?

Viktor kaute auf einem Grashalm und blickte ernst vor sich hin. Hatte er Angst vor dem, was ihm bevorstand? Heute trug er zivile Kleidung, eine braune Hose und ein helles Hemd, und der Krieg war weit weg. Doch morgen schon würde er ihm entgegenfahren. Und dann?

Sie sprachen nicht, doch das war ihr vertraut. So, wie man mit Viktor lachen und feiern, mitten in der Nacht auf einer Wiese Champagner trinken und tanzen konnte, so konnte man auch einfach neben ihm sitzen und schweigend den eigenen Gedanken nachhängen.

»Er wird dir einmal ein guter Ehemann sein«, hörte sie Mutters Stimme. Ja, vielleicht wäre er das sogar geworden. Doch Viktor wollte sich nicht binden, und ihr Herz gehörte

Henning, der sich heute sicher genauso nach ihr sehnte, wie sie sich nach ihm.

Moritz kam mit dem Drachen zurück. »Es war so schön, schade, dass wir nicht noch bleiben können«, schwärmte er, als sie sich auf den Heimweg machten, doch Viktor musste bald zurück zur Kaserne.

»Kommst du noch mal kurz in den Hof?«, fragte er Isa, als sie vor dem Mietshaus ankamen. »So in einer halben Stunde? Ich muss dir noch etwas sagen.«

Sie nickte. Was hatte er vor? Sie waren das ganze Wochenende zusammen gewesen, auch heute den ganzen Tag; er hätte doch genügend Gelegenheit gehabt, mit ihr zu sprechen. Was gab es so Wichtiges, dass es Moritz offensichtlich nicht hören sollte?

Zur verabredeten Zeit wartete sie auf dem Mäuerchen hinter den Wäscheständern auf ihn. Sie sah ihn kommen. Er trug wieder seine Uniform und stellte seinen Rucksack ab, als er sich neben sie setzte.

Isa sah ihn irritiert an. Irgendetwas war anders an ihm. Verstohlen musterte sie ihn, doch nichts an ihm schien verändert. Sein Anblick war ihr so vertraut – sein schmales Gesicht, seine dunklen, leicht lockigen Haare, der Oberlippenbart über den geschwungenen Lippen – doch dann erkannte sie, was anders war. Er war verlegen. Und der Blick, mit dem er sie anschaute, als er sich ihr zuwandte, traf sie ins Herz. So hatte Viktor sie noch nie angesehen, und bang fragte sie sich, was er ihr wohl sagen wollte.

»Isa«, begann er mit belegter Stimme. »Sie schicken uns in Stellungskämpfe. Du hast keine Vorstellung davon, wie viele Soldaten bereits gefallen sind, denn darüber berichten die Zeitungen sicher nicht viel.« Er fuhr sich nervös durchs Haar. »Ich weiß nicht, wann und ob ich zurückkomme.«

Isa sah die Sorge in seinen dunklen Augen. Und da war sie wieder, die Erinnerung an den dreizehnjährigen Jungen, der sich an ihrem ersten Tag am Alexanderplatz neben sie, ein verängstigtes kleines Mädchen, unter die Berolina gesetzt hatte. Und seither nicht mehr von ihrer Seite gewichen war. Es war Viktor, der mehr für sie da gewesen war als ihre Eltern, und es war Viktor, der jetzt ihre Hand nahm und einen silbernen Ring über ihren Finger schob.

»Isa, ich brauche etwas, was mich da draußen im Feld durchhalten lässt, wenn mir die Granaten um die Ohren fliegen. Da muss jemand sein, zu dem ich zurückkehren will, jemand, der mir Hoffnung gibt. Sag mir, dass du auf mich warten wirst. Wenn ich lebend zurückkomme und der Krieg vorbei ist, suche ich mir ehrliche Arbeit. Du kannst dich darauf verlassen. Du und ich, wir gehören doch zusammen!«

Wie vom Donner gerührt blickte sie zuerst auf den schmalen Silberring an ihrem Finger, dann in Viktors Gesicht. »Ist das … ein Verlobungsring?«, wisperte sie ungläubig.

Er nickte. So viele Gefühle spiegelten sich in seinem Gesicht – Angst, Zuneigung, Hoffnung. Ja, sie las auch Liebe darin, Liebe zu ihr, seiner Freundin, mit der er durch dick und dünn gegangen war.

»Wir gehören doch zusammen«, hatte er gerade gesagt, und für viele Jahre ihres Lebens hatte das gestimmt, doch nun traf es nicht mehr zu. Isa wollte den Kopf schütteln, doch wie hätte sie ihren Freund aus Kindertagen so zurückweisen können, wenn er sich angesichts der drohenden Gefahr, in die er aufbrach, ein einziges Mal etwas von ihr wünschte? Sie konnte es nicht, und deshalb nickte sie.

»Das ist ein Ja!«, stieß Viktor erleichtert aus. »Du wirst da sein und auf mich warten, wenn ich wiederkomme! Es ist doch so, oder?«

»Ja«, hörte sie sich murmeln.

Er legte beide Arme um sie, drückte sie an sich und sie spürte seine Lippen auf ihren. Es war ein scheuer Kuss, und er fühlte sich völlig falsch an, doch sie war zu verwirrt, um überhaupt zu verstehen, was sie gerade empfand.

Viktor gab sie wieder frei und strich ihr über die Wangen. »Ich muss los. Aber jetzt fällt es mir nicht mehr so schwer, zu gehen, denn nun weiß ich, warum ich zurückkommen will.«

Er rutschte von der Mauer, schulterte seinen Rucksack und lächelte ihr zum Abschied noch einmal zu. Dann verschwand er in dem schmalen Durchgang zur Straße.

Isa schloss die Augen. Noch konnte sie nicht darüber nachdenken, was da gerade geschehen war, und wie betäubt machte sie sich auf den Weg, der sie durch das Scheunenviertel zu dem Ort führte, an dem sie schon so oft Trost gesucht hatte.

Erst als sie an den beiden knienden Engeln am Eingang des Friedhofs Sankt Hedwig vorbeiging, die Grabreihen abschritt und schließlich vor dem kleinen Grabhügel mit dem verwitterten Holzkreuz stehen blieb, ließ sie die verwirrenden Gedanken an das, was gerade passiert war, zu. Sie hatte Viktor ein Versprechen gegeben, mit dem sie einen anderen verraten hatte. Den einzigen, dem es ähnlich wie ihrem Vater gelungen war, diese Welt in einen schöneren Ort zu verwandeln, sie nicht mehr spüren zu lassen, dass sie arm, ihre Wohnung klein und ihre Kleidung abgetragen war. Der, in dessen Gegenwart sie sich gefühlt hatte wie eine Prinzessin.

Der Tag nach Lottas Unfall kam ihr in den Sinn. Sie hatte mit Hennings Puppe im Arm aus dem Fenster in den Frühlingsregen hinausgeschaut, und der Hinterhof hatte an diesem Tag gar nicht mehr grau gewirkt. Hennings Geschenk hatte alles verwandelt.

Doch der Blick auf das Grab zeigte ihr die Wirklichkeit, aus der sie kam. Aus einer Familie, in deren zugiger, ungeheizter Wohnung ein krankes Kind nicht mehr hatte gesund werden können. Und dass sich dieses Drama im Winter darauf nicht wiederholt hatte, als Mutter und Moritz krank und die Kohlevorräte aufgebraucht gewesen waren, hatte sie Viktor zu verdanken. Viktor, der heute an die Front musste und mit dem sie sich verlobt hatte.

»Was soll ich nur tun, Annelie?«, flüsterte sie.

Die Efeuranken verschwammen vor ihren Augen, da sie die aufsteigenden Tränen nicht zurückhalten konnte. Weinend sank sie vor dem Grab in die Knie. Wie sollte sie das alles morgen Henning erklären? Dem Mann, den sie so liebte? Sie wäre jetzt gern davongelaufen, doch das hatte sie sich im Leben nie erlauben können. Nein, sie musste sich dem Gespräch mit Henning stellen, und der Himmel wusste, wie schwer ihr das fallen würde.

Kapitel 35

Henning betrat das Speisezimmer und nahm am Tisch Platz, als Hans auch schon begann, das Mittagessen aufzutragen. Lotta beugte sich zu ihm herüber. »Weißt du, was mit Isa los ist?«, flüsterte sie. »Sie ist heute so komisch.«

Alarmiert sah er sie an. Das ganze Wochenende über hatte er ein ungutes Gefühl gehabt bei dem Gedanken daran, was Viktor Isa wohl einreden könnte, und die Unruhe hatte ihn heute früher nach Hause getrieben. Er hatte seine Nachmittagsvorlesungen gestrichen, nur um sich zu vergewissern, dass er Hirngespinste hatte und alles in Ordnung war. Doch Lottas Worte schienen seine Bedenken zu bestätigen. Er stocherte lustlos im Essen herum, versuchte, sich seine Besorgnis nicht allzu deutlich anmerken zu lassen, und sagte leichthin: »Komisch? Was meinst du damit?«

»Sie ist müde und sagt, dass sie schlecht geschlafen hat. Sie redet kaum etwas und hat noch gar nicht gelacht. Dabei wollen wir doch heute in den Zoo gehen; du kommst doch mit, oder?«

Henning nickte mechanisch und warf Hans, der Lottas Worte gehört hatte, einen fragenden Blick zu. »Wo ist sie?«, formte sein Mund stumm die Frage, die ihn umtrieb.

Hans machte eine Kopfbewegung Richtung Zimmerdecke. Henning verstand. Isa war oben in ihrem Zimmer. Er schob noch ein paar Minuten das Essen auf seinem Teller herum, beteiligte sich so lebhaft wie möglich an dem Gespräch zwischen Max und Silvia und verließ dann unter einem Vorwand den Raum. Eilig sprang er die Treppe ins obere Stockwerk hinauf und eilte den Flur hinunter. Die Tür zu Isas Zimmer war nur angelehnt, und als er sie einen Spalt weit öffnete, sah er sie gedankenversunken am Fenster stehen. Er klopfte, trat ein und schloss die Tür.

Sie wandte sich zu ihm um und ihm war, als müsste sie sich zu dem Lächeln, mit dem sie ihn begrüßte, zwingen. Er ging auf sie zu und fasste sie am Arm.

»Was ist los? Lotta sagt, es geht dir nicht gut?«

Sie atmete tief ein. »Henning«, begann sie zaghaft. »Ich muss dir etwas sagen. Es geht um Viktor.«

Also waren seine Befürchtungen doch berechtigt gewesen. Er spürte, wie sich alles in ihm in Alarmbereitschaft versetzte, ähnlich wie in den Momenten, wenn er im Ring einem Gegner gegenüberstand, den er nicht einschätzen konnte.

»Gut. Also, was hat Viktor über mich vom Stapel gelassen? Dass ich ein Schuft bin? Dich nur ins Unglück stürzen will?«

Sie schüttelte den Kopf. »Nein. Er hat gar nichts über dich gesagt.«

Seine Kehle wurde eng. Wenn es nicht um ihn ging, worum denn dann? »Hat er etwa *dich* beleidigt? Oder dir … *etwas angetan*?«

»Aber nein. Viktor doch nicht. Es ist nur so, …« Sie brach ab, als fürchtete sie, das auszusprechen, was besser ungesagt blieb.

Alles an Isa – die Art, wie sie sprach, wie sie mit hängenden Schultern vor ihm stand, wie sie immer wieder seinem Blick auswich – sagte Henning, dass gerade etwas grundverkehrt lief.

Und als sie die Hand aufs Fensterbrett legte, sah er ihn. Den Ring. Mit quälender Eindringlichkeit formte sich das Bild in seinem Kopf, wie Viktor Isa einen Ring an den Finger steckte, und was das bedeutete, war ihm klar.

»Nein!«, brach ein Stöhnen aus ihm heraus. »Sag mir, dass das nicht wahr ist!« Er nahm ihre Hand und hob sie hoch. »Sag mir, dass das kein Verlobungsring ist. Sag es mir, Isa!«

Sie wandte den Blick zu Boden, und ihre Stimme war nicht mehr als ein Flüstern, als sie antwortete. »Doch, es ist einer.«

Henning hatte sich noch nie so hilflos gefühlt wie in diesem Moment. Er ließ ihre Hand los und wandte sich von ihr ab, und mit einem Schlag standen die Bilder aus längst vergangenen Tagen wieder vor seinem geistigen Auge: Mutter, die unten vor dem Haus in die Kutsche stieg und einen letzten Blick zu ihm heraufwarf; der winselnde Koki, den Hans aus dem Haus trug; der Regen, der ihm ins Gesicht fiel, als er die Kinder am Alexanderplatz suchte. Eine Stimme in ihm versuchte, ihm zuzuflüstern, dass dies nun ein weiterer Moment war, in dem er das Wichtigste in seinem Leben verlor, doch er schüttelte den Kopf und straffte sich. Diese düsteren Gedanken durften jetzt keine Macht über ihn erlangen. Das Ganze war nicht wahr. Konnte nicht wahr sein. Ein Kampf war erst verloren, wenn man am Boden lag, und da war er nicht. Noch nicht. Viktor hatte ihn noch nicht geschlagen.

Als er sich wieder unter Kontrolle hatte, drehte er sich zu Isa um. »Das ist alles Unsinn. Eine Verlobung wird mit dem Herzen geschlossen, nicht durch einen Ring. Und dein Herz gehört nicht ihm, das hast du längst mir geschenkt.«

Sie sah ihn mit flehenden Augen an. »Henning, bitte, versteh doch. Es geht hier um Viktor, der immer für mich da war, egal, wie schlimm es im Leben auch gekommen ist. Wie könnte ich ihn denn jetzt, wo er an die Front muss und nicht weiß, ob er lebend zurückkommt, so enttäuschen?«

Henning versuchte, ruhig zu bleiben. »Tausende Soldaten ziehen in diesen Tagen in den Krieg und binden nicht im letzten Moment eine Frau mit einem Versprechen an sich. Das ist das falsche Motiv, aus diesem Grund verlobt man sich nicht.« Er fuhr sich aufgeregt durch die Haare. »Wir wollten die Welt ausschließen, erinnerst du dich? Ich habe die meine aus unserer Freundschaft herausgehalten, und du lässt dich jetzt an deine binden? Mit einem Ring?«

»Henning! Mach es mir doch nicht so schwer.«

Er schüttelte den Kopf und strich ihr ganz sanft eine Haarsträhne aus der Stirn. »Ich will es dir nicht schwer machen, aber ich kann doch nicht einfach schweigend zusehen, wie du unsere Freundschaft aufgibst. Wir haben nie über Liebe gesprochen, weil du Zeit wolltest. Doch das zwischen uns, das ist Liebe, oder?«

»Das zwischen uns …« Sie verstummte, als müssten die Worte, die sie aussprechen wollte, für immer ungesagt bleiben. Doch auch wenn sie nichts erwiderte, so las er doch die Antwort in ihren Augen, in denen so viel Verletzlichkeit und Trauer lagen. Sie liebte ihn, es musste so sein, so sehr konnte er sich gar nicht täuschen. Er strich ihr zärtlich über die Wange, dann zog er sie in die Arme und drückte sie an sich.

»Es war Schicksal, dass wir uns begegnet sind«, murmelte er in ihr Haar und küsste sie. »Damals am Tag von Lottas Unfall. Seitdem bist du in meinem Herzen. Ich liebe dich. Und ich werde dich nicht aufgeben, Isa. Niemals.«

Quellenangabe

Zitat des britischen Außenministers Sir Edward Grey, Kapitel 33

Hans Erich Stier
Deutsche Geschichte im Rahmen der Weltgeschichte
Heinrich Scheffler Verlag, Frankfurt am Main, 1959
S. 898

Folge der Autorin auf Amazon

Wenn dir dieses Buch gefallen hat, folge Margit Steinborn auf Amazon. Dann erhältst du eine Benachrichtigung, wenn die Autorin ihr nächstes Buch veröffentlicht. Um der Autorin zu folgen, gehe bitte folgendermaßen vor:

Desktop:

1) Suche auf Amazon.de oder in der Amazon App nach dem Namen der Autorin.
2) Klicke auf den Namen der Autorin, um auf die Autorenseite zu gelangen.
3) Klicke auf den »Folgen«-Button.

Smartphone und Tablet:

1) Suche auf Amazon.de oder in der Amazon App nach dem Namen der Autorin.
2) Klicke auf einen Titel der Autorin.
3) Klicke auf den Namen der Autorin, um auf die Autorenseite zu gelangen.
4) Klicke auf den »Folgen«-Button.

Kindle eReader und Kindle App:

Wenn du dieses Buch auf einem Kindle eReader oder in der Kindle App liest, wird dir automatisch angeboten, dem Autor/der Autorin zu folgen, nachdem du die letzte Seite des Buches gelesen hast.

Printed in Great Britain
by Amazon